Band 5

VampireWolfe

Jazzy Melone

VampireWolfe

Brennende Verantwortung

Jazzy Melone

Copyright © 2016 Jazzy Melone
Impressum: Jazzymelone.de
Foto © shutterstock
Cover: HM-EDV-Dienstleistungen-Horst Michel
All rights reserved.
1. Auflage
ISBN: 1535559578
ISBN-13: 978-1535559577

Im Gedenken an Liselotte Michel.

Eine liebevolle Ehefrau, Mutter und Freundin, die immer in unseren Herzen sein wird.

Jazzy Melone

Prolog

Mein geliebter Sohn,

unser Leben hat sich in den letzten zwei Jahren so schnell verändert, dass ich manchmal einfach nicht mehr mitkomme. Claire, Sam und ich sind nicht mehr alleine, sondern Teil einer großen Familie. Ich freue mich natürlich, dass unsere Mädchen wahrhaft glücklich sind mit ihren Männern. Aber das bedeutet auch, sie brauchen mich nicht mehr. Die beiden treffen längst ihre eigenen Entscheidungen und werden besser beschützt, als ihnen wohl selbst lieb ist.

Kurz vor Weihnachten wurde das Schloss angegriffen und Claire genau wie Sam haben bewiesen, dass sie sich auch gegen starke Gegner zur Wehr setzen können. Unsere Mädchen sind jetzt erwachsene und äußerst mutige Frauen, die sich vor niemandem zu fürchten brauchen. Und sie haben Freunde an ihrer Seite, die ihr Leben für sie geben würden.

Neben Marie hat sich nun auch Emma unserer kleinen Gemeinschaft, die mittlerweile gar nicht mehr so klein ist, angeschlossen. Sie, Rafael und Ryan sind eine glückliche Familie in der Familie. Genau wie den anderen drei Paaren kann man ihnen ihre Liebe ansehen und ich freue mich so unglaublich für jeden Einzelnen von ihnen. Jeder dieser Männer hat so viel Leid gesehen und ertragen, dass ich vor Freude platzen könnte, sie endlich mit sich im Reinen zu erleben. Es wärmt mir einfach das Herz.

Aber dies sind auch immer die Momente, in denen ich mich schrecklich einsam fühle. Ich sitze immer öfter alleine in meinem Zimmer, schaue aus dem Fenster und wünschte mir einfach nur, euch wiederzusehen. Es ist das Gefühl, überflüssig zu sein, das mich in diesen Momenten einfach nicht loslassen will. Es war schon vor Monaten an der Zeit für mich zu sterben. Meine Familie hatte mich nicht gehen lassen wollen und doch wäre es genau der richtige Moment gewesen. Endlich wäre ich wieder mit euch vereint.

Ich weiß nicht, was mich davon abhält, aber ich selbst kann meinem Leben noch kein Ende bereiten. So sehr mich manchmal alleine der Gedanke daran verführt, so sehr hält mich die Liebe zu meiner Familie davon ab. Ich mag mich überflüssig fühlen, aber das bin ich nicht. Ich mag Sehnsucht nach dir verspüren wie am ersten Tag, aber hier habe ich ebenfalls Söhne, die leben und mich viel nötiger brauchen. Sie mögen Hunderte, ja sogar Tausende Jahre alt sein, trotzdem bleiben sie Kindsköpfe, die ab und zu eine harte Hand nötig haben.

Außerdem ist da auch noch Alarith. Ravens Großvater ist ein charmanter Mann und auch wenn ich viel zu alt für ihn aussehe, fühle ich mich in seiner Nähe jung und voller Elan. Wir sind gute Freunde geworden und ich mag unsere langen Gespräche, die wir immer dann führen, wenn alle anderen mit sich selbst beschäftigt sind.

Der Lebensrhythmus im Schloss hat sich selbst nach all den Wochen noch nicht richtig eingespielt. Eigentlich ist rund um die Uhr Leben im Schloss. Mit Weihnachten haben sich allerdings einige Dinge grundlegend verändert. Das Hauptquartier des Rudels ist mittlerweile fertiggestellt und es herrscht reger Besuchsverkehr, der sich nicht auf den Anbau beschränkt, sondern das gesamte Schloss mit einbezieht. Ich kann mir manchmal das Lachen einfach nicht verkneifen, Max' Miene zu sehen, wenn er von einer Horde lediger Frauen aus dem Rudel umzingelt wird, die es alle schrecklich niedlich finden, wie er mit Ashley umgeht. Es ist einfach zu köstlich. Die Kleine scheint ihm richtig ans Herz gewachsen zu sein. Aber im Gegensatz zu allen anderen hier glaube ich nicht, dass der Vampir etwas mit der alleinerziehenden Mutter angefangen hat. Dafür ist Max viel zu sehr General der Vampirarmee und erstgeborener Sohn der königlichen Familie. Raven mag mit den Traditionen gebrochen haben, aber sein Bruder ist zu sehr mit ihrer Geschichte verbunden, um etwas mit einer Wölfin anzufangen.

Du siehst, hier wird es nie langweilig und ich habe mich entschieden, noch ein bisschen unter meinen Lieben zu bleiben. Ich möchte schließlich noch meine Urenkel kennenlernen, um euch von ihnen erzählen zu können, und ich möchte meine Jungs glücklich wissen. Bis dahin werde ich mich auf das Briefeschreiben beschränken.

In Liebe,

Nanna

1. Kapitel

Maximilian Dark trat aus dem Portal des elterlichen Schlosses. Missbilligend zog er den Kragen seiner Jacke nach oben und schritt schnell über das angrenzende Gelände. Der Besitz seiner Eltern erstreckte sich über mehrere Tausend Hektar Land und war so gut verborgen, dass nicht mal die NSA es aufspüren konnte. Jahrtausende lang hatte seine Familie es geschafft, die Menschen aus ihrer unmittelbaren Nähe fernzuhalten, und er würde alles tun, damit es so blieb. Hier konnten sie ungestört leben und ihre Soldaten ausbilden.

Kleine Pfützen hatten sich auf dem Weg gebildet, der zu den Trainingshallen führte. Vor Stunden hatte ein heftiger Regen eingesetzt und wenn man sich die dicken schwarzen Wolken ansah, die den Himmel zu einem dunklen Nichts machten, würde die Sintflut auch noch eine ganze Weile anhalten und vielleicht sogar noch schlimmer werden. Er legte die letzten Meter zurück und betrat das Gebäude, in dem gerade Schwertkampf auf dem Übungsplan stand.

Max blieb in der Tür stehen und schüttelte sich die Nässe vom Körper. Seine Jacke hängte er an einen vorgesehenen Haken, bevor er sich zu Aiden gesellte, der seine Rekruten mit Argusaugen überwachte. Er war Max' bester Ausbilder, streng, aber fair hatte er jederzeit ein offenes Ohr und nahm jede Beschwerde ernst.

„Wie läuft's?", fragte Max und sah dabei zu, wie zwei Vampire den schlechtesten Trainingskampf vollführten, den er je gesehen hatte. Da stimmte einfach gar nichts, weder die Koordination noch die Geschicklichkeit und von Timing war nicht die Bohne zu erkennen.

„Eike! Josh!", brüllte Aiden und beendete das Drama. „Hatte ich euch nicht gesagt, ihr sollt die Übungen täglich wiederholen?" Er hatte sich zwischen den beiden aufgebaut und blickte sie streng an. „Jede Bewegung muss euch in Fleisch und Blut übergehen."

„Ja, Sir", sagte Josh ziemlich leise.

„Ich kann euch nicht hören." Aiden verschränkte die Arme vor der Brust.

Die beiden strafften die Schultern und streckten den Rücken durch. „Ja, Sir!", brüllten sie unisono laut heraus.

Das reichte ihrem Ausbilder allerdings immer noch nicht aus. „Und wenn ihr einen Befehl bekommen habt, warum führt ihr ihn dann nicht aus?" Er wartete einen Moment, aber die beiden Jungs schienen keine Antwort darauf zu haben. „Zwei Wochen lang werdet ihr jeden Tag die Latrinen schrubben und zwanzig Kilometer extra laufen. Zusätzlich zu euren sonstigen Diensten."

Das „Ja, Sir!" kam schnell, aber weit weniger enthusiastisch.

„Dann strengt euch ab jetzt mehr an. Weitermachen", donnerte Aiden und ließ sie stehen. „Lass uns ins Büro gehen, die sind viel zu neugierig", sagte er zu seinem General und lief voraus.

Max hatte nichts dagegen einzuwenden, die Rekruten ging es sowieso nichts an, was sie zu bereden hatten. Nachdem sie die Tür hinter sich geschlossen hatten, machte er es sich auf dem kleinen Zweisitzer gemütlich. Büro konnte man es eigentlich nicht nennen, es gab ja nicht einmal einen Schreibtisch. Im Grunde standen hier nur Sitzgelegenheiten rum für Besprechungen. Bunt zusammengewürfelte Möbel, von denen einige zwar schon ziemlich abgewetzt, aber umso gemütlicher waren und nur das zählte am Ende.

„Ich dachte, Jason wollte auch kommen", meinte Aiden und

setzte sich auf einen Stuhl.

Das entlockte Max ein Lachen. „Als ob der in letzter Zeit auch nur einmal pünktlich gewesen wäre. Wahrscheinlich ist er immer noch mit Marie beschäftigt", setzte er grinsend hinzu.

Aiden ließ wie immer nicht erkennen, was er davon hielt. Der Vampir hatte stets einen Gesichtsausdruck, bei dem man meinen konnte, dass ihn das alles einfach nur langweile. Desinteressiert zuckte er mit den Schultern.

„Lass uns anfangen", bestimmte Max. „Er wird schon irgendwann auftauchen."

Wie auf Kommando wurde die Tür aufgestoßen, ein klitschnasser Jason betrat das Büro. Dicke Wassertropfen liefen an seiner Kleidung herunter und hatten binnen Sekunden eine Pfütze auf dem Boden zu seinen Füßen gebildet. Wortlos verließ Aiden den Raum und kehrte kurze Zeit später mit einem Handtuch zurück. Er warf es Jason zu, der es dankbar auffing.

„Warum bist du bei diesem Scheißwetter nicht mit dem Auto gefahren?", fragte Max kopfschüttelnd.

„War spät dran", drang Jasons Stimme gedämpft unter dem Frotteestoff hervor, mit dem er sich gerade die Haare trocken rubbelte.

„Und den Grund kennen wir ja alle", murmelte Max und ließ sich tiefer in die Polster sinken. Abwartend schaute er seinem Stellvertreter dabei zu, wie er versuchte, sich einigermaßen trockenzulegen.

„Das geht dich einen Scheiß an, Boss", knurrte Jason säuerlich und warf sich das Handtuch um den Hals. Beide Enden hielt er in den Fäusten. „Wir sind bestimmt nicht hier, um über mein Liebesleben zu diskutieren. Oder eurem nicht existenten."

Max hob eine Augenbraue und grinste süffisant. „Danke, kein Interesse. Liebe ist nicht so mein Ding, heißer Sex ist mir da lieber und da kann ich mich nicht beklagen."

„Können wir?", fragte Aiden desinteressiert. „Ich hab heute noch Besseres zu tun, als euch beim Schwanzlängenvergleich zuzuhören."

„Nur zu", schmunzelte Max. „Wir wollen dir ja nicht deine wertvolle Zeit stehlen."

Aiden nickte kurz und begann mit seinem wöchentlichen Bericht über den Ausbildungsfortschritt der neusten Mitglieder, die noch kein halbes Jahr zu den Truppen gehörten und noch viel zu lernen hatten. Max hörte allerdings nur mit halbem Ohr zu, die Fakten wiederholten sich meistens und er vertraute Aiden, dass er den Laden unter Kontrolle hatte. Würde außerdem irgendwas im Argen liegen, wäre er schon längst von seinem Oberausbilder informiert worden, da hatte er keinerlei Zweifel. Aber Aiden bestand darauf, ihm das Woche für Woche vorzutragen. Der würde auch einen guten Buchhalter abgeben.

„Sie werden aber mindestens noch ein Jahr brauchen, bevor wir sie in den Außeneinsatz schicken können", schloss Aiden seinen Bericht.

„Sehr schön", murmelte Max geistesabwesend. Ihm gingen wichtigere Dinge durch den Kopf, die ihn unentwegt beschäftigten. „Habt ihr was von Otaktay gehört?"

Jason prustete los. „Du hast nicht aufgepasst, großer Anführer."

Genervt schüttelte Aiden den Kopf. „Wofür mach ich mir eigentlich die Mühe, wenn mir sowieso keiner zuhört?"

Mit gerunzelter Stirn schaute Max von einem zum anderen. „Wieso?"

„Ich habe eben gesagt, dass unser Häuptling sich langsam mal melden könnte", wiederholte Aiden seine Feststellung.

„Ach, ihr kennt ihn doch", winkte Jason ab. Er hüpfte dabei auf einem Bein, den Kopf in einem komischen Winkel zur Seite gelegt. „Wenn er auf eine Fährte gestoßen ist, meldet er sich erst wieder, wenn er seine Beute zur Strecke gebracht hat."

Max' Augen folgten dem Auf und Ab seines Stellvertreters. „Er soll sich endlich ein Handy zulegen."

Jason schnitt ihm eine Grimasse. „Ja klar", höhnte er. „Als ob ihn irgendjemand dazu bewegen könnte."

„Sei froh, dass er überhaupt eine Schusswaffe benutzt und nicht mehr mit Pfeil und Bogen jagt", stimmte Aiden teilnahmslos zu. „Otaktay würde einen super Werwolf abgeben, wenn ich mir das recht überlege."

„Kann sein." Max schüttelte den Kopf, um den Blick endlich von Jason zu lösen. „Was machst du da eigentlich? Einen Regentanz?", fauchte er. „Danke, aber wir haben schon genug Regen gehabt, der reicht für das gesamte Jahr."

Sein Stellvertreter hielt inne und funkelte ihn an. „Ich hab Wasser im Ohr", knurrte er zurück.

„Soll ich dich auf den Kopf stellen und schütteln?", bot Max an.

„Nee, lass mal. Wir wollen ja nicht, dass du dir noch einen Bruch hebst." Jason grinste ihn gemein an. „In deinem Alter sollte man vorsichtig sein."

„Pass bloß auf", lachte Max. „Sonst stelle ich dich unter Shaynes Kommando."

Jason legte seine Jacke ab, warf das Handtuch auf die Sitzfläche eines Sessels und ließ sich darauf plumpsen. „Ach, das würdest du sowieso nicht tun. Wer würde denn sonst deine Launen ausbaden."

„Ich bin nicht launisch", motzte der General.

„Und ob", lachte sein Stellvertreter. „Was sagst du?", fragte er an Aiden gewandt.

Der blickte ihn nur gelangweilt an. „Haben die Wölfe schon neue Informationen?", wechselte er das Thema.

Max schüttelte den Kopf. „Dieser Kayden scheint wie vom Erdboden verschluckt. Sein Hauptquartier ist wie ausgestorben und die Seiten im Internet sind auch vom Netz genommen. Taylor und Hope bleiben zwar am Ball, aber es ist unwahrscheinlich, dass sie es noch einmal auf diesem Weg versuchen. Wenn ihr mich fragt, suchen sie sich etwas Neues, um die Frauen an den Mann zu bringen."

„Und die Frauen?", fragte Aiden.

„Sind so verängstigt, dass sie keinen Ton von sich geben." Max stand auf und lief im Zimmer auf und ab. „Cuthwulf sagt, wir müssen ihnen Zeit geben, aber meine Geduld ist bald am Ende. Wenn ich nur daran denke, wie Kayden diese Frauen behandelt hat, wird mir ganz schlecht."

Max fiel es schwer, seinen Zorn im Zaum zu halten, wenn er an all die Misshandlungen dachte, denen die Frauen wehrlos ausgesetzt waren. Und dann hatten ihre Peiniger sie auch noch in einem kleinen, dunklen Loch unter der Erde zusammengepfercht, wo sie frierend und hungernd auf die nächsten Grausamkeiten warten mussten. Wütend holte er aus und seine Faust hinterließ eine große Delle in der Wand.

„Könntest du bitte damit aufhören, das Trainingszentrum auseinanderzunehmen." Aiden blickte seinen Vorgesetzten nicht an, sondern blätterte weiter in den Unterlagen, die er in der Hand hielt.

„Ich will dieses Schwein haben", knurrte der General. „Und dann werde ich ihm zeigen, was es heißt, der Schwächere zu sein. Einfach nur töten ist viel zu gut für diesen Feigling." Mit geballten Fäusten drehte er sich zu ihnen um. „Was ist mit dieser Freyja?"

Jason zuckte mit den Schultern. „Auch verschwunden."

„Ich hätte sie nicht aus den Augen lassen sollen." Stinksauer drosch er noch einmal auf die Wand ein.

Aiden verdrehte die Augen. „Draußen sind Boxsäcke und Rekruten, falls du deinen Frust loswerden musst."

„Rekruten?", fragte Max zurück und hob die Augenbrauen.

„Solange du sie am Leben lässt." Aiden zuckte mit den Schultern. „Eine Abreibung tut dem ein oder anderen mal ganz gut. Zumindest wenn man nach ihren Egos geht, stehen sie euch in nichts nach."

„Vielleicht sollten wir mal die Wölfe einladen und damit ihre Trainingsoptionen erweitern", lachte Jason.

„Ich will ihre Selbstüberschätzung in den Griff bekommen und kein Gemetzel anzetteln", erwiderte Aiden ernst.

„Blake würde diese unerfahrenen Frischlinge im Schlaf fertigmachen und noch nicht mal ins Schwitzen kommen." Max blickte Jason neugierig an. „Aber das müsstest du ja am besten wissen, wo er doch dein neuer bester Freund ist."

„Oh, oh! Eifersüchtig?", lachte Jason und zwinkerte seinem General zu, der ihm als Antwort nur eine Grimasse schnitt.

„Könnten wir wieder zum Thema kommen?", fragte Aiden

genervt.

„Sicher", stimmte Max zu und fasste zusammen: „Wir haben keine Ahnung, wo Kayden steckt oder was er als Nächstes vorhaben könnte. Die Einzige, die uns hätte nähere Informationen geben können, ist entwischt. Und Shayne dreht am Rad, weil er sich um die Sicherheit des Schlosses und des Hauptquartiers Gedanken macht. Hab ich soweit alles?"

„Du hast SIG vergessen", fügte Jason der Aufzählung hinzu und verdrehte die Augen.

„Wie konnte ich nur", stöhnte Max. Der Wolf war seit Wochen eine Nervensäge, weil er seinen Lieblingswaffen hinterherjammerte. Keir durchstöberte die ganze Stadt nach der Frau, die ihm seine Babys gestohlen hatte. Pech war nur, dass er nicht einmal mehr sagen konnte, wie sie genau aussah. Nicht einmal ihren Geruch würde er wiedererkennen, weil sie so viel Parfüm getragen hatte. Und zu allem Überfluss konnte er den anderen nicht einmal die Wahrheit sagen, wie sie ihm abhandengekommen waren. Nur Max wusste, was genau in dieser Nacht vor sich gegangen war, aber der Vampir hatte die Frau leider auch nicht gesehen.

Die Tür öffnete sich ein weiteres Mal und Damian gesellte sich zu ihnen. Auch diesem Krieger lief das Wasser in kleinen Bächen am Körper hinab. Anstatt aber wie Jason auf ein Handtuch zu warten, schüttelte er sich wie ein Hund und verteilte dicke Tropfen im ganzen Raum. Wütend stand Aiden auf, stapfte aus der Tür und als er zurückkam, stülpte er Damian grob ein großes Badetuch über den Kopf.

„Du kannst nachher gleich den Putzlappen schwingen", befahl Aiden streng und setzte sich wieder auf seinen Platz.

„Ich bin keiner von deinen Rekruten", maulte Damian zurück,

trocknete sich aber brav ab.

„Was machst du hier?", fragte Max misstrauisch, da der Vampir eigentlich Wache in der Stadt halten sollte.

„Lucian ist für mich eingesprungen, weil ich dir das zeigen wollte." Damian schob den Stoff vom Kopf, um seinen Chef ansehen zu können, und reichte Max eine längliche Holzkiste.

Skeptisch betrachtete der General das verschnörkelte Mahagoni, bevor er den Verschluss aufschnappen ließ und den Deckel anhob. Seine Mundwinkel zuckten. Auf dem samtenen Kissen lagen zwei goldglänzende Halbautomatik. In jeden Griff der beiden SigSauer Skorpions war ein Wolf eingraviert und darüber die Worte: Veni, vidi, vici. Max lachte, als er den bekannten Satz las. *Kam, sah, siegte.* Ja, das passte zu SIG, zumindest wenn es ums Schießen ging.

Als er seine Soldaten anblickte, wurde Max ernst. „Wo hast du die aufgetrieben?"

„Sind mir sozusagen in den Schoß gefallen." Damian warf das nun nasse Handtuch achtlos auf den Boden, was ihm einen bösen Blick von Aiden einbrachte, den er aber geflissentlich übersah, und ließ sich auf einen Stuhl plumpsen. „Während meiner Patrouille bin ich zufällig bei einem Pfandleiher vorbeigekommen und hab die im Schaufenster entdeckt."

„Wer hat sie ihm verkauft?" Max bezweifelt keine Sekunde, dass der Vampir den Pfandleiher ausgequetscht hatte.

„Ach, das war nicht schwer rauszubekommen", meinte Damian süffisant grinsend. „Der Typ hat anfangs was von Datenschutz oder so gestammelt, aber nachdem er zufällig einen Blick unter meinen Mantel geworfen hat, änderte sich seine Meinung ziemlich schnell."

Jason lachte. „Schwert oder Beretta?"

„Ein bisschen von beidem", gestand Damian mit einem hinterhältigen Grinsen und wendete sich wieder seinem General zu. „Der Name war natürlich gefälscht, aber der Typ konnte sich genau an die Frau erinnern, die sie ihm verkauft hat. Er jammerte noch etwas, dass er so schöne Stücke nicht ablehnen konnte, aber wenn er gewusst hätte, dass sie gestohlen waren. Bla, bla, bla", beendete er gelangweilt den Satz.

„Frau?", drängte Max, der endlich auf eine Beschreibung der Diebin hoffte, schließlich hatte sie einen großen Anteil daran, dass Keir fast getötet worden war.

„Dürr wie ein Stöckchen, fettige braune Haare", zählte Damian die Beschreibung auf. „Der Pfandleiher konnte sich kaum an sie erinnern, dachte, sie wäre eine Abhängige und hat nicht genauer nachgefragt, wo sie die Dinger herhatte." Er nickte in Richtung der Holzkiste. „An eines konnte er sich aber noch sehr gut erinnern."

Fragend hob Max die Augenbrauen und Jason knurrte: „Spuck schon aus!"

„Sie hatte sehr auffällige Augen mit einem außergewöhnlichen Farbton …"

„Violett", zischte Max.

Damian nickte. „Der Kandidat hat hundert Punkte", feixte er. „Willst du auch noch raten, wer es war?"

„Freyja." Max' Gedanken rotierten und es machte absolut Sinn. Dieses kleine Biest konnte sich als Einzige im Haus von Kayden frei bewegen und im Nachhinein hätte er sich denken können, dass der Typ auch hinter diesem Mordanschlag steckte. Allerdings fragte Max sich, warum Kayden es ständig auf Keir abgesehen hatte. Vielleicht sollte er den Wolf mal danach fragen.

„Wie kam sie an SIGs Waffen?", fragte Jason und kniff die Augen zusammen bei dem Versuch, sich zu erinnern.

Eine gute Frage, die ich dir nicht beantworten werde! Max war klar, dass seine Männer diesen Punkt nicht einfach auf sich beruhen lassen würden, selbst wenn er es ihnen befahl. Ein Gespräch mit Keir wurde immer dringender, zumal der Anschlag auf ihn und die Sache mit Kayden zusammenhingen. Und seine SigSauer waren bestimmt nicht grundlos bei einem Pfandleiher in der Stadt aufgetaucht.

„Wenn mich nicht alles täuscht, hatte er sie an dem Abend gar nicht dabei", fuhr sein Stellvertreter fort. „Außerdem dachte ich immer, dass man nur an SIGs Lieblinge kommt, wenn man sie ihm aus den toten Händen nimmt. Was meinst du, Boss?"

Unter den Blicken seiner Männer rutschte er nervös hin und her. Belügen wollte er sie nicht, aber die Wahrheit konnte er ihnen auch nicht sagen, schließlich hatte er Keir sein Wort gegeben.

„Na ja", begann Max lahm, ohne wirklich zu wissen, was er sagen wollte. Gott sei Dank kam ihm sein Handy zu Hilfe, das in diesem Augenblick zu vibrieren begann.

Max bedeutete den anderen, dass sie kurz warten sollten, und nahm den Anruf entgegen. „Was ist, Mum?"

„Komm sofort hierher!", flüsterte sie hektisch.

Alarmiert waren alle aufgesprungen. Auch seinen Männern war der Anflug von Panik in ihrer Stimme nicht entgangen. „Wir sind sofort da."

„Nein, nicht!", zischte sie. „Hier ist keiner in Gefahr, zumindest dein Vater und ich nicht, aber wenn du nicht in zehn Sekunden im Haus bist, begehe ich einen Mord."

Max runzelte verwirrt die Stirn. „Was ist denn …"

„Quatsch nicht so viel", unterbrach ihn Letizia gereizt. „Beweg lieber deinen Hintern hierher!"

„Schon gut, schon gut", maulte Max und setzte sich in Bewegung. „Ich bin ja schon unterwegs."

„Beeil dich", befahl seine Mutter noch, dann hatte sie auch schon aufgelegt.

Mit schnellen Schritten rannte er zum Haupthaus. Was hatte seine Mutter nur so aus der Fassung gebracht? Letizia konnte sonst nur wenig erschüttern. Seine Eltern waren nicht in Gefahr, aber sie hatte Angst, einen Mord zu begehen? Max konnte sich einfach keinen Reim darauf machen, aber er würde es ja gleich erfahren. Allerdings hatte es ein Gutes, er konnte mit Keir sprechen, bevor er seine Männer das nächste Mal sah.

2. Kapitel

Max stand mittlerweile vor dem Salon seiner Eltern und klopfte kurz an, bevor er die Tür aufstieß. Er hielt in der Bewegung inne, als er seinen Blick über die Versammelten schweifen ließ. Seine Eltern saßen auf einem der beiden Dreiersofas und ihnen gegenüber auf dem anderen saßen ein Mann und eine junge Frau, die Max sofort erkannte. Christian Harmsworth. Groß, schlank mit Hakennase und kantigem Kinn war er einfach nur ein Snob. Seine Augen und Haare waren haselnussbraun, genau wie bei seinen beiden Kindern. Tristan, seinen Sohn konnte er nirgendwo sehen, aber seine Tochter Isabelle saß neben ihm. Die Vampirin war etwa eins achtzig groß, doch im Moment wirkte ihre zierliche Gestalt viel kleiner, da sie mit eingezogenen Schultern neben ihrem Vater saß. Max mochte sie eigentlich ganz gerne, da sie im Gegensatz zum Rest ihrer Familie freundlich und herzlich war.

„Maximilian, da bist du ja endlich", sagte seine Mutter freundlich, betonte aber kaum merklich das letzte Wort.

Max riss sich zusammen und ließ sich seine Überraschung nicht anmerken, als er auf den Besuch zuging, der sich nun erhob. „Isabelle, du wirst von Tag zu Tag schöner", schmeichelte er nicht mal gelogen – schön war die Vampirin – und gab ihr einen Handkuss. Sie schenkte ihm ein Lächeln, bevor sie wieder auf ihre Schuhspitzen blickte. „Mister Harmsworth", begrüßte er ihren Vater mit Handschlag.

„Setz dich, mein Sohn", forderte Ethan ihn auf und alle nahmen Platz.

Misstrauisch blickte er von einem zum anderen. Die Stimmung im Raum konnte er zwar nicht wirklich einordnen, aber es war ihm nicht entgangen, dass Isabelle seinem Blick auswich.

„Christoph und Isabelle waren Verwandte besuchen und dachten, sie schauen mal vorbei, wenn sie schon in der Nähe sind", erklärte seine Mutter höflicherweise.

Letizia verzog zwar keine Miene, aber Max kannte sie gut genug, um zu ahnen, was sie dachte. Wahrscheinlich dasselbe wie er, nämlich dass der Besuch nur ein Vorwand war und sie den wahren Grund für Harmsworths Auftauchen früher oder später noch erfahren würden. Nach außen entspannt lehnte er sich in seinem Sessel zurück und überließ den Small Talk den anderen.

„Mein Sohn hat recht", nahm Ethan den Faden wieder auf. „Aus dir ist eine wunderschöne junge Vampirin geworden." Er schenkte der Frau ein freundliches Lächeln.

„Danke, Euer Hoheit", erwiderte Isabelle leise und errötete.

Wie niedlich, dachte Max und lachte in sich hinein. Die Vampirin war wirklich noch jung und unerfahren, wenn ein einfaches Kompliment ihr schon die Röte ins Gesicht trieb. Wie alt war die Kleine eigentlich? Wenn er sich recht erinnerte, musste sie jetzt Anfang zwanzig sein, oder so.

„Ja, sie ist eine bezaubernde Blume", stimmte ihr Vater zu, sah sie aber nicht an. Stattdessen wandte er den Blick nicht von Ethan ab. „Eine richtige Prinzessin."

Max erstarrte und Letizia krallte die Hände in ihren Pullover. Einzig Ethan war völlig regungslos geblieben. „Uns ist die Freude einer Tochter leider verwehrt geblieben", sagte der König freundlich und nahm die Hand seiner Frau. „Aber ich bin mir sicher, dass jedes Mädchen für ihren Vater eine Prinzessin ist."

„Gewiss, Hoheit", stimmte Harmsworth ihm zu, auch wenn sein Blick berechnend blieb. „Isabelle hat die besten Schulen in Europa besucht und wurde von klein auf gelehrt, sich in allen Kreisen zurechtzufinden."

In Max brodelte es, ihm war schon längst klar geworden, worauf Harmsworth hinauswollte. Nämlich seine Tochter mit einem Prinzen zu verheiraten und da Raven vom Markt war, blieb ja nur noch einer übrig. Am liebsten hätte er dem Idioten mal gesagt, wo er sich seine Heiratspläne hinstecken konnte, aber der strenge, warnende Blick seiner Mutter hielt ihn davon ab, zumindest für den Moment noch. Isabelle mochte eine nette Frau sein, aber keine, die er heiraten oder auch nur flachlegen wollte. Max mochte die Jagd und das Erlegen und nicht, dass seine Beute sich kampflos ergab. *In allen Kreisen bewegen, na klar*, dachte er verächtlich. Er würde der Kleinen keine fünf Minuten in einem seiner Stammlokale geben, bevor sie schreiend davonrannte. Zorn kochte in Max hoch und es war nur eine Frage von Minuten, bevor er explodierte. Auf keinen Fall würde er sich verheiraten lassen, dass seine Eltern überhaupt darüber nachdachten.

„Da bin ich mir sicher", entgegnete sein Vater noch immer freundlich. Viel zu freundlich für Max' Geschmack.

„Der Mann, der sie einmal heiratet, wird eine gute Frau bekommen", setzte Harmsworth in Max' Richtung hinzu.

„Und ihr habt sicher schon einen geeigneten Kandidaten auserkoren", sagte Max direkt.

Harmsworth erwiderte seinen Blick. „Wenn Ihr so fragt, ja", gab er zurück, blickte dann aber zu Ethan, als wäre es sowieso nicht Max' Entscheidung.

Nur zu gerne hätte Max diesem arroganten Arsch eine verpasst, aber seine Erziehung und Isabelles ängstliche Seitenblicke hielten ihn davon ab. Allerdings konnte auch das nicht seine Wut zähmen, die durch jedes weitere Wort von diesem Kerl weiter angeheizt wurde.

„Mein König", fuhr Harmsworth schmeichlerisch fort. „Erlaubt Ihr mir, offen zu sprechen?"

„Ich bitte darum." Ethan hatte jetzt auch das freundliche Lächeln abgelegt und blickte sein Gegenüber ernst an.

„Unsere Familien verbindet eine lange Freundschaft", begann der Typ geschwollen.

Max schnaubte innerlich. *Freundschaft, na klar.* Soweit er sich erinnern konnte, hatten die Harmsworth versucht, seiner Familie den Thron streitig zu machen, weil sie ihn selbst besteigen wollten. Intrigen, Anschläge und weiß der Geier was noch alles hatten sie allerdings nie zum Erfolg gebracht, deswegen versuchte es Harmsworth nun auf der Eheschiene. Den schleimigen Lobhudeleien hatte Max nicht zugehört, aber als Christoph zum eigentlichen Thema kam, hatte er wieder seine ganze Aufmerksamkeit.

„Meine Familie hat sehr viel Einfluss, wenn wir auch mit Euch nicht mithalten können, aber eine Verbindung könnte beiden Familien zum Vorteil reichen." Harmsworth deutete eine Verbeugung an, die ihm sichtlich gegen den Strich ging. „Mit Verlaub, es ist an der Zeit, dass Maximilian sich eine Frau erwählt."

„Mein Sohn wird heiraten, wenn er es für richtig hält", schaltete sich nun Letizia ein.

„Wir sollten uns anhören, was Mister Harmsworth zu sagen hat", ging Ethan freundlich, aber bestimmt dazwischen.

Das war zu viel für Max. Wenn sein Vater ernsthaft glaubte, dass er sich so einfach verheiraten ließ, war er aber auf dem Holzweg. „Vater, du denkst doch nicht …"

„Lass ihn ausreden", fuhr sein Vater ihn an.

Für einen Moment funkelten sich beide Männer an. Aber in diesem Augenblick war Ethan nur sein Vater, nicht sein König und Max würde sich nie dazu zwingen lassen, den Bund der Ehe einzugehen. Wenn er jemals heiratete, was noch nicht mal feststand, dann nur eine Frau, die er selbst ausgesucht hatte.

Max' Kieferknochen mahlten und die Worte kamen ihm nur gepresst über die Lippen. „Ihr könnt euch gerne noch Stunden darüber unterhalten, wen ich einmal heirate. Aber es wird nichts daran ändern, dass es alleine meine Entscheidung ist und bleibt." Er erhob sich langsam, nahm Isabelles Hand und deutete einen Kuss auf ihre Knöchel an. „Es hat nichts mit dir zu tun, du bist sicherlich eine fantastische Frau, die meinen tiefsten Respekt hat. Und ich kann nur hoffen, dass du meine Entschuldigung annimmst, aber ich werde mich nicht verheiraten lassen."

„Seid gewiss, Hoheit, ich hege nicht den geringsten Groll gegen dich." Kaum merklich und nur für Max' Augen bestimmt, zwinkerte sie ihm zu. „Trotzdem fände ich es schön, wenn wir uns noch ein wenig unterhalten könnten, solange wir die Gastfreundschaft deiner Eltern in Anspruch nehmen. Wir haben uns eine Ewigkeit nicht gesehen und ich würde gerne erfahren, wie es dir und deinem Bruder ergangen ist."

Irgendwas in ihrem Blick veranlasste Max zu nicken. „Sicher." Er erhob sich und reichte ihrem Vater die Hand, der aufstand und sie ergriff. „Verzeiht mir, Mister Harmsworth, aber die Pflicht ruft."

Christoph lächelte noch immer, aber es hatte eine zornige Note bekommen. „Maximilian." Er schüttelte die dargebotene Hand. „Wir werden uns sicher beim Essen sehen, wenn es deine Zeit erlaubt."

Max nickte kurz und wandte sich dann seinen Eltern zu. „Mum,

Dad, ich melde mich später."

Ethan machte ein Gesicht, als hätte er eine Fliege verschluckt, aber das interessierte Max ehrlicherweise kein Stück. Für den Moment war er einfach zu wütend auf seine Eltern, um sich auch nur einen Deut um ihr Gemüt zu scheren. Mit einem kurzen Nicken verließ er die Gesellschaft und stampfte den Flur entlang zum Ausgang.

„Entschuldigt mich bitte einen Moment", hörte er seine Mutter sagen.

Max verdrehte die Augen, ohne seine Schritte zu verlangsamen. Natürlich wusste er genau, was jetzt kommen würde. Drei … zwei … eins … Schlanke Finger legten sich um seinen Oberarm und er wurde in den nächsten freien Raum gezogen, der sich als das Arbeitszimmer seines Vaters entpuppte. Somit waren sie wirklich alleine und keiner bekam mit, was gesprochen wurde. Er ließ zu, dass seine Mutter ihn weiter in den Raum schob und die Tür hinter ihnen schloss.

„Es ist mir egal, was für Gründe er hat", wehrte Max sofort ab und stellte sich mit verschränkten Armen in die Mitte des Zimmers. „Diesmal seid ihr zu weit gegangen und wenn ihr glaubt, dass ihr mich einfach verhökern könnt, dann …"

„Maximilian Ethan Alarith Gregorius Dark, kannst du mal für eine Minute die Klappe halten und zuhören", fuhr seine Mutter ihn an.

Sofort verstummte er. Wenn seine Mutter ihn mit vollem Namen ansprach, war es besser, einfach zu tun, was sie forderte. Trotzdem würde er niemals und unter gar keinen Umständen eine arrangierte Ehe eingehen. Da konnte sie sagen und tun, was sie wollte. Max hielt zwar die Klappe, aber er dachte gar nicht daran, seine abweisende Haltung aufzugeben.

Letizia musterte ihn einen Moment, dann ließ sie die Luft laut entweichen. Lächelnd kam sie auf ihn zu. „Egal, wie alt ihr auch werdet, irgendwo benehmt ihr euch immer wie Kinder." Liebevoll legte sie ihm eine Hand an die Wange. „Du bist mein Sohn und ich liebe dich. Denkst du wirklich, dass dein Vater oder ich auch nur eine Sekunde daran gedacht haben, dich zum Heiraten zu zwingen."

Max fühlte sich in seine Teenager-Jahre versetzt, wenn er trotzig vor seiner Mutter gestanden hatte, weil er etwas nicht tun wollte. Widerwillig schüttelte er den Kopf. „Wahrscheinlich nicht", räumte er ein.

„Wahrscheinlich?", fragte seine Mutter ärgerlich zurück und tätschelte seine Wange etwas stärker. „Wir würde dich niemals gegen deinen Willen verheiraten." Letizia drehte sich weg und ging zu einer kleinen Sitzgruppe.

„Was will Harmsworth dann hier?", fragte Max, während er ihr nachsah.

„Genau das will dein Vater ja herausfinden", gab die Königin zurück, ließ sich auf einem Sofa nieder und klopfte mit der flachen Hand neben sich. Max kam der Aufforderung nach, während sie weiterredete. „Christoph hat heute Mittag angerufen und sich für Sonnenuntergang angesagt, wenn es nicht zu viele Umstände macht. Natürlich hat dein Vater zugesagt, schon aus Neugierde. Uns ist beiden klar, dass Harmsworth einen Plan verfolgt."

„Macht durch Heirat", knurrte Max.

„Wahrscheinlich", stimmte seine Mutter schulterzuckend zu. „Aber vielleicht steckt noch mehr dahinter und genau das wollen wir herausfinden. Ethan wird keinem Gespräch mit unseren Gästen aus dem Weg gehen und wenn dein Vater eins gut kann, dann ist es zwischen den Zeilen zu lesen."

„Okay, das sehe ich ja ein", gab Max nach. „Aber das Thema Heirat dürft ihr getrost streichen."

Letizia nickte langsam. „Das ist uns bewusst, wenn auch schade."

„Was soll das denn nun schon wieder heißen?", brauste er auf.

„Brummbär", lachte seine Mutter. „Ein Diplomat wirst du nie werden."

Nein, das war er nun wirklich nicht. Diplomatie lag Max einfach nicht in den Genen und er hatte ehrlicherweise auch keinen Bock auf die ganze Heuchelei, die leider mit dem Königsamt einherging. Nicht immer durfte man seinem Gegenüber sagen, was er einen mal konnte. Manchmal war es klüger, den Mund zu halten und zuzuhören. Nicht sein Ding und deshalb hat er auch auf die Krone verzichtet. Zumindest war das einer der Gründe.

„Warum schade?", fragte er wesentlich ruhiger.

Letizia musterte ihn einen Moment. „Ob wir Harmsworth und seinen missratenen Sohn leiden können oder nicht, sei mal dahingestellt, aber es ist nicht von der Hand zu weisen, dass sie tatsächlich großen Einfluss haben. Und wenn man seinen Vorsprung halten will, ist es immer besser, der Wind kommt von hinten, anstatt einem ins Gesicht zu blasen."

Max schnaubte. „Wenn der Wind in deinen Rücken bläst, können dich die anderen Raubtiere wittern und angreifen."

„Touché", grinste Letizia. „War wirklich eine schlechte Metapher."

Das entlockte ihm ein leises Lachen. „Stimmt, aber ich verstehe, was du mir sagen willst." Max' Miene verschloss sich wieder und er wurde ernst. „Trotzdem werde ich keine wildfremde Frau heiraten, nur weil es euch in den Kram passen würde."

„Ich bitte dich nur, es nicht kategorisch abzulehnen. Rede ein bisschen mit Isabelle, lern sie kennen und wenn es nicht passt, dann ist das in Ordnung." Letizia lächelte sanft und nahm seine verkrampften Fäuste in ihre Hände. „Du bist zornig, deshalb ist es wohl nicht der richtige Moment, um diese Unterhaltung weiterzuführen."

„Nein ist es nicht", zischte Max, der schon wieder am Kochen war.

Seine Mutter nickte verständig. „Denk einfach darüber nach, wenn du es verdaut hast. Egal wie deine Entscheidung auch ausfallen mag, dein Vater und ich werden sie respektieren. Für das Essen werde ich dich entschuldigen."

„Ich lass es mir durch den Kopf gehen", stimmte er widerstrebend zu.

„Gut", lächelte sie und erhob sich. „Grüß alle von mir", bat sie und streichelte dabei über sein Haar. „Ich bin sehr stolz auf dich und deinen Bruder. Ihr seid starke Krieger und verantwortungsbewusste Männer geworden."

„Versuchs erst gar nicht auf dieser Schiene", wehrte Max ab, konnte sich aber ein Lächeln nicht verkneifen. Er stand auf und küsste seine Mutter auf die Stirn. „Wir sehen uns."

Nicht mehr ganz so zornig, aber immer noch mit Wut im Bauch trat Max den Heimweg an. Zu allem anderen Ärger, der ihm durch den Kopf ging, musste er sich nun auch noch Gedanken um eine Hochzeit machen, die es sowieso nie geben würde. Er hatte nämlich gar nicht vor, überhaupt irgendwann unter die Haube zu kommen. Und eine Adelige kam dabei schon gar nicht infrage.

Max stampfte zu seinem Wagen und stieg ein, mit quietschenden Reifen fuhr er davon. Sein Jaguar war bequem und zuverlässig, das reichte. Außerdem machte er auch optisch etwas her, was ja auch nicht schlecht war. Wenn er sich allerdings die aufgemotzten Karren in der Schlossgarage ansah, bekam er schon kleine Minderwertigkeitskomplexe. Max schlug sich gedanklich selbst gegen den Kopf, die Hände ließ er allerdings lieber am Steuer, schließlich hielt er sich kein Stück an die Geschwindigkeitsbegrenzung. War aber schon ein dämlicher Gedanke gewesen.

Max bog bereits in die Zufahrt zum Schloss und parkte den Wagen direkt vor dem Hauptportal. Mit der Holzkiste, die er vom Rücksitz holte, eilte er die Stufen zum Schloss nach oben. Er hatte sowieso schon eine absolut miese Laune und dass er sich jetzt auch noch mit Keir auseinandersetzen musste, heiterte seine Stimmung nicht gerade auf. Nachdem er die Tür zur Eingangshalle geschlossen hatte, lauschte er einen Augenblick dem Stimmengewirr, das von überall herkam. Es dauerte auch nicht lange, bis er Keirs Stimme unter den anderen ausgemacht hatte.

Keir saß zusammen mit Stone und Tyr in der Küche. Die Männer schauten erst auf, als Max den blonden Wolf am Arm packte und mit einem kurzen, halb geknurrten „Wir müssen reden" hinter sich her zerrte.

„Pass doch auf", schimpfte Keir, weil er das Gleichgewicht verloren hatte.

Max hielt ihn fest, bis Keir wieder sicher stand, hielt dabei aber keine Sekunde lang an. Er musste zugeben, dass er den Wolf auch hätte zuerst aufstehen lassen können, aber wo wäre denn da der Spaß? Keir hatte die Füße auf den Tisch gelegt, was er sich natürlich nur traute, weil Nanna noch schlief.

„Lass mich los, Max", zischte Keir wütend. „Ich kann auch alleine gehen."

Max entsprach seinem Wunsch, allerdings nur, weil sie mittlerweile vor der Tür des Arbeitszimmers angekommen waren. „Wir müssen dringend reden", wiederholte er seine Worte und sah den anderen eindringlich an.

„Du hättest doch nur nett fragen müssen", grinste Keir und schlenderte ins Zimmer.

Manchmal könnte ich ihn, dachte Max und hatte schon die Hände gehoben, um sie dem Wolf um den Hals zu legen, als die Kiste dabei in sein Blickfeld geriet. Zuerst reden, dann erwürgen, beschloss Max und folgte Keir ins Arbeitszimmer. Wortlos, aber missmutig stapfte er zum Schreibtisch, stellte die Kiste darauf ab und öffnete sie.

„Was ist das?", fragte Keir neugierig und stand auch schon hinter ihm.

Max trat zur Seite, damit der Wolf sich den Inhalt anschauen konnte. Er konnte den Unglauben in Keirs Augen sehen, der sich nach und nach in blanke Freude verwandelte. Feuerwaffen waren dem Kerl echt zu wichtig, befand der Vampir in diesem Moment. So freuten sich höchstens Eltern, die ihr vermisstes Kind wiederfanden. Im selben Moment setzte Keir dem Ganzen die Krone auf, als er Max ohne Vorwarnung um den Hals fiel.

„Wenn du auch nur daran denkst, mich zu küssen, hänge ich deine Gedärme zum Trocknen nach draußen", knurrte Max und versuchte, ihn von sich zu schieben.

„'Tschuldige", meinte Keir und ließ ihn schnell los. „Aber du hast mir meine Babys zurückgebracht." Mit glänzenden Augen nahm er die beiden Halbautomatik aus dem samtenen Innenfutter und drehte sie prüfend hin und her. „Ich schulde dir einen riesigen Gefallen. Noch einen", schloss er ernst und schaute ihn an.

„Schön wär's", grummelte Max vor sich hin, während er zu dem kleinen Sofa schlurfte, um es sich darauf bequem zu machen. „Damian hat sie bei einem Pfandleiher entdeckt."

„Dann schulde ich ihm den Gefallen." Keir war schon wieder damit beschäftigt, seine SigSauer durchzuladen und alle Funktionen zu testen.

„Lass das mal lieber bleiben, der würde dich nur zu seinem Sklaven machen." Max fuhr sich über das Gesicht, heute war einfach ein beschissener Tag gewesen. „Leider hat das ein paar unangenehme Fragen aufgeworfen."

Keirs Blick verfinsterte sich, doch endlich hatte Max seine ungeteilte Aufmerksamkeit. „Du hast ihm doch nichts gesagt?", fragte der Wolf misstrauisch.

„Ich habe dir mein Wort gegeben, womit sich alle weiteren Fragen in diese Richtung ja wohl erübrigt haben." Max' Züge waren hart und unnachgiebig.

„Natürlich", sagte Keir schnell und seine Miene entspannte sich. „Natürlich würdest du nie dein Versprechen brechen."

„Trotzdem halte ich es für besser, wir würden die anderen einweihen." Max deutete auf die Holzkiste. „Es war schon ein sehr großer Zufall, dass sie ausgerechnet dort auftauchen, wo wir patrouillieren. Und ich glaube nicht an Zufälle, SIG."

Seufzend wechselte Keir seine ungeliebten neuen Schießeisen gegen seine geliebten SigSauer. „Du bist ganz schön paranoid, mein Freund. Nicht alles ist eine Spur zu einem neuen Komplott."

„Nicht immer, aber in letzter Zeit war es doch immer öfter der Fall", sagte Max ruhig. „Ich kann deine Gründe verstehen, die Vorfälle nicht an die große Glocke hängen zu wollen. Trotzdem halte ich es für eine schlechte Zeit, um Geheimnisse vor unsere

Familie zu haben. Du siehst ja, wo es Jason hingebracht hat."

Keir musterte ihn ernst, dann seufzte er. „Vielleicht hast du recht."

„Ich habe sogar ganz sicher recht."

„Allerdings nicht gleich", unterbrach der Wolf ihn. „Gib mir noch ein paar Tage, um ein paar Nachforschungen anzustellen. Vielleicht bekomme ich ja was raus."

Max lächelte müde. „SIG, es ist keine Schande, von einem Vampir überwältigt zu werden, vor allem, wenn man in einen Hinterhalt gelockt wurde."

Keirs Miene verschloss sich schneller, als man gucken konnte. „Für einen Wolf, einen Kämpfer ist es die größte Schande, die einem widerfahren kann." Er hob die Hand, um Max' Einwand zu unterbinden. „Gib mir einfach ein paar Tage, sollte ich nichts herausfinden, werde ich es den anderen persönlich sagen."

Für ein paar Sekunden haderte Max mit seinem Verstand, aber eine wirkliche Wahl hatte er sowieso nicht, da Keir sein Wort hatte. Langsam und mit sichtlichem Widerwillen stimmte er zu. „Damian hat den Pfandleiher ausgequetscht. Der Typ wusste natürlich keinen Namen, allerdings konnte er sich an die Frau erinnern, die deine Sigs versetzt hat."

„Dann kann er sie auch beschreiben", meinte Keir voller Tatendrang.

Max nickte müde. „Eine Beschreibung, die auf Hunderte, wenn nicht sogar Tausende zutrifft." Er beobachtete, wie sich Keirs Miene in Enttäuschung wandelte und setzte schnell hinzu: „Allerdings hatte sie eine sehr außergewöhnliche Augenfarbe. Violett, wenn man dem Händler glauben soll."

Keir blickte ihn überrascht an. „Die Kleine in Kaydens Hauptquartier." Man sah ihm an, dass er sich zu erinnern versuchte. „Ich bin mir nicht sicher, ob es ein und dieselbe Frau war."

„Dann solltest du das wohl als Erstes herausfinden." Max erhob sich. „Ich bin müde, es war eine lange Nacht." Wie zur Untermauerung seiner Worte begannen die Rollläden sich zu schließen. „Zeit fürs Bett."

„Ohne Frühstück?", grinste der Wolf, verstaute die Waffen in der Holzkiste und klemmte sie sich unter den Arm. „Komm, mein Freund, kein Mann sollte hungrig ins Bett gehen."

Max konnte sich das Grinsen nicht verkneifen. „Wenn es nach euch gehen würde, darf ein Mann nie hungrig sein."

Der Wolf marschierte lachend zur Tür. „Warum auch, wenn man die beste Köchin der Welt im Haus hat?" Er ging aus der Tür und ließ sie offen stehen.

Max folgte ihm kopfschüttelnd bis zum Treppenabsatz, wo er sich in den Ostflügel verabschieden wollte, während Keir die Küche ansteuerte. In diesem Moment hielt ihn allerdings eine Stimme zurück, der er einfach nicht mehr widerstehen konnte.

„Mäsch, Mäsch", rief Ashley von der Tür her und streckte ihm die offenen Arme entgegen.

Wie soll ein Mann dem widerstehen?, dachte Max. Schnell eilte er die Stufen hinab und schloss den kleinen Schatz in seine Arme. Der Mädchen war ihm dermaßen ans Herz gewachsen in den letzten Monaten, dass er ihr keinen Wunsch abschlagen konnte. Das Herz ging ihm auf, als sie ihre Ärmchen um seinen Hals schlang und ihm einen Schmatzer auf die Wange gab. Sanft lächelnd begann er, sich schnell mit ihr im Kreis zu drehen, genauso wie sie es gerne mochte. Laut lachend warf sie die Hände in die Luft und den Kopf in den Nacken.

„Schneller", kreischte sie lachend.

Max tat ihr den Gefallen, achtete aber darauf, dass es nicht zu viel für den kleinen Schatz wurde. Für einen kleinen Moment wirbelte er sie wild herum, bevor er sich langsam ausdrehen ließ. Nicht dass ihr am Ende noch schlecht wurde.

„Hab ich doch richtig gehört", grinste Tami, die sich soeben zu ihnen gesellte. „Ashleys freudiges Quietschen würde ich unter Tausenden erkennen. Jala", schloss sie lächelnd und hakte sich bei der anderen Wölfin unter. „Bereit für Shopping, bis die Kreditkarten glühen?"

Jala grinste zurück. „Aber sicher doch." Sie stellte sich auf die Zehenspitzen, um mit den Lippen die Wange ihrer Tochter zu erreichen, die noch immer auf Max' Armen thronte. „Sei brav und höre darauf, was Emma dir sagt." Als Antwort gab Ashley ihrer Mutter einen feuchten Schmatzer.

„Ich merke, wann ich überflüssig bin", lächelte Jala sanft und strich ihrer Tochter über den Kopf. „Bis später, mein Engel."

Tami nahm die andere Frau an der Hand und zog sie aus dem Schloss. Max blickte den beiden etwas überrascht nach, bis die Tür ins Schloss fiel. Irgendwie hätte er nicht erwartet, dass ausgerechnet Jala mit Tami befreundet war. Sie war zwar auch eine Kämpferin, aber in erster Linie hatte er sie nur als ruhige und herzliche Wölfin kennengelernt, die mit jedem gut konnte. Während Tami eher forsch vorging und nie mit ihrer Meinung hinter dem Berg hielt. Ein Tsunami, der alle mit sich riss und fortspülte, was ihm in die Quere kam. Max fand, dass dies nicht unbedingt eine Kombination war, die Freunde sein konnten. Aber was wusste er schon, wahrscheinlich konnten sich alle Frauen dieser Welt vertragen, wenn es ums Shoppen ging.

„Frühstück", forderte Ashley und zog leicht an seinen Haaren.

„Wie du wünschst, Maus", gab Max der Forderung lachend nach und trug die Kleine in die Küche, aus der schon der himmlische Geruch von Eiern mit Speck drang.

Vielleicht sollte er sich doch noch eine Kleinigkeit genehmigen, bevor er zu Bett ging. Keir hatte durchaus recht, dass man mit leerem Magen nicht gut schlafen konnte. Ein paar Rühreier mit Toast hörten sich einfach verlockend an. Zumindest würde er die schlechten Ereignisse damit besser verdauen können.

3. Kapitel

Erschöpft ließ sich Jala auf ihr Sofa fallen und die vielen Tüten von verschiedenen Modegeschäften landeten zu ihren Füßen. Sie streifte sich die Schuhe ab und wackelte erleichtert mit den Zehen. Zusammen mit Tami hatte sie die Läden der Stadt unsicher gemacht, gefühlt waren sie zumindest in jedem einzelnen gewesen. Ein Lächeln machte sich auf ihrem Gesicht breit, seit einer Ewigkeit hatte sie nicht mehr so viel Spaß gehabt. Für einen Augenblick hatte sie all ihre Sorgen vergessen können.

„Endlich lächelst du wieder", grinste Tami und machte es sich auf einem Sessel bequem. Ihre Füße zog die Wölfin unter ihren Hintern.

Jala musterte die andere einen Moment. Tami war noch jung, in den Augen der meisten aus dem Rudel noch ein Mädchen, aber Jala wusste es besser. Man durfte sich nicht von ihrem Alter täuschen lassen, die fehlende Lebenserfahrung machte sie durch einen messerscharfen Verstand und eine Beobachtungsgabe wett, die schon unheimlich war. Außerdem besaß Tami ein riesengroßes Herz und brannte voll Hingabe zu denen, die sie liebte. Jala konnte sich keine bessere Freundin und Vertraute vorstellen als Tami.

„Es war ein wunderschöner Tag", erwiderte Jala mit einem kleinen Lächeln. „Und das verdanke ich dir."

„Immer zu Diensten." Lachend erhob sich Tami und ging aus dem Raum. „Aber der Tag ist noch nicht zu Ende", drang ihre Stimme aus der Küche, gefolgt von dem leisen Ploppen eines Sektkorkens.

Jala grinste, als ihre Freundin mit zwei gefüllten Sektflöten zurück ins Wohnzimmer kam. „Heute willst du es aber krachen lassen, was?"

„Warum nicht?", fragte Tami und ließ sich neben sie in die Polster fallen. „Ashley ist bei Emma und Ryan in guten Händen und du brauchst dringend mal eine Ablenkung von deinen Sorgen", begann die blonde Wölfin aufzuzählen. „Außerdem haben wir uns schon lange keinen Mädelsabend mehr gegönnt." Sie reichte Jala ein Glas. „Also auf dich."

Jala erwiderte das Lächeln, während sie den Sekt nahm. „Auf unsere Freundschaft, die ich nie wieder missen möchte." Sie führte das Glas an ihre Lippen und nahm einen Schluck.

„Auf uns", wiederholte Tami. „Was läuft da eigentlich zwischen dir und dem Vampir?", fragte sie unverhofft, bevor sie mit einem gemeinen Grinsen an ihrem Sekt nippte.

Erschrocken über diese unverhoffte Frage, verschluckte sich Jala. „Was?", hustend quetschte sie das Wort heraus. „Ich …" Jala versuchte, mit einem Räuspern den Kloß aus dem Hals zu bekommen. „Wir sind nur Freunde", beendete sie schließlich den Satz und blickte ihre Freundin entsetzt an.

Lachend stellte Tami ihr Glas auf den Tisch und setzte sich so, dass sie der Wölfin ins Gesicht sehen konnte. „Ach komm schon", fing sie zu jammern an. „Ich bin deine beste Freundin, also was läuft zwischen dir und dem General?"

„Nichts", gab Jala schnell zurück. „Ashley vergöttert ihn und das ist auch schon alles."

„Du lügst", gab die Blonde direkt zurück.

„Ich lüge …" Jala brach mitten im Satz ab, als sie das Augenrollen und den skeptischen Blick ihrer Freundin bemerkte. „Man kann sich gut mit ihm unterhalten", räumte sie leise ein.

„Das ist aber auch schon alles."

„Du magst ihn", stellte Tami mit einem breiten Grinsen fest.

Jalas Augen blieben fest auf den perlenden Inhalt ihres Glases gerichtet, während sie ausweichend antwortete. „Ashley ist ganz vernarrt in ihn und da bleibt es nicht aus, dass wir hin und wieder ins Gespräch kommen."

„Und?", fragte Tami gedehnt.

„Nichts und", meinte Jala und blickte auf. „Ich habe an ihm als Mann kein Interesse, wenn du darauf hinauswillst."

Tami musterte sie einen Augenblick, bevor sie wieder dieses wissende Grinsen aufsetzte. „Aber?"

Frustriert stellte Jala das Glas ab, schnappte sich ein kleines Kissen aus der Ecke und drückte es sich aufs Gesicht. Sie wusste doch selbst nicht, was die Wahrheit war. Der Vampir hatte etwas an sich, das sie anzog. Und doch war es nicht mehr als ein kleines Feuer, das in ihrer Mitte brannte. Sie war Mutter einer kleinen Tochter und konnte sich solche Schwärmereien nicht erlauben. In erster Linie musste sie an Ashley denken und was für sie das Beste war. Ein Vampir stand da sicher nicht ganz oben auf der Liste.

„Du bist auch noch eine Frau", sagte Tami leise und zog ihr das Kissen vom Gesicht.

„In erster Linie bin ich Mutter", erwiderte Jala mit einem traurigen Lächeln.

Sie liebte ihre Tochter, aber manchmal war es schwer, seine eigenen Wünsche zu unterdrücken. Jala war auch eine Wölfin und brauchte die Berührungen und die Leidenschaft wie die Luft zum Atmen. Aber seit Ashley auf der Welt war, kamen diese Dinge einfach zu kurz. Mal ganz davon abgesehen, dass sie keinen Mann kannte, der sich gerne mit einer alleinerziehenden Mutter einlassen wollte. Und ein Flirt kam für sie gar nicht infrage.

„Und du bist eine fantastische Mutter", lächelnd nahm Tami sie in den Arm. „Aber du bist auch eine Wölfin und wir haben Bedürfnisse, die befriedigt werden müssen. Im Notfall eben auch mal von einem Blutsauger. Max macht zumindest den Eindruck, als könnte er eine Frau die ganze Nacht auf Trab halten, wenn er es darauf anlegt.

„Du bist unmöglich." Schnaubend schob Jala sie von sich. „Wie kommst du eigentlich ausgerechnet auf den General?"

„Das weißt du nicht?", fragte Tami und beobachtete ihre Freundin. Als Jala mit dem Kopf schüttelte, breitete sich ein diebisches Lächeln auf ihren Lippen aus. „Das ganze Schloss redete schon über euch."

Erschrocken schaute Jala sie an. „Was?"

„SIG nimmt sogar Wetten an, wie lange ihr umeinander rumschleicht, bevor ihr euch endlich in den Laken wälzt."

„Ich werde diesem Wolf eigenhändig den Hals umdrehen." Mit funkelnden Augen schnappte sie sich ihr Glas und trank es in einem Zug leer. „Warum hast du mir nicht schon früher davon erzählt?", fragte sie ihre Freundin beleidigt.

Tami zuckte mit den Schultern. „Ich hatte auf gestern gesetzt."

Jala drehte so schnell den Kopf, dass ihre Rasterzöpfe herumflogen. „Du hast mitgewettet? Wer dich als Freundin hat, braucht wirklich keine Feinde mehr." Beleidigt verschränkte sie die Arme vor der Brust.

„Ach komm schon", versuchte sich Tami, mit einem reuigen Lächeln einzuschmeicheln. „Die Wetten standen zehn zu eins." Sie rückte näher heran und schlang ihre Arme um Jalas Hals.

Jala hielt ihre abweisende Haltung bei, obwohl sie sich ein Lachen verkneifen musste. Irgendwie hatte sie schon damit gerechnet, dass sich ihr Rudel das Maul zerreißen würde, weil sie sooft mit dem Vampir sprach. *Alles Tratschweiber der schlimmsten Sorte!*

„Von den anderen habe ich nichts anderes erwartet, aber dass du da mitgemacht hast, fasse ich einfach nicht." Jala gab ihre starre Haltung auf und umarmte ihre Freundin. „Dabei hätte ich es mir ja denken können. Was sagen sie denn?"

„Die Frauen sind auf deiner Seite und die Meinungen der Jungs sind gespalten. Also wie immer", schloss Tami verschwörerisch lachend. „Wenn du mich fragst, solltest du ihn ins Bett zerren und ein paar schöne Stunden mit ihm verbringen."

„Ich will nichts von einem Vampir und schon gar nicht von Max", wehrte Jala ab.

„Vielleicht", räumte Tami ein und sah eindringlich in die dunklen Augen ihrer Freundin. „Aber Max ist nett anzusehen und keine Frau würde ihn von der Bettkante schubsen. Wenn du verstehst, was ich meine." Tami wackelte mit den Augenbrauen.

Jala konnte sich das Lachen nicht verkneifen. „Du bist unmöglich", prustete sie, schnappte sich das Kissen und warf es der Freundin an den Kopf.

Tami fing es in der Luft, bevor sie davon getroffen wurde. Gespielt beleidigt umarmte sie das Kissen und zog eine Schnute. „Ich sorge mich nur um dich."

„Das weiß ich", räumte Jala ein. „Aber das Letzte, was ich brauchen kann, sind noch mehr Komplikationen in meinem Leben. Etwas mit einem Vampir anzufangen, und sei es auch nur für eine

Nacht, zählt definitiv in diese Rubrik."

„Gut", meinte Tami und legte ihre Wange an die Schulter ihrer Freundin. „Allerdings bin ich immer noch der Meinung, dass du dich mal mit einem netten Mann verabreden solltest. Ich kann jederzeit auf Ashley aufpassen."

Ein Date? Jala konnte sich nicht erinnern, wann sie das letzte Mal mit einem Mann aus gewesen war. Manchmal schien es ihr eine Ewigkeit her zu sein, als sie noch unbeschwert mit ihren Freundinnen um die Häuser gezogen war. Ihre größte Sorge war damals, dass ihr jemand das Herz brechen könnte. Was natürlich auch prompt passierte. Diese eine Nacht hatte ausgereicht, um ihr gesamtes Leben auf den Kopf zu stellen. Jala bereute die Entscheidung, die sie damals im betrunkenen Zustand getroffen hatte, aber das Resultat liebte sie mehr als ihr eigenes Leben. Es war nur ein One-Night-Stand gewesen und als sie erfahren hatte, dass sie schwanger war, wäre sie fast verzweifelt.

Kaum hatten Jalas Eltern erfahren, dass sie schwanger war und nicht einmal den Nachnamen des Vaters wusste, hatten sie sie aus dem Haus geworfen. Im Grunde hatten ihre Eltern nur auf eine solche Gelegenheit gewartet, wo Jala doch immer nur eine Enttäuschung für sie gewesen war. Schon bei der Geburt hatte sie sich erdreistet, ein Mädchen zu sein, statt des gewünschten Stammhalters. So schnell wie sie konnten, verschwanden sie in einen anderen Bundesstaat. Zuerst war Jala verzweifelt, weil sie nun alleine und schwanger auf der Straße saß. Doch dann stand plötzlich ein rettender Engel vor ihr. Kaum hatte Tami von ihrem Rauswurf erfahren, war sie zu ihr geeilt. Tami hatte sich einfach Jalas Tasche geschnappt, sie ins Auto gepackt und zu ihren Eltern gefahren.

Jala erinnerte sich, als wäre es erst gestern gewesen. Sie wäre am liebsten vor Scham im Boden versunken, als sie Myriam und Nick gegenübertreten musste. Ohne Geld und ein Heim, aber schwanger von einem Mann, den sie nicht einmal kannte, und dazu war er noch ein Mensch. Sie hatte fest damit gerechnet, dass Tamis Eltern sie auf die Straße setzen würde, so wie es ihre eigenen getan hatten. Doch sie hätte Myriam besser kennen müssen, und auch Nick. Die beiden hatten sie mit offenen Armen empfangen und bei sich wohnen lassen, bis Jala wieder auf eigenen Füßen stand.

„Hör auf, an die alten Zeiten zu denken", meinte Tami leise und mitfühlend. „Sie sind vorbei und nur noch eine Erinnerung."

Jala fragte sich gar nicht erst, woher ihre Freundin wusste, woran sie dachte. Für Tami war sie ein offenes Buch, in dem sie nach Belieben lesen konnte. Sie legte einen Arm um die blonde Wölfin, schwieg aber. Dank liebender Menschen hatte sie diese schwere Zeit hinter sich gelassen und führte ein glückliches Leben, das sie sich nicht wieder nehmen lassen würde.

Schwerelos schwebte ihr Körper über der Stadt. Von mehreren der hohen Gebäude ging ein orangeroter Schimmer aus. Hier oben sah dieses Lichtspiel einfach wunderschön aus und weckte ihre Neugierde. Plötzlich wurde sie nach unten gezogen, rasend schnell verlor sie an Höhe. Immer näher kam sie dem seltsamen Licht.

Die Luft wurde dicker, machte ihr das Atmen schwer. Die Schwaden hüllten sie ein und schnürten ihr die Luft ab, erstickten sie. Mit wachsender Verzweiflung versuchte sie, Atem zu schöpfen, ruderte mit den Armen und versuchte diesem Nebel zu entkommen, doch statt des erhofften Sauerstoffs flutete nur noch mehr Qualm ihre Lungen. Sie hustete und drohte zu ersticken.

Doch genauso schnell, wie der Rauch gekommen war,

verschwand er auch wieder. Schnell sog sie die reine Luft in die Lungen, das Husten nahm langsam ab. Jetzt hatte sie einen klaren Blick auf die Häuser und wusste nun auch, woher das orangerote Licht gekommen war.

Chicagos Hochhäuser brannten, einige schon lichterloh, bei anderen suchte sich das Feuer noch seinen Weg. Ihr Blick fiel auf ein Haus direkt unter ihr. Flammen züngelten am Gebäude hoch, fraßen sich unerbittlich durch die Stockwerke und nahmen Etage für Etage in Besitz. Unter dem Druck explodierten die Fenster und in einem funkelnden Splitterregen fiel das Glas zu Boden. Sirenen ertönten in der Ferne, ließen auf Hilfe hoffen, die niemals kommen würde. Ganz Chicago stand in Flammen, die Feuerwehr tat bestimmt alles, aber es würde niemals genug sein. Jeder, der sich noch in dem Gebäude unter ihr befand, war verloren.

Das Feuer erhellte die Nacht und nun konnte sie auch die Gestalten sehen, die sich auf dem Dach befanden. Das Herz gefror ihr in der Brust, sie kannte die Männer. Dort oben auf einem Dach über der Stadt tobte gerade eine erbitterte Schlacht. Schwertklingen blitzten in der Nacht auf, Schüsse fielen. Als hätte jemand den Ton angedreht, konnte sie nun auch die Rufe wahrnehmen, die sich mit dem Kampflärm vermischten. Sie wollte näher ran, um die Gesichter erkennen zu können, doch irgendetwas hielt sie an Ort und Stelle fest. Verzweifelt ruderte sie wieder mit Armen und Beinen, um näher an das Geschehen zu kommen, aber es gelang ihr auch diesmal nicht. Mit Schrecken hörte sie, wie in einem weiteren Stockwerk die Fenster zersprangen und das Feuer sich weitere Meter des Hauses einverleibte.

Noch verzweifelter versuchte sie, näher heranzukommen, aber selbst ihre Schreie kamen nicht durch, um die Kämpfenden vor der lauernden Gefahr unter ihren Füßen zu warnen. Sie konnte die Gestalten nur schemenhaft sehen und doch wusste sie mit absoluter Sicherheit, dass es sich um die VampireWolfe handelte. Alle waren da und fochten einen Kampf aus, ohne zu ahnen, dass sie bald schon ein Opfer der Flammen werden würden. Verschlungen von der Hitze und dem Qualm zu ihren Füßen. Sie schrie lauter, ihre Stimme immer verzweifelter. Doch keiner hörte sie, hilflos musste sie mit ansehen, wie der Tod ihnen immer näher kam.

Eine Gestalt löste sich aus dem Geschehen, ihre Konturen wurden stärker, bis sie endlich klar und deutlich ausmachen konnte, um wen es sich handelte. Max. Der Vampirgeneral ging auf den höchsten Punkt des Hauses, ohne zu bemerken, wie ein weiterer Schatten ihm folgte. Schlanker und femininer als der Vampir, es musste sich um eine Frau handeln, aber so sehr sie sich auch bemühte, das Gesicht konnte sie nicht erkennen. Max blieb stehen und drehte sich zu der Gestalt um, wartete, bis sie bei ihm angekommen war. Aber noch ein weiterer Mann trat aus dem Dunkeln und schien den Augen der anderen verborgen zu bleiben. Sie schrie erneut, wollte die beiden warnen, die sich jetzt dort oben gegenüberstanden. Ein Lächeln erhellte Max' Gesicht. Der Atem blieb ihr stehen, als der unsichtbare Mann ein Schwert zog und es der Frau von hinten zwischen die Schulterblätter stieß. Max blickte nach unten, direkt auf die blutrote Klingenspitze, die den ganzen Körper durchdrungen hatte. In diesem Moment loderte das Feuer auf und schlug wie riesige Wellen über dem Gebäude zusammen, vernichtete alles Leben.

„Nein!!!! ..." Schreiend schreckte Midnight aus ihrem Traum auf.

„Ruhig", drang eine sanfte Stimme von Weitem an ihr Ohr. „Du bist in Sicherheit."

Midnight zitterte am ganzen Körper und brauchte einen Moment, um wieder in der Realität anzukommen. Vertraute Hände streichelten ihr über Haar und Rücken, gaben ihr Halt. Sie wusste instinktiv, dass es D war, der sie mit seiner ruhigen Art wieder ins

Hier und Jetzt zurückholte.

Doch Midnights Gedanken weilten noch immer in ihrem Traum, der viel zu real gewesen war, um ein einfaches Gebilde ihrer Fantasie zu sein. Trotz der kalten Angst, die sie in ihrem Klammergriff festhielt, versuchte sie, sich die Einzelheiten wieder und wieder ins Gedächtnis zu rufen. Am liebsten würde sie diesen schrecklichen Traum verdrängen, ihn tief in ihrem Unterbewusstsein vergraben und nie wieder daran denken. Aber etwas in ihr zwang sie dazu, sich jedes Detail einzuprägen. Die Welt um sich herum ausgeblendet, zwang sie sich, wieder in den Traum einzutauchen.

„Soll ich dir einen Tee machen?", fragte D.

Midnight nickte abwesend, während sie versuchte, sich zu erinnern. Sie sah erneut das Feuer und die Kämpfer auf dem Dach. Der Traum war so real gewesen, dass der Rauch ihr in der Nase biss. Max, der mit dem Rücken zu den anderen stand, bis die Frau direkt hinter ihm war. Die blutige Schwertklinge und die Schreie, als die Körper von den Flammen verschlungen wurden.

„Midnight, sieh mich an!", befahl D.

Sie ignorierte ihn, stattdessen beschwor sie weiter die Bilder vor ihrem inneren Auge herauf. Sie durfte keine Einzelheit ihres Traumes vergessen.

„Verdammt noch mal, du sollst mich ansehen!" Der Befehl kam lauter und sie zuckte zusammen.

Verwirrt blickte sie zu D, der sie zornig anfunkelte. Midnight brauchte ein paar Sekunden, bis sie sich ganz und gar auf ihn konzentrieren konnte. „Warum schreist du so? Ich bin doch nicht taub", maulte sie ihn leise, aber lächelnd an. Ihr Hals war fürchterlich trocken und sie brachte kaum ein Wort heraus.

„Trink", sagte er und hielt ihr eine dampfende Tasse hin. „Kamille mit viel Zucker, wie du es magst."

Dankbar lächelnd nahm sie den Tee entgegen und pustete in die heiße Flüssigkeit. Midnight bemerkte erst, dass sie noch immer zitterte, als der Inhalt gefährlich in der Tasse herumschwappte. Damit D es nicht mitbekam, trank sie schnell ein paar Schlucke und verbrannte sich natürlich prompt die Zunge.

„Der ist heiß", nuschelte sie und versuchte dabei, nicht mit der Zunge an den Gaumen zu stoßen.

D zog die Augenbrauen nach oben. „Wirklich?", fragte er gespielt überrascht und rollte dabei mit den Augen. Dann wurde sein Blick sanft und er lächelte. „Das nächste Mal mach ich einen Eiswürfel rein."

„Danke", sagte sie leise. Sie könnte sich ärgern, dass er sie wie ein kleines Mädchen behandelte, allerdings fühlte sie sich im Moment genau wie eins und fand seine Fürsorge daher eher tröstlich als nervig.

„Erzähl, was hast du gesehen und wem müssen wir aus der Klemme helfen?" Sein Ton war flapsig gehalten und trotzdem konnte man die Anspannung darin heraushören.

Sofort hatte sie wieder die Bilder vor Augen. Langsam schüttelte sie den Kopf. „Es war nur ein Traum", meinte sie leise, tief in ihren Erinnerungen versunken. „Einfach nur ein Traum", wiederholte sie abwesend.

„Das glaube ich nicht", widersprach ihr D und versuchte, ihr in die Augen zu schauen.

„Warum?", fragte sie überrascht.

„Weil du geschrien hast, als würdest du abgestochen werden, und du hast gezittert wie Espenlaub. Tust du noch. Ganz zu schweigen davon, dass ich ewig gebraucht habe, um dich zurückzuholen."

„Aber ich habe von Max geträumt." Midnight biss sich auf die Lippen und versuchte nachzudenken, während sich auf Ds Miene dieselbe Überraschung breitmachte, die sie auch empfand.

Sie konnte ihm ansehen, dass ihm dieselben Gedanken durch den Kopf gingen wie ihr. Für einen einfachen Traum war das Ganze viel zu real gewesen, aber eine Vision konnte es auch nicht sein, denn sie sah nie jemanden, dem sie nahe stand. Das kam einfach nicht vor.

„Erzähl ihn mir", bat D.

Midnight blickte ihn an, überlegte einen Augenblick, nickte aber schließlich und erzählte ihm den Traum. Sie ließ kein Detail aus und es hatte etwas Befreiendes, einer vertrauten Person davon zu erzählen. Mit jedem Satz ließ der Druck auf ihrer Brust nach und ihr Körper stellte das Zittern ein.

„Du solltest sie warnen." In Ds Stirn hatten sich tiefe Falten gegraben.

„Und wovor?", höhnte sie säuerlich. „Dass sie von einem brennenden Gebäude verschlungen werden, ohne etwas davon zu bemerken? Dass eine Frau getötet wird, die ich nicht kenne, bei einem Kampf, von dem ich nicht weiß, wo oder wann er stattfindet. Ganz zu schweigen davon, dass es sehr wahrscheinlich nur ein Traum gewesen ist."

„Fühlte es sich denn an wie ein Traum?", gab D nüchtern zurück.

Midnight wollte sofort aufbrausen und fragen, was es sonst sein sollte, aber sie schloss den Mund wieder. Mit fest aufeinandergepressten Lippen sah sie ihn böse an. „Nein", murrte sie schließlich mit ziemlichen Widerwillen. „Es fühlte sich ganz und gar nicht an wie ein beschissener Traum", brach plötzlich der Zorn aus ihr heraus. „Genau genommen fühlte es sich wie eine Vision an, die ich aber gar nicht gehabt haben kann." Wütend stellte Midnight die Tasse auf dem Tisch ab. „Ich habe keine Visionen von jemandem, dem ich nahestehe. Punkt. Aus. Ende."

D beobachtete sie völlig ruhig. „Es gibt für alles ein erstes Mal."

„Nicht in diesem Fall!", brüllte sie zornig, schnappte sich die Tasse und warf sie mit ganzer Kraft an die Wand. In ihr brodelte es, all ihre Gefühle schienen gerade Amok zu laufen. Bevor sie etwas sehr Dummes tat, stand sie auf und stapfte zum Fenster. Mit verschränkten Armen schaute sie in den Garten, wo sich die ersten Blumen herausgetraut hatten. Sie atmete tief durch und versuchte, sich auf etwas Schönes zu konzentrieren, das ihr half, ihre Wut in den Griff zu bekommen.

Midnight war in Aufruhr. Ihr ganzes Leben lang hatte sie Visionen gehabt und sie waren immer mit Zorn und Stimmungsschwankungen einhergegangen. Aber noch nie hatte sie das schreckliche Gefühl gehabt, die Kontrolle darüber zu verlieren, so wie sie es in diesem Augenblick verspürte. Sie hatte schlimme Dinge gesehen und hin und wieder hatte sie sie sogar verhindern können. Aber nicht immer. Es gab in der Geschichte bestimmte Ereignisse, in die sich keiner einmischen sollte oder durfte. Naturkatastrophen oder Kriege zu verhindern, lag nicht in ihrer Hand. Wie gerne hätte sie den ein oder anderen Tod verhindert, vor allem wenn es ein geliebter Mensch betraf. Aber das sah sie ja nie. *Bis jetzt!* Oder war es doch nur ein Traum gewesen?

„Du musst es ihnen sagen", bohrte D nach.

„Wahrscheinlich", stimmte sie ihm leise, aber widerwillig zu.

Midnight wusste, dass er recht hatte, allerdings sträubte sich in ihr alles dagegen. Es lag nicht daran, dass sie mal wieder der

Überbringer von schlechten Nachrichten war, sondern es bedeutete, dass sie Raven unter die Augen treten musste. Nicht dass sie Angst vor dem Vampir hatte, aber auf eine Eskalation konnte sie getrost verzichten.

Seufzend drehte sie sich zu D um. „Wir werden dem Schloss einen Besuch abstatten müssen."

Ds Miene wurde sehr ernst. „Du wirst nicht ohne mich gehen, nur dass das klar ist."

Midnight lächelte. „Würde mir nie im Traum einfallen."

„Du solltest vielleicht Letizia bitten …"

„Nein", schnitt ihm Midnight das Wort ab. „Das ist nicht die Sache der Königin."

D stand auf, kam zu ihr und legte seine Hände auf ihre Schultern. Er beugte den Kopf ein wenig, um ihr in die Augen blicken zu können. „Aber es ist eine Sache, wo der Beistand einer Freundin von Nutzen sein könnte. Mal ganz davon abgesehen, dass sie ihre Söhne wirklich gut unter Kontrolle hat", schloss er mit einem schelmischen Grinsen.

Midnight konnte nicht anders, als es zu erwidern. „Ich lasse es mir durch den Kopf gehen."

„Ich geh den Laden öffnen." Für D schien das Thema damit erledigt zu sein. „Wir sehen uns später."

Einen Moment schaute sie in die Richtung, in die er verschwunden war. Ihr Blick glitt zu dem feuchten Fleck an der Wand, wo der Tee langsam in schmalen Rinnsalen zu Boden floss. Sie würden dem Schloss einen Besuch abstatten, aber was dabei herauskam, stand in den Sternen. Eine Nacht würden sie allerdings noch abwarten, bis Midnight sicher sein konnte, dass sie sich wieder vollständig unter Kontrolle hatte.

4. Kapitel

Samantha schlich traurig durch die Korridore des Schlosses. Alles war still und friedlich, denn die Jungs waren in der Stadt auf Patrouille und die anderen Werwölfe des Rudels lagen wohl alle zu Hause in ihren Betten. Natürlich bis auf die, die im Schloss wohnten und nun ebenfalls unterwegs waren. Sie hatte kein wirkliches Ziel, wo sie hinwollte, sondern schlenderte einfach weiter, wo ihre Füße sie hintrugen. Die letzten Wochen mit Raven waren anstrengend gewesen, obwohl der Vampir im Grunde wie immer war. Zärtlich, liebevoll und er las ihr jeden Wunsch von den Augen ab. Nur wenn ein Thema angeschnitten wurde, blockte er völlig ab.

Sobald sie auch nur ansatzweise auf ihren Geisterwolf zu sprechen kamen, wechselte er schneller das Thema, als Shayne einen Teller leerputzen konnte. Wieder und wieder hatte Sam versucht, mit ihm darüber zu sprechen, doch Raven machte völlig dicht. Dabei wäre es für sie beide wichtig, miteinander zu reden und diese Sache aus der Welt zu schaffen.

Sam stand vor der Tür zu Ravens Arbeitszimmer und starrte in Gedanken versunken das schwere Eichenholz an. Ohne groß darüber nachzudenken, trat sie in den Raum. Ihr Mann war momentan nicht im Schloss und auch die anderen Jungs waren irgendwo verstreut. Sie ging auf den Schreibtisch zu und streichelte versunken über die Tischplatte. Auch wenn sich das Zusammenleben der Schlossbewohner hauptsächlich in der Küche abspielte, war für sie dieser Raum der Dreh- und Angelpunkt ihrer Gemeinschaft. Hier hatten sich die wirklichen Dramen abgespielt.

In diesen vier Wänden hatten sie alle gemeinsam Pläne geschmiedet, gehofft, gebangt und Siege gefeiert. Aber auch

Niederlagen verdaut. Genau hier hatte sie gestanden, als sie Raven das erste Mal gesehen hatte. Ihr Mann, ihre Liebe, ihr Vampir. Ein Vampirprinz, der jetzt damit klarkommen musste, dass sein *Licht* auch teilweise ein Wolf war. Doch anstatt mit ihr darüber zu reden, schwieg er und sie hatte keine Ahnung, wie sie an ihn herankommen sollte. Es war zum Mäusemelken. Frustriert ballte sie die Faust und schlug auf die Tischplatte. Der ganze Tisch wackelte bedrohlich und Sam schlug erschrocken die Hand vor den Mund.

„Es gibt andere Möglichkeiten, seinen Frust loszuwerden, da muss man nicht unbedingt den antiken Schreibtisch zerstören", stellte eine männliche Stimme belustigt fest.

Sam wirbelte herum und blickte direkt in Alariths lächelndes Gesicht. „Du bist es", meinte sie und entspannte sich sofort. „Ich habe dich gar nicht bemerkt."

„Das habe ich schon mitbekommen." Alariths Blick glitt zu der Stelle, wo kurz vorher ihre Faust eingeschlagen war. „Du lernst noch, deine Kräfte zu beherrschen?", fragte er neugierig und blickte ihr in die Augen.

Sam biss sich kurz auf die Lippe, unschlüssig, was sie antworten sollte. Doch Als freundlicher Blick machte es ihr leicht, mit der Wahrheit rauszurücken. „Meine Kräfte", meinte sie und zeichnete mit den Fingern Gänsefüßchen in die Luft, „entwickeln so ihr Eigenleben. Es ist schwer, sie in den Griff zu bekommen."

„Eigenleben?", fragte der Ältere irritiert nach. „Wie soll ich mir das denn vorstellen?"

„Das sagt mir, dass es nicht normal ist nach der Wandlung", seufzte sie resigniert. „Ich habe ja gleich gewusst, dass mit mir was nicht stimmt. Na ja, spätesten nach dem Tag, als das Schloss angegriffen wurde, hatte ich schon so meine Befürchtung, aber dass du jetzt auch …"

„Langsam, langsam, Sam", unterbrach Alarith ihren panischen Monolog. Er legte einen Arm um ihre Schultern und während er sie zu dem Sofa führte und sie sich setzten, redete er einfühlsam weiter. „Warum erzählst du mir nicht erst mal, von was genau wir sprechen. Ich verstehe nämlich kein Wort." Er zog sie an sich und nahm sie in den Arm. „Danach können wir uns immer noch was einfallen lassen, falls es überhaupt nötig ist."

Seine Umarmung hatte für Sam etwas sehr Tröstendes. Al mochte zwar aussehen wie ein dreißigjähriger Mann, aber ihr gab er immer das heimelige Gefühl von Großeltern, das auch Nanna für sie ausstrahlte. Sam fühlte sich dann immer geborgen und beschützt wie ein kleines Mädchen.

Sie legte ihre Wange an seine Schulter und begann zu erzählen, was ihr auf dem Herzen lag. „Es ist ein Gefühl, als würden meine Kräfte jede Woche stärker werden. Kurz nach der Wandlung hätte ich diesen Tisch niemals so zum Schwanken gebracht. Seit der Wolf aber aufgetaucht ist, ändert sich das stetig. Auch Gehör und Nase werden feiner", schloss sie.

Alarith schwieg eine Sekunde. „Was sagt Raven dazu?"

Sam seufzte und setzte sich auf. „Er will mit mir nicht über den Wolf sprechen. Sobald dieses Thema aufkommt, blockt er ab." Als sie bemerkte, dass Alarith zornig zu werden schien, winkte sie ab. „Das ist das Problem von Raven und mir und nicht deins", schloss sie streng.

„Es ist eben zu meinem geworden", widersprach der Vampir ernst. „Ravens Verhalten sorgt dafür, dass du mit deinen Problemen alleine dastehst. Und kein Vampir sollte die Sorgen seines *Lichts* einfach so ignorieren."

„Übertreibst du nicht ein wenig", kicherte Sam. „Ich bin schließlich keine holde Jungfrau, die gerettet werden muss." Am Ende des Satzes lachte sie.

Alarith schnitt eine Grimasse und streckte ihr die Zunge heraus. „Wenigstens machst du jetzt ein anderes Gesicht. Allerdings ist es nicht nett, einen alten Mann auszulachen."

„Tut mir leid", meinte Sam schnell, konnte aber ein Lächeln nicht unterdrücken.

„So siehst du auch aus", grinste der Vampir zurück.

Die Heiterkeit verschwand schnell wieder aus Sams Augen. „Es ist schwer, nicht mit ihm darüber reden zu können, aber ein bisschen kann ich es auch verstehen. Raven ist ein waschechter Vampir und auch wenn sein bester Freund ein Werwolf ist, fällt es ihm sehr schwer zu akzeptieren, dass sein *Licht* zum Teil auch eine von ihnen ist."

Al nickte zustimmend. „Um ehrlich zu sein, habe ich nie verstanden, wie er mit diesem Umstand scheinbar so leicht umgehen kann. Ich habe ihn dafür bewundert, aber zu keiner Zeit beneidet. Versteh mich nicht falsch, aber ich glaube, für einen Vampir gibt es nichts Schlimmeres, als dass ein Werwolf sein *Licht* ist."

„Ist das schon vorgekommen?" Neugierig blickte sie ihn an.

„Sicher", meinte Al achselzuckend. „Allerdings war es all die Jahre undenkbar, dass sich die Rassen vermischten, schließlich waren wir Todfeinde und so wurde solchen Verirrungen", diesmal machte er Gänsefüßchen in die Luft, „schnell ein Ende bereitet."

„Ende?", fragte Sam erschrocken und hoffte, dass sie falsch lag.

„Tot. Entweder die Betroffenen selber oder ihre Familien."

Alarith lächelte Sam an, die erschrocken zurückblickte. „Es waren andere Zeiten", sagte er leise entschuldigend. „Wir waren alle Idioten, aber das hat sich ja jetzt geändert. Also, wer weiß schon, was noch alles auf uns zukommt."

Sam nickte zustimmend und verstand, was er ihr zu erklären versuchte. Doch es erschreckte sie jedes Mal, wenn sie hörte, wie brutal Vampire und Werwölfe miteinander umgegangen waren. Sie selbst kannte es ja nur vom Hörensagen. Einen kleinen Eindruck allerdings hatte sie erhalten, als Jason und die anderen Vampire das erste Mal ins Schloss gekommen waren. Sam war kein Einfaltspinsel und sie wusste sehr wohl, dass dieses Verhalten nicht annähernd so schlimm ausgefallen war, als wenn sie nicht im Schloss gewesen wäre.

„Vielleicht sollten wir dieses Thema lieber ein andermal vertiefen", meinte Alarith. „Mir scheint, du hast ganz andere und dringendere Probleme. Hast du schon mit Shayne darüber gesprochen?"

Nickend versuchte Sam, sich wieder auf das eigentliche Thema zu konzentrieren. „Mit Shayne?", fragte sie schnaubend zurück. „Wenn es um den Geisterwolf geht, kann er einfach nicht bei der Sache bleiben. Er streichelt mir ständig über den Kopf und murmelte ‚meine Kleine' vor sich hin."

Alarith lachte laut auf. „Das sieht ihm ähnlich. Wahrscheinlich hofft er die ganze Zeit, dass mein Enkelsohn in der Nähe ist."

„Wahrscheinlich", stimmte Sam zu. „Und das nervt!"

„Sieh es ihm nach. Shayne ist ein Werwolf und er merkt vielleicht nicht mal, dass du damit ein Problem haben könntest."

Verwundert blickte Sam ihn an. Zuerst wollte sie widersprechen, aber wenn man mal genau darüber nachdachte, ergab das sogar einen Sinn. Shayne, die Kämpfer und auch alle anderen Werwölfe des Rudels fanden die Sache mit dem Geisterwolf fantastisch. Sie hatten ihr nach dem Kampf auf die Schultern geklopft und sich für sie gefreut.

„Er versteht das wirklich nicht", murmelte Sam vor sich hin.

„Für unseren Alpha ist es nur eine weitere Gelegenheit, um seinen besten Freund aufzuziehen." Al legte die Stirn in Falten. „Da wundert es mich allerdings, dass er und Raven noch nicht aneinandergeraten sind, wenn er nicht einmal mit dir darüber reden will."

Sam nickte zustimmend. „Ob Shayne sich zurückhält?" Sie blickten sich an und schüttelten unisono den Kopf. „Nein."

Al lachte. „Ich glaube, ich halte mal die Augen und Ohren offen."

„Sag mir Bescheid, wenn du was rausbekommst." Al nickte und Sam fuhr verzweifelt fort, als ihr das eigentliche Problem wieder einfiel. „Aber was mache ich denn jetzt?"

„Du könntest versuchen, dich mal mit Drake zu unterhalten", schlug Alarith vor. „Der Wikinger ist der Vernünftigste von allen und – was noch viel wichtiger ist – er kann auch zuhören. Bei einem Werwolf eine sehr seltene Gabe", schloss er mit einem Zwinkern.

Sam lächelte. „Du bist ein guter Ratgeber. Ich werde versuchen, mit dem Wikinger zu reden, sobald er zurück ist." Ihr Gesicht wurde traurig. „Er ist im Grunde meine letzte Hoffnung."

„Na, na, na." Al zog sie zurück an seine Schulter und streichelte beruhigend über ihre Arme. „Auch wenn Drake keinen Rat weiß, ist das noch lange kein Weltuntergang."

„Aber wenn ich ein Werwolf werde, was wird euer Volk darüber denken", jammerte Sam panisch. „Ich kann doch nicht mit dem Thronfolger der Vampire verheiratet sein und an Knochen kauen."

Alarith lachte laut auf. „Das, meine Liebe, war nicht nett", grinste er schelmisch.

„Ups", meinte sie peinlich berührt, grinste dann aber schief zurück. „Du weißt, was ich meine."

„Ja", sagte er leise und gedehnt. Alariths Stimme war ernst geworden. „Ich denke, dass ich dein Problem sehr wohl verstanden habe, doch du machst dir unnötig Sorgen."

Sam schaute in seine Augen und sah die Ehrlichkeit in seinen Worten. „Aber wenn mir keiner sagen kann, was mit mir passiert, wie kannst du dir dann da so sicher sein?"

„Weil es keine Rolle spielt", erwiderte er entschlossen. „Egal, was auch mit dir geschieht und zu was es dich macht, wir werden alle hinter dir stehen und dich unterstützen. Sogar mein dickköpfiger Enkel wird seinen verletzten Stolz am Ende herunterschlucken und an deiner Seite sein."

„Also hat Raven ein Problem damit", stellte sie erstickt fest.

„Natürlich hat er ein Problem damit", wiederholte Al lächelnd. „Um ehrlich zu sein, würde es mich überraschen, wenn es nicht so wäre. Egal, wie tief seine Freundschaft mit den Wölfen auch gehen mag, am Ende ist er ein Vampir, der über sechshundert Jahre Vorurteile überwinden muss." Sein Lächeln verschwand. „Nichtsdestotrotz benimmt er sich gerade wie ein unreifer Teenager. Männer, egal, wie alt sie auch werden, am Ende sind sie doch nur kleine Jungs."

„Du bist auch ein Mann", erinnerte Sam ihn mit einem Grinsen.

„Deswegen weiß ich ja auch so gut Bescheid", gab er zwinkernd zurück. Beide mussten lachen.

Sam legte ihren Kopf zurück an seine Schulter. Sie fühlte sich, als wäre ihr eine zentnerschwere Last vom Herzen gefallen. Ihre Probleme mochten nicht mal ansatzweise gelöst worden sein, allerdings hatte ihr das Gespräch mit Alarith Zuversicht gegeben. Vielleicht war es wirklich das Beste, einfach nach vorne zu schauen und es auf sich zukommen zu lassen.

Allerdings würde sie auf alle Fälle noch versuchen, mit Drake zu reden. Auch wenn keiner ein Problem damit hatte, dass sie sich veränderte, war ihre Angst riesig, zu was genau sie da eigentlich mutierte. Sam musste wissen, was ihr bevorstand. Und egal, was sie tun musste, sie würde Raven dazu bringen, mit ihr darüber zu sprechen.

Max lag auf dem winzigen Sofa in Ravens Arbeitszimmer und hatte die Augen geschlossen. Es war ihm ein Rätsel, wie Shayne es schaffte, auf diesem kleinen Ding zu schlafen. Er lag gerade mal seit zehn Minuten hier und merkte schon jeden Muskel in seinem Körper. Gedanklich machte er sich eine Notiz, dass sie dringend ein größeres Sofa kaufen mussten. Und wenn sie schon mal dabei waren, könnte man das Arbeitszimmer von Grund auf umgestalten. Mittlerweile brauchten sie dringend mehr Sitzgelegenheiten.

Für den Moment hatte Max allerdings nur einen Ort gesucht, an dem er mal für eine Stunde die Augen schließen und zur Ruhe kommen konnte. Seit Harmsworth bei seinen Eltern gastierte, musste er jede Nacht dort vorbeischauen, um mal Hallo zu sagen. Das ging ihm vielleicht was auf den Sack, als hätte er nichts Besseres zu tun. Er verstand zwar den Beweggrund seines Vaters, aber an seiner Entscheidung gegen eine Hochzeit mit Isabelle würde es auch in hundert Jahren nichts ändern.

Die Tür wurde geöffnet und Max schaute, wer ihn da schon wieder störte, sah aber nicht ein, sich bemerkbar zu machen. Der Eindringling sollte einfach nur schnell wieder verschwinden.

„Wo genau?", fragte eine weibliche Stimme von der Tür her, die er allerdings nur allzu gut kannte.

„Bin mir nicht ganz sicher", gab ihr Raven eine Antwort aus der Eingangshalle. „Schau mal hinten im Regal am Fenster. Solltest du es da nicht finden, musst du leider suchen." Er konnte das Grinsen im Gesicht seines Bruders förmlich vor sich sehen.

„Toll", gab Tami genervt zurück, betrat das Zimmer und schloss die Tür hinter sich. „Noch genauer ging es wohl nicht", maulte sie vor sich hin, während sie zum Bücherregal am Fenster ging. „Das kann ja heiter werden", seufzte Tami mit einem Blick auf die Unmengen von Büchern, die Raven hortete.

Aus den kurzen Sätzen, die er mitbekommen hatte, vermutete er mal, dass sie sich eins von den seltenen Exemplaren seines Bruders ausleihen wollte. Max beobachtete die junge Wölfin, wie sie Reihe für Reihe durchsuchte und sich dabei jeden Buchrücken anschaute. Die Titel murmelte sie leise vor sich hin, sodass er auch jeden Namen mitbekam. Scheinbar hatte sie ihn überhaupt nicht bemerkt, ansonsten hätte er schon eine gemeine Bemerkung an den Kopf geworfen bekommen.

„Die unendliche Geschichte", murmelte sie.

„Solltest du lesen", empfahl ihr Max und setzte sich auf. Mit einem Funken von Genugtuung sah er, wie sie erschrocken zusammenzuckte. „Eine schöne Geschichte und sie entspricht ganz deinem Alter", setzte er bissig hinzu.

Das angeflogene Buch fing er lachend auf und las den Titel.

„Tolstoi, schwere Kost."

„Leider hat er sein Ziel verfehlt", maulte sie mit gerümpfter Nase. „Was machst du eigentlich hier? Tun dem alten Mann die Knochen weh?", gehässig streckte sie das Kinn vor.

„Wenn du nur zehn Jahre älter – also den Windeln entwachsen – wärst", meinte er knurrend und stand auf.

„Was dann?" Gelangweilt verschränkte sie die Arme vor der Brust.

Er ging auf sie zu und ließ dabei langsam seinen Blick von ihren Füßen aufwärts wandern. „Und ein paar Kilo mehr auf diesen Knochen hättest", fuhr er ungerührt fort und stupste ihr dabei leicht gegen den Hüftknochen.

Tami schreckte zurück und stieß mit dem Hintern an das Bücherregal. „Mach das noch mal und ich beiß dir deinen Finger ab", fauchte sie.

„Dafür bist du nicht schnell genug", schmunzelte er und beugte sie nach vorne, sodass sich ihre Nasen fast berührten. „Wenn du zehn Jahre älter wärst, mein kleiner Maikäfer, würde ich dir das mit den Blümchen und Bienchen mal vorführen."

„Selbst wenn ich zehn Jahre älter wäre, mein süßer Honigbär", gab sie zuckersüß zurück, „wärst du immer noch ein Opa für mich und ich bin leider nicht für Mitleidsex im Altersheim zu haben." Mitfühlend klopfte sie ihm auf die Schulter. „Aber du wirst bestimmt noch eine nette Vampirin in deinem Alter finden, mit der du die dritten Reißzähne teilen kannst." Tami schlüpfte an ihm vorbei und ging zu einem der anderen Regale. „Tut mir leid, ich würde dir ja gerne noch ein wenig die Zeit vertreiben, aber ich bin schon spät dran."

Schief lächelnd richtete er sich zu seiner vollen Größe auf.

„Kleine, du hast ein viel zu loses Mundwerk für deine Größe."

Ungerührt zuckte Tami mit den Schultern. „Meine Eltern haben mich zur Ehrlichkeit erzogen." Danach ignorierte sie ihn und durchsuchte lieber den nächsten Regalboden.

Max ließ sich in den Sessel fallen, der hinter dem Schreibtisch stand und beobachtete sie schmunzelnd, wie sie krampfhaft versuchte, sein Starren zu ignorieren. Es machte ihm einen höllischen Spaß, die blonde Wölfin auf die Palme zu bringen. Tami konnte nicht nur sehr gut einstecken, sie teilte auch mit vollen Händen aus. Mittlerweile waren ihre kleinen Schlagabtausche zu einem Ritual geworden, wenn sie sich über den Weg liefen.

„Was glotzt du denn so?", fauchte Tami schließlich und funkelte ihn zornig an.

Ihre Zündschnur war aber auch zu kurz, grinste er in sich hinein. „Ich habe mich eben gefragt, was flacher ist, Texas oder dein Hintern." Gespielt nachdenklich legte er den Kopf schief. „Aber ich kann mich einfach nicht entscheiden", schloss er gequält.

Wenn Blicke töten könnten, wäre ich jetzt so was von tot! Max hatte Schwierigkeiten, seinen ernsten Gesichtsausdruck beizubehalten, und von Minute zu Minute fiel es ihm schwerer. Für ihn hatte Tami in diesem Moment eher die Ausstrahlung einer Babykatze als die einer wütenden Werwölfin.

„Du bist ein echter Arsch, Maximilian Dark." Mit erhobener Nase marschierte sie Richtung Tür.

„Hast du nicht dein Buch vergessen", gluckste er.

„Das hole ich mir später, wenn in deinem Altersheim Sperrstunde ist", erwiderte sie mit einem überheblichen Blick über die Schulter.

Max konnte das Lachen nicht mehr unterdrücken und prustete los.

„Du …", begann er unter glucksen. Was ihm allerdings genauso im Hals stecken blieb wie seine Worte.

„Ich bring dich um", unterbrach Ravens wutverzerrter Schrei ihre Plänkelei.

„Nein Raven", hörte er Sam panisch flehen.

Es brauchte nicht erst noch das drohende Knurren seines Bruders, damit er sich erhob. Max war schon aus der Tür des Arbeitszimmers und entdeckte Raven, der versuchte, sich aus Sams Griff zu befreien und die Treppe hinabzustürmen. Claire und Emma unterstützten seine Schwägerin Gott sei Dank tatkräftig bei dem Versuch, ihren Mann festzuhalten. Blanke Wut stand in Ravens Gesicht geschrieben und Max war sich sicher, dass sein Bruder nur noch Blut sehen wollte. Nur hatte er noch keine Ahnung, wen er so unbedingt abmurksen wollte. Doch die Antwort musste warten.

Max war mit wenigen Schritten bei dem kämpfenden Knäuel. Er stellte sich dicht hinter Emma, die Raven von hinten um die Mitte gefasst hatte und ihn mit aller Kraft festhielt. Genau wie Sam und Claire, doch sein Bruder war so außer sich, dass die drei ihn trotz vereinter Kräfte kaum halten konnten. Als Raven das nächste Mal den Kopf zurückwarf, legte Max ihm seinen Arm um den Hals. Emma hatte die Bewegung gespürt und blickte auf, zum Glück verstand sie sofort und zog sich zurück. Der General zog den anderen dicht an sich und schnappte sich mit der Rechten Ravens Handgelenk. Max musste eine gehörige Portion Kraft aufwenden, um seinem Bruder den Arm auf den Rücken zu drehen. Doch rein körperlich war er dem Jüngeren schon immer ein wenig überlegen gewesen und das war auch jetzt das Zünglein an der Waage. Er hatte Raven fest im Griff, was den nur leider nicht daran hinderte, sich weiter mit Händen und Füßen zu wehren.

Max spannte seinen Bizeps ein klein wenig an. „Komm runter", grollte er mit ruhiger Stimme. Nur zur Warnung verstärkte er zusätzlich den Druck seiner Muskeln auf Halsschlagader und Luftröhre.

Raven wurde zwar etwas ruhiger, aber den Kampf gab er noch nicht auf. „Lass mich los!", zischte er wütend zurück.

„Ich bin doch nicht bescheuert", schnaubte Max. „Sobald ich den Griff lockere, machst du eine Dummheit."

Die Reaktion war ein kräftiges Rucken, um freizukommen, doch Max hatte so etwas erwartet und seinen Griff kein Stück gelockert. Stattdessen spannte er jetzt noch mehr an, bis Raven zu keuchen begann. Was immer auch gerade hier los war, würde er nicht erfahren, bevor sich sein Bruder nicht wieder unter Kontrolle hatte. Max blickte nach unten in die Eingangshalle und wusste sofort, was ihn so wütend gemacht hatte. Midnight stand hinter ihrem Bodyguard versteckt, direkt an der Tür. Zumindest war diese Frage schon mal geklärt.

„Wir beide werden uns jetzt ein bisschen abkühlen", flüsterte er seinem Bruder ins Ohr.

Raven konnte nur keuchen, was er mal als Ja auffasste und ihn rückwärts mit sich zog.

„Ihr solltet sie in die Küche schaffen", raunte er den drei Frauen mit einem Blick auf Midnight zu, während er seinen Bruder rückwärts an ihnen vorbei zum Arbeitszimmer zog. Sie nickten unisono und verschwanden.

Max hatte seine liebe Mühe, denn Raven wehrte sich immer noch. Natürlich konnte er die Wut seines Bruders nachvollziehen, wenn er sie allerdings auch für übertrieben hielt. Na ja, Raven war ja schon immer der Aufbrausendere von ihnen beiden gewesen, wenn es um Frauen gegangen war.

Als das Gespann die Tür erreichte, war Max überrascht, dass Tami noch immer davorstand. Sie öffnete ihm schnell und er schob seinen Bruder hinein. Als er auf der Höhe der Wölfin war, schaute er ihr ins Gesicht. „Bleib hier und pass auf, dass er nicht aus dem Zimmer kann."

Tamis Nicken fiel eher widerwillig aus, aber sie schloss die Tür hinter ihnen und lehnte sich mit dem Rücken dagegen. Fest erwiderte sie seinen Blick und verschränkte demonstrativ die Arme vor der Brust. Max widmete sich wieder seinem Bruder, das kleine Grinsen, das ihm dabei über die Lippen huschte, konnte sie nicht mehr sehen.

Max schubste seinen Bruder zu einem Stuhl. Natürlich wollte der sofort wieder aufstehen und nach unten marschieren, um Midnight an die Kehle zu gehen. Max stieß ihn sofort wieder zurück in die Polster. „Kannst du dich mal wieder einkriegen", knurrte er genervt. „Ja, deine Frau ist ein halber Wolf, aber übertreibst du nicht ein bisschen?"

Aus den Augenwinkeln konnte er sehen, dass Tami kopfschüttelnd die Augen verdrehte. Scheinbar hatte sie ein Problem damit, wie er die Sache mit seinem Bruder anging. Max hätte ihr gerne das Passende gesagt, aber Raven war jetzt wichtiger.

„Und wenn sie ein ganzer Wolf wäre, würde es mich nicht interessieren", fauchte Raven zurück.

Max stutzte. „Ach ja?", fragte er überrascht. „Aber warum dann das ganze Theater?", schloss er verwirrt. Hilfe suchend blickte er zu Tami, aber ihrer Miene nach wusste sie auch nicht, was sie davon halten sollte.

„Es war nicht ihre Entscheidung", schrie Raven wütend. „Wenn Sam ein Wolf hätte werden wollen, fein. Ihre Entscheidung", fuhr er fort und redete sich in Rage. „Und das ist auch genau der Punkt, sie hatte keine. Midnight hat ihr keine Wahl gelassen. Sie hat Sam einfach so gewandelt und weiß nun selbst nicht, was aus meinem *Licht* wird. Ich bin so verdammt wütend." Wie um seine Aussage zu unterstreichen, schlug er mit geballten Fäusten auf die Lehnen ein, die dies mit einem lauten Knacken quittierten.

Noch ein Grund, neue und vor allem stabilere Möbel anzuschaffen, schoss es Max durch den Kopf. Allerdings hatte er keinen blassen Schimmer, von was sein Bruder da eigentlich blubberte. Erneut blickte er zur Tür. „Ich hab nur Entscheidung verstanden", gab er zu.

Tami verzog einen Moment genervt die Lippen, dann seufzte sie und kam zu ihnen. „Lass mal das kleine Mädchen ran", sagte sie ironisch und blickte auf Raven runter. „Und nun zu dir. Soweit ich es verstanden habe, geht es darum, dass Sam eine wichtige Entscheidung abgenommen wurde, von der du glaubst, dass du irgendwas damit zu tun hast?"

Raven sah genauso verwirrt aus, wie Max sich fühlte. Sein Bruder nickte. „Nein. Was?"

„Wenn es Sams Entscheidung war und sie kein Problem mit Midnight hat – und das sah eben nicht so aus, als sie dich von dieser Dämlichkeit abgehalten hat –, warum regst du dich dann so auf?"

„Gute Frage", stimmte Max zu, der mit verschränkten Armen dicht hinter Tami stand.

Raven blickte von einem zum anderen, scheinbar hatte selbst er keine wirkliche Antwort darauf. „Ich bin ihr Mann", sagte er schließlich eingeschnappt.

Tami hob fragend eine Augenbraue. „Mensch, Vampir oder Wolf spielt absolut keine Rolle, wenn es um Frauen geht, seid ihr Kerle alle gleich", schnaubte sie. „Es ist die Entscheidung der Frau, aber nur, solange sie euch in den Kram passen. Ihr seid solche Machos."

„Pass auf, kleines Mädchen", knurrte Raven.

Max war nicht entgangen, dass die Reißzähne des anderen Vampirs aufgeblitzt hatten. Er kannte seinen Bruder nur zu gut und im Moment hing Ravens Selbstbeherrschung an einem seidenen Faden. Vorsichtshalber versuchte er, Tami ein wenig zur Seite zu schieben, falls Raven die Kontrolle verlieren würde. Die reagierte allerdings anders, als er erwartet hatte.

Genervt schob sie den General wieder zurück. „Danke, ich kann schon selbst auf mich aufpassen", fauchte sie.

Und dann tat sie das Dämlichste, das sich Max in diesem Moment hätte vorstellen können. Egal, ob sein Bruder einen Grund hatte, wütend zu sein, in diesem Augenblick war er es jedenfalls. Raven war ein Vampir, dessen *Licht* in seinen Augen Leid angetan wurde und das konnte er nicht auf sich sitzen lassen. War seine Handlung logisch oder für irgendeine vernünftig denkende Person nachvollziehbar? Nein. Allerdings ging es hier auch um die Gedanken eines bis in die Zehenspitzen verliebten Mannes, da spielte Logik sowieso keine große Rolle. Und was tat dieses dumme Gör, als sie vor diesem zornigen Vampir stand? Anstatt Abstand zwischen ihrem Hals und seinen Reißzähnen zu bringen, stemmte sie sich mit den Handflächen auf den Lehnen ab und beugte sich dicht zu Raven vor.

„Jetzt hör mir mal gut zu, Blutsauger", begann sie bestimmend und diesmal war es an Max, mit den Augen zu rollen. „Sam ist eine erwachsene Frau, die ihre Kämpfe selbst ausfechten kann. Deine Aufgabe dabei ist es lediglich, hinter ihr zu stehen, sie zu unterstützen und ihr den Rücken freizuhalten. Wenn du kein Problem damit hast, dass sie zum Teil Werwolf ist, dann überlass ihr, wie sie mit Midnight klarkommt. Und solltest du doch ein Problem damit haben, bist du nichts weiter als ein Heuchler. Bis eben dachte ich nämlich noch, dass wir ein Teil deiner Familie wären und Shayne dein bester Freund."

„Ich habe kein Problem mit euch", knurrte Raven beleidigt zurück. „Und ihr gehört zu meiner Familie. Wie kannst du nur daran zweifeln?"

„Dann sitz nicht schmollend auf deinem Hintern, sondern geh runter in die Küche und steh deiner Frau zur Seite. Sam muss ziemliche Angst haben, mir würde der Arsch jedenfalls auf Grundeis gehen, wenn ich nicht wüsste, was mit mir geschieht." Tami legte den Kopf schief und musterte Ravens schuldbewusstes Gesicht. „Du hast nicht gefragt", stellte sie fest.

Ravens Kopfschütteln bestätigte Max' Verdacht im Grunde nur noch und jetzt war es an ihm, wütend zu sein. „Du hast mit ihr noch gar nicht darüber gesprochen?", knurrte er.

„Fang gar nicht erst an", zischte Tami ihm über ihre Schulter hinweg zu, bevor sie sich wieder Raven widmete. „Sam braucht dich", sagte sie mit leiser und sanfter Stimme. „Dein *Licht* braucht dich jetzt mehr denn je. Geh und stärke ihr den Rücken, zeig ihr, wie sehr du sie liebst. Egal, was noch passiert. Das ist deine verfluchte Aufgabe."

Max reagierte sofort, als Raven nach vorne schnellte. Er war überzeugt, dass sein Bruder versuchen würde, seine Reißzähne in Tamis Hals zu schlagen. Blitzschnell packte er sie um die Hüften und zog sie an sich. Er hatte dabei so viel Schwung, dass sie sich drehte und hart an seiner Brust landete.

„Was war das denn?", fragte Raven überrascht und stand auf.

„Du kannst doch nicht einfach eine Braut aus dem Rudel beißen", fauchte Max.

Raven riss erstaunt die Augen auf und lachte schließlich schallend. „Das hatte ich auch gar nicht vor", japste er. „Du solltest lieber mal deinen Griff lockern", fuhr er heiter fort und zeigte auf Tami.

Max blickte an sich herunter. Er war so mit seinem Bruder beschäftigt gewesen, dass er Tamis Gesicht noch immer schützend an seine Brust drückte. Leider konnte sie so auch nicht atmen. Schnell lockerte er seinen Griff, umfasste ihre Oberarme und hielt sie auf Armlänge von sich.

„Geht es dir gut?" Max versuchte, ihr Gesicht zu sehen, aber ihre Haare hingen wirr herum und versperrten ihm den Blick darauf.

Tami atmete ein paar Mal tief ein und aus, dann strich sie sich die blonden Strähnen zurück und funkelte ihn böse an. Als Nächstes folgte ein gezielter Schlag auf seine Brust, den er mehr als verdient hatte.

„Was sollte das?", fragte sie vorwurfsvoll.

Max verzog entschuldigend das Gesicht. „Ich dachte, er will dich beißen."

Raven prustete los. „Ich wollte ihr nur einen Kuss auf die Wange geben." Ernster fuhr er fort. „Sie hat doch recht. Ich war viel zu sehr mit mir selbst beschäftigt und habe nicht mal gemerkt, wie schlimm das alles für Sam sein muss. Danke", schloss er lächelnd und drückte seine Lippen auf Tamis Stirn. „Und jetzt gehe ich zu meiner Frau." Gesagt, getan und weg war er.

Max blickte seinem Bruder verwundert hinterher. *Das war alles?* Erst macht Raven so einen Aufstand und dann verschwand er, als wäre nie etwas gewesen. Ging es um Liebe, setzte der Verstand scheinbar wirklich aus. Welcher rational denkende Mann sollte da noch mitkommen? Noch ein Grund, warum er sich nicht verlieben wollte. Max konnte es sich nicht erlauben, nicht hundertprozentig bei seiner Aufgabe zu sein. Schließlich war er für das Leben aller verantwortlich, die ihm etwas bedeuteten.

„Nimm endlich deine Flossen weg", schimpfte Tami.

Geistesabwesend ließ er sie los. Max hatte ganz vergessen, dass er noch immer ihre Oberarme umfasst hatte. Seine Aufmerksamkeit lag einzig auf der Küche, die Raven soeben betrat. Angestrengt lauschte er den Stimmen, aber sein Bruder schien völlig ruhig zu sein. Da kam Max einfach nicht mehr mit. Ungläubig schüttelte er den Kopf.

„Störe ich?", fragte Jala höflich von der Tür her.

Max war so abgelenkt gewesen, dass er ruckartig den Kopf herumriss, dann aber lächelte. „Nein, wieso?"

„Ich bin dann mal weg", meinte Tami und ging an ihm vorbei zu ihrer Freundin.

„Viel Spaß heute Abend", wünschte Jala freundlich. „Aber treib es nicht so wild, ich kann meine Nachbarin nicht schon wieder aus dem Schlaf klingeln", schloss sie mit einem verschwörerischen Grinsen.

Max musste zugeben, dass diese Aussage seine Aufmerksamkeit geweckt hatte. Warum musste sie mitten in der Nacht Nachbarn aus dem Bett klingeln und was genau hatte die blonde Wölfin damit zu tun? Seine Neugierde wurde noch gesteigert, als Tami ihm einen seltsamen Blick über die Schulter zuwarf, bevor sie sich wieder der anderen Frau widmete.

„Sch ...", kicherte sie leise. „Wir telefonieren morgen, dann erzähl ich dir alles."

„Ich bin schon gespannt", lächelte Jala und nachdem sie sich mit einem Wangenkuss verabschiedet hatten, machte Tami die Tür hinter sich zu.

Verflixt und zugenäht! Jetzt war er noch neugieriger. Max hätte nur zu gerne gewusst, über was die beiden gesprochen hatten. Irgendwie hatte es sich angehört, als hätte Tami etwas vor, das sie lieber bleiben lassen sollte. Vielleicht wäre es besser, wenn er Jala mal auf den Zahn fühlte? Schließlich war er für die Sicherheit im Schloss zuständig und da interessierten ihn solche Sachen. Was, wenn Tami sich nun in Gefahr brachte und er nichts dagegen getan hatte? Shayne würde ihm zu Recht den Hals umdrehen.

„Gibt es da etwas, das ich wissen sollte?", fragte er misstrauisch.

Jalas Lippen zuckten belustigt. „Über Tami gibt es viel Wissenswertes."

Max winkte ab. „Das meine ich nicht."

„Ich weiß", lachte Jala. „Sie kann sehr gut auf sich selbst aufpassen. Manchmal schlägt sie nur ein bisschen über die Stränge, aber sie weiß, wen sie anrufen kann, und das tut sie auch. Tami kommt schon ganz gut alleine klar." Große Zuneigung für die Freundin schwang in ihren Worten mit. „Sie will nur feiern gehen, wenn dich das beruhigt."

„Ich war nur um die Sicherheit des Schlosses besorgt", wiegelte Max ab.

„Sicher", meinte Jala und lächelte wissend.

Max verdrehte die Augen. „Jetzt bist du genauso wie die anderen, wenn sie sehen, dass wir uns unterhalten."

Sofort verschwand das Lächeln. „Du hast recht, entschuldige bitte."

„Kein Problem. Sorg nur dafür, dass deine Freundin keinen Blödsinn macht", gab er grummelnd zurück.

Max war es wirklich leid, dass ihm alle etwas unterstellten, sobald er mit einer Frau auch nur ein Gespräch führte. Konnte sich ein Mann denn nicht einfach mit einer Frau unterhalten, ohne dass gleich jemand auf falsche Gedanken kam?

„Eigentlich bin ich auch nur da, weil Midnight mich gebeten hat, dich zu holen", teilte ihm Jala mit.

Er bedankte sich und machte sich in die Küche auf. Max konnte sich keinen Grund vorstellen, warum Midnight ausgerechnet mit ihm sprechen wollte. Aber seine Neugierde war geweckt und deswegen begab er sich direkt zu den anderen. Jala folgte ihm die Treppe hinunter, bog aber Richtung Hauptquartier ab. Max steuerte direkt auf die Küche zu, wo ein Großteil der Schlossbewohner schon auf ihn wartete. Gespannte Erwartung stand in ihren Gesichtern.

5. Kapitel

Isabelle Harmsworth saß auf dem Rand eines kleinen Brunnens, den sie bei einem ihrer nächtlichen Streifzüge entdeckt hatte. Rundherum ragte eine undurchdringliche Mauer aus weißen Rosen auf, die nur durch einen schmalen Weg durchbrochen wurde. Von oben strahlte der Mond herab und spiegelte sich im Wasser, was diesem Ort etwas Verwunschenes gab. Auf einer mannshohen Säule inmitten des Brunnens stand die marmorne Statue eines aufbäumendes Pferdes. Im Schatten des Tieres hatte Isabelle viele Nächte verbracht, versunken in ihren Gedanken. Hier konnte sie für ein paar Stunden dem Druck der Erwartungen, die ihre Familie in sie setzte, entfliehen und einfach mal durchatmen.

Sie liebte ihre Eltern und ihren Bruder, dennoch hatte sie manchmal das Gefühl, von ihnen erdrückt zu werden. Und nun zwangen sie sie zu einer Ehe, die sie nie gewollt hatte. Zwei Wochen waren sie nun schon im Schloss und eine Abreise war nicht in Sicht. Isabelle kannte ihren Vater gut genug, um zu wissen, dass er erst gehen würde, wenn er seinen Willen bekommen hatte. Und diesmal wollte er sie mit Max verheiraten.

Isabelle hatte immer alle Wünsche und Anforderungen, die ihre Eltern an sie gestellt hatten, stumm erfüllt und sich nie beklagt. Selbst wenn es nicht das war, was sie selbst wollte, hatte sie immer ihre Ansprüche zurückgeschraubt und sich dem Willen ihrer Eltern gebeugt. Genau wie dieses Mal. Zumindest erwartete man das von ihr. Sie sollte Max' Frau werden und das mit einem Lächeln im Gesicht.

Doch dieses eine Mal fiel es ihr einfach zu schwer. Sie mochte Max, aber heiraten wollte sie ihn nicht. Er war ein lieber Freund, dem sie schwesterliche Gefühle entgegenbrachte, aber eben nicht mehr. Isabelle wollte einen Mann aus Liebe heiraten. Einen, der ihre Gefühle erwiderte. Aber daraus würde leider nichts werden, denn ihre Eltern hatten andere Pläne.

Gedankenverloren ließ sie die Beine durchs kalte Wasser streifen. Es war eine laue Frühlingsnacht und sie hatte sich nicht zurückhalten können. Wenn ihre Mutter sie so sehen könnte, würde sie eine Sonderlektion in gutem Benehmen bekommen. Aber hier war niemand und sie kostete diese ungestörten Minuten voll aus. Isabelle seufzte bedrückt. Selbst die Eiseskälte des Wassers konnte die trüben Gedanken nicht auslöschen, die ihr das Herz schwer werden ließen.

Doch egal, wie sehr ihr Inneres auch rebellierte, am Ende würde sie es hinter einer freundlichen Maske verstecken und den Wünschen ihrer Eltern folgeleisten. Isabelle war keine Kämpferin und wenn sie versuchte, sich zu widersetzen, verließ sie der Mut schneller als Ratten ein sinkendes Schiff und sie knickte ein. Alleine der Gedanke, ihre Eltern enttäuschen zu können, brachte ihren Willen zum Einsturz. Sie war ja so ein Weichei.

Dabei wollte sie doch nur einmal wissen, wie sich Liebe anfühlte. Sie war auf so vielen Festen und Bällen gewesen, hatte Vampire ihres Standes kennengelernt. Es waren durchaus gut aussehende Männer dabei, aber nie hatte sie auch nur einen Funken von dem verspürt, was sie in Büchern über die Liebe gelesen hatte. Nie hatte ihr Herz beim bloßen Anblick eines Mannes höhergeschlagen, sie hatte auch noch nie ein Kribbeln oder Ähnliches verspürt. Wahrscheinlich war das sowieso alles übertrieben.

„Guten Abend", brummte eine tiefe Stimme hinter ihr.

Erschrocken wirbelte Isabelle herum, rutschte vom Rand ab und landete mit ihrem Hintern im Wasser. Als sie mit weit aufgerissenen Augen aufschaute, erblickte sie Max, der sie mit einem Schmunzeln im Gesicht und schief gelegtem Kopf musterte. Das Herz klopfte ihr bis zum Hals und schlug so fest, als würde es versuchen, aus ihrer Brust zu springen.

Na toll! Jetzt schlug ihr Herz mal höher beim Anblick eines Mannes und dann hatte es nichts, aber auch rein gar nichts mit Liebe zu tun. Im Moment versuchte es lediglich die Schläge, die es verpasst hatte, weil es vor Schreck stehen geblieben war, aufzuholen. Wie hatte der Vampir sie nur gefunden? Okay, wahrscheinlich kannte er den Garten wie seine Westentasche, schließlich war er hier aufgewachsen.

„Komm", meinte Max und streckte ihr die Hand hin. „Lass dir raushelfen."

Isabelle hatte nicht einmal bemerkt, dass er näher gekommen war. Doch sie fing sich schnell und ergriff die dargebotene Hand. Max brauchte nicht viel Kraft aufzubieten, um sie aus dem Wasser zu ziehen und neben sich zu stellen.

„Danke", murmelte Isabelle und versuchte, das Zittern zu unterdrücken, das von ihren Beinen aus aufstieg. Es war zwar eine laue Frühlingsnacht, aber ihr Kleid war jetzt bis über die Hüften mit eisigem Wasser vollgesogen. Max entging es nicht, er zog seine Jacke aus und legte sie ihr über die Schultern.

„Was machst du hier?", platzte es aus ihr heraus. Sofort bereute sie ihren schroffen Ton und ruderte zurück. „Ich meine, was kann ich für dich tun?"

„Eigentlich wollte ich mich mal ungestört mit dir unterhalten", schmunzelte er. „Allerdings sollte ich dich erst mal zurückbringen, damit du dich umziehen und heiß duschen kannst."

Isabelle schüttelte den Kopf. „Schon gut, es wird gehen." Und es stimmte. Nach dem ersten Schrecken war die Kälte nicht mehr so schlimm und die Jacke wärmte sie gut. Außerdem war jetzt ihre Neugierde geweckt, was der General mit ihr besprechen wollte. Hoffentlich hatte er seine Meinung nicht geändert. Leichte Panik stieg in ihr auf.

Max musterte sie einen Moment, dann nickte er. „Wollen wir uns setzen?", fragte er und hielt ihr höflich die Hand hin.

Isabelle ergriff sie und sie setzten sich genau an die Stelle, an der sie vor seinem plötzlichen Erscheinen gesessen hatte. Ganz ihrer Erziehung entsprechend, legte sie beide Hände in den Schoß und hielt den Blick gesenkt.

„Ist dir wirklich nicht kalt?", erkundigte er sich.

Komm endlich zum Punkt!, dachte sie. Laut sagte sie allerdings: „Nein, alles bestens."

„Gut." Max schwieg eine Sekunde. „Um ehrlich zu sein, weiß ich nicht so genau, wie ich das Thema möglichst taktvoll anschneiden soll, also werde ich nicht lange um den heißen Brei herumreden. Isabelle, möchtest du mich heiraten?"

Erschrocken blickte Isabelle ihm in die Augen. *Das darf doch jetzt nicht wahr sein!* Sie hatte sich so sehr darauf verlassen, dass Max niemals nachgeben würde und ihre Eltern irgendwann diesen Plan aufgeben mussten. Obwohl es sowieso keinen Unterschied machen würde, ihr Vater würde ihre Hand nur einem Mann geben, den er für angemessen hielt. Ihre Gefühle spielten dabei keine Rolle. Vielleicht war Max dann doch die bessere Wahl und ihre Eltern wären außerdem stolz auf sie. Isabelle senkte die Augen, holte tief Luft und wollte die einzige Antwort geben, die infrage kam.

„Danke für deine Ehrlichkeit", sagte Max, bevor sie antworten konnte.

„Aber ich habe doch gar nichts gesagt", protestierte sie.

„Und doch weiß ich jetzt genau, wie du über diese Ehe denkst." Als sie schwieg und ihn nur verwirrt anschaute, setzte er freundlich hinzu: „Es steht in deinen Augen und in deinem Gesicht geschrieben."

„Oh." Mehr fiel ihr nicht ein, was sie darauf sagen sollte.

Max lachte. „Schon okay, hier sind nur du und ich. Niemand wird von dieser Unterhaltung erfahren, wenn du es nicht möchtest."

Erleichtert ließ Isabelle die Luft entweichen, die sie unbewusst angehalten hatte. Nicht auszudenken, was ihre Mutter machen würde, wenn sie erfuhr, dass Isabelle es vermasselt hatte. Schließlich hatte Max ihr die sehnsüchtig erwartete Frage gestellt. Ihre Eltern setzten viele Erwartungen in diese Ehe und sie ruinierte alles, nur weil sie nicht einmal ihr Gesicht unter Kontrolle hatte.

„Sei nicht böse, aber ich fühle nichts für dich." Es hatte Isabelle allen Mut gekostet, die leisen Worte auszusprechen.

„Ich verstehe dich, mir geht es nicht anders", erwiderte Max mit einem Lächeln, bevor sein Blick in die Ferne schweifte. „Ich mag dich, aber für die Liebe bin ich nun wirklich nicht geschaffen. Allerdings ist mir schleierhaft, warum du dieser Verbindung dann zustimmst."

Isabelle hob nun auch die Augen und schaute über die Dornenhecke zum Schloss. In einigen Fenstern brannte Licht. „Manchmal geht es nicht darum, was wir wollen, sondern um das, was das Beste für alle Seiten ist", sagte sie traurig.

„Jetzt klingst du mehr wie dein Vater", schnaubte Max.

„Auch wenn du nicht viel von ihm hältst, hat er nicht automatisch unrecht. Die Fehde unserer beiden Familien ist kein Geheimnis und dauert schon viel zu lange. Sie hat eine tiefe Kluft in die Gemeinschaft gegraben." Isabelle lugte aus den Augenwinkeln zu ihm auf, um zu sehen, was er dachte, aber Max verzog keine Miene.

„Du würdest den Rest deines Lebens mit einem Mann zusammenleben, nur um Streitereien aus der Welt zu schaffen?", fragte er ernst.

„Dies sind mehr als nur kleine Streitigkeiten und das weißt du auch", stellte Isabelle leise klar und schaute zu Max auf, der ihren Blick neugierig erwiderte. „Wenn es nur unserer Ehe bedarf, unsere Familien zu vereinen, dann bin ich gerne bereit dazu, diesen Schritt zu gehen und mein Schicksal zu erfüllen." Mit jedem Wort war ihre Stimme leiser und unsicherer geworden.

Max' Augenbrauen waren unterdessen immer höher gewandert. „Dein Schicksal erfüllen?", wiederholte er und konnte ein Glucksen nicht unterdrücken.

Isabelle wendete schnell den Blick ab und wünschte sich, ein schwarzes Loch würde sich vor ihr auftun, in dem sie verschwinden könnte. Oder besser noch, jemand würde die Zeit zurückdrehen und ihre Worte ungeschehen machen. Als wäre das nicht schon peinlich genug, spürte sie auch noch die Röte in ihre Wangen kriechen. Trotz der Peinlichkeit meinte sie jedes ihrer Worte ernst. War es denn nicht besser, seine eigenen Wünsche zurückzustellen, wenn es für viele ein ruhigeres Leben bedeutete?

Isabelle war kein Dummkopf. Auch wenn sie den Mund nur selten aufbekam, war sie wohl im Bilde über die Intrigen ihrer Familie, die schon mehr als genug Schaden angerichtet hatten. Sie wollte nicht eines Tages mit ansehen müssen, wie ihren Eltern und ihrem Bruder der Prozess wegen Hochverrats gemacht wurde. So weit würde sie es nicht kommen lassen. Isabelle konnte ihre

Familie zwar nicht zur Vernunft bringen, aber sie konnte ihren Teil dazu beitragen, damit es keinen Grund mehr gab.

„Hey, alles ist in Ordnung", meinte Max freundlich, legte einen Arm um ihre Schultern und zog sie dicht an seine Seite.

Isabelle war etwas überrumpelt und brachte kein Wort heraus. Das war das erste Mal in ihrem Leben, dass ein Mann sie im Arm hielt, der nicht direkt zu ihrer Familie gehörte. Es fühlte sich irgendwie komisch an und doch tat es ihr gut. Früher, als sie noch klein war, hatte Tristan sie so gehalten, um sie zu trösten oder die Monster zu vertreiben, die mal wieder in der Nacht unter ihrem Bett hervorgekrochen kamen. Ihr Bruder hatte dann so lange an ihrer Seite gewacht, bis sie wieder in den Schlaf gefunden hatte. Es waren schöne Erinnerungen an eine unbeschwerte Zeit.

„Es mag für dich kindisch klingen", versuchte sie zu erklären.

Max schüttelte den Kopf. „Du hast ein paar sehr wahre Worte gesprochen, die ich nicht einmal im Traum in Erwägung gezogen hätte." Er schwieg einen Moment. „Dir ist bewusst, dass du an meiner Seite niemals glücklich werden würdest."

Du an meiner auch nicht! Die Worte lagen Isabelle auf den Lippen, aber sie schluckte sie herunter. Wenn ihre Eltern sie jetzt sehen könnten, wären sie sehr stolz auf sie. Vielleicht hatte sie Max' Meinung nicht geändert, aber sie hatte ihn zum Nachdenken gebracht. Das war immerhin ein Anfang. Auf den dumpfen Schmerz in ihrer Brust achtete sie nicht. Innerlich schrie sie, doch nach außen verzog sie keine Miene. Nur in die Augen durfte er ihr nicht sehen, denn dort würde er die Wahrheit finden.

„Ich bring dich rein." Max erhob sich und zog sie mit sich. „Ich glaube, darüber muss ich erst mal einen Tag schlafen." Er nahm ihre Hand und legte sie sanft in seine Ellenbeuge.

Isabelle vermied den Blickkontakt, während sie zum Haus schlenderten. Ihr Gespräch hatte sich auf belanglose Dinge verlegt, wie es ihr ergangen war seit ihrem letzten Aufeinandertreffen und was gemeinsame Bekannte taten, die man länger nicht gesehen hatte. Am Schlossportal hielt Max.

„Hier verabschiede ich mich von dir", teilte er ihr leise mit. „Ich muss mal wieder abschalten und einen klaren Kopf bekommen, aber wir werden unser Gespräch sehr bald beenden und sehen, was das Schicksal für uns bereithält." Seine Mundwinkel zuckten verdächtig.

Isabelle musste lachen. „Bei meinem Bruder ist Abschalten und klarer Kopf", sie machte bei den beiden Wörtern Gänsefüßchen mit den Fingern, „ein Synonym für sich betrinken."

Max' Lippen verzogen sich langsam zu einem breiten Grinsen. „Ich weiß nicht, was du meinst", stellte er sich unschuldig.

„Aber sicher", gab sie milde lächelnd zurück. Isabelle zog die Jacke von ihren Schultern und reichte sie ihm. „Na dann wünsche ich dir viel Spaß bei allem, was du nicht tun würdest."

Er nahm schmunzelnd ihre Hand und hauchte einen Kuss auf die Knöchel. „Gute Nacht", wünschte Max und verschwand in Richtung der Garagen, die rechts an das Haupthaus angeschlossen waren. Isabelle blickte am Gebäude hoch und sah ihren Vater an einem der erleuchteten Fenster stehen. Ihr Lächeln verschwand, stattdessen senkte sie den Blick. Tat sie wirklich das Richtige, indem sie den Willen ihres Vaters erfüllte? Max war ein großartiger Mann, der eine Frau verdient hatte, die ihm all das gab, was Isabelle einfach nicht geben konnte. Stärke, Mut und Liebe.

Doch wie immer spielte ihre Meinung sowieso keine Rolle, wie sie kurz darauf feststellte, als sie ihre Gemächer betrat. Ihr Vater wartete bereits auf sie. Mit weit ausgebreiteten Armen und geschwellter Brust schritt er auf sie zu. Aber zum ersten Mal in ihrem Leben wollte Isabelle die Freude in seinen Augen nicht sehen. All die Jahre hatte sie dafür gelebt, dass er stolz auf sie war.

„Ich bin nass", versuchte sie, seine Umarmung abzuwehren.

Verwundert blickte er an ihr herunter und sah den nassen Kleidersaum. Schnell kehrte der freudige Ausdruck in sein Gesicht zurück. „Egal", lachte er und nahm sie in die Arme. „Heute spielt es keine Rolle. Mein Mädchen, meine Prinzessin. Ich bin ja so …"

„Er hat sich nicht entschieden", blockte Isabelle schnell ab und schob ihn von sich.

„Das wird er schon", meinte Christoph sanft und machte ein paar Schritte zurück. „Wenn er erst mal darüber nachdenkt, wird er schon zur Vernunft kommen. Es gibt keine bessere Partie als dich."

Isabelle versuchte krampfhaft, das Lächeln beizubehalten, aber ein Kloß schnürte ihr die Kehle zu und die Tränen lauerten gefährlich dicht hinter ihren Lidern. Sie wollte nur noch, dass ihr Vater verschwand und sie sich ungestört ihrer Trauer hingeben konnte. Leider bekam sie keinen Ton heraus, nicht ohne fürchten zu müssen, in Tränen auszubrechen.

Es klopfte an der Tür und ihr Vater rief: „Herein."

Einer der Bediensteten öffnete die Tür. „Mister Harmsworth, der König bat mich, Sie zu ihm zu führen."

Ihr Vater lächelte, aber Isabelle sah die Falschheit darin. „Ich komme sofort, eine Sekunde." Der Mann verschwand und Christoph drehte sich zu ihr um. „Wenn der König ruft, werde ich wohl gehorchen müssen", höhnte er. „Dank dir, mein Kind, wird es bald anders sein." Er küsste ihre Stirn und ging.

Endlich und keine Sekunde zu früh schloss ihr Vater die Tür

hinter sich. Isabelle liefen bereits die Tränen über die Wangen. Was genau passiert war, wusste sie nicht, aber plötzlich nahm sie die Unaufrichtigkeit in den Gesten ihres Vaters wahr. Seine Umarmung hatte nichts Wärmendes an sich, sondern wirkte berechnend. *Nein! Nein!* Isabelle raufte sich die Haare und schrie innerlich. Christoph mochte sie enttäuscht haben, aber er liebte sie. Jeder hatte seine Fehler, auch ihr Vater, aber das machte ihn noch lange nicht zu einem durch und durch schlechten Mann. Sie würde jetzt ein heißes Bad nehmen, um all das zu vergessen. Isabelle musste diese Gedanken verdrängen, es war schließlich ihre Familie und der musste man verzeihen können.

6. Kapitel

Max betrat das Papercut und sofort schlug ihm die aufgeheizte Luft entgegen. Die Musik war lauter als sonst und Nebel waberte über der Tanzfläche, wo sich schwitzende Leiber aneinander rieben. Er war drauf und dran noch mal rauszugehen und nachzuschauen, ob er hier wirklich richtig war, als sich D neben ihm aufbaute.

„Discoabend", teilte er ihm schreiend mit.

„Grausam." Max musste ebenfalls schreien, um die Musik zu übertönen. „Wer lässt sich denn so einen Scheiß einfallen?" D zog lediglich eine Augenbraue als Antwort nach oben und Max beantwortete sich seine Frage selbst. „Midnight."

„Wer sonst." Es war keine Frage, sondern eine Feststellung. D verschränkte die Arme vor der Brust und ließ seinen Blick über die Menge gleiten.

Max tat es ihm gleich. „Bodyguard, Türsteher", sagte er, ohne die Augen von einem tanzenden Frauenkörper zu lösen, den er auf der Tanzfläche entdeckt hatte. Sie bewegte sich rhythmisch zur Musik und jede ihrer Bewegungen schien fließend in die nächste überzugehen. Hautenges schwarzes Leder spannte sich um einen fantastischen Apfelhintern und ihre Kurven wurden von einem silbernen Oberteil sehr verführerisch bedeckt. Max war so fasziniert von ihrem Körper, dass er seinen Nebenmann völlig vergaß.

„Hast du ein Problem damit?", knurrte D.

Max blickte den Mann an. „Nein", sagte er ruhig. „Du beschützt nur die, die dir wichtig sind."

D musterte ihn kurz, dann nickte er und widmete sich wieder der Menge. Max' Augen wanderten sofort wieder zur Tanzfläche, aber die Frau war verschwunden und jetzt spielte auch ein anderes Lied.

„Ich hätte deinen Bruder getötet, wenn er ihr zu nahe gekommen wäre", stellte D die Fronten richtig.

„Schon klar", gab Max abgelenkt zurück, denn sein Blick schweifte im Klub umher. Er hätte die Frau liebend gern zu einem Drink eingeladen oder auch zu etwas mehr. Die sexy Bewegungen ihres Körpers hatten ihn mächtig angeturnt und er hätte nichts gegen diese Art der Ablenkung einzuwenden gehabt. Leider konnte er sie nirgends ausmachen. Erschwerend kam hinzu, dass er ihr Gesicht nicht gesehen hatte, da seine Augen an ihrem Körper hängen geblieben waren. Zumindest konnte er einigermaßen sagen, was sie anhatte. „Wir sehen uns", verabschiedete sich Max und steuerte die Bar an, wo er sich erst mal einen doppelten Whiskey gönnte.

Max hatte die Ellenbogen auf die Bar gestemmt und nippte an seinem Glas. Nach der Frau Ausschau zu halten, hatte er aufgegeben. Es gab schließlich genug andere im Papercut, die eine genauso gute Figur hatten. Wahrscheinlich hätte sich am Ende doch nur rausgestellt, dass sie zwar eine schöne Fassade besaß, aber ansonsten langweilig war und er ihrer schnell überdrüssig wurde. Außerdem hatte er im Moment genug andere Probleme.

Gedankenverloren blickte er in sein Glas und sah den Eiswürfeln dabei zu, wie sie langsam, aber sicher schmolzen. Die Musik war viel zu laut und mit starken Bässen unterlegt, die seinen Körper zum Vibrieren brachten. Doch auch dieses furchtbare Gejaule – wie konnte man sich das nur freiwillig antun – konnte ihn nicht lange von seinen Gedanken ablenken.

Midnight hatte bei ihrem letzten Besuch die erste Bombe platzen lassen. Sie war nicht ins Schloss gekommen, um sich bei Sam und Raven zu entschuldigen – so wie Max es eigentlich erwartet hätte. Stattdessen hatte sie einen auf Hellseherin gemacht und die Apokalypse prophezeit. An dieser Stelle musste er laut schnauben, die Menschen – oder was auch immer hier rumlungerte – um ihn herum blendete er völlig aus. Midnight hatte irgendwas von Feuer und dem Tod einer Frau geschwafelt. Max hielt nicht viel von Weissagungen, vor allem, wenn die Hellseherin selbst einräumte, dass es sich auch nur um einen Traum gehandelt haben könnte. Er persönlich hätte das Ganze mit einem Schulterzucken abgetan und wäre zur Tagesordnung übergegangen.

Max' Pech war allerdings, dass auch Nanna und die anderen Frauen mitbekommen hatten, was Midnight ihm vorhersagte oder eben nicht, da sie ihre Möchtegern-Prophezeiung mitten in der Küche ausgebreitet hatte, wo jeder sie hören konnte. Seitdem schwirrte Nanna ständig um ihn herum und versuchte, ihn davon zu überzeugen, Midnights Warnung ernst zu nehmen. Sie war sogar so weit gegangen, seine Mutter anzurufen, die sich natürlich sofort zu einem Besuch aufgemacht hatte und seitdem im Schloss wohnte. Natürlich nervte sie ebenso, schließlich war Midnight ihre beste Freundin und Letizia glaubte an ihre Vorhersagen.

Als wäre das nicht schon nervig genug, ging sie ihm natürlich auch mit ihren dämlichen Verkupplungsversuchen auf den Sack. Isabelle war ein nettes Mädchen, aber für seinen Geschmack zu unbedarft, zu naiv. Dachte er zumindest.

Allerdings hatte er nach ihrem Gespräch heute Abend seine Meinung über sie ein wenig revidieren müssen. Isabelle mochte naiv wirken, fast schon weltfremd, trotzdem bekam sie sehr viel mit und bildete sich ihre eigene Meinung, die sie wiederum nie laut aussprechen würde. Wenn es allerdings um die Taten ihres Vaters ging, blieb die rosarote Brille fest auf der Nase. Max nahm es ihr nicht übel, dass sie Christians Intrigen nicht sehen wollte und stattdessen Ausreden für sein Handeln fand. Sie war eine wohlbehütete Tochter, die immer die kleine Prinzessin für ihre Familie war und von allem Bösen ferngehalten wurde. Nur sah die Realität manchmal ganz anders aus.

Max verachtete Christian und Tristans Taten, konnte aber nicht umhin, Isabelle in mancher Beziehung recht zu geben. Diese ganzen Intrigen spalteten die Vampirgemeinschaft und schafften böses Blut untereinander. Die Aufnahme der Wölfe in die Familie hatte ebenfalls nicht bei allen für Gegenliebe gesorgt. Es gab viele, die gerne Christian und nicht Ethan auf dem Thron sehen wollten. Leider war keiner davon Manns genug, es laut auszusprechen. Sie fürchteten zu Recht, dass Max sich ihrer annehmen und den Putschversuch im Keim ersticken würde. Stattdessen arbeiteten sie wie alle Feiglinge im Hintergrund. Ins Gesicht lächeln und ihrem König das Messer in den Rücken stoßen, war ihre Devise. Aber könnte eine Hochzeit ausreichen, um dem Ganzen ein Ende zu setzen?

Ehrlich gesagt konnte Max sich das einfach nicht vorstellen. Selbst wenn er Isabelle heiraten würde, säße Christian immer noch nicht auf dem Thron. Sogar wenn seinem Vater etwas geschehen würde, bekäme Raven die Krone. Damit er König wurde, müsste Max' gesamte Familie ausgeschaltet sein, und das wäre so gut wie unmöglich. Oder etwa nicht?

Max zwang sich, seine Gedanken auf etwas anderes zu konzentrieren. Seinen Eltern drohte keine Gefahr, solange sich die besten und loyalsten Vampire um ihren Schutz kümmerten. Nur die tapfersten und kampferprobtesten hatte Max für diesen Job ausgesucht und er vertraute ihnen blind. Und auch Raven und Sam waren absolut sicher, dafür sorgten Shaynes Männer genauso wie seine eigenen. Er musste endlich seinen Kopf von solchen Dingen befreien und seine Probleme objektiv betrachten.

„Noch einen?", fragte der Barkeeper.

Max nickte. „Aber spar dir das Eis und lass die Flasche gleich hier."

Der Typ betrachtete ihn einen Moment, dann schenkte er zwei Finger breit Whiskey in sein Glas und stellte die Flasche daneben. „Harter Tag, was?"

„Ha", lachte Max freudlos. „Du hast ja keine Ahnung." Er blieb absichtlich vage und widmete sich lieber wieder seinem Drink. Der Barkeeper kapierte schnell, dass Max seine Ruhe haben wollte, und zischte ab, um den Kunden neben ihm zu bedienen.

Eine Hand legte sich federleicht auf seine Schulter. „Nur du schaffst es, einen Barkeeper zu vergraulen", lachte eine weibliche Stimme in sein Ohr.

Max drehte den Kopf. Tami lächelte ihn an und als wäre das nicht schon ungewöhnlich genug, lag ihre Hand dabei immer noch auf seiner Schulter. Normalerweise hielt sie mindestens einen Meter Abstand zu ihm und schenkte ihm höchsten ein spöttisches Verziehen ihrer Lippen. Endlich nahm sie die Hand weg. Er betrachtete sie etwas genauer und sofort war ihm klar, was die Veränderung ausgelöst hatte. Tamis blaue Augen glänzten im Dämmerlicht der Bar. Sie hatte eindeutig getrunken und scheinbar machte der Alkohol sie ziemlich anhänglich.

Als könnte sie seine Gedanken lesen, verdrehte sie die Augen. „Ich bin nicht betrunken", knurrte sie, stellte sich auf die Zehenspitzen und flüsterte leise in sein Ohr. „Es ist nur ein schöner Abend und den kannst nicht einmal du ruinieren."

„Wollen wir wetten?", fragte er diabolisch grinsend zurück. Warum sie immer seine gemeinste Seite zum Vorschein brachte, wusste er nicht und es war ihm auch scheißegal. Max hatte einen riesen Spaß daran, sie aufzuziehen und zu sehen, wie sie langsam, aber sicher immer wütender wurde.

Zuerst schaute sie finster zurück, aber nach und nach zogen sich ihre Mundwinkel nach oben und sie lächelte. „Das wird bestimmt spaßig." Der Schalk blitzte in ihren Augen auf. Tami hatte bestimmt genauso viel Spaß daran, ihn auf die Palme zu bringen, wie er im umgekehrten Fall.

„Sex on the Beach", brüllte der Barkeeper und stellte einen Cocktail vor ihnen auf den Tresen.

Max sah erst das Glas an, das mit einem Schirmchen verziert war, und dann zu ihr. „Sex on the Beach?", fragte er und zog eine Augenbraue nach oben.

Tami nahm grinsend ihr Glas. „Macht verdammt viel Spaß", gab sie zur Antwort und sog an ihrem Strohhalm. „Solltest du auch mal ausprobieren."

„Hab ich schon", lachte er. Vertraulich beugte er sich zu ihr hinunter. „Allerdings steh ich nicht so darauf, überall Sand am Körper zu haben. Der kann einen schon wundreiben."

Tami verschluckte sich prompt an ihrem Cocktail, fing sich aber schnell wieder. Lässig zuckte sie mit den Schultern. „Kleiner Tipp fürs nächste Mal: Danach einfach eine Runde schwimmen gehen. Wenn ich es mir aber recht überlege", fuhr sie fort und musterte ihn dabei nachdenklich. „Vielleicht bist du auch einfach zu alt dafür. Ich kenne viele jenseits der Hundert, die es am liebsten im Bett und nur in der Missionarsstellung treiben."

„Frechdachs." Schmunzelnd widmete er sich wieder seinem Drink, als der Barkeeper an ihnen vorbeikam. „Gib mir noch ein Glas."

Der Angesprochene nickte, bediente einen Gast und brachte

anschließend das Gewünschte. Max dankte ihm stumm und schenkte ein kleines Rinnsal Whiskey ein, anschließend hielt er es Tami hin, die ihn misstrauisch beobachtet hatte.

„Da du ja schon so erwachsen bist ...", er machte eine Pause und musterte sie skeptisch, bevor er fortfuhr, „oder zumindest glaubst es zu sein, probier den hier."

Tami nahm das Glas entgegen und schwenkte es im Kreis, bis die braune Flüssigkeit darin sich gleichmäßig bewegte. „Du glaubst doch nicht ernsthaft, dass ich noch nie einen Whiskey getrunken habe." Selbstsicher hob sie es an die Lippen.

Max beobachtete sie aufmerksam und hatte Mühe, sich das Lachen zu verkneifen, denn er wusste ganz genau, was diesem großspurigen Getue folgen würde. Die Kleine hatte ja keine Ahnung.

Blitzschnell legte sich eine Hand auf Tamis Arm und hielt sie davon ab, einen Schluck zu nehmen. Knurrend drehte sich Max zu dem Spielverderber um. Am liebsten hätte er diesem Arsch von einem Flaschenjongleur den Arm einfach abgebissen. Was mischte der sich überhaupt ein?

„Trink das nicht", warnte der Barkeeper.

„Nimm deine Hand da weg", zischte Max warnend. „Sonst ist sie ab."

Der Typ sah auf seine Finger und dann in das wütende Gesicht des Generals, dessen Augen garantiert glühten. Dass seine Reißzähne bereits hinter seinen Lippen ausgefahren waren, konnte er spüren und so wie der Arsch guckte, hatte er sie ebenfalls bemerkt. Sofort zog der Barkeeper seinen Arm weg und machte ein paar Schritte nach hinten.

„Halt dich aus unseren Angelegenheiten raus." Max blickte ihm noch kurz warnend in die Augen, um seinen Standpunkt zu unterstreichen, bevor er sich wieder der blonden Frau neben ihm widmete. „Also bist du nun eine Wölfin oder doch nur ein Angsthase?"

Tami verzog die Augen zu Schlitzen, doch sie hob das Glas und trank den Inhalt in einem Zug leer. Kaum war die Flüssigkeit ihre Kehle hinab gelaufen, schnappte sie nach Luft. Noch während sie das Glas abstellte, begann der Husten einzusetzen.

„Was ist das?", keuchte sie abgehackt hustend.

„Otaktay würde Feuerwasser dazu sagen", kicherte Max und klopfte ihr leicht auf den Rücken. Überheblich nahm er einen großen Schluck. „Lecker. Whiskey für Erwachsene."

Es dauerte eine ganze Weile, bis Tamis Husten sich wieder beruhigt hatte. Max amüsierte sich köstlich, hatte aber auch ein wenig Mitleid und orderte noch einen Cocktail. Kopfschüttelnd führte der Barkeeper die Bestellung aus, sagte aber kein Wort dazu.

„Hier trink lieber wieder das Kleine-Mädchen-Zeugs", spöttelte er.

Tami nahm einen großen Schluck. „Du bist ein Arsch, Max Dark. Was bitte ist das für ein ätzendes Zeug? Da kann ich ja gleich Petroleum trinken."

Max lachte so laut, dass einige Umstehende sich schon zu ihnen umdrehten, aber es war ihm herzlichst egal. Lange hatte er sich nicht mehr so amüsiert und zumindest für ein paar Minuten hatte er seine Probleme vergessen können. Leider drangen sie nun wieder mit Macht in seine Gedanken. Es war zum Verrücktwerden. Er musste einfach eine Entscheidung treffen, um endlich wieder einen klaren Kopf zu bekommen und nicht ständig von den düsteren

Wolken abgelenkt zu werden, die über ihm schwebten.

Tami war nicht entgangen, dass sich Max' Miene plötzlich verdunkelte. Für den Bruchteil einer Sekunde hatte sie das Gefühl, einen Schatten über sein Gesicht huschen zu sehen. Sie hatte zwar keinerlei Ahnung, was ihm die Laune plötzlich verhagelte, aber dass der General eine Ablenkung gebrauchen konnte, stand ihm auf die in Falten gelegte Stirn geschrieben. Tami biss sich auf die Lippe und war hin und her gerissen. Sollte sie versuchen, seine schlechte Laune zu vertreiben, oder ihn einfach weiter grübeln lassen? Schließlich waren sie keine Freunde, nicht einmal gute Bekannte, sonder nur zwei, die sich zufällig ständig über den Weg liefen.

Max hingegen hatte Tami mittlerweile völlig ausgeblendet, stattdessen dachte er über Isabelles Worte nach. Es spielte keine Rolle, ob er ihren Ansichten zustimmte oder nicht. Am Ende stand doch nur die Frage, wollte er sie wirklich heiraten? Das konnte Max nun mit absoluter Sicherheit mit Nein beantworten und selbst wenn er wollte, könnte er Isabelle nie wissentlich in ihr Unglück stürzen. Und genau das wäre eine Ehe mit ihm für sie.

„Tanz mit mir", riss ihn Tamis Stimme aus seinen Gedanken.

„Was bitte?", vergewisserte er sich, sicher, dass er sich nur verhört hatte.

„Du schuldest mir was dafür, dass ich mir die Lungen aus dem Hals gehustet habe." Tami schnappte seinen Arm und zog mit beiden Händen daran. „Nur einen Tanz", bat sie und hörte sich dabei an wie ein kleines Mädchen.

„Lass mal", winkte Max ab und zog sie näher, obwohl sie mit ihrer ganzen Kraft dagegenhielt. „Unter Musik verstehe ich etwas anderes, darauf kann man überhaupt nicht tanzen."

„Das sind doch nur Ausreden", beharrte sie und zog mit ihrem ganzen Gewicht wieder an seinem Arm.

„Wer ist nun das kleine Mädchen?", fragte der Barkeeper schmunzelnd.

„Pass bloß auf", knurrte Max und wollte nach ihm greifen.

Tami nutzte die kleine Unachtsamkeit von ihm aus und zog ruckartig an seinem Arm, sodass er vom Barhocker rutschte und in ihre Richtung strauchelte. Max wollte nicht gegen sie prallen und ließ sich deswegen bereitwillig mitziehen. Was soll's? Ein Tanz und danach würde er sofort von hier verschwinden, um den Quälgeist in Form einer Blondine loszuwerden. Aus den Augenwinkeln konnte er sehen, wie der Barkeeper jemandem ein Zeichen gab und Max anschließend schelmisch zuzwinkerte.

Kaum standen Tami und er auf der Tanzfläche verklangen die kreischenden Laute aus den Lautsprechern und ein langsamer Song setzte ein. Die Wölfin hatte sich zu ihm umgedreht und wirkte anhand der kuscheligen Musik gar nicht mehr so selbstsicher. Wahrscheinlich war ihr nicht wohl bei dem Gedanken, einem Vampir so nahe zu kommen. Morgenluft witternd trat Max grinsend auf sie zu, eine Hand legte er auf ihren Rücken und mit der anderen schnappte er nach ihren Fingern.

„Du wolltest ja unbedingt tanzen", flüsterte er ihr ins Ohr und zog sie gleichzeitig fest an seinen Körper. Langsam begann er, sich im Rhythmus der Musik zu bewegen. Er bemerkte sehr wohl, wie sie sich in seinen Armen versteifte, aber er dachte nicht daran, sie loszulassen, schließlich hatte sie sich die Suppe selbst eingebrockt. Sie würde schon sehen, was sie davon hatte, mit den Großen spielen zu wollen. Max legte ihre Hand auf sein Herz und hielt sie mit seinen Fingern fest, damit Tami sie nicht wegziehen konnte, was sie natürlich sofort versuchte. Unbeirrt drehte er sie beide im

Kreis, bis sie den Widerstand aufgab und sich von ihm führen ließ.

Max konnte den Moment genau benennen, an dem sie begann, sich ihm anzupassen. Viel zu deutlich nahm er ihre Hüften wahr, die sich langsam hin und her bewegten und immer wieder gegen seine schlugen. Nur ganz leicht, aber es reichte aus, um ihn anzuturnen. Plötzlich wurde er sich ihrer Wärme und den Rundungen ihres Körpers nur allzu bewusst. Seine kleine Rache ging gerade mächtig in die Hose und das im wahrsten Sinne des Wortes. Zu allem Überfluss drang ihm der intensive Geruch nach Frau in die Nase.

„Trägst du eigentlich immer eine Rolle Kleingeld mit dir rum?", fragte Tami leise.

Der Triumph stand ihr ins Gesicht geschrieben, als Max versuchte, ein wenig Abstand zwischen sie beide zu bringen, denn er hatte die Anspielung sehr wohl verstanden. Irgendwie war es ihm unangenehm, dass ein kleines Mädchen sein Blut dermaßen in Wallung versetzte.

Tami hingegen wollte ihren Vorteil ausnutzen und ließ ihre Hände langsam über seine Brust nach oben wandern. Ihre Finger fuhren federleicht über seinen Hals, kraulten einen Moment seinen Nacken, bevor sie sich verschränkten. Max hatte die ganze Zeit seinen Blick nicht von ihren blauen Augen abwenden können, aus denen ihm der Schalk entgegenlachte. Aber da war auch noch etwas anderes, etwas, das nicht zu einem kleinen Mädchen passen wollte. Leidenschaft brannte in den Tiefen und zum ersten Mal nahm er sie als Frau wahr. Max legte seine Hände auf ihre Hüften und drückte sie näher an sich. Zwischen dem Leder ihrer Hose und dem Oberteil lag ein kleiner Streifen Haut frei, die sich wie Seide unter seinen Handflächen anfühlte. Max beugte den Kopf zu ihr herab und Tami kam ihm entgegen.

„Wenn einer von diesen Schlosstypen auftaucht, rufst du mich sofort an, verstanden?", drang eine unangenehme Stimme durch den Hormonschleier zu ihm durch.

Max duckte sich instinktiv ab und versuchte, die Lage zu überblicken. Das Wort Schloss hatte ausgereicht, um ihn hellhörig werden zu lassen. An der Eingangstür machte er vier Typen aus, die er sofort in die Kategorie Auftragskiller einordnen konnte. Max schnappte sich Tamis Hand, legte einen Finger auf seine Lippen, um ihr zu bedeuten, still zu sein, und zog sie Richtung Hinterausgang. Natürlich hätte Max auch kämpfen können, aber das wäre nicht ohne Schaden für die anwesenden Unbeteiligten abgegangen. Also schlich er sich lieber raus, brachte Tami in Sicherheit und wartete draußen auf die Kerle, um ihnen gehörig in die Eier zu treten.

Der Vampir war froh, dass Tami keine langen Fragen stellte, sondern ihm einfach geräuschlos folgte. Während sie sich einen Weg durch die Menge bahnten, die nichts von dem Gespräch am Eingang mitbekamen, warf er einen Blick zurück. D verstellte den Typen immer noch den Weg, indem er sich mit verschränkten Armen vor ihnen aufgebaut hatte. Max ging weiter und gerade als sie die Tür nach hinten erreichten und er sich fragte, wie er sie unauffällig aufbekommen könnte, öffnete sie sich. Midnight winkte sie energisch hindurch.

„Ihr müsst sofort verschwinden", sagte sie ohne Umschweife, als sie die Tür hinter ihnen geschlossen hatte. „Kommt." Schnellen Schrittes ging Midnight den Flur entlang. „Ich lass euch durch eine Seitentür raus. Und Max ..." Sie drehte sich zu ihnen um. „Irgendwas geht in der Stadt vor. Seid vorsichtig und seht zu, dass ihr ins Schloss kommt. Das ist nicht die erste Bar, in der diese Kerle heute Nacht aufgetaucht sind."

„Danke", meinte Max sachlich. „Ich weiß deine Besorgnis zu

schätzen, aber mit denen werde ich schon fertig."

Midnight schüttelte nachdrücklich den Kopf. „Du verstehst nicht. Ein anderer Barbesitzer hat mich gerade angerufen und vorgewarnt. Da draußen sind noch viel mehr Söldner und sie alle suchen nach euch. Nach allen Schlossbewohnern und den Rudelmitgliedern."

Max war alarmiert, versuchte, sich aber nichts anmerken zu lassen, um Tami nicht zu verschrecken. „So schnell lass ich mich nicht erwischen."

„Dich wollen sie lebend", sagte Midnight mit Nachdruck, „aber ich weiß nicht, ob das für alle gilt", schloss sie mit einem besorgten Blick zu der blonden Wölfin.

Max nickte nur und versuchte, aus den Augenwinkeln einen Blick auf Tami zu werfen. Im selben Moment hämmerte es an die Tür zum Klub.

„Ihr müsst verschwinden." Midnight führte sie in einen kleinen Raum und öffnete eine Tür, die er gar nicht bemerkt hatte, weil sie sich so unauffällig in die Wand einfügte.

„Netter Trick", meinte Max.

„Noch aus der Prohibitionszeit und jetzt verschwindet endlich", forderte sie gleichzeitig mit dem lauter werdenden Klopfen.

Max schnappte sich Tamis Hand und nickte Midnight dankend zu, während er im Gang verschwand. Nach ein paar Metern standen sie bereits vor dem Ausgang. Er bedeutete Tami, still zu sein, und öffnete die Tür einen Spaltbreit, um sich einen Überblick zu verschaffen. Der Geheimgang hatte sie nicht weit gebracht. Sie waren in demselben Hinterhof gelandet, in den auch der Hinterausgang des Papercuts führte. Zumindest war die Tür etwas abseits und er hatte einen guten Blick auf die drei Männer, die den

Hinterausgang nicht aus den Augen ließen. Max bedeutete Tami zu warten. Er selbst musste die Kerle, von denen mindestens einer ein Vampir war, ruhigstellen und dann seine ungewollte Begleiterin in Sicherheit bringen.

Tamara blickte dem Vampir hinterher, während er sich an die Kerle heranschlich, die ihnen wohl auflauern wollten. Sie waren so auf den Hintereingang des Papercuts fixiert, dass sie Max überhaupt nicht bemerkten, der ihnen im Schatten immer näher kam. Plötzlich drehte einer von ihnen den Kopf und blickte genau dorthin, wo Max sich verborgen hielt. *Scheiße!* Tami überlegte hin und her, wie sie die Typen ablenken konnte.

Natürlich könnte sie sich einfach still verhalten und Max machen lassen, allerdings hatten die Maschinengewehre in den Händen. Der Kerl, der in Max' Richtung blickte, stupste seinen Freund an und zusammen gingen sie nun in die Richtung, wo Tami den Vampir vermutete. Natürlich hatten sie die Schießeisen im Anschlag. Sie musste etwas tun, aber was? Ihr Blick glitt an sich herab und blieb am Saum ihres Oberteils hängen. Schnell zog sie den silbernen Stoff etwas höher und legte viel Haut frei. Tami wollte gerade aus ihrem Versteck krabbeln, um die Typen abzulenken, als sie in den Augenwinkeln eine Bewegung ausmachte.

Tami hatte keine Ahnung, wie er das gemacht hatte, aber als sie genauer hinschaute, machte sie Max aus, der hinter dem dritten Mann aufgetaucht war. Der Typ war so abgelenkt davon, seinen Freunden nachzuschauen, die noch immer auf die Stelle zugingen, wo sie etwas vermuteten, dass er den Vampir nicht einmal bemerkte. Es gab keinerlei Geräusche, als Max Oberkörper und

Kopf umfasste und dem Kerl das Genick brach. Die toten Finger ließen das Gewehr fallen, aber Max hatte es fest in seinen Händen, bevor es den Boden berühren konnte. Vorsichtig legte er den Kerl auf die Erde und seine Waffe auf dessen Brustkorb.

Angespannt verfolgte sie, wie Max sich den beiden anderen näherte, die nichts von dem, was geschehen war, mitbekommen hatten. Blitzschnell hatte der General dem einen die Gurgel durchgeschnitten und dieselbe Klinge im Hals des anderen versenkt. Beide gaben gurgelnde Geräusche von sich, die Tami eine Gänsehaut über den Rücken trieben. Langsam gingen sie in die Knie, bevor sie ganz umfielen und tot liegen blieben.

Max tauchte an ihrer Seite auf und zog sie aus der Gasse hinaus auf eine belebtere Straße. Allerdings war es eine der ruhigeren Gegenden von Chicago und so hieß belebter, dass alle paar Minuten mal ein Auto vorbeikam.

„Irgendetwas sehr Merkwürdiges geht hier vor", flüsterte Max und begann sich aus seiner Lederjacke zu schälen. „Zieh die an", forderte er und legte sie über ihre Schultern. „Du funkelst wie ein Kronleuchter."

„Alte Männer sind immer so grimmig." Tami schlüpfte zwar gehorsam in die Ärmel, da sie ihm insgeheim recht gab, aber diesen Ton konnte er sich gleich wieder abgewöhnen.

Max' Antwort war ein leises Knurren, während er gleichzeitig seinen Arm um sie schlang. „So fallen wir weniger auf", nahm er ihr den Wind aus den Segeln.

Tami entschied, das mal so zu akzeptieren, und legte ihrerseits einen Arm um seine Taille. „Wo hast du geparkt?", fragte sie stattdessen, da sie annahm, dass sie dahin unterwegs waren.

„Ich denke nicht, dass es eine gute Idee wäre, zu meinem Auto zu gehen." Max blickte sich ständig um, während sie die Straße entlanghuschten. „Es ist auffällig und die haben es bestimmt längst gefunden."

„Du verschweigst mir doch irgendwas", stellte sie mit einem Blick auf sein besorgtes Gesicht fest. „Was weißt du, dass du so unbedingt vor mir verheimlichen willst."

Max blickte sie schweigend an und ließ dann seinen Blick wieder wachsam hin und her gleiten. „Die Typen in der Gasse", begann er schließlich, „der Erste war ein Vampir, aber die anderen beiden …" Er brach ab und blickte sie eindringlich an.

„Wölfe", hauchte sie fast lautlos.

Mit einer schlichten Kopfbewegung bestätigte er ihren Verdacht. So unauffällig wie möglich schlenderten sie die Straße entlang, wobei Max stets dafür sorgte, dass sie immer etwas im Schatten blieben. Die Tatsache, dass sich die Rassen als Söldner zusammengeschlossen hatten, schien den Vampirgeneral in volle Alarmbereitschaft zu versetzen und das war ganz bestimmt kein gutes Zeichen.

„Hast du dein Handy dabei?", fragte Max.

Tami griff sofort in ihre Hosentasche, schüttelte aber enttäuscht den Kopf. „Das ist in meiner Tasche bei meinen Freundinnen." Erschrocken blieb sie stehen. „Wir müssen sie warnen."

Sie wollte auf dem Absatz kehrtmachen, aber Max hielt sie zurück. „Gehören sie zum Rudel?"

Tami schüttelte den Kopf. „Sie sind zu Besuch hier."

„Dann wird ihnen nichts geschehen", sagte Max bestimmt und zog sie weiter.

„Das kannst du nicht wissen", zischte sie und versuchte, sich seinem Griff zu entziehen.

Max packte sie plötzlich mit beiden Händen und nagelte ihren Rücken an die Hauswand. Nun war sie zwischen dem kalten Backstein und dem heißen Körper von Max gefangen. Erschrocken ließ sie die Luft entweichen, als er sich dicht an sie drückte. Tami wurde heiß und kalt, die pure Lust sammelte sich in ihrem Bauch und flutete von da aus ihre Adern. Wann genau diese erotische Anziehung zu dem königlichen Blutsauger begonnen hatte, konnte sie nicht sagen, aber dieser Tanz hatte sie zum Überbrodeln gebracht. Sie sollte den Vampir wegstoßen, dabei würde sie ihn viel lieber anspringen. Tami schüttelte energisch den Kopf, um die Lustwolke zu vertreiben.

„Deine Freundinnen sind in Sicherheit, das verspreche ich dir", sagte er ruhig. „Aber wir müssen weiter, bevor wir entdeckt werden. Sobald wir eine ruhige Bleibe gefunden haben, werden wir reden. Okay?"

Tami nickte. Ihr Alpha vertraute diesem Vampir, also würde sie es auch tun. Es fiel ihr nicht leicht, aber Max war ein Krieger und hatte bestimmt mehr Erfahrungen in solchen Situationen. Entschlossen schob sie ihn von sich. „Dann sollten wir keine Zeit verlieren."

Grinsend legte Max wieder seinen Arm um sie und zusammen gingen sie ein Stück die Straße entlang, bis er sie in eine kleine Seitengasse zog. Angespannt schaute er um die Häuserecke.

„Ich hab ein schlechtes Gefühl bei der Sache", flüsterte er ihr fast lautlos ins Ohr.

„Warum?", formte sie mit den Lippen und blickte nun auch die Straße entlang, die völlig ausgestorben aussah. Als sie wieder Max anblickte, zuckte der nur wortlos mit den Schultern, was ihm wiederum ein Augenrollen einbrachte. Zusammen musterten sie die Häuserfluten.

„Rick", entfuhr es ihr, als sie einen jungen Wolf aus ihrem Rudel erblickte. Der hatte bestimmt ein Handy, damit sie Shayne anrufen konnten. Er war ja förmlich mit seinem Smartphone verwachsen. Tami hatte nie verstanden, wie man richtiggehend abhängig von so einem kleinen Ding werden konnte. Aber im Moment würde sie alles dafür geben, eins in die Hände zu bekommen.

Tami dachte in diesem Augenblick nur daran, dass Rick ihnen helfen konnte. Der junge Wolf konnte Shayne alarmieren und sie abholen lassen. An irgendeine Gefahr verschwendete sie keinen Gedanken mehr. Sie hob die Hand, um Rick zu winken, und machte einen Schritt nach vorne.

Max hingegen schlang von hinten seine Arme um sie und hielt ihr den Mund zu. Zuerst blieb Tami überraschend still, aber dann versuchte sie, seine Hand von ihrem Mund zu bekommen. Sie wollte Max erklären, dass der Mann dort zu ihrem Rudel gehörte und sie ihm vertrauen konnten. Wahrscheinlich dachte er, dass es ein Fremder war, dessen Absichten sie nicht kannten. Woher sollte der Vampir auch alle Rudelmitglieder kennen? Energischer versuchte Tami, sich aus der Umklammerung zu befreien, ohne Rick dabei aus den Augen zu verlieren, der gerade dieselbe Kreuzung überquerte, die Max dazu gebracht hatte, anzuhalten.

Steif und mit weit aufgerissenen Augen sah sie Rick zu Boden stürzen, während der Schuss noch in der Nacht verhallte. Tamis Augen füllten sich mit Tränen, als sie immer noch dorthin starrte, wo eben noch Ricks Augen gewesen waren. Heiß liefen sie ihr die Wangen hinab und wurden nur von Max' Händen gestoppt.

„Sch … sch …", hauchte Max in ihr Ohr und erst da fiel ihr auf, dass sie die ganze Zeit geschrien hatte. Seine Hand hatte allerdings jedes Geräusch unterdrückt.

Tami begann unkontrolliert zu zittern, als erneut das Bild von Ricks zu Boden stürzendem Körper vor ihren Augen auftauchte. Eben noch lief er nichts ahnend die Straße entlang und im nächsten Moment prangte ein Loch direkt zwischen seinen Augen. Sie schloss die Lider, um diese schreckliche Erinnerung loszuwerden. Max drehte sie zu sich herum und drückte ihr Gesicht an seine Brust. Tami nahm den Trost widerstandslos an und schloss ihre Arme um ihn. Lautlose Tränen kullerten über ihre Wangen und versickerten in seinem Shirt.

Seit sie den Klub verlassen hatten, fand Tami, dass Max etwas übertrieb mit seiner Vorsicht. Aber Ricks lebloser Körper, der noch immer auf der Straße lag, belehrte sie eines besseren. Der Vampir hatte von Anfang an recht behalten und auch Midnights Warnung kam ihr wieder in den Sinn. Jemand machte tatsächlich Jagd auf die Schlossbewohner und ihr Rudel. Oh Gott, ihre Familie hatte keine Ahnung. Sie mussten sie warnen. Dafür musste sie allerdings erst mal selbst lebend hier rauskommen. Das konnten sie aber nur erreichen, wenn Tami sich zusammenriss und auf Max hörte. Zumindest für diese Nacht wusste er besser, was zu tun war.

In der Straße hinter ihnen erklangen Stimmen. Max reagierte schnell und zog sie tiefer in die Schatten, damit sie nicht entdeckt wurden. Er hatte sie fest an sich gepresst und mit angehaltenem Atem lauschten sie der Unterhaltung.

„Ist das einer von den Typen?", fragte eine schnarrende Stimme.

„Ja, aber keiner der Schlossbewohner", antwortete eine jüngere.

„Scheiße." Die erste Stimme fluchte einige Male. „Schafft ihn hier weg, bevor die Bullen auftauchen und dann geht ihr wieder auf eure Posten. Sie müssen hier irgendwo sein."

„Ja Sir", murmelten verschiedene Männerstimmen, die sich zu entfernen schienen.

„Und denkt dran", zischte der Anführer ihnen nach. „Ich will den dreckigen Blutsauger lebend. Er hat drei meiner Männer getötet und dafür werde ich ihm die Haut in Streifen abziehen."

Den letzten Satz bekam Tami nur noch aus der Entfernung mit, denn Max hatte sie längst weitergezogen. Während sie dem Vampir nachlief, ohne wirklich mitzubekommen, wo sie hingingen, kreisten ihre Gedanken unaufhörlich um ihre Familie. Ihre Mum und ihr Dad waren zumindest am sichersten Ort, den sie sich vorstellen konnte. Die beiden wollten schon seit Stunden im Schloss sein und da auch übernachten. Nick hatte noch die letzten Arbeiten am Hauptquartier mit Shayne besprechen wollen und da ihr Alpha sich weitgehend den Schlafgewohnheiten der Blutsauger angepasst hatte, würden sie noch immer am Quatschen sein. Um ihren Bruder musste sich Tami auch keine Sorgen machen, der verbrachte noch zwei Wochen bei Verwandten in Übersee und war somit aus der Schusslinie. Im wahrsten Sinne des Wortes.

Tami machte sich aber große Sorgen um die anderen aus ihrem Rudel. Keiner von ihnen war mehr in Sicherheit, solange sie alle für vogelfrei erklärt worden waren. Ricks plötzlicher Tod hatte ihr deutlich gemacht, dass diesen Schweinen ein Leben nichts bedeutete. Jeder ihrer Freunde war heute Nacht in Gefahr. *Jala!* Fieberhaft versuchte Tami, sich zu erinnern, was ihre Freundin für heute Abend geplant hatte. Was, wenn sie unterwegs war und diesen Mördern begegnete? Wahrscheinlich hatte sie sogar Ashley dabei. Tami konnte die beiden förmlich sehen, wie sie leblos auf dem Boden lagen. Zwischen ihren Augen ein Loch, aus dem unaufhörlich Blut sickerte. Das Bild war so real, dass sie schon wieder zu zittern begonnen hatte.

„Alles in Ordnung?", fragte Max besorgt.

„Sicher", murmelte Tami, die noch immer in ihrer albtraumhaften Vorstellung festhing.

„Du machst aber einen ganz anderen Eindruck. Sieh mich an."

Langsam sickerte es in ihre Gedanken, dass sie angehalten und Max sich ihr zugewandt hatte. Gedankenverloren blickte Tami sich um. Sie standen in einem breiten Hauseingang, mit dem Rücken lehnte sie an der steinernen Wand. Seine Hände hatten ihre Oberarme umfasst und er versuchte, ihr in die Augen zu schauen.

„Sieh mich an, Frechdachs", wiederholte er seine Worte mit Nachdruck.

Tami blickte hinauf, direkt in seine Augen, die sie besorgt musterten. Was er dabei dachte, stand ihm ins Gesicht geschrieben. Max war wohl der Meinung, dass sie dabei war, den Verstand zu verlieren, und jeden Moment durchdrehen würde. Sie konnte ihm keinen Vorwurf machen, denn genauso fühlte sie sich in diesem Augenblick auch. Ob sich so ein Nervenzusammenbruch anfühlte?

„Du wirst mich jetzt nicht im Stich lassen." Max sprach leise, aber seine Worte waren ein einziger Befehl. „Wir beide stecken bis zum Hals in dieser Scheiße und wenn wir hier lebend rauswollen, wirst du dich gefälligst zusammenreißen."

Tami blinzelte einige Male, nickte aber. Max' autoritärem Auftreten hatte sie nichts entgegenzusetzen. Außerdem steckte viel Wahrheit in den schroffen Worten. Hart, aber auf den Punkt hatte er ihr genau das gesagt, was sie hören musste. Ricks Tod war eine Tragödie, doch sie beide waren noch am Leben. Und die Betonung lag auf noch.

„Gut", fuhr er wesentlich sanfter, aber sachlich fort. „Wenn mich nicht alles täuscht, haben Shayne und die anderen dich auch ein bisschen trainiert?"

„Vor allem Stone und Ryan", teilte sie ihm nicht ohne Stolz mit. Tami war überglücklich gewesen, dass die beiden sich dazu bereit erklärt hatten. Natürlich hatte sie auch das Kämpfen als Wolf bei Blake und den Gebrauch von allem, was eine Kugel abfeuern konnte, bei SIG gelernt. Ihren Eltern hatte Tami davon lieber nichts erzählt, sie hielten nicht viel von ihrem Traum und auch die Kämpfer hatten erstaunlich dichtgehalten. Dabei wünschte sie sich nichts mehr, als eine Kämpferin zu werden und an Shaynes Seite das Rudel zu verteidigen. Nur leider würde daraus nie etwas werden.

Max' Mundwinkel zitterten leicht. „Kampfsport und Messer, passt irgendwie zu dir."

„Was soll das denn schon wieder heißen", brauste sie auf.

Sofort bedeutete Max ihr, dass sie still sein sollte. „Sprich leiser oder du kannst gleich eine Leuchtrakete zünden, dann haben wir es wenigstens hinter uns", zischte er wütend.

Tami warf ihm einen vernichtenden Blick zu, schwieg aber.

„Versteh einer die Frauen", schmunzelte er.

Vorsichtshalber presste Tami die Lippen aufeinander, damit ihr keine der Erwiderungen entschlüpfen konnte, die ihr gerade auf der Zunge lagen. Ein Menge Gemeinheiten, die sie ihm im Moment leider nicht an den Kopf werfen konnte. Wahrscheinlich hätte er sowieso nur wieder dieses überhebliche Grinsen aufgesetzt und sie wie ein kleines, trotziges Mädchen behandelt. Wie sehr sie es hasste, wenn er sie so gönnerhaft anschaute. Tami hatte dann immer das Gefühl, wieder acht zu sein und ihrem Vater gegenüberzustehen, der ihr einen ihrer vielen Streiche verzieh. Doch Tami war schon lange kein Kind mehr.

„Muss schwer sein, nicht unentwegt plappern zu können", neckte er sie.

Überheblich, aber lautlos schnaubte sie. „Zurzeit höre ich nur dich plappern."

„Frechdachs", knurrte Max eingeschnappt.

„Über diesen dämlichen Spitznamen unterhalten wir uns noch", flüsterte sie warnend zurück.

„Alles zu seiner Zeit", lächelte Max, dann wurde er ernst. „Zuallererst müssen wir ein Telefon finden und anschließend sehen wir zu, dass wir ins Schloss kommen."

„Ach ne", machte Tami und verdrehte die Augen. Das hatte sie sich auch selbst schon gedacht. „Und wie wollen wir das genau anstellen?"

„Suchen und schleichen", war die kurze Antwort, bevor er sich wieder ihre Hand schnappte und sie weiterzog.

7. Kapitel

Max ging im Zickzack durch die Stadt, nahm einen Umweg nach dem anderen. Dem Schloss kamen sie zwar immer näher, aber es dauerte trotzdem eine halbe Ewigkeit. Sie waren schon seit drei Stunden unterwegs und wenn er sich nicht verrechnet hatte, blieb ihm nur noch eine Stunde, bevor die Sonne aufging. Max konnte aber nicht riskieren, schneller zu gehen. Zweimal hatte er schon Scharfschützen auf den umliegenden Dächern ausgemacht, denen sie nur um Haaresbreite entkommen waren. Außerdem hatten einige Patrouillen von zwielichtigen Typen ihren Weg gekreuzt, die ganz sicher auf der Suche nach ihnen waren.

Nichtsdestotrotz ging ihm die Zeit aus. Irgendwo einen geeigneten Unterschlupf zu finden, war ein Ding der Unmöglichkeit und seine sichere Wohnung lag am anderen Ende der Stadt, völlig unerreichbar für sie. Ein paar Straßen weiter lag ein Friedhof, auf dem Max sicher den Tag verbringen konnte. Zwar war das Schlafen in Särgen ein ziemliches Klischee, aber früher war es eine unkomplizierte Möglichkeit für lange Reisen gewesen. Max allerdings verabscheute diese unbequemen Holzkisten. Das Problem an der Sache war nur Tami. Er konnte sie nicht einfach alleine losschicken und sie ihrem Schicksal überlassen.

Er warf einen kurzen Blick über seine Schulter. Prompt bekam er die Zunge rausgestreckt. *Ja, wirklich sehr erwachsen*, dachte er bei sich und schaute wieder nach vorne, konnte sich aber ein Kopfschütteln nicht verkneifen. *Diese kleine Göre!* Warum in aller Welt musste er ausgerechnet mit ihr in so einer beschissenen Situation festhängen? Warum ausgerechnet mit einem kleinen Mädchen, hätte es nicht eine heiße Kriegerin sein können?

Plötzlich entzog Tami ihm die Hand und blieb ruckartig stehen. Max wirbelte herum und sah mit Schrecken, dass ihr ein Messer an die Kehle gepresst wurde. Der Typ grinste ihn an und entblößte dabei eine abstoßende Ruine, wo sich eigentlich Zähne befinden sollten. Max blieb reglos, überlegte aber, wie er den Kerl am besten ausschalten konnte. Unauffällig zog er die Luft ein, er musste herausfinden, ob er es mit einem Wolf oder einem Vampir zu tun hatte. *Widerlich!* Der war nicht nur ein Stück Scheiße, der stank auch noch so.

Zwei weitere Männer gesellten sich zu ihnen, blieben etwas hinter Max stehen und hielten ihre Knarren auf ihn gerichtet. Er schaffte es gerade noch, sich ein Lachen zu verkneifen. Die beiden Hampelmänner und ihre Spielzeugpistolen könnte er mit einer Handbewegung ausschalten. Sein Problem war der Kerl hinter diesem dussligen Frauenzimmer. Max musste sachte an diese Sache rangehen.

„Dich bringen wir zu unserem Chef", lächelte der zahnlose Stinker und zeigte mit der Messerspitze auf Max. Als er den Blick des Generals bemerkte, legte er die Klinge schnell wieder an Tamis Kehle. „Ich merke schon, auf dich müssen wir aufpassen. Bist ein ganz Gefährlicher", höhnte er.

„Du kannst es gerne ausprobieren", bot Max ungerührt an. „Natürlich nur, wenn du aufhörst, dich hinter einem Mädchen zu verstecken."

„Mädchen?", fauchte Tami wütend, was ihr einen warnenden Blick einbrachte.

Der Typ lachte hohl. „Mir scheint, als hätten wir hier ein Pärchen."

„Auf keinen Fall", protestierte Tami und Max sagte gleichzeitig: „Niemals."

„Sicher", meinte der Typ gedehnt. „Aber wenn du sie nicht willst …" Er ließ den Satz in der Luft hängen, betrachtete stattdessen begierig den Hals von Tami. „Ich jedenfalls werde meinen Spaß mit der kleinen Wildkatze haben, da bin ich mir sicher."

„Fragt mich mal einer", maulte Tami und begann sich zu winden. „Ich werde schon Tage brauchen, um deinen Gestank wieder abzuwaschen."

„Tami", fauchte Max. Er hielt es für unklug, den Kerl auch noch zu reizen, solange sie seine Klinge an der Kehle hatte.

Der Stinker grinste allerdings noch breiter. „Du wirst keine Dusche mehr brauchen. Wenn ich mit dir fertig bin, jage ich dir sowieso eine Kugel in den Kopf." Mit der Zunge fuhr er langsam und genüsslich ihren Hals entlang.

Ein Vampir! Max war sich ganz sicher, dass er es mit einem der ihren zu tun hatte. Doch änderte diese Erkenntnis nichts an dem Grundproblem, nämlich dass er diesem Kerl gerne den Kopf abgerissen hätte, um ihn dahin zu stecken, wo die Sonne nicht schien. In seinen Adern brodelte es und blinde Wut erfasste seinen ganzen Körper.

„So sehr ich mich auch geschmeichelt fühle", begann Tami und ihr Blick zeigte deutlich, wie angewidert sie wirklich war, „muss ich leider ablehnen. Ich für meinen Teil bevorzuge Männer, die seit der Erfindung des Wasserhahns schon mal gebadet haben."

Nun war auch dem Stinker das Grinsen vergangen. Mit wutverzerrtem Blick griff er in ihre blonde Mähne und drehte sie zu sich herum. Tami schrie vor Schmerz auf, sofort fuhren ihre Hände nach oben zu ihren Haaren, um seine Faust festzuhalten. Sie stand auf Zehenspitzen und der Typ hielt ihr jetzt die Spitze der Klinge direkt unter das Kinn.

„Pass gut auf, du Hure", zischte der Stinker. „Du wirst noch darum betteln, dass ich dich töte. Und wenn es so weit ist, werde ich dich noch eine ganze Weile weiter quälen."

„Während du weiter deinen Träumen nachhängst", begann Tami und verzog kurz schmerzlich das Gesicht, als sie die Arme sinken ließ, „habe ich fünf Buchstaben für dich."

Völlig verdutzt blickte der Stinker sie an. „Buchstaben?" wiederholte er prustend. „Ich zittere ja vor Angst", höhnte er dann und lachte seine Kumpel an, die mit einfielen. „A, B, C, D, E oder was. Hat unsere Kleine etwa schon das Alphabet gelernt?"

„S.T.O.N.E.", buchstabierte Tami in das Lachen hinein.

„Stone", lachte der Kerl.

„Ganz genau", stellte Tami mit einem leichten Lächeln klar.

Im gleichen Augenblick trat sie ihm so heftig in die Eier, dass ihre drei männlichen Beobachter schmerzhaft das Gesicht verzogen. Während Max und die anderen beiden sie noch verdutzt anstarrten, hatte Tami dem Stinker das Messer aus der Hand genommen, es in der Hand gedrehte und ihm den Griff in den Solarplexus gerammt. Die Hände auf sein Gemächt haltend und nach Luft schnappend ging er in die Knie. Max bekam den Mund nicht mehr zu, als sie den Stinker mit einem gezielten Handkantenschlag in den Nacken bewusstlos niederstreckte.

Tami richtete sich schnell atmend auf, roch dann an ihrer Kleidung und verpasste dem Kerl noch einen Tritt in den Magen. „Arschloch", schimpfte sie. „Die Klamotten kann ich wegschmeißen. Das war mein Lieblingstop." Immer noch wütend, richtete sie ihren Blick auf Max. „Was ist?", fauchte sie ihn an. „Und warum stehen die immer noch aufrecht? Oder brauchst du Hilfe von einem kleinen Mädchen?"

Max, genau wie die anderen beiden, klappte endlich den Mund zu. Das hätte er dem kleinen Frechdachs gar nicht zugetraut. Obwohl er es sich eigentlich hätte denken können, schließlich war Stone einer ihrer Lieblingslehrer und ein begnadeter Kampfsportler, der selbst ihm schon hin und wieder den Arsch versohlt hatte. Den Umgang mit dem Messer hatte sie wohl von Ryan gelernt.

Als die beiden Typen ihre Waffen auf Tami richteten, erinnerte er sich daran, dass er noch etwas zu tun hatte. Mit beiden Händen griff er nach den Schießeisen und nahm sie den unerfahrenen Clowns ab. Das waren sowieso nur Jungen, denen man echte Waffen zum Spielen gegeben und vor die Tür geschickt hatte. Max brachte es nicht über sich, die beiden einfach zu töten, und so beschränkte er sich darauf, ihre Köpfe so lange aneinanderzuschlagen, bis sie das Bewusstsein verloren.

„Und was hat da jetzt so lange gedauert?", fragte Tami und verschränkte die Arme vor der Brust.

Max musterte sie einen Augenblick und musste eingestehen, dass er sich in diesem Frechdachs mächtig getäuscht hatte. „Erinnere mich daran, dir nie zu nahe zu kommen, wenn du wütend auf mich bist."

„Ganz bestimmt", meinte sie sarkastisch. Sie blickte auf die drei leblosen Körper um sie herum.

„Du bist verletzt", meinte Max zornig.

Sofort blickte Tami auf. „Was …", begann sie und fasste sich instinktiv an den Hals. „Nicht mein Blut."

Aber Max war schon bei ihr, packte ihre Oberarme und hob sie an, bis sich ihre Nasenspitzen berührten. „Jag mir nie wieder so einen Schrecken ein", knurrte er. „Hättest du mir nicht gleich sagen können, dass du kämpfen kannst? Ich hab mir die ganze Zeit einen Kopf gemacht, wie ich dich aus deinem selbst eingebrockten Schlamassel holen kann, ohne dass du abgemurkst wirst."

Ihre Stirn legte sich in Falten. „Du hast dir Sorgen gemacht?", fragte sie vorsichtig.

„Natürlich", brauste Max auf. „Deine Mutter würde kurzen Prozess mit mir machen, wenn ich dich nicht heil nach Hause bringe."

Tamis Augen funkelten plötzlich gefährlich. „Ohne dich wären wir gar nicht in dieser Lage", fauchte sie zurück, riss sich los und lief mit gestrecktem Kinn an ihm vorbei.

„Ohne mich?" Max verdrehte die Augen und folgte ihr. „Ich würde mal eher sagen, dass du selbst uns diesen ganzen Mist eingebrockt hast."

„Ich?", fauchte sie und wirbelte zu ihm herum. „Ich hatte einen ruhigen Abend, bis du aufgekreuzt bist und mich aus der Bar gezogen hast."

„Die wollten uns umbringen", erwiderte Max fassungslos. So bekam er es gedankt, dass er sie gerettet hatte. „Wenn die Männer im Papercut dich erwischt hätten, wärst du längst tot."

„Willst du jetzt die Leuchtrakete?", flüsterte sie.

Max hatte nicht bemerkt, dass er bei jedem Wort lauter geworden war. Er verstand ja nicht einmal wirklich, warum er so wütend auf die kleine Nervensäge war, schließlich hatte sie sich geschickt befreit. Doch die Wut brannte heißer als Lava in seinen Adern und setzte ihn unter Druck wie einen Dampfkessel kurz vor dem Explosionspunkt.

„Bleib hinter mir", knurrte er leise und ging langsam bis zum

Ende der Häuserfront. Alle seine Sinne waren in höchster Alarmbereitschaft, nicht die kleinste Bewegung oder das leiseste Geräusch entgingen ihm. An der Ecke blieben sie stehen. Max konnte nichts wahrnehmen und doch beschlich ihn wieder dieses Gefühl, dass etwas in den Schatten lauerte. Plötzlich wusste er, was es war.

„Nicht schreien", befahl er Tami und richtete seinen Blick in die Dunkelheit, aus der sie eben gekommen waren. Sie folgte seinem Blick.

Otaktay, der stolze Indianerhäuptling, löste sich aus den dunklen Schatten. Lautlos setzten seine Füße in den Mokassins auf dem Boden auf. Er trug einen Lendenschurz und eine braune Lederweste, an der Tierzähne und Federn baumelten. Seine Haut hatte noch immer den rötlichbraunen Ton, als würde er den ganzen Tag durch die sonnige Prärie reiten. Otaktays blauschwarze Haare fielen glatt bis zu seiner Taille herab. Das einzige Zugeständnis an die moderne Zeit war eine Jeans unter dem Lendenschurz und dafür war Max ihm im Augenblick auch sehr dankbar.

„Du sabberst", meinte Max spöttisch, da dem Gör schon die Augen aus dem Kopf fielen.

Natürlich kannte Max diese Reaktion von Frauen zur Genüge, wenn sie den Indianer das erste Mal sahen. Bis heute hatte es ihn allerdings nicht sonderlich interessiert, eher amüsiert, wie schnell das schöne Geschlecht ihre Schlüpfer verlieren konnte. Tamis Reaktion ärgerte ihn hingegen schon und das konnte nur eins bedeuten: Sie gehörte zur Familie und war mittlerweile wie eine kleine Schwester für ihn. Max seufzte in sich hinein. Jetzt musste er die Göre auch noch von den Männern fernhalten, schließlich war sie noch viel zu jung für Sex.

„Halt die Klappe!", zischte Tami und stieß ihm mit dem

Ellenbogen in die Seite.

„Uff …", meinte Max gespielt und hielt sich grinsend die Stelle.

„Idiot." Tami rümpfte die Nase und streckte sie in die Luft.

Max wandte sich kichernd an den Häuptling. „Was machst du hier?"

Otaktay musterte ihn mit unbeweglicher Miene. „Die Sonne wird bald aufgehen."

„Klasse." Tami klatschte in die Hände. Erschrocken blickte sie sich um und schraubte ihre Lautstärke nach unten „Sorry, aber am helllichten Tag werden die ja kaum Leute umbringen." Verwirrt blickte sie in die Gesichter der beiden Männer. „Was denn, ich hab doch recht?", fragte sie genervt.

Max konnte einfach nur mit dem Kopf schütteln. „Tag bedeutet auch Sonne, Blondie, und die ist nicht gerade unser Ding, falls dir das entfallen ist."

„Ups … Tut mir leid." Ihr Gekicher machte die Entschuldigung allerdings recht unglaubwürdig. „Leider habe ich den Sunblocker zu Hause vergessen."

„Das ist nicht der Moment für Albernheiten", knurrte der General. „Wir werden gejagt und sobald die Sonne aufgeht, bist du auf dich alleine gestellt, falls wir bis dahin keinen geeigneten Unterschlupf gefunden haben."

Tami wirkte ziemlich zerknirscht. „Ja, ich weiß. Muss wohl das Adrenalin sein."

„Kommt", unterbrach Otaktay sie und lief voran.

Max schnappte sich Tamis Hand und folgte dem Häuptling. Er hatte zwar keine Ahnung, was der Indianer vorhatte, aber Otaktay hatte ihm schon vor Jahren bewiesen, dass Max ihm blind vertrauen konnte. Ihr Führer legte ein ordentliches Tempo vor und er musste die Wölfin förmlich hinter sich herziehen, um Schritt halten zu können.

„Autsch", machte Tami und musste sich an seinem Arm festhalten, um nicht hinzufallen. „Könnt ihr vielleicht etwas langsamer gehen, das sind nicht gerade Schuhe für einen Gewaltmarsch."

Max blickte auf ihre Füße und erst da bemerkte er die Acht-Zentimeter-Absätze. Verblüfft schaute er sie an. Wie hatte sie nur so leise in diesen Dingern laufen können, ohne dass er sie auch nur einmal wahrgenommen hatte? *Respekt!*, dachte er.

„Zieh sie aus", zischte er und zog sie weiter.

„Spinnst du", fauchte sie zurück und versuchte, ihre Hand zu befreien. „Ich laufe doch nicht auf einer öffentlichen Straße in Chicago barfuß rum."

Max rollte mit den Augen. Otaktay war schon ein ganzes Stück voraus und sie hatten keine Zeit für modischen Quark. Kurz entschlossen packte er Tami und warf sie sich unsanft über die Schulter. Schon kamen sie schneller voran und Max konnte zu Otaktay aufschließen. Tami wehrte sich mit Händen und Füßen, aber da sie das lautlos tat, sah er kein Problem darin. Eine Faust traf ihn hart am unteren Rücken.

„Uff …", stöhnte Max. „Lass das, Frechdachs", knurrte er und gab ihr einen Klaps auf den Hintern. Sofort hielt sie absolut still. Zufrieden beschleunigt er seine Schritte, bis er direkt hinter dem Indianer war.

„Hier", sagte Otaktay plötzlich und öffnete eine unscheinbare Tür.

Max huschte mit seinem Paket an ihm vorbei. Ohne ein weiteres Wort zu verlieren, ging Otaktay wieder voran. Sie gingen einen kurzen Flur entlang, der sie zu einer metallenen Treppe führte, die ein ganzes Stück nach unten ging. Am Ende war nichts außer einer weiteren Tür. Als sie hindurchtraten, standen sie in einem kleinen Raum. Alles war kahl hier drinnen, nicht einmal eine Tapete oder Farbe war an den Wänden oder dem Boden. Auf der gegenüberliegenden Seite war ein kleines Display neben der Tür in die Wand eingelassen, vor das Otaktay jetzt sein Gesicht hielt.

„Augenscanner", stellte Max fest.

Otaktay schwieg, aber eine schwere Stahltür schob sich auf, die vorher gänzlich mit der Wand verschmolzen war. Dahinter verbarg sich eine gemütliche Wohnung, wie Max überrascht feststellte, als er eingetreten war. Sie standen direkt in einem riesigen Zimmer, dessen Mittelpunkt eine in den Boden eingelassene Feuerstelle war. Der Boden formte darum im Kreis verlaufend eine Art Treppenstufe, alles war mit Fellen ausgelegt und lud zum Sitzen ein. An den Wänden verteilt standen einige Holztruhen und Regale. Es gab nur eine weitere Sitzgelegenheit als die Felle und das war ein Schreibtisch, der mit sehr merkwürdigen Dingen übersät war. Max machte den Schädel irgendeines Raubvogels aus und fand, dass er genug gesehen hatte.

Max bekam Otaktay gerade noch am Handgelenk zu fassen, als dieser die Wohnung schon wieder verlassen wollte. „Wo willst du hin?"

„Den König informieren", gab Otaktay zurück, als wäre es doch völlig klar.

„Die Sonne geht gleich auf", teilte Max ihm genervt mit.

„Ich werde mich beeilen." Der Indianer hielt wohl jedes weitere Wort für überflüssig und verließ die Wohnung.

„Klasse", fluchte Max und blickte sich im Raum um.

„Könntest du mich endlich runterlassen", fauchte Tami und zappelte wie wild herum.

„Halt still, sonst lass ich dich noch fallen." Max packte sie und stellte sie auf ihre eigenen Füße zurück.

Sofort fing er sich einen Schlag auf die Brust ein. „Mach das nie wieder, du Idiot."

Max rieb sich die Stelle und diesmal war es kein bisschen gespielt. Die Kleine hatte einen ganz schönen Bums. „Da will man nur einmal freundlich sein", maulte er.

8. Kapitel

Es gab außer dem Eingang nur eine weitere Tür, die sich in diesem Augenblick öffnete. Max reagierte sofort, zog Tami hinter sich und blickte sich schnell nach einer Waffe um. Der kleine Teufel in seinem Rücken war allerdings schneller und hielt ihm ein Messer vor die Nase, das er widerwillig annahm. Ein großer Mann betrat den Raum. Als er die beiden sah, warf er sich das Handtuch, mit dem er seine Haare trockengerubbelt hatte, um den Hals. Er schien gerade aus der Dusche gekommen zu sein und trug nur eine Jeans, bei der die Knöpfe noch offen standen. Tami quiekte freudig und stürmte auf den Mann zu.

„Dylan", presste Max zwischen zusammengebissenen Zähnen hindurch.

„Was macht ihr denn hier?", fragte Blakes Bruder überrascht, während er die Wölfin auffing und umarmte.

Max erklärte ihm in knappen Sätzen, was in der Nacht alles passiert war und warum sie nun hier gestrandet waren. Mürrisch musste er mit ansehen, wie Dylan den Arm um Tami legte und sie zum Feuer führte. Die drei ließen sich auf der Stufe nah beim Feuer auf die Felle fallen. Kaum saßen sie, kuschelte sich Tami wieder in die Arme des Wolfes. *Scheint ja fast so, als wollte sie in ihn hineinkriechen.* Da hatte sich Max die ganze Nacht den Arsch aufgerissen, um sie zu beschützen, und das war nun der Dank dafür. Tami hängte sich ja an Dylan, als wäre er ihr Lebensretter. *Sie sollte mich so umarmen!* Erschrocken über sich selbst riss er seinen Blick von den Wölfen los. Was dachte er denn da, hatte er jetzt völlig den Verstand verloren?

„Was machst du hier?", fragte Max, um sich auf andere

Gedanken zu bringen. Er blickte sich einmal um. „Sieht eher nach Otaktay aus als nach dir."

„Stimmt, ist seine Hütte", gab Dylan freimütig zu. „Wir bilden so eine Art Wohngemeinschaft. Er schläft bei Tag hier und ich bei Nacht, so kommen wir uns nicht in die Quere."

Max zog die Augenbrauen nach oben. „Ungewöhnlich. Ich wusste ja noch nicht einmal, dass ihr euch im Schloss begegnet seid."

„Sind wir auch nicht." Dylan lehnte sich zurück. „Wir kennen uns schon ein paar Jahre und ich konnte bei ihm unterkommen."

„Ich dachte, du hättest die Stadt schon längst verlassen", warf Tami lächelnd dazwischen.

Dylan blickte sie viel zu freundlich an und als er ihr auch noch einen Kuss auf die Stirn hauchte, wäre Max beinahe auf ihn losgegangen. Verflucht, was war denn nur mit ihm los? Nachdem er Tami als eine Art Schwester sah, störte es ihn wohl, wenn sie einen anderen Mann anhimmelte. Es hatte ihn ja auch gestört, wenn sein jüngerer Bruder zu einem anderen aufgesehen hatte. Ja, das musste es wohl sein.

„Ich hatte meine Gründe, noch zu bleiben." Dylan wies mit dem Kopf auf die Tür, durch die er das Zimmer betreten hatte. „Was hältst du von einer heißen Dusche?"

„Gott, dafür würde ich sterben", seufzte Tami.

Der Wolf erhob sich und ging an eine der Truhen. Er holte zwei T-Shirts heraus und warf ihr eines davon zu. „Handtücher liegen im Bad." Dylan zog sich den Stoff über den Kopf. „Ich werde Shayne Bescheid geben, dass es euch gut geht und ihr in Sicherheit seid. Bei Sonnenuntergang bin ich wieder da."

„Ich komme mit dir", meinte Tami schnell mit einem triumphierenden Seitenblick zu Max.

Dylan schüttelte allerdings den Kopf. „Da draußen ist es viel zu gefährlich für dich, solange wir nicht wissen, wer Jagd auf das Rudel macht und es tötet."

Tami zog eine Schnute. „Dann bring mir wenigstens frische Klamotten mit."

Dylan ging zu ihr und gab ihr noch einen Kuss auf die Stirn. „Mal sehen, was ich tun kann, Prinzessin."

„Falls du neben den Kleidern auch noch eine Waffe mitbringen könntest, wäre das sehr freundlich von dir", höhnte Max.

Dylan ging nicht auf seinen Tonfall ein, sondern zog noch ein paar Bettlaken und Decken hervor. „Macht es euch am Feuer gemütlich und schlaft ein wenig." Er öffnete den Kühlschrank, der von außen wie ein Holzschrank aussah. „Bedient euch."

„Klasse", jubilierte Tami und machte sich über die Vorräte her. Selig tauchte sie mit einem Hühnerschenkel im Mund wieder aus dem Kühlschrank auf. „Lecker", teilte sie den Männern kauend mit. „Ich bin die Erste im Bad", rief sie und verschwand durch die Tür.

„Da hat wohl jemand Hunger", meinte Dylan nebenbei. „Schätze, dass ich morgen wieder einkaufen darf."

Max stimmte ihm nickend zu, während er dem blonden Wildfang hinterherblickte. Er bedeutete Dylan wortlos, einen Moment zu warten, und erst als er die Dusche im Bad rauschen hörte, gesellte er sich zu dem Wolf.

„Ich schätze mal, nach einem Handy zu fragen, ist sinnlos", begann der Vampir.

Dylan zog kurz die Augenbraue hoch. „Otaktay hält bekanntermaßen nicht viel davon und ich habe meins im Schloss gelassen, als ich ausgezogen bin. Gehörte sowieso dem Rudel."

„Verdammt", fluchte Max leise. „Sag Jason, dass wir zurückschlagen, sobald ich im Schloss bin."

„Du bist nicht mein General, also wäre ein Bitte mehr als angebracht", tadelte Dylan ihn mit einem sarkastischen Unterton.

„Bitte", presste der Vampir zwischen den Zähnen hindurch.

„Geht doch." Dylan warf sich eine Jacke über. „Wo genau willst du eigentlich zuschlagen?"

„Zuerst will ich die Köpfe von den Schweinen, die diesen armen Jungen auf offener Straße einfach abgeknallt haben."

„Welchen Jungen?", fragte Dylan aufgebracht.

„Sch …", forderte Max ihn auf, leise zu sein, und blickte zur Tür, aber das Wasser lief noch. „Rick. Tami sagt, er sei aus dem Rudel."

„Der Name sagt mir nichts, aber ich kenne auch nicht alle." Der Wolf schnappte sich seine Waffen, ließ sie unter der Jacke verschwinden und machte sich auf. „Wir sehen uns bei Sonnenuntergang."

Max hob kurz die Hand, um Dylan zu verabschieden. Da im Badezimmer noch immer das Wasser rauschte, ließ er sich wieder dicht beim Feuer auf den Fellen nieder. Diese ganze Nacht war eine absolute Katastrophe gewesen und er hatte noch keine Ahnung, wer hinter diesem ganzen Scheiß steckte. Er wusste nur eins, dass, egal, wer dafür verantwortlich war, der oder diejenige mächtig eine auf den Arsch bekommen würde. Niemand legte sich mit ihm oder seiner Familie an und überlebte es.

Langsam schlenderte Max durch das Zimmer und blickte hier und da in Schränke und Truhen. Alles in allem war der Raum genauso eingerichtet, wie er es sich bei Otaktay vorgestellt hatte. Es erinnerte ihn ein wenig an das Tipi eines großen Indianerhäuptlings. Allerdings war es das erste Mal, dass er die Wohnung betreten hatte, obwohl er Otaktay schon etliche Jahre kannte. So genau konnte sich Max nicht daran erinnern, wann er den Indianer das erste Mal getroffen hatte. Es musste irgendwann Ende des achtzehnten Jahrhunderts gewesen sein, als Max und er sich in diesem Salon begegnet waren. Wie aus dem Nichts hatte der Indianerhäuptling plötzlich neben ihm an der Bar gestanden und ihm aus der Patsche geholfen. Aber das war alles so lange her, dass es eigentlich schon nicht mehr wahr war. Genau genommen gehörte es in die Geschichtsbücher.

Tami kam aus dem Bad und riss ihn aus seinen Erinnerungen. Die Wölfin trug nur ein Handtuch als Turban auf dem Kopf und das Shirt, das Dylan ihr vorhin gegeben hatte. Es war ein bisschen kurz und reichte ihr gerade mal bis zur Mitte ihrer Oberschenkel. Max musterte sie, was ihr sichtlich unangenehm war. Amüsiert schaute er ihr zu, wie sie ständig versuchte, den Stoff am Saum nach unten zu ziehen, und ihr dabei eine leichte Röte in die Wangen stieg. Es war einfach zu süß, wie jung sie doch noch war, dass schon die Blicke eines Mannes sie zum Erröten brachten.

„Pass auf, dass dir die Augen nicht aus dem Kopf fallen, Blutsauger", fauchte sie wütend.

Wie sie so dastand, halb in der Hocke, die Beine verschränkt und das Shirt fast bis an die Grenzen seiner Belastbarkeit in die Länge gezogen, war ein Bild für die Götter. Max hätte der Anblick laut zum Lachen bringen sollen, aber so lustig sie auch aussah, ihm war ganz und gar nicht nach Lachen zumute. Stattdessen ließ er seinen Blick über ihre schlanken Fesseln, die leicht gebräunten Schenkel – zumindest soweit sie nicht unter dem Stoff verschwanden – nach oben zu ihrem Gesicht wandern. Wütend funkelte sie ihn an. Irgendwas löste ihr Anblick in Max aus, denn statt sie auszulachen, war seine Kehle plötzlich wie ausgedörrt und sein Körper entwickelte langsam ein Eigenleben. Ohne es zu merken, war Max auf sie zugegangen, dicht neben ihr blieb er stehen.

Er stand der Badtür zugewandt und sie dem Feuer, trotzdem berührten sich ihre Schultern. Max beugte sich vor. „Wenn ich auf eine Frau aus wäre …", flüsterte er leise. Absichtlich blies er seinen Atem dabei leicht gegen ihr Ohr. Und stellte mit einer gewissen Zufriedenheit fest, dass er sie zum Zittern brachte.

Verdammt, was mach ich da eigentlich?, tadelte er sich selbst und stellte sich aufrecht hin. „Würde ich nach draußen gehen und mir eine suchen", beendete er leicht säuerlich den Satz.

Max hätte sich selbst in den Arsch treten können, dass er solche Gedanken überhaupt zugelassen hatte. Was war nur mit ihm los? Hatte er so lange keine Frau mehr gehabt, dass er sogar auf dieses magere Mädchen ansprang, nur weil sie ein bisschen Bein zeigte? Er überlegte eine Sekunde und kam schließlich zu dem Schluss, dass er tatsächlich schon ewig keine Nacht mehr mit einer Frau verbracht hatte. Mindestens … er konnte sich nicht einmal mehr daran erinnern.

„Idiot", schimpfte Tami und schlug ihm auf den Oberarm. „Dann verschwinde doch und such dir eine Frau. Vergiss aber die Sonnencreme Lichtschutzfaktor eine Million nicht", schloss sie und ihre Stimme triefte vor Gehässigkeit.

„Das war gemein, aber ich nehm's dir nicht übel." Gutmütig tätschelte er ihren Handtuch-Turban. „Kleine Mädchen sollten um diese Uhrzeit schon lange im Bettchen liegen und Träumen."

Max ließ sie einfach stehen und verschwand im Bad. Er hätte sie gerne noch ein bisschen aufgezogen, aber er hatte ein Grinsen nicht mehr unterdrücken können. Tami war einfach zu niedlich, wenn sie versuchte, ihn mit diesen großen blauen Kulleraugen anzufunkeln. Im Grunde sah sie wie ein kleiner Hundewelpe aus, dem selbst ein Vampir nicht widerstehen konnte. Vor sich hin lächelnd, zog er seine Klamotten aus und stieg unter die Dusche. Das heiße Wasser tat seinen angespannten Muskeln mehr als gut und seit diese Kerle ins Papercut geplatzt waren, war es das erste Mal, dass er wieder locker lassen konnte.

Für den Augenblick waren sie zwar in Sicherheit, aber es war nichts anderes, als sich vor seinen Feinden zu verstecken. Leider hatte er momentan keine andere Wahl. Die Sonne war wohl die einzige Macht auf Erden, die ihn jeden Tag aufs Neue in die Knie zwang. Max lebte zwar schon über achthundert Jahre auf der Erde, aber die gelbe Scheibe am Himmel hatte er bislang nur auf Bildern gesehen. Eigentlich interessierte er sich nur für Feuerbälle, wenn sie in einer Schlacht auf ihn zugerollt kamen oder er mitten im erbittertsten Kampf gehen musste und das nur, weil die Sonne aufging. Max begann sich einzuseifen, während er weiter Hasstiraden gegen den Tag vor sich hin murmelte. Allerdings dämpfte die Wärme des Wassers und das gleichmäßige Plätschern seinen Unmut stark ab.

Leider bewirkte es aber auch, dass seine Gedanken in eine Richtung liefen, die ganz und gar nicht gut war. Es wäre besser, sich weiter über seine vampirische Schwäche zu ärgern, anstatt sich vorzustellen, wie sich Tamis Schenkel anfühlen würden. Wie warm und glatt sich ihre Haut unter seinen Fingerspitzen anfühlte, wenn er sie langsam nach oben gleiten ließ. Noch einmal würde er das leichte Zittern ihres Körpers spüren, sobald seine Lippen ihren zarten Hals berührten. Mit einem leisen Stöhnen würde sie den Kopf in den Nacken legen und Max könnte …

Stopp!!!! Was zur Hölle dachte er da nur? Tami war ein kleines Mädchen, eine Werwölfin, die er zu beschützen hatte, und definitiv niemand, von dem man solche Fantasien haben sollte. Shayne würde ihm den Kopf abreißen, wenn er sie in die Realität umsetzen würde, und Myriam erst. Die würde ihm wahrscheinlich den Kopf abbeißen und ihn anschließend als Suppenschüssel benutzen, sollte er jemals Hand an ihr kleines Mädchen legen. Max sollte dringend sein Gehirn wieder einschalten, doch zu seinem eigenen Missfallen war sein Schwanz da ganz anderer Meinung. Seinen Verstand wieder in Fahrt zu bringen, wenn sich fast alles Blut in die Lendengegend verzogen hatte, war keine leichte Angelegenheit.

Sein ganzer Körper war vollgepumpt mit Adrenalin und seine Triebe liefen Amok. Der letzte Sex musste doch schon länger zurückliegen, als er gedacht hatte. Anders konnte er es sich einfach nicht erklären, dass sein Schwanz noch immer in Habachtstellung war. Wütend auf sich selbst warf Max einen bösen Blick nach unten und drehte das Wasser auf eiskalt.

Das zeigte fast augenblicklich Wirkung und er drehte den Hahn zu. Zähneklappernd schnappte er sich ein Handtuch und trocknete seine langen Haare ab, die nass und schwer auf seinem Rücken lagen. Vielleicht wäre es gar keine schlechte Idee, die langen Strähnen abzuschneiden. Zumindest würde es ihm eine Menge Arbeit ersparen. Nur dass Max gerne an alten Traditionen festhielt und in letzter Zeit hatte er schon mit viel zu vielen brechen müssen. Er warf das nasse Handtuch über einen Haken und schnappte sich ein zweites, um sich abzutrocknen. Da hörte er es.

Max hielt in der Bewegung inne und lauschte, aber im anderen Zimmer herrschte absolute Stille, nur das Knistern des Feuers und das leise Brummen des Kühlschranks waren zu hören. Dabei hätte er schwören können, ein Wimmern wahrgenommen zu haben. Einen Moment wartete er noch ab, spitzte die Ohren, aber es blieb ruhig. Kopfschüttelnd hob er die Hände wieder, um sich weiter abzurubbeln, ließ sie aber sofort wieder sinken. Diesmal hatte er ein Schluchzen gehört, Irrtum ausgeschlossen.

Geistesgegenwärtig schlang er sich noch das Handtuch um die Hüften, da stürmte er auch schon durch die Tür. Instinktiv suchte er mit seinen Augen den Raum ab, ob sich nirgendwo ein Angreifer verbarg, bevor sein Blick auf das Häufchen Elend neben dem Feuer fiel.

Tami lag in sich zusammengerollt am Boden, direkt an der Kante zu den beiden Stufen, die zum Feuer hinabführten. Ihre Oberschenkel hatte sie an die Brust gepresst, das T-Shirt über die Beine bis an ihre Knöchel runtergezogen. Ihr Gesicht war in der Kuhle verborgen, die ihre Knie und die eingesunkenen Schultern bildeten. Sie bot ein Bild des Jammers. Und jetzt war auch ihr Weinen nicht mehr zu überhören.

Langsam und vorsichtig näherte er sich ihr, die Wölfin zu erschrecken, wäre mehr als nur unklug. Es wäre genau genommen absolut dämlich. Max war sich nicht einmal sicher, ob sie einen Vampir in ihrem Kummer an sich ranließ. Die Traurigkeit, die Tami den ganzen Abend unterdrückt hatte, machte sie verletzlich. Und in erster Linie war er ein Vampir und sie eine Werwölfin, die nicht einmal freundlich miteinander reden konnten. Beide waren sie am Ende nur Raubtiere, die ihren Instinkten folgten. Und Raubtiere waren bekanntlich am gefährlichsten und unberechenbarsten, wenn sie verletzt waren.

„Hey Frechdachs", meinte er sanft, als er sich vor ihr auf die untere Stufe kniete. Ihre einzige Reaktion war ein leises Schluchzen. Max legte seine Hand auf ihre Schulter. „Schau mich an, Kleine", bat er leise.

Tamis ganzer Körper begann zu zittern, aber sie hob den Kopf. Rotgeweinte Augen, die von einem Wimpernkranz umrahmt wurden, in denen noch immer Tränen hingen, blickten ihn an. Tiefe Trauer und Schmerz schimmerten in ihren blauen Augen. Ohne sich dagegen wehren zu können, verspürte er Mitleid mit ihr.

Offenbar hatte sie diesen Rick doch besser gekannt, als er die ganze Zeit geglaubt hatte. Sein Tod schien sie jedenfalls sehr mitzunehmen. Es tat ihm selbst weh, zu sehen, wie diese sonst so starke Frau am Kummer zu zerbrechen drohte.

Max wollte ihr helfen und versuchte sich zu erinnern, was er diesbezüglich mal über Werwölfe aufgeschnappt hatte. Da das Rudel mittlerweile auch das Schloss eingenommen hatte und mit Beschlag belegte, hatte er doch so einiges lernen können. Er wollte sie einfach nur trösten und tat das Erste, was ihm in den Sinn kam. Tami schaute ihn noch immer mit diesen tränenfeuchten, kummervollen Augen an.

„Komm her", sagte er leise und breitete die Arme aus.

Tami schaute zuerst überrascht. Fast wäre ihr das Kinn nach unten geklappt, wie er leicht verstimmt feststellen musste. Es verärgerte ihn noch mehr, dass sie sich nun auch noch auf die Lippe biss und doch ernsthaft darüber nachdachte. Da wollte er einmal nett zu ihr sein und ihr eine Schulter zum Ausweinen anbieten und sie tat gerade so, als hätte er gefragt, ob er sie beißen durfte. Max wollte gerade die Arme sinken lassen und sie zum Teufel wünschen, da fiel sie ihm förmlich um den Hals. Er konnte ihren Schwung nur mit Mühe abfangen, ansonsten wären sie nach hinten übergekippt und im Feuer gelandet.

Sofort verschränkte Tami die Arme in seinem Nacken und vergrub ihr Gesicht an seinem Hals. Ihr leises Wimmern und Schluchzen dröhnte laut in seinen Ohren. Max schloss seine Arme um sie und drückte sie dicht an sich. Ohne sie loszulassen, setzte er sich auf die oberste Stufe und zog sie auf seinen Schoß. Langsam wiegte er sie vor und zurück, während er beruhigend auf sie einsprach. Ganz sanft streichelte er dabei über ihren Rücken und Haare, die schon leicht zu trocknen begannen.

Max konnte nicht sagen, wie lange er sie schon im Arm gehalten hatte, als das Wimmern endlich aufhörte und die Schluchzer leiser wurden, um schließlich in einen Schluckauf überzugehen. Vorsichtig, um sie nicht zu erschrecken, blickte er sich auf dem Boden um, fand schließlich eine Decke und legte sie ihr über. Es gefiel ihm irgendwie, sie zu trösten und sich um sie zu kümmern. Natürlich nur, weil Tami zur Familie gehörte, und um die kümmerte man sich ja bekanntlich. Es hatte rein gar nichts mit seinen Fantasien beim Duschen zu tun, die ihm dummerweise gerade jetzt wieder in den Sinn kamen. Für solche Gedanken konnte es wohl keinen schlechteren Zeitpunkt geben. Tami saß auf seinem Schoß und außer einem Handtuch und einem dünnen Shirt, das seinen Händen keine Millisekunde standhalten würde, trennte sie nichts voneinander. *Verdammt!* Schnell verbannte er diese unangebrachten Spinnereien in die hinterste Ecke seines Gehirns. Seine Gedanken schlugen eine Richtung ein, die sein Körper niemals gehen durfte. *Niemals!*

Langsam ebbte der Schmerz in Tamis Brust ab und die Tränen versiegten. Wie durch einen Schleier bekam sie mit, wie Max eine Decke über sie legte. Tami wusste selbst nicht, warum sie Ricks Tod so mitnahm, im Grunde hatte sie den anderen Wolf kaum gekannt. Natürlich waren sie sich hin und wieder über den Weg gelaufen, hatten aber nie wirklich miteinander gesprochen. Wie das nun einmal mit Leuten in ihrem Alter so war, man sah sich auf Feiern des Rudels, hatte aber ansonsten einen unterschiedlichen Freundeskreis und Interessen. Tami war traurig, aber der heftige Gefühlsausbruch hatte sie völlig unerwartet getroffen. Nachdem Max im Bad verschwunden war, hatte sie es sich am Feuer bequem gemacht und versucht, ein bisschen zur Ruhe zu kommen. Doch je mehr sie entspannte, umso stärker drängten die Erinnerungen der

Nacht auf sie ein. Ehe sie sich versah, war eine Träne über ihre Wange gelaufen und sie hatte heulend am Boden gelegen, wo Max sie gefunden hatte.

Es nagte ziemlich an Tamis Stolz, dass sie ausgerechnet vor dem Blutsauger schwach wirkte. Auch wenn sie ihm unendlich dankbar war, dass er ihr Trost und Halt gab. Er mochte nicht zu ihrem Rudel gehören, aber er war Familie und das reichte aus, um sich geborgen zu fühlen.

Max löste seine Umarmung und blickte sich suchend um. Das Zittern, das einsetzte, als er sie losließ, konnte Tami einfach nicht unterdrücken, egal, wie sehr sie sich auch dagegen wehrte. Warum war sie in seiner Nähe nur immer so schwach? Wo sie ansonsten doch auch nicht auf den Mund gefallen war und genau wusste, wie man Stärke zeigte. Vorsichtig legte Max ihr eine Decke über, schob seine Arme darunter und verschränkte sie hinter ihrem Rücken. Es war alleine seine Schuld, dass sie sich so gehen ließ, weil er sie ständig wie ein kleines Mädchen behandelte. Sie wollte aber nicht, dass der Vampir dachte, sie wäre schwach. Schließlich war sie eine Wölfin und konnte auf sich selbst aufpassen.

Nur noch eine Minute. Statt von Max abzurücken, drückte sie sich fester an ihn. Nur noch eine Minute die Wärme und Geborgenheit spüren, die er ihr so freizügig schenkte. Nur noch eine Minute, dann würde sie von ihm abrücken und ihre Wölfin stehen.

„Geht es dir besser?", fragte er sanft.

Max' heißer Atem strich über die freigelegte Haut ihrer Schulter, das Shirt war viel zu weit und auf der Seite ein ganzes Stück den Oberarm hinabgerutscht. Das war auch genau der Moment, in dem Tami bewusst wurde, wie nah sie sich eigentlich waren. Ihr Gesicht lag noch immer in der Kuhle zwischen Hals und Schulter vergraben, die Arme um seinen muskulösen Brustkorb geschlungen. Das Einzige, was sie noch voneinander trennte, waren ein knappes Handtuch und ihr dünner Tanga, der kaum vom Saum des Shirts bedeckt wurde. Max hielt sie ebenfalls fest umarmt, seine Wange lag an ihrem Kopf und seine Hände auf ihrem Rücken. Seine Haare streiften bei jeder Bewegung über ihre Handflächen, es war das erste Mal, dass er sie in ihrer Gegenwart nicht zu einem Zopf geflochten hatte.

Zu Tamis eigenem Entsetzen hatten ihre Hände ein Eigenleben entwickelt und strichen langsam über seinen Rücken. So nah an Max gepresst, konnte sie einfach nicht umhin, festzustellen, wie gut dieser Mann gebaut war. Jeden einzelnen seiner Muskeln konnte sie unter ihren Fingerspitzen spüren, stahlhart und doch war die Haut darüber samtig weich. Bilder tauchten vor ihr auf. Bilder von Dingen, die sie zu gerne mit diesem fantastischen Körper tun würde, und keins davon war jugendfrei. Ein leichtes Kribbeln erfasste ihren Körper. Am liebsten hätte sie ihn auf den Rücken geworfen und …

Was dachte sie da nur? Röte kroch ihren Hals hinauf und legte sich auf ihre Wangen. Auf keinen Fall durften ihre Gedanken weiter diesen Weg einschlagen und das aus vielerlei Gründen nicht. Zuallererst war Max ein Vampir, er war nicht nur mit ihrem Alpha befreundet, sondern kannte auch ihre Eltern, um nur die wichtigsten zu nennen.

„Alles gut", nuschelte sie an seinem Hals. Tami lockerte ihren Griff, es wäre definitiv besser, wenn sie ein wenig oder auch etwas mehr Abstand zwischen sich bringen würde.

„Wieso ist dir das peinlich?", fragte er plötzlich interessiert.

„Ist es doch gar nicht", blockte sie schnell ab, musste aber feststellen, dass ihre Stimme selbst in ihren Ohren viel zu schrill klang.

Max vergrub seine Nase an ihrem Hals und holte tief Luft. „Du wirst ja rot, Frechdachs."

Mist! Mist! Mist! Sie hatte völlig vergessen, wie gut Vampire Blut riechen konnten und vieles andere leider auch. *Verdammt!* Tami wagte nicht zu hoffen, dass ihm die Gänsehaut entgangen war, die ihren Körper bedeckte, seit seine Nasenspitze über ihre Haut gestrichen war.

„Das geht dich gar nichts an", fauchte sie zurück und versuchte, sich aus seiner Umarmung zu lösen. Sie musste unbedingt weg von ihm, durchatmen und wieder einen klaren Kopf bekommen. Aus irgendeinem total bescheuerten Grund hatte Max eine fatale Wirkung auf ihre Libido. Ausgerechnet der Mann, mit dem sie keine Minute in einem Raum verbringen konnte, ohne dass sie sich Gemeinheiten an den Kopf warfen, und der sie nicht nur wie ein kleines Mädchen behandelt, sondern auch für eines hielt.

Max gab keinen Ton von sich, aber dass sein Körper vor Lachen bebte, konnte sie nur zu gut spüren. „Komm schon, Kleine", feixte er und zog sie mit einem kurzen Ruck wieder an sich. „Nur weil dich mal ein richtiger Mann umarmt, muss dir das doch nicht peinlich sein."

„Du bist sicher nicht der erste Mann, der mich im Arm hält", maulte sie und ließ sich wieder an seine Brust sinken. Im Grunde fühlte sie sich in seiner warmen Umarmung sehr wohl und sie wollte die Geborgenheit noch ein wenig auskosten. Seine Arme hüllten sie ein wie ein schützender Kokon. Nur dass dieser Kokon atmete und Hitze abstrahlte wie ein Hochofen.

„Rudelmitglieder zählen nicht", zog er sie leise auf.

Tami beschloss, dass in diesem Fall Schweigen tatsächlich Gold war. Natürlich hätte sie ihm weiter vormachen können, dass sie eine erfahrene Liebhaberin war, nur wäre das eine Lüge und sie wollte ihn nicht anlügen. Nicht jetzt, nicht in diesem Moment. Sie wollte auf keinen Fall zugeben müssen, dass es bis jetzt nur einen Mann in ihrem Leben gegeben hatte. Und den hätte sie auch mal lieber auslassen sollen, außer einem gebrochenen Herzen hatte ihr das Ganze nichts gebracht. Tami bereute die Beziehung nicht, aber er hatte auch nie so eine Hitze in ihr entfacht, wie Max es gerade tat. Oh Gott, sie musste mit diesen Gedanken aufhören.

„Ein Penny für deine Gedanken", murmelte Max an ihrem Hals.

Die Röte hatte überhaupt keine Chance, aus ihrem Gesicht zu verschwinden. „Da musst du aber schon mehr dafür bezahlen", versuchte sie zu scherzen, um endlich das Thema zu wechseln.

„Sag mir einen Preis und du bekommst ihn", beharrte Max.

Gab der denn nie auf? Genervt rollte Tami mit den Augen, aber das konnte er natürlich nicht sehen, deswegen fauchte sie: „Beiß mich doch." Noch als sie die Worte aussprach, bemerkte sie ihren Fehler. Tami erstarrte und Max' Muskeln spannten sich an. „Das war nur eine Redensart", versuchte sie zu erklären.

„Bring mich nicht in Versuchung, Frechdachs", knurrte er leise und rieb seine Nase an ihrem Hals.

Wie dämlich musste man bitte sein, um zu einem Vampir „Beiß mich" zu sagen? Dabei war es ihr wirklich nur so rausgerutscht. Ihre Mutter hätte ihr den Hosenboden stramm gezogen, wenn sie früher zu ihrem Bruder „Leck mich am Arsch" gesagt hätte. Tami wusste immer, dass ihre gute Erziehung sie irgendwann mal so richtig teuer zu stehen kam. Und was bitte meinte er mit Versuchung? Wollte er sie etwa beißen? Aber das ging doch nicht, schließlich war sie eine Werwölfin. Warum war dann aber nur der Gedanke daran so unglaublich verlockend? Unruhig rutschte sie hin und her.

„Wenn du so weitermachst", murmelte Max. „Komme ich auf das Angebot zurück", dabei biss er ihr spielerisch in die Schulter.

Tami zuckte zurück. Allerdings nicht, weil er ihr damit Angst machte, sondern weil diese winzige Berührung eine kribblige Hitze durch ihren Körper schickte und Stellen in Flammen setzte, die ihr Blut zum Kochen brachte.

„Ich wette …", murmelte er rau und strich mit der Zunge über ihren Hals, „es würde dir gefallen."

Absolut!, musste sie ihm zustimmen. „Niemals", sagte sie laut. Sie war schließlich eine Wölfin und würde bestimmt nicht zugeben, dass der Gedanke sie anturnte. Für Ihresgleichen war es undenkbar, sich von einem Vampir beißen zu lassen und auch noch Gefallen daran zu finden. Nur leider war ihr Körper da anderer Meinung, den brachten seine Berührungen nämlich zum Zittern.

Max war das natürlich nicht entgangen. „Du lügst", flüsterte er grinsend. Um seine Worte zu unterstreichen, biss er sie wieder spielerisch, diesmal in den Hals.

„Nein, tu ich nicht", widersprach sie trotzig. Wovon sprachen sie noch gleich?

„Sicher?" Max knabberte an ihrem Ohr.

Tami konnte ein Stöhnen gerade noch unterdrücken und setzte sich auf, zumindest so weit es Max' Umarmung zuließ. Sie musste sofort von ihm weg und diesmal auch wirklich, ansonsten würde sie eine riesengroße Dummheit begehen. Ihren Blick hielt sie lieber auf seine Schulter gerichtet, um seinen Augen zu entgehen. Seine Haut war nicht so hell, wie sie vermutet hatte bei jemandem, der nie die Sonne gesehen hatte. Sie schimmerte bräunlich wie ein guter Milchkaffee und sah einfach zum Abschlecken aus.

Max lachte leise. „Warum zitterst du dann bei der kleinsten

Berührung?" Er hauchte einen federleichten Kuss in die Kuhle hinter ihrem Ohr und nahm das Streicheln ihrer Haut wieder auf. Dieses Mal zitterte sie wirklich nicht, sondern erbebte. Ein leises Stöhnen entwischte ihren Lippen, als er es noch einmal wiederholte.

Über sich selbst erschrocken, ruckte Tami zurück und blickte ihm ins Gesicht. Max hatte ein kleines Lächeln auf den Lippen und ein Funkeln in den Augen, das sie bei ihm noch nie gesehen hatte. Für ein paar Minuten schauten sie sich einfach nur an, als würden sie auf etwas warten.

Max' Lächeln verschwand plötzlich und an seine Stelle trat ein hungriger Ausdruck. Tami wollte etwas sagen, um die aufgeheizte Stimmung zwischen ihnen abzukühlen. Aber in diesem Moment beugte er sich vor und drückte seinen Mund auf ihren.

Tami legte ihre Hände auf seine Schultern, um ihn wegzudrücken. Warum musste sich der Kuss nur so gut anfühlen? Verführerisch fuhr seine Zunge die Konturen ihrer Lippen nach, bat sanft um Einlass. Sie hätte ihn wegstoßen müssen, aber sie konnte nicht. Erregung und Leidenschaft waren eine explosive Verbindung eingegangen und verdrängten jeden vernünftigen Gedanken an später. Tami öffnete ihre Lippen und ergab sich seinem Kuss.

Max war nicht zärtlich, er eroberte ihren Mund wie ein Raubritter. Er vergrub eine Hand in ihren Haaren und drückte ihre Lippen noch fester auf seine, während sich ihre Zungen ein Duell lieferten. Der Kuss war intensiv, erregend, leidenschaftlich und trotzdem reichte er ihr nicht. Sie wollte mehr. Wollte ihn, brauchte ihn und wusste doch selbst nicht, was ihr fehlte. Das Denken hatte sie eingestellt, jetzt zählte nur noch fühlen, berühren und dieses unzähmbare Verlangen, das unaufhörlich durch ihren Körper flutete.

Ein widerwilliger Laut kam ihr über die Lippen, als er sich von ihr löste. Sein leises Lachen brachte sie dazu, die Augen zu öffnen. Sie aber sofort wieder zu schließen, als er seine Lippen über ihren Hals gleiten ließ. Max' Hände glitten langsam an ihren Seiten hinab, umfassten den Saum ihres T-Shirts und zogen es über ihren Kopf. Automatisch hob sie die Arme und ließ es zu. Zu spät wurde ihr klar, dass sie nun nichts weiter trug als den durchsichtigen rosa Tanga.

Max ließ ihr allerdings keine Zeit, sich zu schämen oder an ihrem Körper zu zweifeln. Er verschloss erneut ihren Mund mit einem leidenschaftlichen Kuss, der jeden Gedanken davonwehte. Tami ließ sich fallen, ergab sich ihrer Lust und den streichelnden Händen, die sie so erregend liebkosten. Langsam glitt sein Mund tiefer. Er küsste ihr Kinn, ließ die Zunge an ihrem Hals hinabfahren und knabberte an ihrer Schulter. Seine Reißzähne schabten über ihre Haut, verletzten sie aber nicht.

Tami warf den Kopf in den Nacken und überließ sich ganz seinen erotischen Berührungen. Sie wusste jetzt schon nicht mehr, wo oben und unten war, und es war ihr auch völlig egal. Leidenschaftliche Hitze setzte ihren Körper in Flammen und das, was sie da an ihrer Hüfte spürte, war Beweis genug, wie erregt auch Max war.

Zärtlich biss er ihr in die Kehle, bevor er seine Lippen auf eine langsame Reise ihren Hals hinabschickte. Seine Zunge verweilte an der kleinen Kuhle ihrer Schulter und malte Kreise, was Tami leise aufstöhnen ließ. Sie war bis zum Zerreißen angespannt. Zum einen wollte sie nichts mehr, als Max in sich zu spüren, sich auf jede erdenkliche Art mit ihm zu vereinigen. Andererseits hatte sie höllische Angst, etwas falsch zu machen. Max war erst der zweite Mann, mit dem sie so zusammen war, und damals war sie bei Weitem nicht so erregt gewesen. Er war ein erfahrener Liebhaber und sie eben doch nur ein kleines, unerfahrenes Mädchen.

Tami entwich ein erschrockenes Quieken, als er sie plötzlich mit sich zog. Sie landete sanft auf dem Rücken, spürte das weiche Fell an ihrer Haut. Max kam über sie, stützte seine Hände rechts und links neben ihrem Kopf ab und blickte auf sie hinunter. Tami schaute ihm in die Augen, konnte den Ausdruck darin aber nicht deuten. Er rührte sich nicht, blickte sie einfach nur an und wartete ab. Und plötzlich verstand Tami. Max hatte ihre Unsicherheit gespürt und überließ ihr den nächsten Schritt.

Sie löste den Blickkontakt und ließ ihre Augen nach unten wandern. Tami hob die Hand, legte ihre Fingerspitzen auf seine Brust. Sie konnte seinen Herzschlag spüren, der genauso schnell schlug wie ihr eigener. Langsam ließ sie ihre Finger noch tiefer gleiten, streichelte über seinen Bauch. Seine Muskeln vibrierten unter ihrer Berührung und waren bis zum Zerreißen angespannt. Max zog zischend die Luft ein, als sie über seinen Bauchnabel hinab fuhr und einem Stück dem kleinen Pfad aus Haaren folgte, bis sie vom Handtuch aufgehalten wurde. Der Körper über ihr begann zu zittern. Tami schob ihre Finger unter den Frotteestoff und blickte auf. Max' Augen glühten und es ging ein Funkeln von ihnen aus, die den Vampir in ihm nur allzu deutlich zeigten. Sie konnte seine Erregung riechen und das fachte ihre eigene nur umso mehr an. Mit einem Ruck riss sie das Handtuch weg.

Knurrend verschloss Max ihren Mund und senkte sich auf sie herab. Ihre Zungen lieferten sich ein leidenschaftliches Duell, das nur das Vorspiel für etwas noch Heißeres sein konnte. Tami schob ihre Hände in seine Haare und ließ die langen, seidigen Strähnen durch ihre Finger gleiten. Max löste sich von ihr und nahm seine Erkundungstour wieder auf, dieses Mal schien er sie förmlich verschlingen zu wollen. Es fühlte sich unglaublich an und doch war es noch lange nicht genug. Ungeduldig ließ sie ihre Hände über seine Schultern nach vorne streifen. Mit den Fingernägeln kratzte sie über seine Brust, ganz leicht nur und trotzdem entlockte es ihm ein Stöhnen.

Max schnappte sich ihre Handgelenke, hob sie über ihren Kopf und hielt sie dort fest. Er drückte ihr einen Kuss auf und flüsterte an ihren Lippen: „Jetzt gehörst du mir." Sein Kopf verschwand.

Es raubte Tami den Atem, als seine Zunge über ihre Brustwarze streifte. Stöhnend drückte sie den Rücken durch, wollte mehr von diesen kleinen, elektrischen Schlägen, die durch ihren Körper jagten. Max liebkoste sie mit der Zunge, malte kleine Kreise und versetzte sie in einen sinnlichen Rausch, der sie in ein wimmerndes Bündel verwandelte. Und noch immer wollte sie mehr. Max' fester Griff verhinderte dies allerdings, hielt sie an Ort und Stelle, während er weiter jeden Zentimeter ihres Körpers liebkoste. Jedes Mal, wenn seine Zähne über ihre harten Knospen kratzten, entkam ihr ein lustvolles Wimmern.

Max ließ seine Hand über ihren zitternden Bauch fahren, ohne seine Zunge auch nur einen Moment ruhen zu lassen. Seine Finger streichelten über die rosa Spitze, die einen Moment später in seinem Mund verschwunden war. Sie war längst bereit für ihn und als er dies spürte, entrang sich seiner Kehle ein tiefes Knurren. Seine Lippen pressten sich hart auf ihre und seine Zunge drang begierig in ihren Mund ein. Er gab ihre Arme frei und nahm stattdessen ihr Gesicht in die Hände. Der Kuss wurde nicht weniger leidenschaftlich, aber sanfter. Während er sie schwindelig küsste und die Lust langsam in ihr zu implodieren drohte, legte er sich vorsichtig zwischen ihre Beine.

Stöhnend schlang Tami die Beine um seine Taille, verschränkte sie hinter seinem Rücken und vergrub die Hände in seinen Haaren. Sie wollte ihn spüren, sich mit ihm vereinigen, eins werden. Der letzte Gedanke brachte sie etwas aus dem Takt, war aber in der nächsten Sekunde auch schon wieder davongeflogen. Langsam und sehr vorsichtig drang Max in sie ein. Tami legte stöhnend den

Kopf in den Nacken und genoss das Gefühl, von ihm in Besitz genommen zu werden.

Max hatte sich auf die Ellenbogen abgestützt und noch immer ihr Gesicht mit den Händen umrahmt. „Sieh mich an." Seine Stimme war tiefer als sonst und rau.

Tami hob die Lider und ihre Blicke verschränkten sich ineinander, während sie eins wurden. Max hielt inne und irgendetwas lag in seinem Blick, das sie vor Lust erschauern ließ. Langsam begann er sich zu bewegen und riss Tami mit in einen Strudel der Begierde. Max küsste sie, trieb sie noch höher hinaus mit seinen immer schneller werdenden Bewegungen. Sie war so erregt, dass sie sich Halt suchend an ihn klammerte und seinen Kuss schon fast verzweifelt erwiderte.

Max vergrub seine Hände in ihren Haaren und zog ihren Kopf in den Nacken. Seine Zunge fuhr über ihren Hals und plötzlich wollte Tami nichts mehr, als dass er sich auch auf diese Art mit ihr vereinigte. Sie zog seinen Mund an ihren Hals. „Beiß mich", stöhnte sie.

Kaum hatte sie es ausgesprochen, versenkte er seine Zähne in ihrem Hals. Es war ein so überwältigendes Gefühl, dass es die Lust zum Überkochen brachte.

Regenbogen, Sternenregen und Farbexplosionen, sie sah alles, während sie zitternd in seinen Armen zum Höhepunkt kam. Ein so intensives Gefühl hätte sie nie für möglich gehalten. Sie bekam noch mit, wie Max mit einem Stöhnen, das mehr ein Knurren war, den Kopf in den Nacken legte, dann wurde alles schwarz.

9. Kapitel

Nur sehr widerwillig kam Tami zu sich. Sie öffnete die Augen und brauchte einen Moment, um sich daran zu erinnern, wo sie war. Traurigkeit überfiel sie, als sie an die Ereignisse der letzten Nacht dachte. Der arme Rick. Seine Familie war bestimmt mittlerweile informiert worden. Tami mochte sich nicht einmal vorstellen, wie schlimm das sein musste. Wasser rauchte in der Dusche und lenkte ihre Gedanken sofort in eine andere Richtung.

Erinnerungen an die letzte Nacht blitzten vor ihren Augen auf. Max und sie eng umschlungen, ihr Stöhnen und die leidenschaftlichen Küsse. Tami wurde es warm ums Herz, sie fühlte sich herrlich. Zufrieden streckte sie sich, rollte auf die Seite und zog tief Max' Duft ein, der noch immer an den Fellen haftete. Die Badezimmertür öffnete sich und Max stand voll bekleidet in der Tür. Er kam zu ihr, kniete sich hin und gab ihr einen Kuss auf die Stirn.

„Guten Morgen", meinte er lächelnd und erhob sich wieder. „Du solltest duschen, Dylan wird bald hier sein."

Seine Worte kühlten Tami mehr ab, als es eine kalte Dusche je gekonnt hätte. Sie schnappte sich ein Laken, wickelte es umständlich um ihren Körper und versuchte aufzustehen. Max schaute ihr schmunzelnd dabei zu, wie sie sich immer wieder im Stoff verhedderte und darum kämpfte, das Gleichgewicht nicht zu verlieren.

Max schlang seine Arme um sie und drückte sie fest an sich. „Wie hast du nur all die Jahre ohne mich überlebt?", fragte er lächelnd und gab ihr einen Kuss, der ihr den Boden unter den Füßen wegzog. Er hob sie hoch wie eine Prinzessin und trug sie ins

Bad, wo er sie vorsichtig auf ihre eigenen Füße stellte. „Beeil dich", befahl er und hauchte ihr einen Kuss auf die Lippen, bevor er aus dem Bad verschwand.

Tami musste sich für einen Moment an der Wand anlehnen und tief durchatmen. Der Mann würde sie noch umbringen, wenn er so weitermachte. Sie entschloss sich, erst einmal unter die Dusche zu steigen, um einen klaren Kopf zu bekommen. Aus Max wurde sie einfach nicht schlau, obwohl sie sonst eigentlich recht gut darin war, andere einzuschätzen. Aber jede seiner Berührungen machte ihr Angst und doch wollte sie noch viel mehr davon. War das mit ihnen ein One-Night-Stand oder war da mehr? Tami hatte keine Ahnung, sie konnte ja noch nicht einmal sagen, was sie mehr hoffte oder fürchtete. Eins stand jedenfalls fest, dass sie sich beeilen sollte, um mit Max reden zu können, bevor Dylan auftauchte.

So schnell wie nie zuvor war Tami fertig geduscht und abgetrocknet. Sie wollte schon nackt ins andere Zimmer marschieren, als sie dort Stimmen hörte. Lautlos schlich sie zur Tür und spähte durchs Schlüsselloch. Nicht besonders schicklich, aber hey sie war eine Wölfin und die waren bekanntlich neugierig.

Tami sah Dylan am anderen Ende des Raums stehen. Dass er langsam die Luft einsog, war genauso unübersehbar wie sein Blick, der über den Boden huschte. Und beides sprach eine eindeutige Sprache. Der Wolf war kein Dummkopf und hatte bestimmt schon längst erraten, was hier letzte Nacht passiert war.

„Hast du was zu sagen", knurrte Max, der mit dem Rücken zu ihr stand.

„Wo ist Tami?" Dylan ließ sich nicht anmerken, ob ihm sonst noch was auf dem Herzen lag.

„Im Bad." Die Stimme des Vampirs grollte und die Kälte darin war mehr als deutlich.

Dylan nickte und kam auf sie zu. Tami machte erschrocken ein, zwei Schritte zurück, verlor das Gleichgewicht und landete auf ihrem Hintern. Um keinen Laut von sich zu geben, hatte sie sich die Hand vor den Mund geschlagen und den leisen Plumps hatte man im Nebenzimmer hoffentlich nicht gehört.

„Alles in Ordnung?", fragte Dylan vor der Tür.

„Ja, ja", maulte sie zurück und rieb sich den schmerzenden Hintern.

„Deine Klamotten." Der Wolf öffnete die Tür einen Spalt und schob eine Tasche hindurch, bevor er sie wieder schloss.

Tami stürzte sich auf ihre Anziehsachen und zog sich alles schnell über. Nach einem prüfenden Blick musste sie feststellen, dass die fremden Klamotten ihr gut passten. Sie ging zu den Männern hinüber und lächelte Dylan dankbar zu.

„Die sind fantastisch." Freudig drehte sie sich im Kreis, sie hatte mit dem Schlimmsten gerechnet.

„Hat Claire zusammengesucht", blockte Dylan ab und wies auf die Tür. „Blake wartet, wir sollten los.

Max nickte, schnappte sich Tamis Hand und gemeinsam folgten sie dem Wolf nach draußen, wo tatsächlich Blake in seinem Hummer auf sie wartete. Der schwarze Mann ließ sich nicht anmerken, was er dachte, auch nicht, als er auf Max und Tamis verschränkte Hände schaute.

„Steigt endlich ein", forderte er sie auf.

Max zog sie zur Autotür und schob sie in den Fond des Wagens. Tami rückte schnell auf die andere Seite, damit er ebenfalls einsteigen konnte. Blake war schon angefahren, als Max die Tür schloss. Die Fahrt zum Schloss, zumindest nahm Tami an, dass sie dort hinwollten, verging wie im Flug. Sie nutzte die kurze Verschnaufpause, um ein wenig nachzudenken.

Was immer auch heute Nacht zwischen Max und ihr passiert war, musste ein einmaliger Ausrutscher bleiben. Shayne würde ihn umbringen und Myriam noch viel Schlimmeres mit ihm anstellen. Kein Sex der Welt und sei er auch noch so gut, war es wert, dafür die Familie aufs Spiel zu setzen. Dylan ahnte es zwar, aber Tami war sich sicher, dass er darüber kein Wort verlieren würde. Ansonsten war es ein Geheimnis zwischen ihr und dem Vampir neben sich, der ihr sicher zustimmte. Sie konnte sich jedenfalls nicht vorstellen, dass Max es an die große Glocke hängen würde oder gar an eine Wiederholung dachte.

Blake hielt nicht vor dem Schlossportal, sondern fuhr direkt in die Garage. Das alleine zeigte Tami, wie ernst die Situation im Moment war, wenn er es nicht einmal mehr auf dem Schlossgelände für sicher hielt.

„Reine Vorsichtsmaßnahme", flüsterte Max und drückte kurz ihre Hand. „Bleib noch sitzen, bis das Tor geschlossen ist."

Tami nickte, aber Max war schon um den Wagen herumgelaufen und öffnete ihr die Tür. Er schnappte sich sofort wieder ihre Hand und zog sie hinter sich her, bis sie die Eingangshalle erreicht hatten. Sofort stürmten eine Menge Leute auf sie zu und Tami wurde von ihrer Mutter in einen Würgegriff genommen, den sie als Umarmung tarnte.

„Mum, mir geht es gut", versuchte Tami, ihre weinende Mutter zu beruhigen.

Ihr Vater umarmte seine beiden Frauen gleichzeitig und küsste erleichtert die Stirn seiner Tochter. „Ich bin so dankbar, dass du unversehrt nach Hause gekommen bist."

„Sind alle bereit?", hörte sie Max fragen.

Tami löste sich ein wenig aus der Umarmung ihrer Eltern, um unauffällig zu Max zu blicken. Jason stand ihm gegenüber und schüttelte den Kopf.

„Was soll das heißen?", fragte Max irritiert. „Hat Dylan dir nicht ausgerichtet …"

„Doch", unterbrach Jason ihn sofort. „Er hat mir deine Nachricht natürlich überbracht, aber …"

„Es gibt kein Aber bei einem Befehl", brauste der General auf.

„Er hatte einen anderen Befehl, und zwar von mir."

Tami drehte den Kopf und sah Ethan die Treppe hinunterkommen. Warum war der Vampirkönig hier? Und warum widerrief er die Befehle seines Sohnes, dessen Meinung er sonst so schätzte?

„Wir müssen uns dringend unterhalten", teilte Ethan seinem Sohn mit. „Lass uns ins Arbeitszimmer gehen, danach wirst du meine Entscheidung hoffentlich verstehen."

Max runzelte zwar die Stirn, folgte seinem Vater aber schweigend. Tami fing den Blick des Vampirs auf und konnte nichts gegen die Enttäuschung tun, die sie erfasste. Sie konnte ihm deutlich ansehen, dass die Nacht für ihn vorbei war oder besser gesagt der Tag. Was immer auch passiert war, es würde sich nicht wiederholen. Sollte sie das nicht eigentlich erleichtern?

„Alles in Ordnung, Schatz?", fragte ihre Mutter besorgt.

Tami riss sich zusammen und lächelte ihre Mutter an. „Sicher, ich bin nur müde und ein heißes Bad wäre jetzt göttlich." Alle anderen

Gedanken mussten warten, bis sie alleine war und ihr niemand ansehen konnte, was sie wirklich dachte.

„Max." Ihr Vater hatte den Vampir am Arm zurückgehalten. „Ich wollte dir danken, dass du auf meine Tochter aufgepasst hast."

„Keine Ursache", meinte Max ernst. Seine Augen huschten kurz zu Tami, dann blickte er nur noch Nick an. „Du hast da ein starkes Mädchen, das sich zu wehren weiß. Du kannst sehr stolz auf sie sein, sie hat einen Kerl in die Knie gezwungen, der doppelt so stark wie sie war. Ihr beide habt einen guten Job gemacht." Max drückte Nick die Schulter und gab Myriam einen Kuss auf die Wange. Ohne Tami weiter zu beachten, stieg er hinter seinem Vater die Treppen hoch.

Auf halber Höhe blieb er stehen und lehnte sich über das Geländer. „Ach und Nick", rief er nach unten.

„Ja?", antwortete ihr Vater überrascht und blickte zu dem General auf.

„Du solltest sie unbedingt weiter trainieren lassen", meinte Max freundlich. „Stone und Ryan haben nämlich ebenfalls einen guten Job gemacht, zumindest hat sie das dem Typen erklärt, bevor sie ihn K. o. schlug."

„Meinetwegen", erklärte sich Nick einverstanden.

Tami konnte ihr Glück nicht fassen und fiel ihrem Vater um den Hals. „Danke ... Danke ... Danke ...", freute sie sich und verteilte zwischen jedem Wort Küsse über sein ganzes Gesicht. Ihre Eltern hatten es ihr zwar nicht wirklich verboten, am Training teilzunehmen, aber befürwortet hatten sie es auch nicht. Sie hatten nie gewollt, dass ihre Tochter eine Kämpferin wurde.

Als Tami nach oben schaute, um sich bei Max zu bedanken, war der schon verschwunden. Shayne, Alarith und Letizia stiegen gerade die Stufen nach oben. Enttäuscht ließ sie den Kopf hängen, das war es also gewesen? Wahrscheinlich war es besser so. Genau in diesem Moment kamen Jala und Ashley freudestrahlend auf sie zugerannt und schlossen sie in die Arme. Außer ein paar heißen Nächten beziehungsweise Tagen wäre sowieso nichts drin und dafür lohnte es sich nicht, eine Freundschaft aufs Spiel zu setzen. Tami erwiderte die Umarmung und Scham stieg in ihr hoch und schnürte ihr die Kehle zu. Sie hatte gewusst, dass ihre beste Freundin auf den Vampir stand, und trotzdem hatte sie mit ihm geschlafen. Wie hatte sie sich nur so gehen lassen können?

Tami löste sich aus der Umarmung und ging ein wenig auf Abstand. Sie musste unbedingt ein bisschen alleine sein und ihre Gefühle wieder unter Kontrolle bringen. Sobald sie wieder zur Ruhe gekommen war, konnte sie sich den dringendsten Problemen stellen.

„Komm mit, mein Schatz, du musst ja ganz verhungert sein." Myriam legte den Arm um ihre Schultern und führte sie in die Küche. „Ich mach dir deine Lieblingspfannkuchen."

„Einen ganzen Berg", lachte Tami und küsste ihre Mutter auf die Wange.

„Ashley auch Pfkuchen", meinte das kleine Mädchen und hopste neben ihr ungeduldig auf und ab.

Tami konnte diesem süßen Wirbelwind noch nie etwas abschlagen. Lächelnd nahm sie das Mädchen auf den Arm. „Meine Mama machte sowieso wieder viel zu viele."

Ashley schlang ihre dünnen Ärmchen um ihren Hals und drückte ihr einen feuchten Kuss auf die Wange. „Pfkuchen für Mäsch", rief sie glücklich.

Pfannkuchen für Max! Na toll, jetzt musste sie diesem Vampir auch noch von ihrem Essen abgeben. „Mal sehen", blieb sie vage und trug Ashley in die Küche.

Tami würde jetzt essen, anschließend ein heißes Bad nehmen und sich richtig ausschlafen. Danach würde sie diesen verfluchten Vampir aus ihren Gedanken verbannen. Maximilian Dark war ab sofort wieder nur der nervtötende Besserwisser, der er bis gestern auch noch gewesen war.

Max konnte sich nur mit Mühe ein Lächeln verkneifen, als er Tamis überschäumende Freude sah. Er drehte sich schnell weg und folgte seinem Vater, auch wenn er jetzt keinen Bock auf ein Gespräch hatte. Allerdings war im Moment alles besser, als weiter Gefahr zu laufen, dass ihn sein seliges Grinsen verraten würde. Der Sex mit Tami war fantastisch gewesen und er hätte nichts gegen eine Wiederholung einzuwenden gehabt. Leider war die Zeit knapp geworden und so schwer es ihm auch gefallen war, hatte er sie schlafend auf den Fellen zurücklassen müssen. Vielleicht war es auch besser so. Was passieren würde, wenn jemand aus dem Schloss davon erfuhr, wollte er sich lieber nicht einmal vorstellen.

Langsam schlenderte er ins Arbeitszimmer, gab der Tür einen Schubser und setzte sich auf eins der Sofas. Er blickte seinen Vater an, der wiederum den Eingang nicht aus den Augen ließ, scheinbar warteten sie noch auf jemanden. Max lehnte sich zurück und schloss die Augen. Sofort schossen ihm wieder die Bilder der letzten Stunden durch den Kopf.

Tamis Körper, der auf jede seiner Berührungen reagierte, als wäre es die erste dieser Art gewesen. Das leichte Zittern und Beben, die kleinen verzückten Laute, wenn er seine Lippen über sie gleiten ließ. Ihre Küsse, die so heiß waren, dass sie ihn alleine schon in höchste Erregung versetzt hatten. Zarte Haut, so weich und warm, die in der Farbe von Honig schimmerte und noch viel besser schmeckte. Und zu allem kam ihr verführerischer Duft, der ihn fast in den Wahnsinn getrieben hatte. Tami schien, entgegen allem, was sie selbst behauptete, noch nicht viele Erfahrungen zu haben. Er hatte seine ganze Selbstbeherrschung aufbieten müssen, um ihr die Gelegenheit zu geben, es zu beenden. Doch, anstatt aufzuhören, hatte sie ihm deutlich gezeigt, wie bereit sie für ihn war.

Sein kleiner Frechdachs hatte eine Leidenschaft an den Tag gelegt, die einer Werwölfin würdig war. Natürlich konnte er das nur vermuten, tatsächlich war Tami die erste Wölfin, mit der er im Bett gewesen war. Aber etwas, das er unbedingt wiederholen wollte. Seine Hose spannte nur bei dem Gedanken an ihre zarten Schenkel, die schönen Apfelbrüste, den weichen Lippen und den exquisiten Geschmack ihres Blutes. *Scheiße!*

Kerzengerade setzte sich Max auf. Er hatte ihr Blut getrunken! Wieso hatte er von allen verblödeten Dingen, die er hätte tun können, nur das absolut Dümmste getan? Egal, was Tami im Augenblick der Ekstase sagte, hätte er nie die Zähne in den Hals einer Werwölfin schlagen dürfen. Nicht, dass er ein Problem damit gehabt hätte, aber Tami bereute es sicherlich. Max brauchte sich nur an Keirs Reaktion zu erinnern, als der gebissen wurde. Er musste dringend mit ihr reden und sich bei ihr entschuldigen, und zwar auf der Stelle. *Argh ... ich könnte mir selbst in Arsch treten, wie ...*

In diesem Augenblick nahm er Shayne wahr. Stirnrunzelnd blickte er auf dessen Finger, die er vor seinem Gesicht schnipsen ließ. „Endlich", stöhnte der Wolf.

„Da auch mein Sohn uns endlich seine Aufmerksamkeit schenkt, können wir ja anfangen", sagte Ethan säuerlich, der mit verschränkten Armen am Schreibtisch lehnte.

Max blickte sich schnell im Zimmer um und musste feststellen, dass auch seine Mutter und sein Großvater ihn mit hochgezogenen Augenbrauen musterten. Scheinbar hatte er eine ganze Weile in seinen Gedanken festgehangen. Er räusperte sich. „Sorry, war 'ne lange Nacht", entschuldigte er sich und blickte seinen Vater aufmerksam an.

Kopfschüttelnd ging der Wolf an ihm vorbei und ließ sich neben Max auf das kleine Sofa plumpsen. „Könnte mir mal jemand verraten, warum ich beim großen Vampirrat dabei bin?", fragte er neugierig in die Runde.

Ethan nickte, er hatte seine abweisende Haltung immer noch nicht abgelegt. „Wenn es nach mir ginge, wärst du gar nicht dabei", murmelte der König, was natürlich trotzdem jeder verstand.

„Ethan!", rief Letizia.

„Schon gut, so war es gar nicht gemeint", beschwichtigte Ethan sofort. „Es ist mir nur nicht wohl bei dem Gedanken, meine schmutzige Wäsche vor einem Wolf auszubreiten."

Letizia schien besänftigt zu sein, sie stand auf, ging zu ihrem Mann und küsste ihn liebevoll auf den Mund. „Es ist die richtige Entscheidung, mein Lieber."

„Vielleicht", gab Ethan skeptisch zurück. „Das wird wohl erst die Zeit zeigen."

„Hört mal, ich muss hier nicht dabei sein, wenn es eure Privatsache ist." Shayne stand auf, um den Raum zu verlassen.

Aber die Königin war schon an seiner Seite und hielt ihn am Arm zurück. „Mein Mann setzt sein Vertrauen in dich, aber diese Angelegenheit muss erst mal unter uns", sie deutete auf sich, Alarith und Ethan, „und unserem Sohn bleiben."

Shayne schien etwas besänftigt, blieb aber weiterhin misstrauisch. „Was uns wieder zu meiner Frage bringt. Wenn nicht einmal Raven, der schließlich der Thronfolger ist, davon wissen soll, warum bin ich dann hier?"

„Setz dich bitte", seufzte Letizia und ging zu ihrem Mann zurück, stellte sich an seine Seite und er legte seinen Arm um sie. „Im Grunde ist es Max' Privatsache, aber die Umstände zwingen uns …" Sie brach ab und blickte zu ihrem Mann auf.

Ethan gab ihr einen Kuss auf die Stirn und widmete sich dann Shayne. „Seit einigen Wochen beherberge ich meinen größten Widersacher im Bezug auf meine Krone."

Shayne nickte verständnisvoll. „Er will dich vom Thrönchen schubsen und selbst raufklettern."

„Das trifft es ziemlich genau", stimmte Ethan zu.

„Sollte dann nicht doch lieber Raven dabei sein?", fragte Shayne verwirrt, von einem zum anderen blickend. „Schließlich ist es später mal seine Krone."

„Aber er ist in festen Händen", knurrte Max. Er konnte nicht glauben, dass sie ausgerechnet jetzt darüber reden mussten. „Wir haben allerdings andere Probleme als das." Wütend stand er auf. „Und deswegen sitzen wir hier herum, anstatt da draußen nach diesen Mördern zu suchen?"

„Setz dich!", befahl sein Vater streng. „Es geht hier nicht mehr nur um dich oder unsere Familie. Die gestrige Nacht hat deutlich gemacht, dass es jetzt unser aller Problem ist."

Max runzelte die Stirn und ließ sich wieder in die Kissen fallen. „Was hat meine nicht existente Heirat mit der Jagd auf uns zu tun?", fragte er verwirrt.

Shayne blickte von einem zum anderen. „Euch ist schon klar, dass ich kein Wort kapiere?"

„Glaubst du, ich komme da noch mit", pflaumte Max mürrisch zurück.

Ethan holte schwer Luft. „Christoph Harmsworth will meine Krone und scheinbar sind ihm dabei alle Mittel recht." Er kniff kurz die Lippen zusammen, als müsste er sich beherrschen. „Vor ein paar Tagen kam er zu mir und fragte mich, ob du bezüglich der Heirat eine Entscheidung getroffen hast. Natürlich sagte ich ihm, dass ich dich zu nichts zwingen werde und du dich momentan dagegen ausgesprochen hast. Zuerst schien er es auch zu akzeptieren." Ethans Miene verfinsterte sich bei der Erinnerung. „Allerdings sagte Christoph später beim Essen etwas ziemlich Zusammenhangloses, das allerdings jetzt einen Sinn zu ergeben scheint. Er sagte: ‚Es ist nur noch eine Frage der Zeit, bis man sich nachts nicht mehr in den Straßen sicher fühlen könnte'. Überall lauerten Killer, die aus den Schatten heraus angreifen würden."

„Dieses Schwein mache ich kalt", knurrte Shayne und sprang auf.

Max konnte ihn gerade so festhalten. „Warte, hör bis zum Ende zu."

„Warum? Der Dreckskerl hat einen unschuldigen Jungen auf dem Gewissen." Wütend versuchte Shayne, an ihm vorbeizukommen, doch Max versperrte ihm den Weg. „Du hast die ganze Nacht auf der Flucht verbracht wegen dieses Kerls, ganz zu schweigen davon, dass er deinen Eltern an den Kragen will. Solltest du nicht auf meiner Seite sein?"

„Ich bin voll und ganz auf deiner Seite, aber ich bin nicht der König, sondern nur der General." Es gab nur sehr selten Momente, wo er bereute, nicht auf dem Thron zu sitzen. Natürlich war er auf Shaynes Seite und wollte diesem arroganten Arsch am liebsten in den selbigen treten.

„Schluss jetzt", donnerte Alarith.

Alarith, der bis eben stumm aus dem Fenster gesehen hatte, drehte sich zu ihnen um. Blanke Wut stand ihm ins Gesicht geschrieben. Max hatte bis dato völlig vergessen, dass sein Großvater auch im Raum war. Seine ganze Haltung erinnerte Max im Moment allerdings eher an den erbarmungslosen König von einst als an den freundlichen Vampir der letzten Monate.

„Ich bin es leid, um den heißen Brei herumzureden", stellte er mit fester Stimme klar. „Komm endlich auf den Punkt, Ethan."

„Sicher, Dad. Aber zuerst muss ich Shayne um einen Gefallen bitten", meinte Ethan und sah den Alpha an.

„Und der wäre?", fragte der Wolf misstrauisch zurück.

„Ich möchte dich nur bitten, die genauen Umstände für dich zu behalten", bat Ethan.

„Das kann ich dir nicht versprechen", gab Shayne ernst zurück. „Hier geht es um mein Rudel. Ich musste den Eltern eines Jungen beibringen, dass ihr Sohn niemals nach Hause zurückkommen wird." Shaynes Miene verschloss sich. „Ich soll meinen Kämpfern verheimlichen, dass ich weiß, wer für seinen Tod verantwortlich ist? Das kann ich nicht machen."

Ethan nickte. „Das verstehe ich, aber bedenke, dass wir keine Beweise dafür haben und noch so viel mehr auf dem Spiel steht."

Shayne war aber nicht zu beruhigen und ohne Sam würde Max ihn nicht mehr lange zurückhalten können. „Die Wahrheit werden wir schon aus ihm herausbekommen", versprach der Wolf mit einem zornigen Funkeln in den Augen. „Wo ist der Kerl?"

Erschöpft ließ Ethan sich in den Sessel hinter dem Schreibtisch fallen. „In meinem Schloss."

Auf einmal wurde Shayne ganz ruhig. „Du beschützt ihn?"

„Nein, natürlich nicht, aber ich werde auch nicht zulassen, dass ihr ihn lyncht." Der König blieb ruhig, aber seine Worte waren bestimmt. „Mir fehlen die Beweise. Auch wenn ich deine Meinung teile, kann ich ihn nicht einfach den Wölfen vorwerfen."

Alarith trat auf den Alpha zu und stellte sich genau vor ihn. Max verstand den Wink und ließ sich wieder in die Polster fallen. Sein Großvater war ein kluger Mann und wusste schon, was er tat. Allerdings hatte er nicht mit Shaynes Reaktion gerechnet, denn der ging auf Konfrontationskurs.

„Was?", knurrte er mit geballten Fäusten.

„Setz dich wieder, junger Mann", pflaumte Al Max über seine Schulter hinweg an.

Max, der sich schon halb erhoben hatte, ließ sich sofort wieder auf seinen Hintern plumpsen und hob beschwichtigend die Hände. „Schon gut, schon gut", schmunzelte er. „War nur ein Reflex."

Al schnaubte abfällig und blickte Shayne direkt in die Augen. „Als ich auf dem Thron gesessen habe, war einiges anders."

„Stimmt, du hättest mich, ohne zu zögern, getötet, wenn du die Gelegenheit bekommen hättest", höhnte Shayne. „Oder zumindest hättest du es versucht."

„Nicht immer." Alariths Augen waren kalt geworden. „Zu Beginn meiner Regentschaft gab es in England ein kleines Werwolfrudel, ganz in der Nähe unserer Gemeinschaft. Ich war noch sehr jung, als ich den Thron bestieg, und dachte: Was soll's, wir können doch alle in Ruhe zusammenleben. Meinem Vater war schon vor seinem

Tod meine Ansichtsweise, wenn es um die Wölfe ging, ein Dorn im Auge. Aber sie waren friedlich und ich sah nicht ein, warum ich sie dann als Feinde betrachten sollte. Als mein Vater starb und ich den Thron bestieg, schlossen wir einen unausgesprochenen Waffenstillstand. Sie griffen uns nicht an und dafür respektierten wir ihre Reviergrenzen."

Max konnte Alariths Gesicht nicht sehen, aber die Qual, die sein Großvater gerade noch einmal erlebte, war zum Greifen nahe. Er hatte keine Ahnung, warum Al ausgerechnet jetzt diese Geschichte erzählte, aber er ahnte, dass das Ende keinem von ihnen gefallen würde. Ethan sprach nicht und verzog keine Miene, es war ihm nicht anzumerken, ob er die Geschichte schon kannte und was er davon hielt.

„Zwei, drei Jahrhunderte war alles in bester Ordnung. Mein Volk wuchs und konnte sich gut von den umliegenden Dörfern ernähren. Auch das Rudel vermehrte sich und nahm rapide an Größe zu. Dann, eines Nachts ..." Alarith stockte, seine Hände ballten sich zu Fäusten. „Sie drangen in mein Haus ein, als sie wussten, dass ich mit einigen meiner besten Männer jagen war." Er schluckte hart. „Ich hatte es ihnen leicht gemacht, war viel zu nachlässig geworden. So viele Jahre hatten wir friedlich nebeneinander gelebt und ich glaubte, dass sich Vertrauen auf beiden Seiten eingestellt hatte. Der Umstand, dass ich nicht zu Hause und sie leichtes Spiel haben würden, war leicht für die Wölfe in Erfahrung zu bringen. Später habe ich erfahren, dass der Alpha gewechselt hatte und der Neue uns schon lange ausspionierte. Er hatte dabei nur ein Ziel, zuerst wollte er mich in die Knie zwingen, indem er meine Familie tötete, und danach mich und mein Volk umbringen."

„Ich ...", begann Shayne, der sich Hilfe suchend zu den anderen umblickte.

Alarith überging es einfach. Wut und Schmerz beherrschten seine

Züge und klangen in jedem Wort mit. „Etwas wussten sie aber nicht, mein Sohn hatte mich nämlich in letzter Minute überredet, ihn zum ersten Mal auf die Jagd mitzunehmen. Nur drei Nächte und zwei Tage wollte ich wegbleiben. Für unsereins nur ein Wimpernschlag, aber wenn man unerträgliche Schmerzen ertragen muss, eine verflucht lange Zeit."

„Dad", hauchte Letizia und Tränen schimmerten in ihren Augen.

Alarith schüttelte den Kopf. „Lass, Letizia, ich will etwas deutlich machen." Keine Sekunde hatte er Shayne dabei aus den Augen gelassen. „Das Rudel wartete ab, bis ich weit genug verschwunden war, bevor sie zuschlugen. Sie nahmen meine Frau gefangen …", ihm brach die Stimme, heiser fuhr er fort, „unvorstellbare Qualen fügten sie meinem hilflosen Engel zu. Amelia war zart wie eine Blume und niemals eine Kämpferin. Sie hat sich nicht einmal gewehrt, als sie sie in Ketten legten. Trotzdem haben die Männer sie tagelang gequält und vergewaltigt."

Bedrückendes Schweigen herrschte im Zimmer, keiner wagte auch nur zu atmen. Max hatte noch nie erlebt, dass Alarith so detailliert über den Tod seiner Frau gesprochen hatte. Shayne hatte seine aggressive Haltung völlig aufgegeben, auch er ließ die Schultern hängen. Ethan saß vorgebeugt am Schreibtisch und hatte das Gesicht in den Händen vergraben. Letizia eilte an die Seite ihres Mannes und streichelte ihm tröstend über den Rücken.

Die Bewegung seiner Schwiegertochter schien Alarith aus seiner Starre geholt zu haben. Er schluckte ein paar Mal, als wollte er den Knoten in seinem Hals in den Magen pressen und fuhr mit rauer Stimme fort. „Sie hatten uns nur zuvorkommen wollen und meine Frau wäre einfach zu … scharf gewesen." Die letzten beiden Worte kamen ihm kaum über die Lippen. Al schloss kurz die Augen, legte den Kopf in den Nacken und holte tief Luft. Dann plötzlich hob er die Lider und blickte Shayne fest in die Augen.

„Zumindest sagte mir das der Alpha, während er vor mir kniete und um sein erbärmliches Leben flehte wie der räudige Hund, der er war."

Max warf Shayne einen prüfenden Blick zu. Der Wolf war in der Regel schnell auf der Palme, wenn ein Vampir seine Rasse verhöhnte und Alariths Ton machte deutlich, dass er genau dies tat. Allerdings wirkte er im Augenblick ungewöhnlich ruhig.

„Amelia war dein *Licht*?", fragte Shayne mit neutraler Stimme.

Alarith wirkte kurz überrascht, dann wurden seine Züge müde. Für einen Moment sah man ihm die vielen Lebensalter an. „Sie war mein Herz", sagte er schlicht.

Ein tiefes Knurren entrang sich Shaynes Kehle. „Dann hast du dieses Schwein hoffentlich richtig leiden lassen", brauste er wütend auf.

Alariths Stimme war erstaunlich ruhig. „Ihn und jeden Wolf, der mir in den Jahrhunderten danach über den Weg gelaufen ist, wie du sehr genau weißt. Du kennst die Geschichten von meinen Gräueltaten, so unvorstellbar und doch nicht mal annähernd so grausam wie die Wahrheit. Doch alle diese Taten konnten meinen Durst nach Rache nicht stillen und irgendwo in mir wusste ich auch, dass nichts, was ich tat, ihm ein Ende setzen konnte. Statt aber zu akzeptieren, dass all die toten Werwölfe und das vergossene Blut meinen Schmerz nicht lindern konnten, tötete ich immer weiter." Er seufzte und ließ den Kopf hängen. „So viele unschuldige Seelen sind meiner blinden Wut zum Opfer gefallen. Sogar meinen Sohn erzog ich in dem Glauben, dass alle Werwölfe nichts als Verräter und Mörder waren, denen man niemals trauen sollte. Am Ende hat mein Durst nach Vergeltung auch deine Eltern das Leben gekostet."

Shayne hatte die Hände zu Fäusten geballt. „Warum erzählst du mir das?", zischte er.

„Auch du und dein Rudel habt heute Nacht einen schweren Verlust erlitten und ihr dürstet nach Blut." Al blickte Shayne prüfend in die Augen. „Wer auch immer dafür verantwortlich ist, wird zur Rechenschaft gezogen, aber wir dürfen nicht blind zuschlagen. Wenn mich mein Gefühl nicht trügt, steckt da noch viel mehr dahinter. Scharfschützen, Suchtrupps und das aus beiden Rassen. Das muss gut geplant werden, kostet Geld und verdammt gute Beziehungen, das kann Christoph nicht alleine bewerkstelligt haben. Zuerst müssen wir herausfinden, wer alles mit drinsteckt und dürfen nicht kopflos in eine Falle laufen."

„Du willst, dass ich mich zurückhalte", knurrte Shayne. „Und das sagst ausgerechnet du mir", fügte er höhnisch hinzu.

Alarith legte dem Wolf die Hände auf die Schulter. „Genau wie bei mir wirst auch du deine Rache bekommen. Aber die Zeiten haben sich geändert. Heute müssen wir methodisch vorgehen und nicht blind drauflosschlagen. Der junge Wolf wird leider nicht das letzte Opfer in diesem Krieg gewesen sein, aber wir müssen trotzdem versuchen, einen kühlen Kopf zu bewahren."

„Und was genau stellst du dir vor?", fragte Shayne kühl.

„Etwas, von dem ich dachte, dass ich es nie wieder tun werde." Alarith machte eine kurze Pause, bevor er fortfuhr. „Ich vertraue dir. Hör dir Ethan bis zum Schluss an und entscheide dann mit Verstand, was du deinen Männern sagst."

Shayne überlegte kurz, willigte aber mit einem Nicken ein und ließ sich zurück auf die Polster fallen. „Na dann, ich bin ganz Ohr."

Alarith ging wortlos zurück zum Fenster und richtete seinen Blick wieder nach draußen in die Dunkelheit. Max musste das eben

Gehörte erst mal verdauen. Noch nie hatte Raven oder ihm jemand erzählt, unter welchen Umständen ihre Großmutter gestorben war. Aber Alariths Rückzug zum Einsiedler wurde nun verständlich und es wunderte ihn eigentlich eher, wie sein Großvater überhaupt überlebt hatte. Max schwor sich, sollte er jemals sein *Licht* finden, würde er sie keine Sekunde aus den Augen lassen.

„Mein Vater hat den Kern eigentlich schon gut erfasst", begann Ethan schließlich. „Die ganze Stadt gleicht einem Minenfeld aus Söldnern. Keiner von uns sollte sich im Moment schutzlos auf die Straße trauen. Wir müssen uns zuerst einen Überblick verschaffen und anschließend zuschlagen. Ich habe Otaktay losgeschickt und er wollte einen Dylan bitten, ihm zu helfen, er meinte, ihr kennt ihn?", fragend blickte er den Alpha an.

„Blakes Bruder", bestätigte Shayne.

„Christoph wohnt in meinem Schloss, weil ich der Meinung bin, dass man seinen Feinden immer sehr nahe sein sollte. Je besser man seinen Gegner kennt, umso leichter findet man seine Schwächen." Ethan lehnte sich zurück und seine Miene war sorgenvoll. „Was die Harmsworth angeht, mache ich mir keine Illusionen, die ganze Familie steckt da mit drin. Christoph ist davon besessen, den Thron zu besteigen, und diese Besessenheit hat er an seine Frau und Kinder weitergegeben. Seit Jahren versuche ich, seinen Intrigen Einhalt zu gebieten, aber ich schaffe es nie, ihn mit den Geschehnissen wirklich in Verbindung zu bringen."

„Und warum heiratet Max jetzt?", warf Shayne ein.

„Ich heirate nicht", donnerte Max. Er hatte die Schnauze gestrichen voll von diesem Gerede.

„Aber du musst so tun", ließ Ethan die Bombe platzen.

Das kann jetzt nicht sein Ernst sein! Max konnte einfach nicht fassen, dass sein Vater ihn nun doch zu dieser Hochzeit zwingen wollte. Okay, Christoph war eine Gefahr, aber das wäre auch nicht anders, wenn er sich mit Isabelle einlassen würde.

„Vergiss es", knurrte Max und warf Shayne einen warnenden Blick zu, der ihn mit großen Augen und einem fetten Grinsen ansah.

„Sieht sie so schlimm aus?", fragte der Alpha schelmisch.

„Sie sieht aus wie ein Engel", beendete Letizia das Geplänkel scharf.

„Und die will dich?", murmelte Shayne, der sich einen Kommentar nicht verkneifen konnte.

Max schenkte ihm nur ein warnendes Knurren, bevor er seinen Vater fixierte. „Ich soll also Isabelle heiraten, nur um deine Krone zu festigen? Findest du das dem Engel gegenüber nicht ein bisschen kaltherzig?"

Ethan erwiderte seinen Blick scharf. „Sie mag wie ein Engel aussehen, da stimme ich deiner Mutter zu, aber ich glaube nicht, dass sie ahnungslos ist, was die Machenschaften ihrer Familie angehen. Ich verlange auch gar nicht, dass du sie heiratest, sondern nur, dass du ihr ein wenig näher kommst. Mach ihr den Hof und gewinne ihr Vertrauen."

Schnaubend stand Max auf und lief im Zimmer auf und ab. „Das ist hinterhältig."

„Es ist notwendig", korrigierte sein Vater ihn. „Genau wie Shayne bin ich überzeugt, dass Christoph hinter diesen Anschlägen steckt, aber wir brauchen mehr Informationen und müssen wissen, wer mit ihm zusammenarbeitet. Aber das erfahren wir nur, wenn wir ihn vorerst in Sicherheit wiegen und das wiederum erreichen wir am besten, indem wir ihm geben, was er verlangt. Die Hochzeit seiner Tochter mit einem Prinzen."

Max ging das alles gegen den Strich. „Wie lange soll ich dieses Theaterstück denn aufrecht halten, bis zur Hochzeit oder warten wir auf die Geburt deines ersten Enkelkindes?"

„Max", bat Letizia sanft und ging zu ihrem Sohn. Sie packte ihn an den Oberarmen und zwang ihn zum Stehenbleiben. „Dein Vater und ich würden dich niemals darum bitten, wenn es nicht wichtig wäre."

Wichtig! Wichtig! Was bedeutet das schon? Max hielt es einfach für falsch, Isabelle Dinge vorzuspielen, die er nie halten würde. Er wollte sie nicht so hintergehen. Nach ihrem letzten Gespräch würde sie ihm doch bestimmt glauben, dass er seine Meinung geändert hatte. Steckte sie wirklich mit ihrem Vater unter einer Decke? Max konnte es sich einfach nicht vorstellen. Bei Tristan hatte er keinen Zweifel, dass er über Christophs Aktivitäten genau im Bilde war, aber nicht bei der unschuldigen, fast schon ein bisschen naiv wirkenden Isabelle.

„Gib dir einen Ruck", mischte sich nun auch Shayne ein. „Wie schlimm kann es denn sein, mit einer hübschen Frau zu flirten?"

„Jetzt fällst du mir auch noch in den Rücken", knurrte Max.

„Ich bin zwar nicht begeistert, noch so lange zu warten, bevor ich diesem Hamsirgendwas in den Arsch treten kann, aber ich kann die Argumente deines Vaters nicht vom Tisch wischen." Shayne trat neben Letizia. „Ich muss mit den Kämpfern sprechen und anschließend denken wir uns einen Plan aus, wie wir denen so richtig in die Eier treten und sie uns ein für allemal vom Hals schaffen."

„Man könnte fast meinen, es wäre deine Krone, die auf dem Spiel steht", maulte Max.

„Wir sind eine Familie", stellte Shayne klar und küsste Letizia auf die Schläfe. „Wären wir das nicht, hätte dein Vater mich eben umgebracht, nur weil ich sein *Licht* angefasst habe." Er wurde sehr ernst. „Ricks Tod zeigt mehr als deutlich, dass eure Probleme auch zu unseren geworden sind und umgekehrt. Nur als Einheit können wir dem standhalten."

Max hörte die Worte und er stimmte ihnen auch zu, aber es änderte nichts daran, dass er Isabelle nicht so hintergehen wollte. Er empfand es einfach als unfair ihr gegenüber und außerdem hielt er sie für unschuldig. Sie machte nicht den Eindruck, als würde sie Spielchen spielen, um ihren Vater auf den Thron zu bringen. Isabelle war einfach eine junge Vampirin, die ihren Eltern gefallen wollte und niemals ihre eigene Meinung kundtat. Andererseits war es auch ein Argument gegen sie, jemand, der nicht den Mut aufbrachte, sich aufzulehnen, war leicht zu beeinflussen. *Verdammt!* Jetzt musste er herausfinden, ob sie irgendwie in der Sache mit drinsteckte.

„Ich mach's", stimmte er widerwillig zu. Max versprach sich selbst, dass er, sollte sie sich als unschuldig herausstellen, alles tun würde, damit Isabelle keinen Schaden nahm.

Ethan nickte ihm nur zu und Letizia drückte ihm kurz den Arm, bevor sie sich wieder an die Seite ihres Mannes begab. Shayne hingegen hatte ein verschmitztes Grinsen auf den Lippen. „Wir könnten Tyr und Keir bitten, dir ein wenig Nachhilfe im Flirten zu geben. In deinem Alter ist man bestimmt nicht mehr so ..."

„Pass auf, was du sagst", knurrten Ethan und Alarith unisono.

„Du wirst das nicht an die große Glocke hängen", forderte Max.

Shaynes Grinsen bekam etwas sehr Gemeines. „Angst, dass die

Jungs dich aufziehen könnten?"

„Nein", sagte Max wahrheitsgetreu. Nicht einen Gedanken hatte er daran verschwendet. Er wollte nur nicht, dass eine bestimmte Wölfin davon erfuhr. Tami würde es nicht verstehen und er wollte nicht, dass sie wieder diese abweisende Haltung ihm gegenüber an den Tag legte.

Max war es schon gegen den Strich gegangen, wie kühl sie sich ihm gegenüber verhalten hatte, als die anderen in die Eingangshalle gestürmt waren. Er hatte ihre Hand nicht loslassen wollen, stattdessen wollte er sie weiterziehen und ganz für sich alleine haben. *Verrückte Gedanken schießen mir heute durch den Kopf*, dachte er bei sich und verdrängte diesen Mist. Der Tag mit Tami war schön gewesen, aber eine Wiederholung durfte es nicht geben.

„Mann, wo bist du heute nur mit deinen Gedanken", knurrte Ethan angesäuert.

„Ich habe deinem Vater gerade versichert, dass ich das Eheding für mich behalten werde, aber das Problem mit Hamwieauchimmer kann ich nicht verschweigen", meinte Shayne und ging zur Tür. „Ich setz auch Taylor und Hope mal drauf an."

Max nickte geistesabwesend. Shayne durfte niemals erfahren, dass er Tami verführt hatte, er würde ihn umbringen. Normalerweise würde ihn das nicht abschrecken, wenn er sich etwas in den Kopf gesetzt hatte, aber der Moment war ziemlich ungünstig. Sie hatten wieder mal keine Ahnung, mit wem sie es zu tun hatten und mussten zusammenhalten. Es war der falsche Zeitpunkt, um sich mit dem gesamten Rudel anzulegen, wo eben erst etwas Ruhe eingekehrt war. Warum dachte er eigentlich noch darüber nach? Es war ein heißer One-Night-Stand gewesen und Ende. Er schuldete Tami nichts. *Außer einer Entschuldigung!* Wie hatte er nur ihr Blut trinken können? *Volltrottel!*

Max machte sich auf, um das Unvermeidliche hinter sich zu bringen. Aber wie sollte man sich für etwas entschuldigen, was im Grunde unentschuldbar war? Kurz vor dem Treppenabsatz blieb er stehen. Vielleicht sollte er ein paar Pralinen oder Blumen kaufen?

„Max", rief ihn sein Vater zurück.

„Ja?", fragte er und drehte sich zu ihm um.

„Wir fahren in zehn Minuten los", teilte Ethan ihm mit. „Ich habe Isaac gebeten, Isabelle zu informieren, dass du mit uns und ihrem Vater zu Abend isst."

Max' Eingeweide knoteten sich etwas zusammen. „Sicher", willigte er trotzdem ein.

Alles für Familie und Krone, dachte er bissig und wandte sich ab. Max hoffte, dass er Tami noch fand, bevor sie abfuhren, um die Sache hinter sich zu bringen. Er erstarrte zur Salzsäule, als er direkt in Tamis blaue Augen schaute. Hatte sie etwa gehört, was sein Vater eben gesagt hatte? Und wenn schon, was war Schlimmes daran, beruhigte er sich selbst sofort. Sie waren ja schließlich kein Paar, nur weil sie einmal miteinander geschlafen hatten. Gestern. Vor nicht einmal zwölf Stunden. *Ich bin so am Arsch!* Und Tamis kalter Blick bestätigte seine Annahme.

Max hätte ihr so gerne eine Erklärung für alles gegeben und er hatte den Mund schon geöffnet, aber mehr als ein „Hallo" kam ihm nicht über die Lippen. Den Blick seines Vaters konnte er noch immer im Rücken spüren und es ging Ethan einen Scheiß an, was er der Wölfin zu sagen hatte.

Tamis „Hi" war eher ein abfälliges Schnauben. Sie drehte auf dem Absatz um und marschierte in ziemlich steifer Haltung in den nächsten Stock. Die Wölfe hatten ihr und ihrer Familie Zimmer im

Westflügel gegeben, inmitten der Kämpfer.

„Ich fahr mit meinem eigenen Wagen", teilte Max seinem Vater mit, ohne sich umzudrehen.

„Der steht noch in der Stadt", steuerte seine Mutter überflüssigerweise bei.

Max rollte genervt mit den Augen. „Dann leihe ich mir eben Blakes Karre."

„Warum immer meinen Wagen?", konnte man aus der Küche vernehmen.

„Herrgott noch mal", fluchte er wütend.

„Du kannst mein Auto haben, Boss", bot Aiden an, der ebenfalls im Erdgeschoss war.

„Dann bete lieber, dass er den nicht auch wieder irgendwo stehen lässt", höhnte Tami aus dem oberen Stockwerk, bevor sie die Zimmertür hinter sich schloss.

„Danke, Aiden", überging er ihren bissigen Kommentar und steuerte die Garage an.

Max musste unbedingt für ein paar Stunden aus diesem Irrenhaus entfliehen und mal durchatmen. Ein klein bisschen Ruhe hatte er sich gewünscht und was hatte er stattdessen bekommen? Ärger, nichts als Ärger. Wobei er für den Ärger mit der Wölfin ganz alleine verantwortlich war. Aber egal, wie Max es auch betrachtete, den Sex konnte und wollte er nicht bereuen, dafür war er einfach zu schön gewesen.

10. Kapitel

Tami hatte dringend ein Ventil für ihre aufgestauten Aggressionen gebraucht, weswegen sie auch in den Fitnessraum gegangen war, anstatt sich in ein heißes Schaumbad zu legen. Nachdem sie Ethans Worte an seinen Sohn mitbekommen hatte, war in ihr die Wut hochgekocht. Sie hatte auf keine Liebesschwüre und Treueversprechen gehofft, das sicher nicht. Aber sie hatte zumindest erwartet, dass er ein paar Tage verstreichen lassen würde, bevor er sich mit der Nächstbesten verabredete.

Schon wieder kochte die Wut auf Max in ihr hoch und das, obwohl sie die letzten drei Stunden damit verbracht hatte, auf einen Sandsack einzudreschen, der mit jeder Minute mehr Ähnlichkeit mit einem bestimmten Vampir bekommen hatte. Aber auch Selbstzweifel und Scham gesellten sich zu ihrem Zorn und stritten, wer die Oberhand gewann. Warum hatte sie sich ihm nur so willig an den Hals geworfen? Max war ein erfahrener Liebhaber, der schon eine Menge Frauen gehabt hatte, und sie nur ein unerfahrenes Mädchen. Er hatte sogar aufhören wollen, aber den Wink hatte sie ja nicht verstehen wollen. Tami klatschte mit der Faust so fest auf ihren Oberschenkel, dass das Wasser über den Badewannenrand schwappte.

Mist! Tami griff nach einem Handtuch und warf es auf die Pfütze. Sie musste echt runterkommen. Dass Max ein Abendessen mit einer Frau hatte, bedeutete nichts, schließlich waren die Eltern dabei und da würden sie bestimmt nicht zusammen in die Kiste springen. Natürlich interessierte es sie auch gar nicht, schließlich war das mit Max eine einmalige Sache gewesen. Aber es kränkte sie, dass sie scheinbar nicht in der Lage gewesen war, ihn zu befriedigen. Es nagte an ihr, dass sie ihm nicht genug war.

Obskurer Gedanke, aber sie bekam ihn einfach nicht aus dem Kopf.

Tami erhob sich, schnappte nach einem neuen Handtuch und begann sich abzutrocknen. Sie musste unbedingt aufhören, weiter Zeit mit solchen Gedanken zu verschwenden, die letztendlich sowieso zu nichts führten. Max und sie wären nie über das Körperliche hinausgekommen und nicht einmal das hätten sie offiziell zugeben können. Bei aller Freundschaft, aber das würden weder ihre Eltern noch Shayne jemals zulassen. Vorsichtig stieg sie aus der Wanne, trocknete sich fertig ab, schlüpfte in ihren Schlafanzug und zog ihren Bademantel drüber. Es war nicht kalt in den Zimmern, aber Tami mochte den flauschigen Stoff, der ihr an der Wange kitzelte. Tami schlenderte zu ihrem Bett und ließ sich nach hinten auf die Matratze fallen.

Ab sofort würde sie den sexy Vampir aus ihren Gedanken verbannen, denn das führte zu nichts, außer vielleicht zu Magengeschwüren. Im Moment waren andere Dinge viel wichtiger als ihr Liebesleben, das ja noch nicht einmal existierte. Shayne hatte allen hier gestrandeten Werwölfen erklärt, dass sie vorläufig das Gebäude nicht verlassen durften. Also saß sie jetzt für wer weiß wie lange mit allen Schlossbewohnern und ihren Eltern hier fest. Einziger Lichtblick waren Jala und Ashley, die ebenfalls ein Zimmer bezogen hatten, ganz in der Nähe von Ryan und Emma. Im Moment lagen allerdings alle in ihren Betten. Vor einer Stunde war die Sonne aufgegangen und da die Kämpfer sich an den Rhythmus anpassen mussten, schliefen auch sie bei Tag und übernahmen die Wache von anderen Werwölfen bei Nacht.

Tami hatte sich noch nicht an diesen Rhythmus gewöhnt und die Ereignisse der letzten Stunden schwirrten ihr noch durch den Kopf. Sie war einfach nicht müde. Hätte sie allerdings geschlafen, wäre ihr das kaum merkliche Klopfen an der Tür sicher entgangen. Tami stutzte einen Moment, aber die Neugierde gewann sehr schnell die

Oberhand. Langsam stand sie auf und ging zur Tür. Erst als es erneut klopfte, zog sie den Gürtel ihres Bademantels enger und öffnete.

Am liebsten hätte sie die Tür direkt wieder zugeworfen. Den konnte sie jetzt am allerwenigsten gebrauchen. Stattdessen gab sie seiner bittenden Miene nach und ließ ihn herein. Tami konnte sich nicht vorstellen, was er von ihr wollen könnte. Mit verschränkten Armen lehnte sie sich an die geschlossene Tür, um sie schnell wieder öffnen zu können, falls sie ihn loswerden wollte. Max stand allerdings nur da, die Finger bis zu den Knöcheln in den Hosentaschen vergraben. Mit einem schuldigen Blick musterte er sie und Tami konnte in seinem Gesicht ablesen, was jetzt auf sie zukam. Er würde sich für den Sex entschuldigen. Konnte es etwas Peinlicheres geben, als wenn ein Mann sich für Sex entschuldigte, den man selbst als fantastisch empfunden hatte?

„Hör mal", begann er dann auch tatsächlich, „es tut mir leid, dass ich dich …"

„Vergiss es", fauchte Tami und warf die Arme in die Luft, als könnte sie ihn damit stoppen. „Es war nett, es war einmalig und es ist vorbei." Sie blieb vor ihm stehen und funkelte ihn an. „Ich habe es jedenfalls schon längst abgehakt und vergessen."

Das war mit Abstand die größte Lüge, die sie jemals von sich gegeben hatte. Max beugte sich etwas nach vorne und holte tief Luft. Tami war sofort klar, dass er sie wittern würde und ihre Lüge wiederum würde zeigen, dass sie in Wahrheit sehr wohl daran dachte.

Prompt wurde aus dem schuldigen Aus-der-Wäsche-gucken ein gemeines Grinsen. „Das entspricht ja wohl nicht ganz den Tatsachen." Er beäugte sie wie ein Raubtier, das seine Beute in die Enge getrieben hatte.

Tami lief ein Schauer über den Rücken, der sie zittern ließ. *Mist!* Warum musste sie auch ausgerechnet auf diesen Vampir so anspringen? Ihr ganzer Körper kribbelte unter seinem intensiven Blick. Sie musste die Augen abwenden, ansonsten hätte sie etwas sehr, sehr Dummes getan. Wie ihn anzuspringen zum Beispiel.

„Gute Nacht, Max", sagte sie bestimmt.

Höchste Zeit, die Notbremse zu ziehen, dachte Tami und drehte sich um. Er hatte gesagt, was er loswerden wollte, und sie hatte sich bis auf die Knochen blamiert, kein Grund also, dass er noch weiter hier blieb. Sie würde einfach die Tür öffnen, er würde verschwinden und sie konnten den ganzen Unsinn schnellstmöglich vergessen.

Bevor sie die Tür allerdings auch nur erreichen konnte, hatte er sie von hinten umschlungen und fest an seine Brust gepresst. Sie konnte jede einzelne Bewegung seiner Muskeln am Rücken spüren. Max' Umarmung fühlte sich schon wieder viel zu gut an und sie wurde viel zu schnell weich.

„Lass mich los", bat sie leise und eher halbherzig.

Max lachte leise, dabei streifte sein Atem ihren Hals und bescherte ihr eine Gänsehaut. „Ich dachte, diesen Punkt hätten wir beim letzten Mal schon geklärt. Du bist viel zu sexy, wenn du dich aufregst", flüsterte er und ließ seine Lippen über ihren Hals gleiten. „Ich wäre viel lieber bei dir liegen geblieben und hätte weitergemacht, wo wir angefangen hatten."

„Du hast dich eben dafür entschuldigt", fauchte sie und machte sich von ihm los, um ihm ins Gesicht zu sehen. „Könntest du dich vielleicht mal entscheiden."

„Ich habe mich nur für den Biss entschuldigen wollen", gab er wütend zurück. „Aber du hörst mir ja nicht zu."

Tami runzelte die Stirn. „Warum?", wollte sie wissen.

Verwirrt blickte er sie an. „Warum du mir zuhören sollst?"

„Das frage ich mich auch oft." Ihre Mundwinkel zuckten leicht. „Warum wolltest du dich für den Biss entschuldigen?"

„Ich habe gedacht, dass es für Wölfe ein Problem sein könnte", brauste er auf.

Tami hingegen hatte ein Lächeln auf den Lippen, das sich noch vertiefte, als sie seine finstere Miene sah. „Ich habe dich darum gebeten, schon vergessen?", erinnerte sie ihn leise.

Auch Max' Ärger schien verraucht und er schüttelte den Kopf. „Wie könnte ich irgendwas davon vergessen?" Er kam ihr wieder näher und legte seine Hände auf ihre Hüften. „Deinen Duft." Seine Nasenspitze berührte ihren Hals, als er dicht an ihrer Haut die Luft einzog. „Deine Wärme." Mit einem Ruck zog er sie dicht an sich heran und legte die Arme um sie. „Dein Geschmack." Seine Lippen drückten sich in die Kuhle zwischen Hals und Schulter und saugten leicht daran. „Und die kleinen süßen Laute, die du von dir gibst, wenn ich dich auch nur berühre."

Tami machte genau in diesem Moment so ein Geräusch, ihre Beine waren schon längst zu Wackelpudding geworden. Sie sollte keinen Sex mit Max haben, aber alleine seine Berührung brachte ihren Körper dazu, sich wie Wachs in seinen Händen zu benehmen. Warum sollte sie nicht noch einmal mit ihm schlafen, wenn das Schicksal ihn doch hierhergeschickt hatte? Nur noch einmal dieses fantastische Gefühl empfinden, wenn er sich auf jede erdenkliche Weise mit ihr vereinigte.

Max' Gesicht tauchte wieder auf. Tief blickte er ihr in die Augen, senkte den Kopf und verschloss ihren Mund mit einem langen, innigen Kuss. Tami schmiss alle Bedenken über Bord und ließ ihre

Hände in seinen Nacken fahren.

Er löste sich viel zu schnell von ihr. Schwer atmend legte er seine Stirn an ihre. „Langsam, wir müssen zuerst reden."

Tami lächelte, eigentlich war das doch der Spruch von Frauen. „Reden wird überbewertet." Vorsichtig lehnte sie sich vor und drückte ihre Lippen auf seine. Reden konnten sie später, jetzt hatte sie ganz andere Dinge im Kopf.

Es hätte keinen schlechteren Zeitpunkt für ein Klopfen geben können. Erschrocken fuhren sie auseinander und blickten zur Tür. Tamis Gehirn begann zu rattern. Auf keinen Fall durfte jemand Max in ihrem Schlafzimmer finden, das käme einer Katastrophe von kosmischem Ausmaß gleich. Es klopfte noch einmal.

„Tami Schätzchen?", hörte sie die fragende Stimme ihrer Mutter.

Panisch fuhr Tami herum und schob den verdutzten Max ins Badezimmer. Mit verschränkten Armen und schief gelegtem Kopf lehnte er lässig mit dem Hintern am Waschbecken. Mit einem leichten Lächeln beobachtete er sie dabei, wie sie in Windeseile den Stopfen wieder in die Wanne steckte und das Wasser aufdrehte.

Tami fuhr zu ihm herum. „Kein Wort", zischte sie.

Max' Mundwinkel zuckten. Er tat so, als würde er den Mund verschließen und den Schlüssel wegwerfen. Dann beugte er sich blitzschnell vor und gab ihr einen schnellen Kuss.

Am liebsten hätte sie ihm den Hals umgedreht, aber da es schon wieder klopfte, beschränkte sie sich auf ein gefauchtes „grh …" und marschierte aus dem Zimmer. „Schließ ab", flüsterte sie eindringlich und machte die Tür zu. Erleichtert hörte sie das leise Klicken des Schlosses.

Zeit zum Durchatmen blieb ihr allerdings nicht, es klopfte erneut. Schnell eilte Tami zur Tür und öffnete ihrer Mutter, die auch sofort ins Zimmer gerauscht kam und sich skeptisch umblickte. Sie konnte sich ein Augenrollen einfach nicht verkneifen, beschützend wie eine Glucke.

„Das Wasser rauscht", stellte Myriam fest.

„Ich lasse ja auch ein Bad ein", meinte Tami gelangweilt. Eine Halbwahrheit, die allerdings verhinderte, dass ihre Mutter eine Lüge witterte. Bei ihren Eltern fiel es ihr leichter, schließlich hatte sie jahrelange Erfahrung damit.

Allerdings war ihre Mutter auch nicht auf den Kopf gefallen. „Du trägst schon deinen Pyjama."

„Na ja …" Nach einer Ausrede suchend, blickte Tami zum Bett. „Ich hab schon im Bett gelegen, konnte aber nicht einschlafen." Das entsprach den Tatsachen. „Ich hoffe, danach besser schlafen zu können." Sie hatte nur das kalte Wasser aufgedreht und nach den Ereignissen der letzten Minuten würde sie eine Abkühlung gut gebrauchen können, falls sie wirklich in nächster Zeit schlafen wollte.

Zum Glück nickte Myriam lächelnd. „Ich hab dir eine heiße Milch mit Honig gemacht, danach konntest du schon immer besser einschlafen." Sie stellte die dampfende Tasse auf den Nachttisch.

„Mum", jammerte Tami. „Ich bin doch keine fünf mehr." Ihr war sehr wohl bewusst, dass der neugierige Vampir im Bad jedes Wort mitbekam. Sie zweifelte keine Sekunde daran, dass er die Ohren spitzte.

„Ich weiß, Kleines", sagte Myriam sanft und küsste ihre mürrische Tochter auf die Stirn. „Aber für mich bleibst du das Mädchen mit den Zöpfen, das im Garten die Schmetterlinge gejagt hat."

Tami schloss die Augen. Selbst ungewollt musste ihre Mutter immer die peinlichsten Sachen über sie erzählen. „Danke Mum", gab sie nach. Myriam musste so schnell wie möglich raus, bevor sie noch schlimmere Geschichten zum Besten gab. „Ich werde sie beim Baden trinken und mich anschließend schlafen legen." Frustrierend, aber genauso würde ihr Abend aussehen.

Myriam hielt plötzlich die Nase in die Luft und schnüffelte. „Wieso riecht es hier so nach Max?", fragte ihre Mutter mit gerunzelter Stirn.

Das war einfach. „Die Klamotten habe ich im Klub getragen." Tami deutete darauf. „Sie haben seinen Geruch im ganzen Raum verbreitet." *Und das schon, bevor das Original bei mir erschienen ist und jetzt im Badezimmer festsitzt*, setzte sie in Gedanken hinzu.

„Ich steck sie gleich in die Waschmaschine." Ihre Mutter sammelte die Kleider ein, hauchte ihrer Tochter noch einen Kuss auf die Stirn. „Dein Vater und ich sind ihm sehr dankbar, dass du unversehrt zu uns zurückgekommen bist." Skeptisch beäugte sie Tamis Kleidung in ihren Armen. „Er hat dich doch anständig behandelt."

Tami wäre fast das Herz stehen geblieben, aber sie versuchte, ruhig zu bleiben. „Natürlich", beruhigte sie ihre Mutter.

Myriam musterte sie kurz, nickte dann aber zufrieden. „Gut." Mit der Kleidung im Arm ging sie zur Tür. Bevor sie diese endgültig hinter sich schloss, wünschte sie ihr eine gute Nacht. „Schließ ab!", drang es noch von draußen.

Das ließ Tami sich nicht zweimal sagen und eilte zur Tür. Erleichtert ließ sie die Luft entweichen, als sie den Schlüssel umdrehte. Das war gerade noch mal gut gegangen. Sie konnte hören, dass sich hinter ihr die Badezimmertür öffnete. Und da kam schon ihr nächstes Problem. Tami ließ die Stirn gegen das kühle Holz fallen und sammelte sich einen Moment. Vor allem muss sie der Versuchung widerstehen und ihn vor die Tür setzen. Zumindest sobald ihre Mutter weit genug entfernt war.

„Deine Milch wird kalt", informierte sie der Vampir mit einem belustigten Unterton.

Tami stemmte sich von der Tür ab und drehte sich um. „Pass auf, dass dich meine Mutter nicht sieht, wenn du gleich gehst. Ich werde jetzt ein Bad nehmen", teilte sie ihm kühl mit und wollte sich ins Badezimmer flüchten, wo sie die Tür hinter sich verriegeln konnte.

Max hatte wirklich alles getan, um sich dagegen zu wehren, aber diese sirenenhafte Wölfin brachte ihn noch um den Verstand. Wie konnte er nur schon wieder einen solchen Hunger auf sie verspüren? Er ging ihr entgegen, legte seine Arme um sie und gab der völlig verdutzten Tami einen Kuss, den sie gleich darauf erwiderte. Ihre Arme schlangen sich erneut um seinen Hals und ihr Körper presste sich verlockend an seinen.

Wie von alleine glitten seine Hände ihren Rücken hinauf, vergruben sich seine Finger in ihren Haaren und drückten ihren Mund noch fester auf seinen. Sie stöhnte leise und Max nutzte die Gelegenheit, um seine Zunge in ihren Mund gleiten zulassen. Er hatte es langsam angehen wollen, aber ihr süßer Geschmack und die verzückten Laute, die sie von sich gab, machten seine Zurückhaltung zunichte. Stürmisch erforschte er ihren Mund, eroberte sie und Tami gab sich ihm nur allzu willig hin.

Immer fester presste Max sie an sich, konnte nicht genug von ihr bekommen. Zwischen ihre Körper passte nicht einmal ein Staubkorn und trotzdem war es ihm noch nicht nah genug. Hungrig umfasste er ihr Gesicht, als wollte er sie verschlingen. Tamis Hände glitten unter sein Shirt. Ihre sanfte Berührung brachte ihn dazu, sich ein wenig zurückzunehmen und zärtlicher mit ihr umzugehen. Er spürte ihren Körper in seinen Armen und ihm wurde bewusst, wie zerbrechlich sie eigentlich war. Sein Kuss wurde sanfter, während er mit den Fingern langsam nach unten strich, den Gürtel löste und den Bademantel von ihren Schultern streifte.

Tami war aber auch nicht untätig und streifte ihm sein Shirt über den Kopf. Hauchzart zeichneten ihre Fingerspitzen seine Brustmuskeln nach. Ein Schauer lief über Max' Haut, als sie seine Brustwarzen streiften und damit einen direkten Impuls in seine Lenden schickten. Seine Hose spannte sich bis zum Zerreißen, als ihre weichen Lippen Küsse auf seiner Haut verteilten. Zärtlich glitten ihre Hände nach unten, fuhren seinen Hosenbund entlang und öffneten geschickt die Knöpfe seiner Jeans. Max packte ihre Handgelenke, zog sie auf den Rücken und hielt sie dort mit einer Faust fest. Wenn sie ihn jetzt berührte, war die Sache hier sofort vorbei und das konnte er nicht zulassen. Er musste sich mit ihr vereinigen, sie sich zu Eigen machen. Tami wollte protestieren, aber er verschloss ihren Mund und erstickte jedes Widerwort im Keim.

Max beendete den Kuss und glitt langsam mit den Lippen an der Linie ihres Kinns entlang, seine Zunge folgte der Arterie an ihrem zarten Hals nach unten. Einen Knopf nach dem anderen öffnete er, ohne von ihr abzulassen. Er küsste sich über die zarte Haut an ihrer Schulter, die er freilegte, als er ihr das Oberteil abstreifte. Seine Lippen glitten tiefer. Tami warf stöhnend den Kopf in den Nacken und krallte sich in seinen Haaren fest, als er mit der Zunge ihre

Knospe umkreiste. Ihr Körper erbebte unter seinen zärtlichen Erkundungen.

Er nahm seine Reise wieder auf. Langsam ging er in die Knie und küsste sich ihren Körper hinab, genau wie sie es vorher getan hatte. Seine Lippen strichen am Bund der Hose entlang. Max schaute auf und Tami erwiderte seinen Blick. Ihre Lider waren halb geschlossen, aber die Erregung war trotzdem nicht zu übersehen.

„Wunderschön", murmelte Max und hauchte einen Kuss auf ihren Bauch. Tami lächelte ihn an.

Behutsam schob er seine Finger unter den Bund und schob den Stoff langsam nach unten, an ihrem unglaublich erregenden Körper hinab. Max schluckte, als sie nackt vor ihm stand. Jede noch so kleine Zelle in ihm stand in Flammen und brannte nur für diese Frau. Er musste sie auf jede erdenkliche Weise schmecken. Tamis Stöhnen erfüllte den Raum, während er nicht genug von ihrem Geschmack bekommen konnte.

Erst als ihre Beine nachzugeben drohten, ließ er von ihr ab. Schnell entledigte er sich seiner Klamotten und zog sie auf seinen Schoß. Max war bis jetzt nur einmal so erregt gewesen und das war letzte Nacht. Gierig machte er sich über ihren Mund her, während sie sich langsam niederließ und ihn Zentimeter für Zentimeter in sich aufnahm. Ein tiefes Grollen drang aus seiner Kehle, als sie ganz miteinander verbunden waren. Tami umschlang ihn mit ihren Armen und Beinen. Max konnte keine Sekunde von ihren Lippen ablassen, er wollte sie. Leidenschaft pochte in seinen Lenden und der Drang, sie zu nehmen, war unbezwingbar.

Max legte seine Arme um ihren Körper und begann, sich in ihr zu bewegen. Stöhnend legte er den Kopf in den Nacken, das Gefühl war einfach überwältigend. Er spürte, wie sich seine Reißzähne in seine Unterlippe bohrten, und plötzlich hatte er nur noch einen

Gedanken. Knurrend schaute er ihr in die Augen und Tami nickte kaum merklich. Einer weiteren Einladung bedurfte es nicht und er versenkte seine Zähne in der zarten Haut ihres Halses. Max' Beherrschung war dahin, als der erste Tropfen ihres Blutes seine Zunge benetzte. Er bewegte sich immer schneller, sein ganzer Körper war angespannt, wild saugte er an ihrem Hals. Tami zuckte und zitterte in seinen Armen, während sie den Gipfel der Lust überschritt. Knurrend warf Max den Kopf in den Nacken, ihr süßes Blut lief an seinem Kinn hinab. Sein Körper implodierte und zuckend erlebte er einen Orgasmus, der seine Welt auf den Kopf stellte.

Zufrieden hielt Max sie anschließend noch in seinen Armen, strich zärtlich über ihren Rücken und genoss die Wärme ihres Körpers. Tami war völlig erschöpft auf seinem Schoß zusammengesunken, ihre Arme und Beine waren noch um ihn geschlungen und ihr Kopf ruhte auf seiner Brust. Feucht glänzte ihre weiche Haut, über die sich langsam eine Gänsehaut ausbreitete. Max hatte nicht die geringste Lust, sich zu bewegen, und wollte den Moment der absoluten Ruhe noch einen weiteren Augenblick auskosten. Aber als sie zu zittern begann, schob er seine Hände unter ihren Hintern und erhob sich. Tami umklammerte ihn und blickte erschrocken zu ihm auf.

„Du frierst", stellte er mit einem Lächeln fest und küsste sie. Ihre Lippen waren geschwollen und dafür war er verantwortlich. Ein unbekanntes Gefühl durchströmte ihn. Es war nicht unangenehm, aber ein Teil von ihm wehrte sich instinktiv dagegen.

„Max, alles okay?", fragte Tami besorgt. Sie hatte sein Gesicht umfasst und blickte ihn ängstlich an.

„Natürlich", sagte er sofort und versuchte zu lächeln.

Skeptisch beäugte sie ihn. „Du hast gerade einen

Gesichtsausdruck, der mir ehrlich gesagt Angst einjagt."

Max verdrängte seine Gedanken, legte sie ins Bett und deckte sie zu. Er sollte sich anziehen und gehen, er hatte das hier schon viel zu weit getrieben. Mit einer Wölfin aus dem Rudel zu schlafen, war schon eine beschissene Idee, aber sich dann auch noch den kleinen Augapfel der Truppe auszusuchen, war idiotisch. Ihm war nicht entgangen, dass Tami bei allen Kämpfern einen besonderen Status genoss. Sie war das Nesthäkchen. Schon als Baby hatte sie fast jeden Tag im Hauptquartier verbracht, da Nick handwerklich geschickt war und sich um die kleinen Reparaturen kümmern konnte, während Myriam die Nanna des Rudels war. Und genau dieses wohlbehütete Mädchen lag nun hier nackt vor ihm.

Tami schien seine Gedanken zu ahnen, sie zog die Decke bis zu ihrem Kinn hoch und biss sich auf die Lippe. Max konnte nichts gegen das Lächeln tun, das sich bei diesem Anblick auf seinem Gesicht ausbreitete. Ihr Versuch, seinem Blick auszuweichen, gab den Ausschlag. Schnell schlüpfte er zu ihr unter die Decke, umschlang sie und zog sie dich an seinen Körper. Ihre Haut war so warm und rieb sich so verführerisch an seiner. Tami hatte sich kurz versteift, aber jetzt ließ sie locker und schmiegte sich wie eine zufriedene Katze an ihn. Direkt über seinem Herzen lag ihre Wange, ihre Fingerspitzen glitten spielerisch über seine Brust und es schien, als würde sie auf dessen Schläge lauschen. Max schloss die Augen und streichelte zufrieden über ihren Oberarm. Da war er wieder, dieser Augenblick von Ruhe.

„Das nächste Mal sollten wir direkt im Bett anfangen", murmelte er, kurz davor wegzudösen. Es machte einen großen Unterschied, ob man auf dem Boden lag oder auf einer weichen Matratze. Letzteres war doch wesentlich entspannter. Er brauchte einen Moment, bis er merkte, dass Tami ihn nicht mehr streichelte. Fragend schaute er sie an, bekam aber nur einen Blick auf ihren Hinterkopf.

Max strich ihr die Haare aus dem Gesicht. „Hey Frechdachs, was hast du?"

Tami drehte sich so, dass sie sich auf seiner Brust abstützen konnte, während sie ihn ansah. „Wir dürfen das auf keinen Fall wiederholen", teilte sie ihm ernst mit, biss sich aber unsicher auf die Lippe.

Sie sprach ihm aus der Seele und doch wollte er diesen Moment noch nicht verstreichen lassen. Max drehte sich unverhofft zusammen mit Tami um, bis sie auf dem Rücken lag, unter ihm gefangen. „Das weiß ich, aber der Tag ist noch lang und du riechst einfach zu gut." Er küsste sie, bevor sie eine Antwort geben konnte, und erlaubte sich, die Wärme noch ein paar Stunden zu genießen, bis sich bei Sonnenuntergang ihre Wege trennen würden. Tami schlang ihre Arme um seinen Hals und gemeinsam ließen sie sich in den Strudel der Leidenschaft ziehen.

Tami war wieder alleine, als sie erwachte, und diesmal gab es keine Wiederholung mehr. Sie und Max hatte sich noch ein paar heiße Stunden gemacht, in denen sie die unglaublichsten Dinge gelernt hatte. Lächelnd drehte sie den Kopf und vergrub ihre Nase in den Laken, denen noch immer sein Geruch anhaftete. Sie hatten eine wirklich schöne Zeit miteinander gehabt, aber nun musste es zu Ende sein. Max war ein Vampir und sie eine Werwölfin, sie waren im wahrsten Sinne des Wortes wie Tag und Nacht. Ratternd fuhren die automatischen Rollläden nach oben. Wie zum Beweis erstreckte sich tiefste Nacht vor ihrem Fenster. Der Tag war vorbei und damit auch ihre Liaison mit Max. Müde schob Tami die Decke zurück und krabbelte aus dem Bett. Nur die Vorfreude auf das Training mit Stone brachte sie überhaupt dazu, aufzustehen.

Gähnend streckte sie sich. Noch eine schnelle Dusche und dann war sie bereit für eine weitere Nacht im Horrorschloss.

Max war auf dem Weg zum Frühstück. Nur sehr widerwillig hatte er Tamis warmes Bett verlassen und war förmlich in sein Zimmer geschlichen. Es war pures Glück, dass er keinem der Wölfe über den Weg gelaufen war. Unter der Dusche wusch er ihren Duft von seinem Körper, damit ihnen niemand auf die Schliche kam. Es war auch der Moment, an dem Max beschlossen hatte, dass er eindeutig zu alt für so ein Versteckspiel war. Außerdem hatte er seinen Hunger auf diese kleine Wölfin in den letzten Stunden oft genug stillen können.

Ab sofort würde er die Finger von ihr lassen, am besten kam er ihr nicht einmal mehr zu nahe. Max würde ihr natürlich nicht aus dem Weg gehen, aber es kam ihm entgegen, dass er in den nächsten Tagen sowieso viel Zeit bei seinen Eltern verbringen würde. Beim gestrigen Abendessen hatte er sich gut mit Isabelle unterhalten und wirklich versucht, mit ihr zu flirten. Er schien sich auch nicht allzu dämlich angestellt zu haben, denn sie waren für heute zum Film schauen verabredet. Alles in Max lehnte sich gegen den Gedanken auf, Isabelle weiter etwas vorzumachen, das er nie halten konnte.

Verantwortung und Erwartungen waren zwei schwere Bürden. Max hatte sie nie tragen wollen und doch lasteten sie jetzt schwerer denn je auf seinen Schultern. Warum musste ihn das Schicksal nur so schrecklich anpissen? Zwei Frauen traten in sein Leben und es hätte alles so einfach sein können, aber nein nicht bei ihm. Die eine konnte er haben und wollte sie nicht und die andere wollte er, durfte sie aber nicht haben. Tja, das Leben war nicht fair und er musste damit umgehen. Die einzige logische Antwort war, seinen Kopf entscheiden zu lassen, der ihn bis jetzt aus jeder brenzligen Situation gerettet hatte. Gut gelaunt betrat er die Küche und machte sich über das Frühstück her.

11. Kapitel

Sam saß auf dem Sofa im Arbeitszimmer und kaute nervös auf ihrer Lippe herum. Seit Tagen versuchte sie, mit Raven über ihre Probleme zu sprechen, genau wie Al es ihr geraten hatte. Aber egal, was sie auch versuchte, sobald ihr Mann den Braten roch, verschwand er oder verwickelte sie in eine wilde Knutscherei, um sie auf andere Gedanken zu bringen. Was ihm natürlich auch ohne Weiteres gelang.

„Alles in Ordnung?", fragte Claire leise und ließ sich neben sie fallen. „Du siehst besorgt aus."

„Können wir später darüber reden?" Sie blickte sich im Raum um, natürlich waren alle Schlossbewohner da und musterten sie neugierig. Alle bis auf Raven, Max und Ethan, der neuerdings auch jede Nacht hier verbrachte.

„Sicher." Claire wechselte einen Blick mit Blake, der hinter ihr an die Wand gelehnt stand.

Jala kam ins Zimmer und stutzte, als sie die Versammlung bemerkte. „Tut mir leid, wenn ich störe …" In diesem Moment erblickte sie Emma. „Ich wollte nur Ashley abholen, aber ich kann sie nirgends finden."

Alarmiert löste sich Emma aus Ryans Umarmung und ging zu der besorgten Mutter. „Mach dir keine Sorgen. Sie hat sich bestimmt nur wieder versteckt, damit sie nicht nach Hause muss."

Jalas Nicken wirkte recht niedergeschlagen. „Langsam glaube ich, die Kinder hier unterzubringen, war keine so gute Idee. Selbst in diesem Alter üben unsere Kämpfer schon eine beachtliche Anziehungskraft auf die Mädchen aus."

„Das liegt nur an unserem Charme", meinte Tyr und wackelte mit den Augenbrauen.

„Wohl eher an eurem kindischen Verhalten", mischte sich Nanna ein und erntete böse Blicke. „Was denn? Kommt schon, ihr seid doch die Ersten, die jeden Blödsinn mitmachen, und die Kids lieben das."

Die Kämpfer waren beleidigt, aber Emma lachte. „Wo sie recht hat." Ihr Blick wurde weich. „Aber bei manchen Mädchen muss es dann eben doch ein Vampir sein."

Max hatte das Büro betreten und hielt eine friedlich schlafende Ashley auf den Armen. Wie ein Baby hatte sie sich zusammengerollt, das Gesicht an seine Brust gekuschelt und in den Händen hielt sie seinen geflochtenen Zopf, der über seiner Schulter lag. Sam verkniff sich jeden verzückten Laut, wie auch die anderen Frauen. Sie konnte sich nicht vorstellen, dass es dem General gefallen würde.

Lächelnd ging Jala zu ihm und nahm ihm vorsichtig das schlafende Mädchen ab. „Danke." Sie winkte allen im Raum zum Abschied noch einmal zu.

Shayne trat ihr in den Weg. „Bitte sei vorsichtig. Mir ist immer noch nicht wohl dabei, dass du wieder zu Hause wohnst."

„Mach dir keine Sorgen." Jala lächelte ihren Alpha an. „Wir wohnen in einem sehr sicheren Haus."

„Mir wäre es trotzdem lieber, du würdest im Schloss bleiben, wenigstens ein paar Tage", bat Shayne leise. Die ganze Unterhaltung spielte sich im Flüsterton ab, um Ashley nicht aufzuwecken.

Jala schüttelte den Kopf. „Ich will niemandem zur Last fallen."

„Das tut ihr nicht", warf Nanna ein. „Wir haben euch gerne bei uns und bei den vielen hungrigen Mäulern", meinte sie streng und schaute einen Kämpfer nach dem anderen an und auch die Vampire blieben nicht verschont. „Sagen wir es so, ihr fallt da gar nicht auf."

„Ich denke wirklich nicht …", begann Jala und sah sich Hilfe suchend um, aber alle schienen Shaynes Meinung zu teilen.

„Zumindest heute Nacht bleibt ihr hier", bestimmte Emma und nahm ihr das schlafende Kind ab. „Ashley kann bei Rafe schlafen."

„Ich muss aber noch mal in meine Wohnung, um frische Klamotten zu holen", gab Jala nach.

„Wenn wir mit der Besprechung fertig sind, fahren Keir und Stone dich hin." Shayne umarmte sie und küsste sie auf die Stirn. „Gute Entscheidung. Außerdem kannst du Tami ein bisschen ablenken." Er schaute sich im Raum um. „Wo ist sie überhaupt?"

Max trat an Jalas Seite und drückte ihr kurz die Schulter. „Ich wollte dich fragen, ob du was dagegen hättest, wenn ich Ashley mal mit zu meinen Eltern nehme, um ihr das Anwesen zu zeigen."

Überrascht blickte Jala ihn an. „Du willst meine Tochter, die von Geburt an ein Werwolf ist, mit in ein Schloss voller Vampire nehmen?"

Sam klappte der Kiefer nach unten. Sie war es ja gewohnt, dass die Ideen der Jungs manchmal … na ja … idiotisch waren, aber Max war normalerweise der Vernünftigste von allen. Zwar war Sam auch dafür, dass die Vampire und Werwölfe näher zusammenrückten, aber das ging dann vielleicht doch einen Schritt zu weit. Sollte dem kleinen Mädchen auch nur ein Haar gekrümmt werden, wären die letzten beiden Jahre umsonst gewesen.

„Sicher, warum nicht", gab Max gut gelaunt zurück. „Du hast

meinen Eid, dass ich sie keine Millisekunde aus den Augen lasse und sie heil wiederbringe. Ich habe ihr vom Schloss meiner Eltern erzählt, den Stallungen und der Ahnengalerie und sie würde es gerne sehen."

Auf Jalas Gesicht trat ein wissender Ausdruck. „Sie hat dich um den kleinen Finger gewickelt und bequatscht, bis du zugestimmt hast. Richtig?"

Max verzog die Lippen. „Vielleicht."

Sam musste sich die Hand vor den Mund halten, um nicht laut loszuprusten. Natürlich waren nicht alle so gnädig, nichts hätte die Jungs daran hindern können, den Vampir dafür auszulachen und auf die Schippe zu nehmen.

„Ja, lacht ihr nur", maulte Max die Männer mürrisch an. „Als ob einer von euch ihren großen Kulleraugen widerstehen könnte."

„Meinetwegen", stimmte Jala lachend zu und kam damit einer Diskussion darüber zuvor. „Aber, Max, wenn meine Tochter auch nur einen Kratzer abbekommt, reiß ich dir den Kopf mit bloßen Händen von den Schultern."

„Kein schöner Anblick und die Sauerei erst", winkte Keir ab. „Da musst du aufpassen, dass dir nicht alles wieder hochkommt." Alle blickten ihn fragend an. „Könnte ich mir zumindest vorstellen", ruderte er sofort zurück.

Max hingegen umarmte Jala. „Danke, du wirst es nicht bereuen."

„Hab ich was verpasst?", fragte eine gut gelaunte Tami, als sie ins Zimmer geschneit kam. Als sie sah, wie Max und Jala sich umarmten, stutzte sie. „Scheinbar 'ne ganze Menge." Ihre Stirn hatte sich in Falten gelegt. „Ich sollte diese Dinger echt nicht ständig tragen", murmelte sie vor sich hin und zog sich Kopfhörer aus den Ohren.

Max löste sich von der Wölfin. „Es muss allerdings nachts sein, wird sie das hinbekommen?"

„Bestimmt. Sie hat ja sowieso schon euren Schlafrhythmus angenommen, weil ich sie jedes Mal stundenlang suchen muss, wenn ich sie abhole." Jala verzog das Gesicht und verließ den Raum. „Wir sehen uns später", sagte sie noch kurz zu ihrer Freundin.

„Bis dann." Tami biss sich auf die Lippe und suchte Shaynes Blick. „Soll ich auch später wiederkommen? Du hattest mich gerufen, aber wenn ihr jetzt was Wichtiges ..."

„Was? Nein, komm rein", forderte er.

„Aber ...", versuchte Tami zu protestieren.

Shayne machte es sich vor Sam auf dem Boden bequem, den Rücken an die Kante der Sitzfläche gelehnt. „Sobald Emma wieder da ist, sind wir vollzählig."

„Komm her, Kleine", meinte Letizia freundlich und winkte Tami zu sich auf das andere Sofa. „Das ist zwar nur für zwei gedacht, aber mein Sohn und ich werden rutschen."

Max sah Tami mit einem genervten Blick an, gehorchte aber seiner Mutter. Sam hoffte inständig, dass er sie niemals so ansehen würde. War ja fast schon gruselig. Während Tami noch immer unschlüssig an der Tür stand, überlegte Sam, warum es so schien, als wäre der Vampir schlecht auf die Wölfin zu sprechen. Sie konnte sich wirklich nicht erinnern, dass die beiden Streit hatten. Natürlich war ihr aufgefallen, wie die beiden sich ständig gegenseitig aufzogen. Dem ganzen Schloss war das schon aufgefallen.

„Setz dich", forderte Letizia sie auf und klopfte dabei auf das kleine frei gewordene Plätzchen Sofafläche.

Tami stand noch immer an der Tür und blickte sich fast schon verzweifelt nach einem anderen Platz um, den sie aber gewiss in dem völlig überfüllten Zimmer nicht finden würde.

Auch Emma kam endlich zurück. Nachdem sie die Tür geschlossen hatte, steuerte sie direkt auf Ryan zu und kuschelte sich in seine Arme. „Die schlafen beide friedlich und Lyle hält Wache."

„Nur Lyle?", fragte Ryan alarmiert.

„Natürlich hat Isaac ihn nur begleitet", kicherte sie.

Ryan gab ihr einen Kuss. „Das beruhigt mich."

„Lyle kann sehr gut auf Kinder aufpassen", verteidigte die Königin ihren ehemaligen Immer-noch-Berater.

„Und man sieht ja, was dabei herauskommt", gab Stone trocken seinen Senf dazu.

„Pass bloß auf", knurrten Raven und Max gleichzeitig.

Lächelnd lehnte sich Sam mit dem Rücken gegen die Brust ihres Mannes, der sich noch mit auf das Sofa zu Claire und ihr gequetscht hatte. Sam mochte die kleinen Sticheleien, die immer heftiger wurden, je mehr die Jungs unter Strom standen. Im Moment war das allerdings schon gar kein Ausdruck mehr, man hatte das Gefühl, auf einem überhitzten Kernreaktor zu sitzen. Die Jungs waren ständig auf der Hut und hielten Wache, aber seit der Nacht war es ruhig geblieben. Alles war auf den Beinen und durchkämmte die Stadt, aber von den Söldnern war keine Spur zu entdecken.

„Beweg endlich deinen Hintern", befahl Shayne streng. „Pflanz dich gefälligst auf das Sofa, damit wir anfangen können."

Widerwillig setzte Tami sich in Bewegung. Letizia hingegen blickte ihr lächelnd entgegen und als die Wölfin in Reichweite war, schnappte sie ihre Hand. „Komm, meine Liebe", damit zog sie sie neben sich auf den Platz. „Ist ein bisschen eng, aber es wird schon gehen."

Tamis Miene nach zu urteilen, fand sie es alles andere als gemütlich. Im Grunde saß sie jetzt halb auf Max' Schoß und halb auf der Sitzfläche. Dem General hingegen schien es überhaupt nichts auszumachen, das Gegenteil war eher der Fall. Max legte einen Arm über die Lehne hinter ihr, drehte die Hüften ein wenig und sorgte so dafür, dass Tami nach hinten fiel und mit dem Rücken an seiner Brust landete.

Sam grinste in sich hinein, als sie Max' schelmische Miene und Tamis wütenden Gesichtsausdruck sah. Irgendetwas lief da und wenn sie es nicht besser wüsste, würde sie glatt denken, die beiden hatten was miteinander. Erschrocken über ihre eigenen Gedanken musterte sie die zwei genauer. Tami versuchte noch immer, unauffällig etwas Abstand zwischen sich und Max zu bringen. *Würden die beiden wirklich?* Sam kniff die Augen zusammen. *Nein*, schalt sie sich im nächsten Moment selbst, *so etwas Blödes würden sie niemals tun.* Max war vieles, aber kein Dummkopf. Sam blickte sich um, aber kein anderer schien etwas davon mitzubekommen. War ja auch egal.

Statt sich weiter Gedanken über etwas zu machen, das nie passiert war oder passieren würde, widmete Sam ihre ganze Konzentration dem König, der hinter dem Schreibtisch saß und versuchte, die Aufmerksamkeit auf sich lenken. Ethan schlug mit der Faust auf die Holzplatte und schaffte es so, dass ihm endlich jeder zuhörte.

Zumindest fast jeder. „Wir sollten endlich mehr Sitzgelegenheiten besorgen", schimpfte Letizia.

„Wir haben Wichtigeres zu besprechen, Schatz", meinte der König leicht genervt.

Letizia zog die Augenbrauen nach oben. „Du sitzt ja auch nicht wie eine Ölsardine eingequetscht."

„Ich kann wieder aufstehen", bot Tami viel zu erleichtert an.

„Bleib du mal sitzen, das geht schon", blockte Letizia den Versuch ab und rutschte auf die Kante vor. Tami fiel um, weil ihr der Gegendruck fehlte und Max konnte sie gerade noch festhalten.

„Himmel, Max", stöhnte Ethan, dem die ganze Diskussion zu nerven schien. „Nimm das Mädchen halt auf den Schoß, sie ist so dünn, dass du sie sowieso nicht bemerken wirst. Und später kannst du deine Umgestaltungswünsche mit Raven klären, denn es ist sein Schloss."

„Tatsächlich", höhnte Raven. „Weil ich ja hier auch noch so unglaublich viel zu sagen habe."

Max hingegen schaute verdutzt von seinem Vater zu Shayne, der nur gelangweilt mit den Schultern zuckte. Der Vampir zuckte ebenfalls mit den Achseln und hob Tami trotz ihres Protestes auf seine Knie. Er rutschte ein bisschen hin und her, bis er bequem saß. Die leidende Miene der Wölfin ignorierte er und bedeutete seinem Vater fortzufahren.

„Nimm es mir nicht übel, aber so sitzen wir doch alle besser", lächelnd tätschelte Letizia Tamis Knie und rutschte wieder nach hinten in die Polster. „Ich hatte Max' Breite unterschätzt", fügte sie entschuldigend hinzu.

„Sicher, so sitzen wir alle ganz prima." Man konnte Tamis Zähne deutlich knirschen hören und ihre Stimme triefte vor Sarkasmus.

„Gott sei Dank, dann können wir ja endlich anfangen", stöhnte

Ethan, räusperte sich und kam endlich zum Punkt, weswegen sie sich hier versammelt hatten. „Die Sicherheitsmaßnahmen, die wir getroffen haben, brauche ich euch ja nicht mehr groß zu erklären, die kennt jeder von euch zur Genüge."

Sam stimmte ihm zu, jeder im Schloss wusste es. Ausgangssperren, Verdopplung der Wachen und die Späher waren ebenfalls unterwegs. Zurzeit war es sowohl den Vampiren als auch dem Rudel verboten, sich bei Nacht ungeschützt draußen aufzuhalten. Was der nachtaktiven Seite natürlich weniger in den Kram passte.

Die Männer hatten in der letzten Woche all ihre Kraft in die Suche nach den Schuldigen gesteckt, sie kamen eigentlich nur noch zum Essen und Schlafen ins Haus. Shayne war darüber hinaus in jeder freien Sekunde bei den Eltern des getöteten Jungen. Sam hätte ihn gerne begleitet und ihnen ihr Mitgefühl ausgesprochen, aber der Alpha hielt das im Augenblick für keine gute Idee. Sie verstand das, schließlich kannte sie die Familie ja nicht einmal. Nur hatte Sam das Gefühl, nutzlos zu sein. Max war ebenfalls nur noch tagsüber im Haus und nachts bei seinen Eltern. Keiner von ihnen wusste, warum er neuerdings fast seine ganze Zeit dort verbrachte, während hier der Bär steppte.

„Dann kommen wir jetzt zum eigentlichen Grund unseres Zusammentreffens", fuhr Ethan fort. „Was?", fauchte er Tami an, die die Hand gehoben hatte.

Die Wölfin zuckte unter seinem strengen Blick zusammen. Max legte ihr beschützend die Arme um den Körper. „Dad", mahnte er ruhig, warf den Kämpfern aber einen aufmerksamen Blick zu.

„Entschuldige", ruderte der König sofort zurück. „Die letzten Tage waren anstrengend und hier eine Besprechung abzuhalten, ist, wie ein Kindergarten auf Speed zu hüten. Was wolltest du?"

Max lehnte sich wieder entspannt zurück und Tami nahm erneut ihre kerzengerade Haltung ein. „Ich wollte nur anmerken, dass mich das hier alles nichts angeht."

„Doch tut es! Sonst hätte ich dich wohl kaum rufen lassen", ging Shayne dazwischen. „Jetzt halt den Mund, hör zu und alles andere klären wir später."

„Okay", stimmte Tami kleinlaut zu. „Entschuldigung", sagte sie noch zum König, bevor sie in eisernes Schweigen verfiel.

Ethan nickte und versuchte erneut, seinen Text zu beenden. „Wo war ich? Ach ja. Ich werde die Ausgangssperre für die Vampire wieder aufheben, aber zur Vorsicht mahnen."

„Findest du das nicht ein bisschen früh?", fragte Raven.

„Ich bin es leid, ständig auf der Hut zu sein und mich zu verstecken", erklärte Ethan mit harter Stimme. „Jeder von euch weiß, dass ich einen Verdacht habe, wer der Drahtzieher sein könnte. Christoph ist schlau, er wird nichts unternehmen, solange wir in Alarmbereitschaft sind."

„Das heißt, du opferst deine eigenen Leute?", fragte Keir langsam.

„Natürlich nicht." Ethan winkte ab. „Er soll nur denken, dass wir wieder zum normalen Alltag übergegangen sind und uns anderen Dingen widmen."

„Jetzt kapier ich nur noch Bahnhof", gab Cuthwulf zu. „Gelten die Sicherheitsbestimmungen nun noch oder nicht mehr?"

„Für das Rudel werden wir sie etwas lockern, um den Anschein zu vermitteln, aber wir werden sie nicht aufheben", erklärte Shayne. „Wir werden unsere Leute informieren, was wir vorhaben."

„Letizia und ich werden ein Fest geben, zu dem wir alle wichtigen Familien einladen werden", gab Ethan bekannt. „Ich muss mit ihnen von Angesicht zu Angesicht reden und versuchen herauszufinden, wem wir überhaupt noch trauen können."

„Ihr feiert aber ziemlich oft." Natürlich musste Keir seinen Senf dazugeben.

Drake runzelte die Stirn. „Ihr wollt die Füchse in den Hühnerstall einladen?"

„Eher die Hühner in den Fuchsbau locken", lächelte Letizia schelmisch. „Wir hoffen nämlich sehr, dass ihr alle uns die Ehre gebt."

„Gratisessen", freute sich Tyr, „da bin ich dabei."

„Wir sind im Dienst!", knurrte Jason.

„Nicht ganz." Ethan wandte sich an seine Männer. „Ich weiß, dass ihr normalerweise auf dem ganzen Gelände die Augen offen haltet, aber diesmal mischt ihr euch unter die Gäste."

Damian nickte langsam. „Verstehe. Wir sollen spionieren."

Max blickte über seine Schulter, hielt dabei aber Tami fest, damit sie nicht von seinen Knien glitt. „Hast du ein Problem damit?", fragte er streng.

„Da müsstest du mich aber besser kennen, Boss." Damians Grinsen wurde verschlagen.

„Und wie willst du sie alle ins Schloss bekommen, ohne dass Christoph dir auf die Schliche kommt?", warf Raven ein. „Mum feiert ihren Geburtstag doch nur alle hundert Jahre und das letzte Mal ist erst dreißig … nein vierzig Jahre her."

„Danke, Schatz, wenn ich dich nicht hätte." Letizia schnitt Raven eine Grimasse, der schuldbewusst, aber mit einem schelmischen Grinsen nach unten blickte.

„Du hast Geburtstag?", fragte Nanna freudig überrascht. „Wann denn?"

Letizia winkte ab. „Nächste Woche Samstag, aber macht bloß kein Trara daraus."

„Ach komm schon", meinte Claire gut gelaunt. „Lass uns wenigstens eine kleine Party feiern, nur wir hier im Schloss."

Die Königin ließ ihren Blick über die Menge schweifen, bevor sie Claire mit hochgezogenen Augenbrauen anschaute. „Wirklich? Eine kleine Party?"

„Vielleicht nicht ganz so klein", räumte Claire reumütig, aber grinsend ein.

„Fein." Nanna klatschte in die Hände. „Ich backe die Torte."

„Wir helfen", sicherten Tyr und Keir zu.

„Lasst mal, ihr habt Wichtigeres zu tun. Aber danke." Murmelnd fügte sie hinzu: „Sonst bleibt kein Krümel bis zur Party übrig."

„Leute, wir wollen doch den König ausreden lassen." Shayne forderte selbigen mit einer Handbewegung auf, weiterzumachen.

„Danke", meinte Ethan und verzog kurz das Gesicht. „Um deine Frage zu beantworten", meinte er zu Raven. „Wir haben doch ein freudiges Ereignis zu feiern."

„Bist du schwanger?", fragte Shayne an Sam gewandt. Er sah aus, als würde er gerade die Überraschung seines Lebens erwarten.

„Nein", meinte Sam schnell. *Leider,* fügte sie in Gedanken hinzu. Sie hätte gerne ein Baby, aber solange sie den Geisterwolf selbst nicht richtig verstand und Kontrolle hatte, war ihr das Risiko zu groß, dass dem ungeborenen Kind etwas passieren könnte.

„Du willst doch nicht etwa heiraten?", fragte Jason in Max' Richtung, schüttelte aber sofort den Kopf. „Eher unwahrscheinlich, dass dich eine haben will."

„Ich mach mir da keine Sorgen." Entspannt lehnte sich Max zurück, was Tami ziemlich ins Schwanken brachte. „Wenn sogar du eine Frau abbekommen hast, dann bleibt für mich bestimmt eine übrig."

„Wie dem auch sein", unterbrach Ethan das Geplänkel. „Ich dachte eher an die freudige Rückkehr meines Vaters."

„Was?", knurrte Alarith und blickte seinen Sohn an, als wollte er ihn töten. „Ich werde mich auf keinen Fall von euch vorführen lassen, als wäre ich eine Kuriosität im Zirkus."

„Zirkus ist so letztes Jahrhundert, damit lockst du heute keinen mehr vom Sofa. Kino könnte noch funktionieren." Keir dachte kurz nach.

„Halt endlich die Klappe", knurrte Shayne genervt. „Ich habe heute noch Besseres vor."

„Dad", meinte Letizia und trat an die Seite ihres Schwiegervaters. „Wir brauchen deine Hilfe, es gibt keinen besseren Grund, der einen Sinn macht." Sie legte ihm die Arme um die Mitte. „Bitte, hilf uns."

Seufzend erwiderte Alarith ihre Umarmung und legte seine Wange auf ihren Kopf. „Natürlich, aber halte mir diese versnobten Idioten bloß vom Hals."

„Wie wär's, wenn wir Nanna auf dich aufpassen lassen", meinte Letizia mit einem Zwinkern.

„Werde ich da auch noch gefragt?", fragte Nanna etwas beleidigt.

Al lächelte, ließ Letizia los und nahm stattdessen Nannas Hand. „Würdest du mir die Ehre geben und mit mir auf den Ball gehen?" Er hauchte ihr einen Kuss auf die Knöchel.

„Ach hör auf", meinte sie verlegen und schlug spielerisch nach ihm. „Wir können gegenseitig auf uns aufpassen, dann brauchen die Jungs sich keine Sorgen um meine Sicherheit machen und können sich mit wichtigeren Dingen beschäftigen."

Sam musste lächeln, ihre Großmutter sagte das eine, aber Nannas gerötete Wangen sprachen eine andere Sprache. Ach, war das süß. Sie blickte zu ihrer Schwester und Claire machte ein genauso verzücktes Gesicht wie sie. Verstohlen und so, dass es Nanna nicht mitbekam, zeigte Claire ihr ein Daumenhoch. Die beiden Schwestern waren sich schon lange einig, dass Nanna und Alarith ein süßes Paar abgeben würden.

„Dann wäre das wohl geklärt." Ethan rieb sich die Hände. „Party für Letizia nächsten Samstag hier im Schloss. Nanna, ich werde Lyle und Isaac bitten, dir zu helfen."

„Nur keine Umstände", meinte sie mit einem Augenrollen. „Dafür sorgt dein Vater schon die ganze Zeit."

Schuldbewusst blickte Alarith sie an. „Das hast du mitbekommen?"

„Ich bitte dich." Schnaubend schaute Nanna zu ihm auf. „Ich bin alt, aber nicht senil."

Jetzt war es an Shayne zu schnauben. „Alt pah, du bist noch das totale Küken."

„Das liegt im Auge des Betrachters", gab Nanna zu. „Und die Meinung von Unsterblichen ist hier nicht gefragt."

„Du bist auch unsterblich, meine Liebe", konterte Alarith freundlich.

Nanna warf ihm einen bösen Blick zu. „Danke für die Erinnerung."

„Das Fest für meinen Vater wird die Woche darauf stattfinden", unterbrach Ethan sie. „Die Zeit müsste ausreichen, um alle Vorkehrungen zu treffen. „Seine Miene verfinsterte sich. „An dem Tag will ich den Kopf von jedem, der seine Finger im Spiel hat."

„Aber ein Kopf gehört mir!" Shayne erhob sich und ging zum König. „Jeder, der für Ricks Tod verantwortlich ist, wird nach unseren Regeln bestraft."

Ethan nickte ernst. „Etwas anderes wäre mir auch nie in den Sinn kommen, darauf hast du mein Wort."

Shayne beäugte ihn misstrauisch, nickte aber langsam. „Dann sind wir uns ja einig." Unerwartet hielt er dem Vampir die Hand hin.

Der König blickte dem Alpha fest in die Augen, bevor er seinen Unterarm ergriff. „Wenn Christoph wirklich dahintersteckt, muss ich ein Exempel an ihm statuieren, um auch seine Anhänger in ihre Schranken zu weisen."

„Das werde ich dir gerne abnehmen." Shaynes Grinsen wurde düster und seine Stimme ein raues Knurren.

Sam musste nicht lange auf eine Reaktion von Raven warten, als bei Shayne der Geisterwolf zum Vorschein kam. Die Finger ihres Mannes bohrten sich leicht in ihre Haut. Schmerzhaft zuckte sie zusammen, sofort lockerte Raven seinen Griff und gab ihr entschuldigend einen Kuss auf die Wange. So viele Wochen und er war noch immer sauer, sobald er auch nur an die schemenhafte Gestalt erinnert wurde. Seufzend tätschelte Sam beruhigend seine

Hände. Wie gerne würde sie die Sache zwischen ihnen beiden aus der Welt schaffen, die wie ein Damoklesschwert über ihren Köpfen schwebte.

Ethan hingegen lächelte. „Abgemacht!" Er ließ Shayne los und blickte zum Sofa, wo seine Frau und sein Sohn saßen. „Abfahrt in einer halben Stunde? Ich will vorher noch kurz mit Isaac und Lyle sprechen."

Max erhob sich und schubste Tami dabei unsanft von seinen Knien, passte aber gleichzeitig auf, dass sie nicht hinfiel. Sam betrachtete die zwei kritisch. Auf der einen Seite konnte sie sich einfach nicht vorstellen, dass sie etwas miteinander anfangen würden. Andererseits benahmen sie sich wirklich seltsam, außerdem herrschte eine ungewöhnliche Spannung zwischen Tami und Max, die sie sich unmöglich einbilden konnte. Die Funken sprühten ja förmlich. Sam blickte sich im Zimmer um und musste feststellen, dass es scheinbar keinem anderen auffiel. Die meisten kicherten, als Tami dem Vampir wütend auf den Arm boxte, oder waren bereits mit sich selbst beschäftigt. Shayne nahm die Wölfin sogar lächelnd in den Arm, als wäre nichts gewesen. Entweder waren alle blind, was Tami und Max anging, oder Sams Fantasie ging mit ihr durch. Wahrscheinlich eher Letzteres.

„Wir treffen uns bei euch", meinte Max zu seinem Vater. „Ich fahr mit Aiden und schau noch im Trainingszentrum vorbei."

„Komm aber nicht zu spät zum Essen." Letizia trat neben ihn. „Es ist unhöflich. Außerdem hast du Isabelle versprochen, dass ihr euch einen Film anschaut."

Max rollte mit den Augen, gab seiner Mutter aber einen Kuss auf die Wange. „Ich werde pünktlich sein und wann habe ich jemals ein Versprechen gebrochen."

„Nie", bestätigte Letizia stolz lächelnd.

„Ein braver Sohn", höhnte Shayne und machte schnell einen Schritt zurück, um Max' Schlag auszuweichen, und trat dabei Tami auf die Füße.

„Heute ist echt nicht mein Tag", stöhnte die Wölfin schmerzvoll auf.

„Sorry." Shayne blickte sie zerknirscht an. „Aber in ein paar Minuten wirst du anders über diesen Tag denken." Tami blickte ihn verständnislos an und Shayne lächelte. „Noch einen Moment, bis uns die bluttrinkende Fraktion verlassen hat."

„Das ist unser Stichwort", befand Ethan. „Alle, denen kein Fell wachsen kann, raus hier", forderte er auf und begann, die Leute aus dem Zimmer zu komplimentieren.

„Max, kannst du bitte noch bleiben?", fragte Shayne. Der Vampir runzelte zwar die Stirn, nickte aber. „Danke. Sam, dir wächst auch ein Fell." Freundlich lächelnd kam er auf sie zu und strich ihr über die Haare. „Meine Kleine."

Raven war direkt an ihrer Seite und hatte den Arm um sie gelegt. Sam wünschte, sie könnte die Auseinandersetzung, die jetzt unweigerlich folgen musste, noch irgendwie verhindern. Shaynes überraschtem Gesichtsausdruck zufolge hatte er wirklich keinen Schimmer, wie er Raven damit provozierte. Trotzdem hatte er es sogar ungewollt geschafft, den Vampir auf die Palme zu bringen.

Prompt verdüsterte sich Shaynes Miene. „Was ist dein Problem?", knurrte er seinen besten Freund an.

„Du", zischte der Vampir zurück.

Zu Sams völliger Überraschung trat Tami zwischen die Männer. Shayne in ihrem Rücken haltend, blickte sie Raven fest in die Augen. Die beiden machten den Eindruck, als würden sie sich ein stummes Duell liefern. Verwirrt schaute Sam von einem zum anderen und fragte sich, was sie verpasst hatte. Seit wann ließ sich ihr Mann von Tami in seine Schranken weisen?

Noch merkwürdiger wurde es, als Max hinter seinen Bruder trat und ihm leise ins Ohr zischte: „Das hatten wir doch schon. Ich dachte, du hättest das längst aus der Welt geschafft."

Raven löste den Blick von der Wölfin und schaute seinen Bruder an. „Du findest also, dass ich auf das kleine Mädchen hören sollte?"

Max ließ seine Augen kurz zu Tami wandern, blickte ihn dann aber fest an. „Zumindest was das angeht, kann ich ihr nicht widersprechen. Sie ist schlauer, als sie aussieht."

„Hey", fauchte Tami und nun war es an Shayne, sie festzuhalten. „Idiot", setzte sie hinzu und gab auf, da ihr Alpha sowieso stärker war.

Max grinste und Sam wurde langsam sauer. Irgendetwas hatten die drei hinter ihrem Rücken ausgeheckt und sie wurde das Gefühl nicht los, dass es dabei um sie ging. Außerdem wüsste sie zu gerne, warum Tami neuerdings ständig in Max' Angelegenheiten verwickelt war. Nicht dass es Sam stören würde, wenn ihr Schwager mit der Wölfin zusammenkam, aber ihre Neugierde brachte sie fast um. Zu gerne würde sie wissen, ob sie mit ihrem Verdacht vielleicht doch richtig lag.

„Ihr habt recht", fasste Raven einen Entschluss. Er umarmte seinen Bruder und gab Tami einen Kuss auf die Wange, bevor er sich Sams Hand schnappte. „Wir müssen uns unter vier Augen unterhalten."

Raven zog sie aus dem Zimmer und den Flur entlang, er ließ sie erst los, als sie in ihrem Schlafzimmer angekommen waren. Er verriegelte die Tür hinter ihnen, drehte sich aber nicht um, sondern blieb dem Holz zugewandt stehen. Sein seltsames Verhalten ließ langsam die Panik in ihr aufsteigen. Was mussten sie denn auf einmal so Dringendes besprechen? Und warum sagte er nichts, schaute sie nicht einmal an? Noch immer stand er mit dem Rücken zu ihr, sein ganzer Körper war angespannt, aber noch immer bewegte er sich nicht.

„Du machst mir Angst", gestand sie leise.

Raven sackte in sich zusammen und ließ die Schultern hängen. „Das wollte ich nicht", sagte er reuig und drehte sich endlich zu ihr um. Sein Blick war traurig, als er langsam auf sie zukam. „Ich wollte immer nur, dass du glücklich bist. Aber in letzter Zeit habe ich wohl nicht sehr viel dazu beigetragen." Zärtlich umfasste er ihre Oberarme und schaute ihr entschuldigend in die Augen.

Sam konnte seinem Blick nicht standhalten und senkte den Kopf. Nein, hatte er nicht und doch gab sie ihm keine Schuld daran. Sie wusste, dass ihr Vampir selber nicht mit der Situation zurechtkam, und machte ihm deswegen keinen Vorwurf. Allerdings gab es eine Sache, die sie ihm nicht so einfach verzeihen konnte.

„Du hast mich alleine gelassen", warf sie ihm vor. Ihre Stimme war leise und brüchig, ein riesiger Kloß saß in ihrer Kehle und erschwerte ihr das Reden.

Raven schloss sie in seine Arme. „Es tut mir leid, ich wusste einfach nicht, was ich sagen soll", gestand er. „Als wir erfahren haben, dass das Schloss angegriffen wird, während wir so weit weg waren, haben sich die schlimmsten Bilder in meinem Kopf eingenistet. Die ganze Rückfahrt über habe ich mir die größten Vorwürfe gemacht, weil ich dich alleine gelassen habe. Ich sah deinen leblosen, blutverschmierten Körper schon vor mir und der Gedanke, dich verloren haben zu können, machte mich schier wahnsinnig."

Sam verstand ihn und konnte es nachvollziehen. Wie oft hatte sie schon im Schloss auf seine sichere Rückkehr gehofft und sich dabei die furchtbarsten Dinge vorgestellt, die ihm passieren könnten. Sie schlang ihre Arme um seine Mitte und erwiderte die Umarmung.

„Ich hatte mit allem gerechnet, als wir ins Schloss stürmten", erklärte er leise weiter. „Aber als ich dich kämpfen sah, blutverschmiert und diese Gestalt um dich herum …" Er brach ab und vergrub sein Gesicht an ihrem Hals. „Ich konnte es einfach nicht fassen und ich war so verdammt wütend. Du hast diese Kräfte nie gewollt und jetzt hat sie dir jemand einfach aufgezwungen, das machte mich so wütend."

„Auf Midnight?", fragte Sam vorsichtig.

„Ja, aber nicht nur." Raven löste sich von ihr, ging zum Fenster und blickte nach draußen. Er vermied es, ihr in die Augen zu sehen.

Traurig schaute Sam auf seinen Rücken, Tränen liefen mittlerweile über ihre Wangen, aber es scherte sie nicht. Gerade als sie gehofft hatte, sie könnten sich endlich offen aussprechen, blockte Raven wieder ab und verschloss sich erneut vor ihr. Unschlüssig, was sie jetzt sagen sollte, stand sie im Zimmer. Es führte kein Weg daran vorbei, dass sie reden mussten, aber wie sollte sie es am geschicktesten anfangen?

Raven nahm ihr die Entscheidung ab. „Viel wütender bin ich auf mich selbst." Sein Ton war bitter und er ballte die Hände zu Fäusten, bis seine Knöchel weiß schimmerten.

Sam blieb, wo sie war, obwohl alles in ihr danach schrie, ihren Mann zu trösten. „Warum?", fragte sie in die Stille hinein.

„Du wolltest auch nie kämpfen und doch warst du an diesem

Abend dazu gezwungen." Raven drehte sich wütend zu ihr um. „Und genau das ist meine Schuld. Ich hätte hier sein müssen, anstatt mit den anderen in der Gegend umherzustreunen. Du bist mein *Licht* und ich hätte hier sein müssen, um dich zu beschützen."

„Das ist alles?", brach es erleichtert aus ihr heraus. Sam musste lachen und gleichzeitig weinen. „Und ich dachte die ganze Zeit, dass du mit dem Wolf ein Problem hast."

„Natürlich nicht", brauste Raven auf, ruderte aber sofort zurück, als er Sams skeptischen Blick sah. „Vielleicht ein bisschen", räumte er ein, ging wieder auf seine Frau zu und umarmte sie.

Sam musste nicht lange gebeten werden, sie schlang die Arme um ihn und vergrub ihr Gesicht an seiner Brust. Tröstend streichelte er über ihren Rücken. All die Angst und Unsicherheit der letzten Wochen fielen von ihr ab. Die Tränen spülten sie mit sich fort und zurück blieb die Erleichterung, dass Raven an ihrer Seite war.

„Es wäre gelogen zu sagen, dass ich kein Problem mit dieser komischen Erscheinung habe oder vor dem, was noch damit einhergeht", raunte er über ihr Schluchzen hinweg. „Doch was es auch ist, wir kriegen das schon hin."

Mehr als ein zustimmendes Nicken brachte Sam nicht heraus. Raven zog sie mit sich zum Bett und setzte sich mit ihr auf den Rand. Er sagte kein Wort, hielt sie einfach nur fest und ließ sie sich ausweinen. Sam war so glücklich, dass sie endlich miteinander redeten, dass sie keinen Augenblick mehr warten wollte, um Gewissheit zu bekommen. Sie setzte sich auf und schaute ihn mit tränenfeuchten Augen an.

„Vielleicht wollte ich nicht kämpfen, aber an diesem Abend habe ich mich dazu entschieden, es doch zu tun", sagte sie ernst. „Aber daran sind weder Midnight noch du schuld." Raven wollte widersprechen, aber Sam schüttelte den Kopf. „Lass mich ausreden. Als ich meine Entscheidung getroffen habe, war es meine eigene Überzeugung. Ryan und die anderen konnten jede Hilfe gebrauchen, die sie bekommen konnten, um das Schloss vor den Angreifern zu verteidigen. Die Kerle drangen in unser Zuhause ein, den Ort, wo wir sicher sein sollten. Keine Sekunde hätte ich danebenstehen und einfach zusehen können, wie sie das Heim unserer Familie zerstören, und diesmal konnte ich kämpfen. Dank Midnight musste ich mich diesmal vor niemandem verstecken, sondern konnte die anderen unterstützen."

Raven lächelte. „Es ist ein fantastisches Gefühl, gebraucht zu werden, nicht wahr?"

Sam nickte glücklich. „Und wie", stimmte sie ihm zu. „Dich trifft keine Schuld, mein Schatz", meinte sie sanft und legte ihre Hand an seine Wange. „Du musstest mit Shayne gehen und konntest nicht wissen, was sie die anderen im Schilde führten."

Raven schmiegte sich an ihre Handfläche. „Ich hätte dich beschützen müssen", beharrte er.

„Mir ist in dieser Nacht klar geworden, dass du nicht immer in meiner Nähe sein kannst, um mich zu beschützen. Früher oder später musste ich lernen, mich zu verteidigen." Sam lächelte ihn an. „Jetzt wissen wir, dass ich es kann und um ehrlich zu sein, fühle ich mich dadurch nicht mehr so hilflos. Zu wissen, dass ich mich verteidigen kann, gibt mir Kraft."

„Du bist die beste Frau, die ein Mann haben kann." Lächelnd schnappte er sie und warf sie rücklings aufs Bett. Ihr überraschtes Quieken erstickte er mit einem leidenschaftlichen Kuss.

Sam schlang die Arme um seinen Hals und zog ihn tiefer, bis er mit seinem gesamten Gewicht auf ihr lag. Sie liebte das Gefühl, von seinem Körper tief in die Matratze gedrückt zu werden. Raven stützte sich auf den Ellenbogen ab, nahm ihr Gesicht in die Hände und vertiefte ihr Zungenspiel. Sofort brodelte wieder die bekannte Hitze durchs Sams Körper, die sie alles andere vergessen ließ. Leidenschaftlich erwiderte sie den Kuss, kostete seinen wundervollen Geschmack aus.

„Stopp", forderte sie zwischen zwei Küssen und schob ihn von sich. „Erst klären wir das und dann kommen wir zum Vergnügen", lachte sie.

Schmollend ließ sich Raven auf die Seite fallen und stützte seinen Kopf mit der Hand ab. „Was hast du noch auf dem Herzen?", fragte er liebevoll. Mit einem Finger begann er, Kreise auf ihrem Bauch zu malen.

Wie sollte man sich da konzentrieren? Sam würde die Liebkosungen nur zu gerne genießen, aber etwas lag ihr noch schwer auf der Seele. „Meine Kräfte ..." Sie biss sich auf die Lippe. Raven schwieg, beobachtete sie nur abwartend. Schließlich fasste sie sich ein Herz und erzählte ihm dasselbe, das sie auch schon Alarith gesagt hatte. „Wie soll ich nur damit umgehen. Ich traue mich ja nicht einmal mehr, eines der Kinder auf den Arm zu nehmen, aus Angst, sie unabsichtlich zu zerquetschen. Was soll ich nur machen? Selbst Alarith konnte mir keinen Rat geben. Sag mal, lachst du mich etwa aus?", schloss sie verärgert.

Raven versuchte, sich das Grinsen zu verkneifen, aber es gelang ihm nicht. „Es tut mir leid", prustete er. „Da fragst du ausgerechnet einen Tausende von Jahre alten, wohlgemerkt gebürtigen Vampir um Rat?" Er musste wieder lachen. „Hast du wirklich gedacht, er könnte dir etwas über Wandlung erklären?"

„Du hast ja nicht mit mir geredet", maulte sie wütend.

„Entschuldige", versuchte Raven, ernst zu werden. Er hauchte ihr einen Kuss auf die Wange. „Es ist unverzeihlich, dass ich dich damit alleine gelassen habe."

„Unverzeihlich nun nicht gerade", schmollte sie, zog ihn zu sich herunter und küsste ihn. „Das ist ein Anfang."

Raven lächelte an ihren Lippen. „Rede mit deiner Schwester."

Verwirrt blickte Sam ihn an. „Claire? Die ist doch selbst erst vor Kurzem gewandelt worden."

„Eben." Er zog sich etwas zurück. „Claire ist vor Kurzem ebenfalls in einen Wolf verwandelt worden und wenn dir jemand sagen kann, wie es sich anfühlt, dann sie." Raven richtete sich auf und blickte auf sie hinab. „Du solltest auch mit Lyle und Isaac reden. Wir anderen werden dir keine Hilfe sein, wir sind schon so geboren und bei Nanna ist es noch mal eine ganze andere Sache."

„Du meinst, ich verwandele mich wirklich in einen Wolf?", fragte sie fast lautlos.

Raven lächelte, kuschelte sich an sie und legte seine Wange auf ihre Brust, direkt über ihrem Herzen. „Keiner kann sagen, ob der Vampir in dir mehr zum Vorschein kommt oder ob der Wolf die Oberhand gewinnt. Es ist nicht von der Hand zu weisen, dass beides immer ein Teil deines Lebens sein wird. Im Grunde war es von an Anfang an dein Schicksal, wie wir nur zu gut wissen."

Sie schwiegen, während Raven den Schlägen ihres Herzens lauschte. Sam ließ ihre Hand in seine Haare gleiten und kraulte durch die dicken Strähnen. Es fühlte sich fantastisch an, mit ihm hier zu liegen und einfach nur die Nähe zu genießen, die sie füreinander empfanden. Ravens Worte hatten ihr die Augen geöffnet und ihr einiges klarer gemacht. Warum war sie nicht selbst auf den Gedanken gekommen, mit Claire zu reden? Sie hatte sich so darauf versteift, anormal zu sein, dass sie das Naheliegende direkt ausgeschlossen hatte.

Sams Probleme waren dadurch noch lange nicht verschwunden,

aber die Angst darum lastete nicht mehr so schwer auf ihren Schultern. Hinzukam, dass ihr Mann nun an ihrer Seite war und sie jederzeit zu ihm gehen und mit ihm reden konnte. Die leichten Spannungen zwischen ihnen hatte alles noch viel schlimmer gemacht. Sam hatte immer noch eine Heidenpanik davor, was sein Volk sagen würde, wenn sie sich vollends in einen Wolf verwandelte, aber jetzt stand ihr Mann wenigstens hinter ihr.

„Was hatte eigentlich Tami mit der ganzen Sache zu tun?", sprach Sam ihren Gedanken aus.

„Als Max mich neulich von Midnight weggezogen hat, ist sie zufällig mit im Zimmer gelandet und hat mir ordentlich den Kopf gewaschen." Raven gähnte.

„Wirklich?" Sams Stimme war leise, sie redete sowieso mehr zu sich selbst.

„Mmh ...", murmelte er.

Gedankenverloren streichelte sie weiter über seine Haare. Sie sollte sich bei Tami bedanken, dass sie Raven ins Gewissen geredet hatte, und nahm es sich auch für den nächsten Tag vor. Gähnend schloss Sam die Augen, nur um einen kurzen Moment auszuruhen. Die letzten Nächte waren anstrengend gewesen und das ständige Nachgrübeln über ihre Probleme hatte sie tagsüber wachgehalten. Ihr war auch nicht entgangen, dass Raven genauso wenig Schlaf bekommen hatte. Scheinbar war es ihnen beiden gleich ergangen. Sie liebte ihn einfach und würde es ihm auch gleich beweisen. Doch in der nächsten Sekunde waren sie beide fest eingeschlafen.

12. Kapitel

Es gab einfach keine andere Erklärung, Tami musste in einem Albtraum gefangen sein. Dabei hatte die Nacht gar nicht so schlecht angefangen. Sie hatte sich sogar schon einigermaßen an die Zeitumstellung gewöhnt. Im Schloss wurde eben gefrühstückt, wenn andere Dinner aßen. Tami hatte das gemeinschaftliche Frühstück sehr genossen und die angeregten Gespräche mit Marie hatten sie Max auch fast vergessen lassen, obwohl er am anderen Ende des Tisches saß, ihr direkt gegenüber. Sie hätte ihre kurze Liaison auch schon längst verdrängt, wenn sie das Kribbeln, das sie jedes Mal in seiner Nähe überfiel, nicht ständig daran erinnern würde. Aber sie hatte kein Problem damit und würde es schon bald vergessen haben. Seine gelegentlichen Blicke ignorierte sie genauso wie die kurze Berührung, als er an ihr vorbeigegangen war.

Bis zu dem Moment, als sie das Arbeitszimmer betreten hatte und Jala in inniger Umarmung mit Max vorgefunden hatte, war alles in bester Ordnung gewesen. Die Eifersucht traf sie dementsprechend überraschend. Tami hatte so etwas noch nie verspürt und nur die Tatsache, dass zu viele Zeugen anwesend waren, hatte sie davon abgehalten, Jala die Haare auszureißen. Tami war über diesen Impuls zu Tode erschrocken gewesen und hatte nur noch fliehen wollen. Nur ein paar Minuten alleine sein, durchatmen und sich sammeln, mehr hatte sie nicht gewollt. *Warum ausgerechnet Max?,* war es ihr unablässig durch den Kopf geschossen.

Tami hatte sofort erkannt, dass sie nie ein zweites Mal miteinander hätten schlafen dürfen. Max war ein fantastischer Liebhaber, zärtlich, einfühlsam und er konnte einer Frau das Gefühl geben, dass sie mehr war als eine Bettgeschichte. Sie hatte es von Anfang an gewusst, weswegen ihn auch keine Schuld traf. Tami war ganz alleine dafür verantwortlich, dass sie anfing, sich in den Vampir zu verlieben, und das durfte unter keinen Umständen passieren. Wenn es mal etwas gab, das aussichtslos war, dann war das eine Beziehung zwischen ihnen. Hinzukam, dass Max sowieso keinerlei Interesse an ihr hegte, außer sexueller Natur vielleicht. Aber nach dem vergangenen Tag dürfte sein Appetit darauf fürs Erste gestillt sein.

Auch nach dieser Erkenntnis und Shaynes Anpfiff war sie noch der Meinung, dass es gar keine so schlechte Nacht war. Zumindest, bis Ethan seinem Sohn befahl, sie auf seinen Schoß zu setzen, der das auch noch prompt in die Tat umsetzte. Sie hatte nur noch gebetet, dass sie endlich fertig waren und sie erlöst wurde. Tami hatte ganz still gesessen in der Hoffnung, ihn ausblenden zu können, und versucht zu vergessen, auf wessen Oberschenkeln sie da saß und wie es sich anfühlte, wenn sich ihre nackte Haut aneinanderrieb. Seine kurzen Berührungen schütteten Benzin ins Feuer, das sie von innen heraus zu verzehren drohte. Da war die Nacht zwar nicht mehr toll, aber Shayne versprach ihr ja, dass es besser werden würde.

Tami war so erleichtert, als die Vampire endlich aufbrachen, dass sie aufatmete. Die Neugierde überwog ihre unangebrachten Gefühle einem Vampir gegenüber, der diese nicht erwiderte. Als Shayne Max dann allerdings aufforderte zu bleiben, wurde ihre Nacht endgültig zu einem Albtraum. Wenigstens konnte sie ihren Frust kurz an Raven auslassen, vielleicht nicht ganz fair ihm gegenüber, aber er hatte es auch ein Stück weit verdient. *Verstehe einer die Männer!* Warum konnten die Kerle nicht einfach sagen, wenn ihnen etwas auf dem Herzen lag? Einfach mal darüber reden und schon räumte man viele Probleme aus dem Weg. Aber eben nicht alle. Traurig warf sie Max einen Seitenblick zu, der ihren Alpha anblickte. Alle Kämpfer sowie Claire und Taylor waren im

Arbeitszimmer geblieben.

„Tami", meinte Shayne.

Sie blickte ihn an und bei seiner ernsten Miene schluckte sie hart. „Ja."

„Max hat uns erzählt, wie du dich in jener Nacht geschlagen hast." Shayne kam zu ihr. „Er hat mich auch davon überzeugt, dass aus dir mal eine verdammt gute Kämpferin werden könnte."

Tamis Augen weiteten sich, meinte er wirklich, was sie dachte? Voller Vorfreude blickte sie zu Max, der sie aber nicht ansah, und dann wieder zurück zu ihrem Alpha. Doch ihre Freude verschwand so schnell, wie sie gekommen war. „Das würden meine Eltern nie erlauben."

„Ich schätze Myriam und Nick sehr, aber hier geht es nicht um sie." Shayne legte Tami die Hände auf die Schultern und blickte sie aufmerksam an. „Du bist jetzt erwachsen und musst für dein Leben selbst entscheiden." Ihm entging ihr Zögern nicht und er schien zu ahnen, was in ihr vorging. „Deine Eltern haben zugestimmt", klärte er sie auf. „Wenn du wirklich eine von uns werden willst, steht dem niemand mehr im Wege."

Tami konnte es nicht fassen, dass ihr größter Wunsch endlich in Erfüllung gehen sollte. Jubelnd fiel sie Shayne um den Hals. „Ich bin dabei!"

Shayne lachte und drückte sie an sich. „Nichts anderes habe ich erwartet."

„Danke, danke, danke", wiederholte sie andauernd.

„Die Zustimmung deiner Eltern hast du dem Blutsauger zu verdanken." Shayne stellte sie auf ihre Füße.

Tami war egal, wem sie was zu verdanken hatte. Sie wusste nur, dass ihr Traum endlich in Erfüllung gegangen war. Immer noch voller Freude fiel sie auch Max um den Hals und bedankte sie bei ihm. Der General allerdings blieb stocksteif stehen und ließ die Umarmung mehr oder minder einfach über sich ergehen. Tami bemerkte schnell, dass sie wohl einen Fehler begangen hatte, und entfernte sich ein Stück von ihm.

Shayne legte ihr einen Arm um die Schultern. „Mach dir nichts draus, Vampire können nicht so mit ausgelassener Freude. Alle ein bisschen versnobt", kicherte er.

Max warf ihm einen vernichtenden Blick zu. „Was mache ich eigentlich hier?"

„Nach eurem kleinen Abenteuer ist mir die Idee gekommen, dass es nicht schlecht wäre, die neuen Anwärter auch von einem Vampir trainieren zu lassen. Ihr habt naturgemäß eine andere Art zu kämpfen, zumindest Mann gegen Mann." Er blickte kurz zu Tami. „Bzw. Frau. Was sagst du?"

Tami fand die Idee in Grunde nicht schlecht und freute sich darauf. Es konnte nicht schaden, die Stärken und Schwächen auch der Vampire kennenzulernen. Vielleicht würde sie ja von Aiden unterrichtet? Sie wusste, dass er auch die Rekruten der Vampire ausbildete, und vermutete, dass er dann auch diese Aufgabe übernehmen würde. Vorausgesetzt Max stimmte zu.

„Mir gefällt die Idee", meinte der Vampir langsam. „Und wie hast du dir das vorgestellt?"

Nichts Wildes, nur hier und da eine Trainingsstunde. Zumindest war es das, was Tami erwartet hatte, aber ihr Alpha schien heute grundlegend anderer Meinung zu sein.

„Bei uns ist es üblich, dass jeder Anwärter einen … na sagen wir, der Schützling eines Kämpfers wird. Er trainiert mit ihm und begleitet ihn auch bei seinen ersten Einsätzen."

„Verstehe und du willst, dass Taylor und Tami auch noch ihren persönlichen Vampir bekommen?", fragte Max interessiert.

„Es wäre einen Versuch wert", gab Shayne ernst zu bedenken. „Wir sind doch eine Familie."

Max dachte intensiv darüber nach und nickte schließlich. „Meinetwegen, starten wir einen Versuch und sehen, wohin es uns bringt. Wäre Aiden für dich in Ordnung? Er hat Geduld und Erfahrung."

„Passt. An wen hast du sonst noch gedacht?"

Tami lauschte dem Gespräch und konnte es nicht fassen. Von wegen nur ein paar Trainingseinheiten. Mit dem Ausbilder hatte man als Anwärter fast täglich zu tun und ihm musste man auch zu hundert Prozent vertrauen können. Bei den Einsätzen lag das Leben in seinen Händen.

„Bleibt ja nur noch ich oder soll ich ihr Jason auf den Hals hetzen", knurrte Max.

„Was ist mit Tyr?", warf Taylor ein.

„Da könnte ich auch gleich SIG auf dich loslassen", wies ihn Shayne zurecht.

Tami hätte so gerne eingeworfen, dass es auch noch Damian gab. Als sie allerdings genau darüber nachdachte, verwarf sie den Gedanken gleich wieder. Er war wirklich nicht der Typ Mann, der zum Ausbilder geboren war. Außerdem hatte sie sowieso nichts mitzureden.

„Teil du ein, mir ist es egal", bot Max an.

Shayne blickte kurz von Taylor zu Tami und man sah ihm an, dass er genau abwog. „Taylor zu Aiden?", fragte er Drake.

Tami bettet, hoffte, flehte, wünschte und das alles stumm, dass der Wikinger anderer Meinung war als ihr Alpha. Das Schicksal konnte einfach nicht so grausam zu ihr sein. Sie warf Max einen Blick zu, aber er schien dem Ganzen eher gelangweilt zu folgen. War es ihm tatsächlich scheißegal, wenn sie ständig aufeinanderhockten? So ein gefühlskaltes Arschloch konnte doch nicht einmal der Vampirgeneral sein. Tami hielt den Atem an.

„Geduld! Auf alle Fälle Taylor", machte Drake ihre letzte Hoffnung zunichte. „Max würde ihn in kürzester Zeit ungespitzt in den Boden rammen. Tamis Mundwerk hat es zwar in sich, aber sie ist ein Mädchen."

„Außerdem hat Aiden wenigstens ansatzweise etwas Ahnung von Technik", gab nun auch Stone zu bedenken. „Und die Kampftechniken passen besser zusammen."

„Dann ist es beschlossene Sache oder hast du Einwände?", fragte Shayne an Max gewandt.

Der Vampir musterte sie einen Moment und schüttelte schließlich den Kopf. „Ich geb Aiden Bescheid und sag ihm, dass er sich morgen bei dir melden soll."

Shayne beugte leicht den Kopf. „Danke. Solltest du einen Sparringspartner für deine Rekruten brauchen, schicke ich dir gerne Blake vorbei."

„Ich kann verzichten", knurrte der schwarze Mann.

Claire schlang lachend ihre Arme um ihn. „Jason trainiert doch auch mit mir."

„Dich hätte ich fast vergessen", meinte Shayne und schaute

erneut Max an. „Ist es okay, wenn wir's bei Jason belassen? Er ist zwar ein Arsch, aber Claire scheint ihn zu mögen und gut mit ihm auszukommen."

„Da brauch ich ihn erst gar nicht zu fragen, er ist dabei und sei es auch nur, um Blake zu ärgern", meinte Max mit einem Schulterzucken. „Hey Frechdachs."

Tami verengte die Augen. „Was ist?"

Max' Mundwinkel zuckten. „In ein paar Tagen nehme ich Ashley zu meinen Eltern mit, du kannst uns begleiten und dir die Trainingsanlagen anschauen."

„Gerne", quetschte sie heraus und hoffte, dass man ihr nicht anmerkte, wie sehr ihr das gegen den Strich ging. „Kann es kaum erwarten."

„Sehr schön, dann beginnt morgen dein Unterricht", teilte ihr Shayne mit. „Und jetzt alle raus hier, die anderen warten auf ihre Ablösung."

Einer nach dem anderen verließ den Raum, aber Tami blieb genau dort stehen, wo sie war. Die Nacht hatte so schön angefangen. Konnte sie nicht irgendjemand kneifen und ihr sagen, dass das alles nur ein böser Traum war. Na ja, nur der Teil mit Max zumindest, der Rest war fantastisch. Um aus der Nummer allerdings wieder rauszukommen, müsste sie die Anwärterschaft ablehnen und das kam überhaupt nicht infrage. Also blieb nur, erwachsen werden und über den Dingen stehen. Die Tür fiel hinter dem letzten Wolf ins Schloss. Sie war alleine oder zumindest fast.

„Du machst ein Gesicht wie sieben Tage Regenwetter", meinte Max leise.

Tami schloss die Augen. Konnte er sie nicht einfach in Ruhe lassen, das musste ein Ende haben. Sie hob die Lider und blickte ihn fest an. „Sag Shayne, dass du es dir überlegt hast und tauschen möchtest. Bitte", schloss sie. Und es war ihr egal, dass es wie ein Flehen geklungen hatte.

Max legte den Kopf schief und musterte sie eindringlich mit einem Blick, der ihr die Nackenhaare aufstellte. Schweigend machte er einen Schritt nach dem anderen auf sie zu, bis er viel zu dicht vor ihr stand. Tami wollte ihm nicht schon wieder so nahe kommen, sie hatte das letzte Mal noch nicht richtig verdaut. Sie drückte ihren Hintern fester an die Schreibtischkante, um etwas Abstand zu bekommen. Unauffällig schielte sie nach rechts und links und überlegte, wie sie am besten ausweichen konnte.

„Du bleibst schön hier." Max beugte sich nach vorne und stützte seine Hände auf beiden Seiten neben ihren Po auf die Schreibtischkante. Tami lehnte sich weiter zurück, aber sein Oberkörper kam einfach ebenfalls tiefer. Ihre Nasenspitzen berührten sich fast. „Ich will aber gar nicht tauschen", knurrte er.

Tami lief ein Schauer durch den Körper und sie hasste sich dafür. „Lass es uns einfach vergessen und weitermachen, als hätten wir nie …" Sie brach ab, wenn sie ihm so nah war, kam es ihr nicht über die Lippen.

Max' Mundwinkel zuckten. „Hätten wir nie, was?", ließ er nicht locker.

„Du weißt sehr gut, was", fauchte Tami und hätte ihn am liebsten von sich gestoßen. Leider stützte sie sich grade auf ihren Armen ab und würde mit dem Rücken auf der Tischplatte landen. Mal ganz davon abgesehen, dass er sowieso stärker war.

„Ich will es von dir hören", flüsterte er und ließ seine Lippen verführerisch über ihre gleiten.

Tami zitterte und leckte sich unwillkürlich über die Lippen. Sie konnte diesem Mann einfach nicht widerstehen, diese kurze Berührung hatte sie angemacht und sie sehnte sich nach mehr. Was war denn an einem letzten Kuss so schlimm? Mehr wollte sie doch gar nicht, nur ein letztes Mal. Aber hatte sie nicht genau dasselbe schon einmal gedacht. Diese Sache zwischen ihnen musste aufhören.

Vorsichtig versuchte Tami, sich aufzusetzen und es gelang ihr natürlich nur, weil Max es zugelassen hatte. Jetzt saß sie auf dem Schreibtisch und er stand direkt vor ihr. Sie legte eine Handfläche auf seinen Brustkorb und versuchte, ihn ein Stück zurückzuschieben, aber er ließ es nicht zu. Tami senkte die Hand nicht, hielt ihn wenigstens auf Armlänge von sich weg. Das Gefühl seiner Muskeln an ihren Handflächen versuchte sie zu ignorieren.

„Wir hatten zwei schöne Tage", nuschelte sie ihren Füßen zu, damit sie ihn nicht auch noch ansehen musste. „Dabei müssen wir es auch belassen. Es war nett, aber wir dürfen nicht mehr …" Sie schloss die Augen. „Wir dürfen nicht mehr miteinander schlafen."

Sie wusste, dass sie das Richtige tat, und doch fühlten sich die Worte so schrecklich falsch an. An dem Sex zwischen ihnen war nichts Verwerfliches, ganz im Gegenteil. Trotzdem hatte sie keine Wahl, niemand im Schloss würde eine rein sexuelle Beziehung zwischen ihnen dulden und auf mehr konnte es niemals hinauslaufen. Er war ein Vampir und sie eine Wölfin. Ende der Geschichte. Außerdem hatte sie den General schon viel zu sehr an sich herangelassen.

Max überwand ihre kaum existente Gegenwehr, stellte sich zwischen ihre Beine und nahm ihr Gesicht in seine Hände. Bevor sie überhaupt zu einer Reaktion fähig war, hatte er ihr Gesicht angehoben und zwang sie, ihn anzusehen.

„Mach die Augen auf, Frechdachs", forderte er. „Sag mir das

noch mal und diesmal schau mich dabei an."

Nur sehr langsam und widerwillig hob sie die Lider. Seine blauen Augen musterten sie scharf und der Ausdruck darin war hart, keine Spur von Freundlichkeit. Tami nahm ihren Mut zusammen, es musste enden, und zwar hier und jetzt. Auch wenn Max kein Problem damit hatte, sich in Gegenwart der anderen nichts anmerken zu lassen, sie schon. Tamis schlechtes Gewissen jedes Mal, wenn sie ihre Eltern oder Freunde anlog, wurde von Tag zu Tag größer und sie hatte die Halbwahrheiten satt.

„Es wird keine Wiederholung mehr geben", sagte sie fest.

Max' Blick wurde intensiver und seine Mundwinkel zuckten etwas. „Mit Wiederholung meinst du wohl den Sex?" Tami nickte. „Verstehe, das kann ich dir nur leider nicht versprechen."

Bevor Tami protestieren konnte, hatte er seinen Mund auf ihren gedrückt. Vor Schreck riss sie die Augen auf und krallte ihre Finger in sein Shirt. Einfach stillhalten und nichts machen, dann wird er schon aufgeben. Max' Lippen strichen sanft über ihre, spielten mit ihnen und er knabberte vorsichtig mit den Zähnen daran. Tami konnte diesem sinnlichen Ansturm nicht lange widerstehen. Unwillkürlich fielen ihre Augen zu und sie gab sich seinem Drängen willig hin. Sanft drang seine Zunge in ihren Mund ein und erforschte jeden Zentimeter. Selbst im Sitzen wurden ihre Knie weich. Max' Hände strichen an ihrem Hals entlang nach unten, ihr Schlüsselbein entlang, immer tiefer. Mit einem Ruck zog er sie an seinen Körper und presste den Mund härter auf ihren. Tami konnte nicht anders und schlang ihre Arme um seinen Hals, ihre Beherrschung war schon längst ihrer Erregung gewichen. Der Mann spielte auf ihr wie ein Virtuose auf seinem Instrument.

Tami keuchte, als seine Hände sich unter ihren Po schoben und sie anhoben. Sofort schlang sie ihre Beine um seinen Körper, um nicht runterzurutschen. Max könnte sie auch mit einer Hand an Ort und Stelle halten, aber darüber dachte sie im Moment nicht nach. Im Grunde war sie zu keinem vernünftigen Gedanken mehr fähig. Tami war heiß und sie wollte diesen erregenden Mann auf der Stelle. Scheiß egal, ob jeden Moment jemand reinkommen könnte und sie erwischte. Hungrig grub sie ihre Finger in seine Haare und erwiderte seinen Kuss mit der gleichen Intensität.

„Max, komm endlich", rief Aiden aus der Eingangshalle.

Schwer atmend lösten sich ihre Lippen voneinander, aber er ließ seine Stirn auf ihrer liegen. „In diesem gottverdammten Haus hat man keine Minute seine Ruhe", knurrte er.

Tami kam langsam wieder zu sich und ihr wurde klar, in welcher Haltung sie an ihm hing. Die Arme um seinen Hals geschlungen und die Beine weit gespreizt, mutierte sie in seiner Gegenwart wirklich zur Schlampe. Peinlich berührt ließ sie die Beine nach unten rutschen. Max hielt sie aber fest und drückte ihr noch einmal einen harten Kuss auf. Erst danach stellte er sie langsam auf ihre eigenen Füße zurück, stützte sie, bis sie ihr Gleichgewicht wiedergefunden hatte.

„Max", rief Aiden erneut.

„Verflucht." Er ließ von ihr ab, öffnete die Tür und brüllte nach unten. „Ich bin gleich da."

Was Aiden in der Eingangshalle murmelte, bekam sie nicht wirklich mit. Tami war viel zu sehr damit beschäftigt, sich gedanklich in den Hintern zu beißen. Warum hatte sie wieder nachgegeben und warum legte er es überhaupt darauf an? Wahrscheinlich musste er sich einfach beweisen, dass er das kleine Wolfsmädchen haben konnte, wann immer er sie wollte, und es sah ja auch ganz so aus, als ob er es wirklich konnte. Im Grunde war das sogar ihre eigene Schuld und das ärgerte sie noch mehr. Sich zu fragen, warum sie zuließ, dass er so mit ihr umsprang, war eigentlich überflüssig. Tami war dabei, sich in den General zu verlieben.

„Ich muss los, aber das Gespräch beenden wir später." Er stand wieder bei ihr und blickte lächelnd auf sie herunter.

Tami schaute ihn kurz ausdruckslos an, nahm ihren ganzen Mut zusammen und sagte schließlich leise: „Es war nur ein Abschiedskuss." Sie straffte die Schultern und hielt seinem Blick stand. „Ab sofort bist du nur noch mein Ausbilder und ein Freund des Rudels. Sex darf und wird es zwischen uns keinen mehr geben." Ihre Stimme war fest und sie meinte jedes Wort genauso, wie sie es sagte.

Max verengte die Augen zu Schlitzen, schien aber keine Lüge ausmachen zu können. Etwas blitzte in den blauen Tiefen auf, aber Tami war sich nicht sicher, was es war. Am ehesten hätte sie noch gesagt, dass es Schmerz war, was allerdings keinen Sinn ergab.

„Was soll's", knurrte er wütend und wandte sich ab. Die Klinke in der Hand hielt er inne. „Dafür dass du nur ein kleines Mädchen bist, war es ganz nett." Tami schluckte die Tränen runter und er setzte zum vernichtenden Schlag an. „Aber wahrscheinlich ist es wirklich mal wieder Zeit für eine richtige Frau, die weiß, wie sie einen Mann befriedigen kann."

Versteinert blickte sie auf die Tür, obwohl Max schon vor einiger Zeit durch genau diese verschwunden war. Heiße Tränen kullerten aus ihren Augen und hinterließen eine feuchte Spur auf ihren Wangen. Seine Worte hatten sie verletzt und schlimmer. Tami konnte gegen die Flut an Tränen nichts ausrichten, die immer mehr wurden. Die ersten Schluchzer gesellten sich dazu, bis sie schließlich weinend in die Knie ging. Sie lehnte sich mit dem Rücken an den Schreibtisch, zog die Beine an und vergrub ihr

Gesicht. Weinend saß sie auf dem Teppich und hätte ihren Schmerz am liebsten rausgeschrien.

Tamis Brust fühlte sich an, als wäre dort nur noch ein schwarzes Loch und in ihrem Bauch hatte sich ein eiskalter Knoten gebildet. Warum taten Max' Worte so weh? Sie hatte sich zwar schon gedacht, dass sie ihm nicht Frau genug war, aber es an den Kopf geworfen zu bekommen, machte es noch um einiges schlimmer. Und alleine die Vorstellung, wie er mit einer anderen Frau ... Tami konnte es einfach nicht zu Ende denken, ohne dass der Schmerz und die Eifersucht sie auffraßen. Laut schluchzend rollte sie sich auf die Seite und ließ ihren Tränen freien Lauf.

Wenn sie vorhin noch geglaubt hatte, sie wäre dabei, sich in den Blutsauger zu verlieben, dann war sie eines Besseren belehrt worden. Tami liebte ihn schon längst. Nicht erst seit ihrer gemeinsamen Nacht, sie hatte es im Grunde schon vorher geahnt und auch gut verdrängt. Statt es sich selbst einzugestehen, flüchtete sie sich in Gemeinheiten. Ihre ganzen Sticheleien gegen Max hatten immer nur dazu gedient, ihm nicht zu nahe zu kommen. Sich nicht das Herz brechen zu lassen, aber dafür war es nun zu spät.

Egal, was sie auch fühlte, sie beide hatten keine Zukunft. Vielleicht war es genau der richtige Moment, um Stärke zu zeigen. Tami würde Max und vor allem sich selbst beweisen, dass sie eine gute Kämpferin werden könnte. Ab sofort würde sie ihre ganze Energie in das Training stecken, auch wenn sie ihm dadurch ständig über den Weg lief. Ihre Gefühle für ihn würde sie fest in ihrem Herzen verschließen und eine dicke Mauer darum legen. Genau wie die Kämpfer musste sie lernen, ihre wahren Gefühle zu verstecken und unter Kontrolle zu haben, da war das Debakel mit Max doch ein gutes Training für sie.

Tami fürchtete nur, dass ihre Entscheidung zwar vernünftig war, aber sich nicht so leicht umsetzen lassen würde. Egal, wie professionell sie sich auch geben wollte, Max würde ihre Mauern schneller wieder zum Einsturz bringen, als sie bis drei zählen konnte. Allerdings blieb ihr die Hoffnung, dass er es auch nicht mehr darauf anlegen würde. Max würde in den Armen einer anderen Frau Erfüllung finden und sie war wieder nur der Frechdachs.

Sooft sie sich auch sagte, dass es gut und richtig war, den Schmerz interessierte das herzlich wenig. Er fraß sich durch ihre Eingeweide, brachte ihren Körper zum Zittern und Beben, während sie sich weinend auf dem Teppich zusammenrollte.

„Ich hab meinen Schal im Arbeitszimmer vergessen. Bin gleich da." Letizias Stimme kam immer näher.

Panisch kam Tami hoch, selbst jetzt versiegten die Tränen nicht. Auf keinen Fall durfte jemand sie so sehen. Schnell krabbelte sie unter den Schreibtisch, um sich darunter zu verstecken. Tami saß mit angezogenen Knien da, die Hand fest auf den Mund gepresst, um die Schluchzer zu ersticken, die ihrer Kehle zu entschlüpfen drohten. Die Tür öffnete sich, Schritte kamen näher und entfernten sich wieder. Als sie das leise Klacken des Schlosses hörte, sackte sie erleichtert in sich zusammen und gab sich dem Weinen hin. Wenn jeder sie für ein kleines Mädchen hielt, konnte sie sich auch wie eins benehmen.

Keir warf einen wachsamen Blick vom Dach auf die umliegenden Häuser und die Straße unter ihnen. Normalerweise wurden ihnen die Gebiete für die Patrouille zugeteilt, aber heute hatte er Shayne ausdrücklich um diesen Stadtteil gebeten. Es war die Gegend um den Pfandleiher herum, wo seine geliebten Babys aufgetaucht waren. Er hatte die Hoffnung, dass sich Freyja noch in der Umgebung aufhielt. Keir konnte die Frau nicht wirklich einschätzen. Nur eins wusste er ganz genau, dass sie ein skrupelloses Biest war. Zuerst hatte sie ihn in einen Hinterhalt gelockt und dann so getan, als würde sie sich um die Frauen im Keller Sorgen machen und dabei hatte sie die ganze Zeit über nur nach einer Gelegenheit gesucht, um sich aus dem Staub zu machen. Aber dass sie ihm seine Sigs geklaut und einfach versetzt hatte, nahm er persönlich und das würde sie büßen.

„Ich werde den Eindruck nicht los, als suchst du etwas." Tyr saß ein paar Meter hinter ihm auf irgendso einem steinernen Ding. Gelassen zündete er sich eine Zigarette an.

„Seit wann rauchst du?", fragte Keir überrascht und verließ seinen Posten am Rand des Daches, um sich zu ihm zu gesellen. „Keine Angst vor Lungenkrebs", fügte er grinsend hinzu.

Lässig nahm Tyr einen tiefen Zug und blies ihn dem Wolf ins Gesicht. „Nur hin und wieder. Wenn der Druck zu groß wird", schloss er mit einem verschwörerischen Augenzwinkern.

Keir schüttelte lachend den Kopf. „Wie kann man nur so notgeil sein? Wenn mich mein Gedächtnis nicht trübt, hast du er erst vor einer Woche den Druck abgebaut und das mit gleich zwei Frauen."

Tyr zuckte desinteressiert seine Schultern. „Sag ich doch, lange her." Er nahm noch einen tiefen Zug und ließ die Kippe dann auf Brusthöhe sinken. „Glaubst du, ich könnte mein Glück mal bei der kleinen Blonden versuchen? Die ist echt niedlich."

Der Wolf war kurz davor, sich aufzuregen, schließlich war Tami wie eine kleine Schwester für ihn, als ihm etwas einfiel. Schelmisch grinsend ließ er sich neben den Vampir fallen. „Das kannst du gerne versuchen."

Überrascht blickte Tyr ihn an, dann runzelte er misstrauisch die Stirn. „Wenn ich normalerweise über Sex mit einer aus dem Rudel rede, flippst du völlig aus. Also was ist hier los?"

„Tami ist heute als Anwärterin aufgenommen worden." Keir machte eine Pause und genoss Tyrs neugierigen Blick.

„Und?", forderte ihn der Vampir zum Weitersprechen auf.

Der Wolf suhlte sich noch kurz in der Spannung, dann platzte er heraus. „Shayne hat Max gebeten, den Neuen auch einen vampirischen Mentor an die Seite zu stellen. Und jetzt rate mal, wer in Zukunft ein wachsames Auge auf Tami hat."

„Bitte nicht ich", flehte Tyr. „Mit allen andern werde ich fertig."

„Oh, dann wird es dich ja freuen, dass Max die Sache persönlich übernimmt", lachte Keir gehässig.

„Verdammt", fluchte Tyr. „Damit ist die Kleine tabu."

Zufrieden lehnte sich Keir zurück. Er hatte genau gewusst, dass diese Neuigkeit seine Absichten bezüglich der kleinen Tami im Keim ersticken würde. Tyr hatte schon lange ein Auge auf die quirlige Wölfin geworfen, wäre aber nie auf die Idee gekommen, Hand an sie zu legen. Leider hatten sie von beiden Seiten verboten bekommen, in nächster Zeit irgendwo einen draufzumachen. Und wenn der Vampir nicht regelmäßig Druck abbauen konnte, wurde er unruhig und kam auf die dämlichsten Ideen.

Ein kurzer Windhauch ließ die Glut der Zigarette aufglühen. Es zischte und knisterte. Plötzlich ging ein Ruck durch Tyr und er erstarrte. Immer noch zufrieden lächelnd drehte sich Keir zu ihm herum. Er stutzte kurz, was hatte sein Freund denn nun schon wieder für ein Problem. Der Vampir blickte ihn mit weit aufgerissenen Augen an, senkte dann den Kopf und schaute nach unten. Keir folgte seinem Blick.

Ohne zu überleben, packte er Tyr und zog ihn hinter eine steinerne Mauer. Keir beugte sich über ihn, zog die Waffe und zielte in die Richtung, aus der der Schuss gekommen war. Er brauchte für das alles nicht mehr als einen Wimpernschlag. „Hallo du Arsch", murmelte er und drückte ab. Noch bevor die Kugel einschlug, wusste er, dass es ein Volltreffer war. Keir war nicht nur ein so guter Schütze, weil er gut zielen konnte, sondern weil er selbst für ihre Art außergewöhnlich gut sehen konnte. Den Typ zwei Dächer weiter traf die Kugel direkt in den Hinterkopf und er stürzte zu Boden.

Keir steckte die Waffen weg und zog Tyr ein Stück über das Dach bis zum Treppenhaus. Die ganze Zeit blieb er in Deckung und behielt die Umgebung im Auge, falls ihnen noch mehr auflauerten. Endlich schloss sich die Stahltür zum Dach hinter ihnen. Hier im Treppenhaus musste er wenigstens keine Heckenschützen fürchten. Er holte sein Handy raus und rief Cuthwulf an, der sich nach dem dritten Klingeln meldete. Keir hielt keine große Rede, sondern sagte ihm kurz und knapp, was passiert war und wo sie sie finden könnten. Er blickte auf seinen Freund herunter und als er das ganze Blut sah, blieb ihm das Herz stehen.

„Scheiße", fluchte er. Keir ließ das Handy fallen, zog sein Shirt über den Kopf und drückte es auf die Stelle, wo der Vampir von der Kugel getroffen worden war. „Halt durch, ja."

Tyr röchelte und das Atmen fiel ihm schwer. „Das passiert, wenn der Druck zu groß wird", versuchte er zu scherzen. Sein Lachen ging in ein Husten über.

Mit Schrecken sah Keir das Blut an seiner Lippe. *Gottverdammter Scheißdreck!*, fluchte der Wolf in sich hinein, ohne sich etwas anmerken zu lassen. Die Stelle, auf die seine Hände drückten, um den Blutfluss zu stoppen, war viel zu nah an seinem Herzen. Keir kam sich gerade ziemlich hilflos vor und die Minuten zogen sich wie Kaugummi, während er darauf wartete, dass Cuthwulf endlich eintraf. *Denk nach, du bist fast täglich mit ihm unterwegs.* Hektisch überlegte er, was Tyr sonst tat, wenn er verletzt war, das war schließlich nicht das erste Mal.

„Nein verdammt." Keir ließ den Kopf hängen, als ihm einfiel, was der Vampir jetzt am dringendsten brauchte. „Was man für einen Freund nicht alles tut." Nach einem kurzen Zögern biss er sich ins Handgelenk und hielt es anschließend Tyr unter die Nase. Keir ignorierte seinen überraschten Gesichtsausdruck und drückte ihm die blutende Stelle an die Lippen.

Keir spürte, dass der Vampir zu saugen begann, aber er schaute nicht hin. Schon wieder trank einer von denen sein Blut, wenigstens hatte er es diesmal freiwillig und für einen Freund gegeben. Blieb nur zu hoffen, dass der Lebenssaft auch genau das war, was Tyr brauchte. Erst als er spürte, wie eine Zunge über die Verletzung leckte, zog er seine Hand angewidert zurück. Keir wollte ihm das Passende sagen, aber Tyr hatte die Augen geschlossen und war weggetreten.

Schritte näherten sich und Keir stellte mit Erleichterung fest, dass sie nicht fremd waren. Als Cuthwulf um die Ecke bog und sie erblickte, brauchte es keine Worte. Routiniert erfasste der Doc die Situation, schob Keir zur Seite und begann, in seiner Tasche zu kramen. Jason, der ihn begleitet hatte, packte ihn unter dem Arm und zog ihn nach oben.

„Wie konnte das passieren?", fragte er wütend.

„Wir waren unachtsam", gestand Keir ein und senkte den Blick.

„Du hast den Schützen erwischt", stellte Jason klar.

„Direkt in den Kopf", sagte Keir fest und beschrieb dem Vampir, wo er die Leiche finden konnte.

„Ich kümmere mich darum." Jason ging neben Cuthwulf in die Knie. „Wir müssen verschwinden. Wie sieht es aus, können wir ihn in den Wagen bringen?"

Der Doc machte ein besorgtes Gesicht. „Als hätten wir eine Wahl. Versuch, ihn möglichst ruhig zu halten." Er senkte seine Stimme, redete aber eindringlich weiter. „Ich kann die Kugel nicht ausmachen. Sie könnte auch sein Herz getroffen haben."

Jason zog hörbar die Luft ein. „Nimm du ihn, wir sichern die Umgebung. Er braucht schnellstens Blut."

„Das hatte er schon", teilte Keir ihnen mit. Es war ihm egal, was die anderen Wölfe jetzt von ihm dachten. Tyr war zwar ein Vampir, aber auch sein bester Freund.

„Gut gemacht, Nervensäge", meinte Cuthwulf und schob seine Arme unter den Verletzten. „Nehmt meine Sachen mit und Beeilung bitte." Er erhob sich und balancierte Tyr dabei ganz vorsichtig auf den Armen. „Abmarsch", donnerte er, weil sie sich immer noch nicht rührten.

Das brachte Jason dazu, mit dem Starren aufzuhören und in Bewegung zu kommen. Schnell packte er die Sachen des Docs wieder in die Tasche und warf sich den Riemen über den Kopf. „Ich geh als Erstes." Er rückte den Gurt auf seiner Brust zurecht und marschierte los.

Cuthwulf folgte ihm schnell, aber mit äußerster Vorsicht. Niemand lauerte ihnen auf und so waren sie bald unten angekommen. Jason stieß die Tür auf, ließ Cuthwulf durch und rannte dann wieder an ihm vorbei, um die Autotür zu öffnen. Als Keir den Hummer erblickte, war ihm auch klar, warum der Vampir nicht vorsichtiger war. Mit Blake als Wache konnte man sicher sein, dass kein Feind auf der anderen Seite der Tür lauerte. Es kam eben doch nur darauf an, wer dir den Rücken freihielt. Der Doc kletterte mit Tyr etwas umständlich auf die Rückbank und Jason winkte ihm, damit er auch einstieg.

Als Keir das Auto erreichte, hielt Jason ihn zurück. „Danke, nicht jeder Wolf hätte das getan." Die Worte kamen ihm sichtlich schwer über die Lippen.

„Er ist mein Freund", stellte Keir knapp klar und stieg ein.

Die letzte Tür war kaum geschlossen, da trat Blake aufs Gas. In diesem Tempo würden sie nicht lange bis zum Schloss brauchen. Keir blickte zur Seite und erschrak. Das Gesicht seines Freundes war bleich, er sah aus, als wäre er bereits tot.

„Er atmet noch", teilte ihm Cuthwulf mit, als könnte er seine Gedanken lesen.

Keir riss sich zusammen. Tyr war eine Kämpfernatur und würde das schon überleben. An etwas anderes durfte er einfach nicht denken. Mit quietschenden Reifen kam der Hummer in der Schlossgarage zum Stehen. Cuthwulf stieg sofort aus und trug Tyr in die medizinischen Räume. Die anderen folgten ihm. Auf halbem Weg trafen sie auf Raven, der sich ihnen ebenfalls anschloss. Sie sprachen nicht, sondern folgten einfach nur Cuthwulf, während sich ihnen einer nach dem anderen anschloss.

Vorm Behandlungsraum machte der Doc halt und drehte sich zu ihnen um. „Letizia, Nanna kommen mit. Der Rest wartet hier!", befahl er ihnen. Dann verschwand er mit den Frauen hinter der Tür.

Keir glitt mit dem Rücken an der Wand hinab und blieb direkt neben der Tür mit angezogenen Beinen sitzen. Wenn Tyr starb, war es ganz alleine seine Schuld. Er hätte niemals seinen Posten aufgeben dürfen. Warum hatte er die Dächer nur aus den Augen gelassen? Jetzt blieb ihnen nur abzuwarten, bis Cuthwulf wieder aus dem Raum kam.

„Was genau ist eigentlich passiert?", fragte Raven in die Runde.

Er konnte ihre Blicke spüren, aber er wollte es nicht schon wieder erzählen müssen. Nicht solange das Leben seines besten Freundes am seidenen Faden hing. Es war schließlich Jason, der ihnen die Geschehnisse noch einmal wiedergab. Keir vergrub seine Hände in den Haaren und versuchte, sich die Ohren zuzuhalten. Er hatte gedacht, es zu erzählen, wäre schlimm, aber es erzählt zu bekommen, war noch um vieles schlimmer.

„Verdammt", fluchte Raven. „Ich rufe Max an, der ist immer noch bei meinen Eltern.

„Ich komm mit", warf Jason ein und löste sich aus Maries Umarmung. „Bin gleich wieder da, aber ich sollte dabei sein."

„Schon gut, ich bleib hier." Marie gab ihm einen liebevollen Kuss und die beiden Vampire verschwanden.

Keir bekam einfach keinen klaren Gedanken zu fassen. Er machte sich Vorwürfe und die Ungewissheit fraß an seinen Nerven. Wer hätte vor ein paar Jahren gedacht, dass er einmal um das Leben eines Vampirs bangen würde. Er jedenfalls nicht. Ihm blieb nur zu hoffen, dass er seinen Freund nicht wieder verlor, schließlich war er der Einzige im Schloss, der die gleiche Wellenlänge hatte. Sam ließ sich neben ihm nieder und kuschelte sich an ihn. Keir verstand und legte seine Arme um sie. Etwas Trost hatte noch keinem geschadet und Sams ruhige Art wirkte manchmal Wunder.

13. Kapitel

Max schaute zwar die Leinwand an, aber vom Film bekam er nicht viel mit. Die ganze Zeit ging ihm die Begegnung mit Tami im Kopf herum. Seine letzten Worte waren gemein gewesen und er bereute sie, aber warum hatte sie ihn auch so wütend machen müssen. Er wusste selbst, dass sich der Sex nicht wiederholen durfte und dass der Kuss ebenfalls eine dumme Idee gewesen war. *Genau wie der Einfall, ihr Mentor zu werden,* erinnerte er sich selbst. Max könnte sich dafür eine verpassen, obwohl es ja eigentlich Shaynes Schuld war und nicht seine. Zugegeben er hatte auf den gesunden Verstand des Alphas gesetzt, dass Tami es mit ihm leichter haben würde und so war es ja auch gekommen. Und nun steckte er in diesem Schlamassel. Was hatte dieses Mädchen nur an sich, dass er von ihr angezogen wurde wie eine Motte vom Licht.

Völlig erstarrt blickte er geradeaus und bekam doch nichts mit außer seinen eigenen Gedanken. Ein reinblütiger Vampir bekam immer eine reinblütige Vampirin. Wenn man mal von Raven absah, der schon immer die reinste Ausnahme war, aber nicht er. Tami war eine schöne Frau, die ihn einfach nur körperlich reizte und ganz bestimmt nicht seine Auserwählte. Max hatte sich von ihr ablenken lassen, aber damit war jetzt Schluss. Er würde sich einzig auf seine Rolle als ihr Ausbilder konzentrieren und sonst nichts.

„Wir können den Film auch ein anderes Mal schauen", meinte Isabelle leise.

Max wirbelte zu ihr herum. Sie hatten sich einen Filmabend machen wollen und saßen nun zusammen im Kinozimmer seiner Eltern. Er hatte den Abend allein mit Isabelle verbringen wollen und nun hatte er noch keine zwei Sätze gesagt, weil ihm eine bestimmte Wölfin ständig im Kopf umherspukte.

„Es tut mir schrecklich leid", entschuldigte er sich zerknirscht. Max setzte ein Lächeln auf. „Einen Film zu schauen, war vielleicht nicht die beste Idee, mir gehen eine Menge Dinge im Kopf herum."

Isabelle nickte verständnisvoll. „Ich werde mich zurückziehen."

„Bleib noch", bat er. „Ich will dich nicht vergraulen. Vielleicht können wir uns ja ein bisschen unterhalten."

„Gern", stimmte Isabelle zu.

Max wusste nur nicht, worüber er sich mit ihr unterhalten sollte. Die letzten sechs Nächte waren sie zusammen im Haus und den angrenzenden Gebäuden unterwegs gewesen. In den alten Gemäuern war es leicht, sich zu unterhalten, da förmlich jeder Quadratzentimeter eine andere Anekdote aufweisen konnte. Aber hier? Aus seinem Leben konnte er ihr ja schlecht eine Geschichte erzählen. Bestimmt witzig, wenn er ihr von der Nacht mit Tami berichtete. Es ging Isabelle zwar nichts an, aber das konnte er so oder so niemandem erzählen.

Bleierne Stille hatte sich wieder über den Raum gelegt, nur die Geräusche des Films waren zu hören. Da keiner von ihnen mehr hinschaute, war auch das keine Ablenkung mehr. Max fragte sich plötzlich, ob Isabelle vielleicht ihre Meinung bezüglich ihrer Ehe geändert hatte. Eigentlich hatte er es sich schwerer vorgestellt, an sie heranzukommen, aber sie verhielt sich wie jemand, der nur auf einen Antrag wartete.

„Isabelle, kann ich dich was fragen?" Aufmerksam wartete er ihr Nicken ab. „Was hat sich geändert?"

„Ich weiß nicht, was du meinst." Den Blick hielt sie auf ihre im Schoß gekreuzten Finger gerichtet.

„Warum hast du meine Einladungen angenommen?", fragte Max interessiert. „Ich meine, du willst diese Ehe genauso wenig wie ich und dennoch habe ich das Gefühl, dass du es trotzdem tun würdest."

„Wir alle tragen eine Verantwortung", antwortete sie schlicht.

Max hatte schon den Mund aufgemacht, um nachzubohren, als die Tür aufgerissen wurde. Aiden stürmte herein und man konnte ihm im Gesicht ablesen, dass etwas Schreckliches passiert sein musste. Er sprang auf und eilte ihm entgegen.

„Tyr ist angeschossen worden", informierte Aiden ihn und reichte ihm sein Handy. „Raven und Jason."

„Was ist passiert?", donnerte er ins Telefon.

Jason brachte ihn auf den Stand der Dinge. „Mir macht das alles den Eindruck, als wäre man nicht gezielt hinter den beiden her gewesen, sondern nur auf der Jagd nach irgendjemandem von uns."

„Du meinst, sie töten einfach jeden, der ihnen über den Weg läuft", knurrte Max.

„Sieht ganz danach aus", mischte sich Raven ein. „Der Doc ist noch bei ihm, aber es sieht nicht gut aus."

Max fuhr sich übers Gesicht. „Bin gleich da." Er reichte Aiden sein Handy zurück. „Warte im Wagen."

Isabelle trat an seine Seite. „Es ist etwas passiert, nicht wahr?"

Max wartete, bis sich die Tür hinter Aiden geschlossen hatte, dann wandte er sich Isabelle zu. Eindringlich musterte er sie und versuchte herauszufinden, ob sie in der ganzen Sache mit drinsteckte. Es war das eine, Shayne große Reden zu halten, aber es war was anderes, wenn es die eigenen Männer traf. Konnte sie wirklich mit ihrem Vater unter einem Dach leben und nichts von seinen hinterhältigen Intrigen wissen? Max musste es endlich wissen, Schluss mit diesem unsinnigen Versteckspiel. Allerdings hatte er jetzt keine Zeit.

„Einer meiner Männer ist angeschossen worden. Ich muss gehen." Max wartete keine Antwort ab, sondern machte sich auf den Weg.

Zwanzig Minuten später bog Max um eine Ecke und lief den Gang zu den Behandlungsräumen entlang. Vor der letzten Tür war mal wieder das ganze Schloss versammelt. Er ging schnurstracks auf seinen Bruder zu, der sofort aufstand und ihm entgegenblickte.

„Cuthwulf ist noch drin", meinte Raven.

Max nickte. „Dann heißt es wohl warten."

„Sieht so aus." Raven ließ sich wieder neben Sam nieder.

Die meisten hatten es sich an der Wand entlang auf dem Boden bequem gemacht und Max gesellte sich zu ihnen. Er konnte einfach nicht glauben, dass sie schon wieder für das Leben einer ihrer Kameraden beten mussten. Was hatte das Schicksal nur gegen sie, dass es ihnen ständig neue Wackersteine in den Weg legte?

Max ließ seinen Blick über die versammelten Bewohner schweifen. Blake und Jason saßen ihm gegenüber auf dem Boden und hatten ihre Gefährtinnen im Arm. Keiner sprach und doch konnte man den Trost, den sie sich gegenseitig schenkten, deutlich spüren. Es musste eine schöne Erleichterung sein, wenn man jemanden an seiner Seite hatte, mit dem man seine Probleme besprechen konnte. Sogar sein eiskalter Stellvertreter und sein schweigsamer Freund hatten es geschafft, eine Frau zu finden.

Etwas, das er bis vor Kurzem noch für unmöglich gehalten hatte. Ryan und Emma saßen neben den anderen Wölfen, in der Nähe von Sam und Raven und auch ihnen war die Vertrautheit miteinander nicht abzusprechen.

Max ließ den Kopf in den Nacken fallen und schloss die Augen. Er war noch nie der eifersüchtige Typ gewesen, aber mittlerweile war es schwer, sich nicht auch jemanden zu wünschen, der einen verstand und Halt gab. Ja, selbst ein Vampirgeneral brauchte manchmal jemanden, der ihm zur Seite stand. Max hatte sich nie danach gesehnt, seinem *Licht* über den Weg zu laufen, aber grade jetzt war es ein schöner Gedanke.

„Hat jemand Tami gesehen?", fragte Jala in seine Überlegungen hinein.

Er brauchte nicht aufzublicken, Max hatte sofort bemerkt, dass die blonde Wölfin nicht unter den Anwesenden war und er hatte sich auch schon gefragt, wo sie stecken könnte. Zuerst hatte er geglaubt, dass sie nicht kam, weil es sich nur um einen Vampir handelte, aber ihre Eltern waren ebenfalls bei ihnen und er glaubte nicht wirklich, dass es für Tami eine Rolle spielte, welcher Rasse jemand angehörte. Es sei denn, sie ging mit ihm ins Bett, dann war ein Blutsauger wohl nicht die richtige Wahl.

„Ich hab sie seit der Versammlung nicht mehr gesehen", gab Shayne zurück und die anderen stimmten ihm zu.

„Sie wird schon auftauchen", meinte Myriam gutmütig. „Wahrscheinlich hat sie wieder diese schrecklichen Stöpsel in den Ohren und bekommt nichts von dem mit, was um sie herum vor sich geht. Wäre ja nicht das erste Mal."

„Es waren harte Tage für uns alle", beschwichtige Nick seine Frau. „Lass ihr nur ein bisschen Zeit, um sich wieder zu fangen."

Myriam lief eine Träne aus den Augen. „Mein Baby, es muss die Hölle gewesen sein, als sie mit ansehen musste, wie ein Freund von ihr erschossen wurde." Nick nahm sie ohne weitere Worte in die Arme.

Gibt es eigentlich nur noch Paare auf dieser Welt? Max wandte den Blick ab und blieb an Keir hängen, der in sich zusammengesunken auf einem Stuhl saß und die Tür zum Behandlungszimmer keine Sekunde aus den Augen ließ. Für den Wolf musste es schlimm sein, dass sein bester Freund angeschossen worden war und das ausgerechnet, als sie zusammen auf Patrouille waren. Er wechselte einen kurzen Blick mit Shayne, der Keir ebenfalls mitleidig beobachtete. Wer hätte es noch vor einem Jahr für möglich gehalten, dass ein Wolf und ein Vampir so eng befreundet sein konnten. Natürlich von Shayne und seinem Bruder abgesehen, Raven war wie gesagt immer eine Ausnahme. Tyrs Freundschaft zu dem Kämpfer sollte ihnen eigentlich zeigen, dass nichts mehr unmöglich war, wenn es um ihre kleine Gemeinschaft ging. Vampir und Wolf konnten sogar eine Partnerschaft führen.

Die Tür zum Behandlungsraum öffnete sich. Cuthwulf kam heraus, an seiner Kleidung haftete Blut und er wischte sich die Hände mit einem Tuch ab. Alle waren aufgestanden und blickten den Doktor nun neugierig an.

„Die Kugel hat sein Herz verfehlt", meinte Cuthwulf ernst.

„Gott sein Dank", hauchte Sam erleichtert.

Aber der Doc fuhr unbeirrt fort. „Leider hat sie dafür seine Lunge perforiert. Er ist stabil, aber ich musste ihn ins Koma legen, um seine Heilung nicht zu gefährden. Es wird noch eine ganze Zeit dauern, bis ich euch sagen kann, ob er durchkommt."

„Kann ich zu ihm?", fragte Keir kleinlaut.

Cuthwulf beäugte ihn einen Augenblick. „Sicher", stimmte er schlicht zu. „Und ihr", fügte er den anderen zugewandt hinzu. „Geht schlafen, ich ruf euch, sobald es etwas Neues gibt."

Unter lautem Gemurmel machten sich alle auf den Weg in ihre Zimmer. Alle bis auf Max, der sich nicht von der Stelle bewegte und Cuthwulf nicht aus den Augen ließ. Als Jala an ihm vorbeiging, bekam er mit, dass sie sich auf die Suche nach Tami machen wollte. Max wartete, bis die anderen den Flur verlassen hatten, dann trat er zu Cuthwulf.

„Brauchst du Hilfe?", fragte er. „Ich könnte einen Arzt aus dem Schloss holen."

„Mach dir keine Sorgen, was unsere Anatomie angeht, unterscheiden wir uns kaum. Deine Mutter ist bei ihm und sollte sich etwas ändern, lasse ich dich sofort rufen." Der Doc musterte ihn einfühlend und legte ihm eine Hand auf die Schulter. „Geh schlafen, mein Freund, du siehst furchtbar aus."

Max wischte sich erneut mit der Hand übers Gesicht, was seine neue Lieblingsgeste zu werden schien. „Ist gut." Er verabschiedet sich von dem Wolf.

Als Max die Eingangshalle betrat, war das Schloss wie ausgestorben. Scheinbar waren tatsächlich alle in ihren Zimmern verschwunden, nur Jala konnte er in den oberen Stockwerken umherschleichen hören. Wahrscheinlich war sie immer noch auf der Suche nach ihrer Freundin. Während er die Treppen nach oben stieg, überlegte er kurz, ob er ihr helfen sollte, verwarf den Gedanken aber schnell wieder. Max glaubte nicht, dass Tami ihn heute gerne noch einmal sehen wollte. Wahrscheinlich hatte sie sich irgendwohin zurückgezogen, um ihm nicht über den Weg zu laufen und nachdem, was er ihr an den Kopf geworfen hatte, konnte er es sogar verstehen.

Am ersten Treppenabsatz wollte Max die Richtung in sein Zimmer einschlagen, überlegte es sich aber anderes und machte kehrt. Er hatte beschlossen, dass er noch kurz ins Arbeitszimmer gehen würde, um sich einen Drink zu gönnen. Kurz darauf stand er mit einem Glas Whiskey am Fenster und ließ seinen Blick über das weitläufige Gelände schweifen. Noch lag der Garten ruhig und in Finsternis gehüllt vor ihm, aber bald würden sich die Rollläden schließen und ein neuer Tag anbrechen.

Wieder ein Tag und er war noch keinen Schritt weiter gekommen. Max hatte die Idee seines Vaters von Anfang an für eine Schnapsidee gehalten, aber mit jeder weiteren Nacht, die er mit Isabelle verbrachte, erhärtete sich sein Verdacht. Sollte sie etwas von den Machenschaften ihres Vaters wissen, war sie eine fantastische Schauspielerin und würde ihm gar nichts sagen. Mittlerweile ging er sowieso davon aus, dass sie gar nichts wusste und er nur seine Zeit mit ihr vergeudete. Zeit, die er viel lieber mit wichtigen Dingen verbringen sollte, damit so etwas wie heute Abend niemals mehr vorkam.

Ein leises Geräusch ließ ihn aufhorchen. Max drehte sich um und blickte im Zimmer umher, aber er war alleine. Mit zusammengekniffenen Augen lauschte er, aber auch vor der Tür konnte er niemanden ausmachen. Er stellte sein Glas auf den Schreibtisch und ließ sich in den Sessel plumpsen. *Was für eine beschissene Nacht!* Einer seiner besten Männer war angeschossen worden und mit seinen Worten hatte er eine Frau verletzt, die das wirklich nicht verdient hatte.

Max wusste selbst nicht mehr, was in ihn gefahren war, aber als Tami ihn zurückwies, hatte ihn das verletzt. Verflucht, er war schließlich ein Mann und so etwas nagte an seinem Ego. Sein Verhalten war lächerlich und kindisch gewesen, vor allem für einen Mann in seinem Alter. Warum beschäftigte ihn diese ganze Sache nur so? Tami und er hatten eine schöne Zeit miteinander gehabt, aber mehr war es auch nicht gewesen. Nur, warum zum Teufel bekam er sie dann nicht aus dem Schädel? Und warum machte er sich solche Gedanken über das, was er ihr an den Kopf geworfen hatte? Max wollte seine Füße unter den Schreibtisch stellen, als ihm ein kleiner Widerstand auffiel. Er schob den Stuhl etwas zurück und blickte unter den Schreibtisch und was er dort sah, bestärkte sein schlechtes Gewissen.

Tami lag zusammengerollt auf dem Boden, genau wie in Otaktays Wohnung, als sie sich die Augen aus dem Kopf geweint hatte. Seufzend rutschte Max vom Stuhl und setzte sich neben sie. Ihre blonden Strähnen verdeckten ihr Gesicht, ihr Atem ging ruhig und gleichmäßig und sie sah aus wie ein schlafender Engel. Vorsichtig strich er ihre Haare nach hinten und seine schlimmsten Vermutungen wurden bestätigt. Ihr Gesicht war gerötet, die Wangen feucht und in ihren langen Wimpern hingen noch immer Tränen. Tami musste sich die Augen aus dem Kopf geweint haben und das war alleine seine Schuld.

Max nutzte den Moment und betrachtete sie. Ihre goldenen Haare gingen ihr mittlerweile bis zu den Schultern, ihre Züge waren weich und entspannt. Selbst im Schlaf konnte sie es nicht unterlassen, mit den Zähnen an ihrer Lippe zu nagen. Max musste gegen den Drang ankämpfen, diese weichen Polster zu küssen, aber das würde sie ihm garantiert nie wieder erlauben. Vorsichtig streichelte Max über ihren Kopf. Seine Mundwinkel zuckten, als sie sich wie ein Kätzchen in seine Handflächen schmiegte.

In letzter Zeit hatte es schon viele Momente gegeben, in denen er sich gewünscht hatte, ganz woanders zu sein, und jetzt war so einer. Max wusste, dass es der falsche Ort und die falsche Zeit für ihn und Tami war und sie einfach zu unterschiedlich waren. Zwischen ihnen konnte es nie etwas anderes geben als ein paar gestohlene und geheime Momente und doch wünschte er sich genau das. Max' schlechtes Gewissen und sein

Verantwortungsgefühl meldeten sich zu Wort. Tami brauchte einen Wolf, der zu ihr stand und mit dem sie eine Zukunft hatte, und keinen Blutsauger, dem das Pflichtgefühl seiner Familie gegenüber vorging. Ein Vampirprinz konnte sich einen Mensch als Partner nehmen, aber niemals einen Werwolf. Es war unsinnig, überhaupt darüber nachzudenken.

Max nahm Tami auf den Arm und erhob sich mit ihr. Sie schlief noch, aber sofort kuschelte sie sich an seine Brust und machte ein zufriedenes Geräusch. Kurz genoss er die Wärme ihres Körpers und ein Gefühl, das er nicht benennen konnte, breitete sich in seiner Brust aus. Vorsichtig, um sie nicht zu wecken, trug er sie in ihr Zimmer. Auf dem Flur kam ihm Jala entgegen.

„Gott sei Dank", seufzte sie und lief neben ihnen her. „Ich hab schon das ganze Schloss auf den Kopf gestellt, wo hast du sie nur gefunden?"

„Leise", flüsterte Max und warf Tami einen prüfenden Blick zu. Die Wölfin machte noch einmal dieses süße Geräusch, vergrub ihr Gesicht tiefer an seiner Brust. „Sie schläft", stellte er leise fest.

„Leg sie auf ihr Bett", bat Jala. „Ich sag nur Myriam und Nick Bescheid, dass wir sie gefunden haben." Sie lief weiter den Gang runter.

Max nickte zustimmend und ging durch die Tür in Tamis Zimmer, mit dem Fuß schob er sie hinter sich ins Schloss. Vorsichtig legte er sie auf dem Bett ab, als er sich wieder aufrichten wollte, bemerkte er, dass sie sich an seinem Shirt festhielt. Sanft lächelnd löste er ihre Finger und konnte sich nicht zurückhalten, ihr einen hauchzarten Kuss auf die Lippen zu geben.

„Ich liebe dich", hauchte Tami.

Erschrocken richtete er sich auf und musterte ihr Gesicht, aber sie schlief noch immer. Mit einem kleinen Schmatzen drehte sie sich auf die Seite und umarmte ihr Kopfkissen. Max blickte völlig verdattert auf sie herab und fragte sich, ob er tatsächlich gerade die drei kleinen Worte aus ihrem Mund gehört hatte.

„Danke", sagte Jala leise von der Tür her und er wirbelte zu ihr herum. „Du siehst aus, als hättest du einen Geist gesehen. Alles in Ordnung?"

„Bestens", meinte Max schnell und entfernte sich vom Bett. „Ich … Die Nacht war anstrengend." Scheinbar seine neue Lieblingsausrede.

Jala kniff die Augen zusammen, als würde sie ihm das nicht ganz abkaufen, sagte aber nichts dazu. Stattdessen trat sie ans Bett und blickte auf ihre Freundin hinab. „Tami besitzt eine außergewöhnliche Persönlichkeit."

Max schaute ebenfalls auf die Schlafende und konnte nur zustimmen. „Sie wird eine fantastische Kämpferin abgeben."

„Ja, das wird sie", stimmte sie ihm zu. „Aber sie ist auch eine tolle Frau, die hoffentlich bald den Mann trifft, der sie glücklich macht."

„Sie ist noch jung und hat noch jede Menge Zeit, sich einen Mann an Land zu ziehen." Wenn es nach ihm ginge, brauchte sie die nächsten tausend Jahre keinen anderen Kerl zu haben.

„Daran merkt man, dass du sie nicht so gut kennst." Jala wandte sich zu ihm um. „Tami mag jung sein, aber sie ist erwachsener als alle anderen in ihrem Alter. Sie ist stark, fair und versteht es, andere zu durchschauen. Aber sie hat auch ein enorm großes Herz und mutet sich einfach zu viel zu, wenn es um ihre Familie geht. Wenn jemand Hilfe braucht, ist sie die Letzte, die Nein sagt. Ich wünsche ihr einfach einen Mann, der sie liebt und immer für sie da ist."

Max ging zu Jala und gab ihr einen Kuss auf die Stirn. „Dafür hat sie doch dich, wofür braucht sie da noch einen Mann." Er ignorierte ihre hochgezogenen Augenbrauen und verließ das Zimmer.

Selbst Stunden, nachdem sich die Rollläden geschlossen hatten und er in seinem Bett lag, gingen ihm Tamis leise geflüsterten Worte nicht aus dem Kopf. *Ich liebe dich!* Wen konnte sie damit nur gemeint haben? Wen liebte sie so sehr, dass sie sogar im Schlaf an ihn dachte? Max überlegte hin und her, mit wem er sie in letzter Zeit gesehen hatte, aber vor ihrem kleinen Abenteuer hatte er kaum einen Gedanken an die junge Wölfin verschwendet. War es jemand, den sie draußen kennengelernt hatte, oder jemand aus dem Rudel? Vielleicht sogar einer der Kämpfer? Er hatte sie oft mit Keir zusammen gesehen, konnte es sein, dass er derjenige war?

Frustriert schnappte sich Max ein Kissen und drückte es sich auf das Gesicht. Es war zum Haare raufen, diese Gedanken führten doch zu nichts. Außerdem ging es ihn auch überhaupt nichts an, für wen sich die kleine Wölfin interessierte. Sollte sie sich doch dem Kerl an den Hals werfen und sehen, ob sie mit einem dahergelaufenen Typ glücklich wurde. Am Ende war es nicht sein Problem, sondern das von Shayne und ihren Eltern, wenn der Kerl sein wahres Gesicht zeigte und ihr das Herz brach. Ihn ging das jedenfalls nichts an.

Max drehte sich mit offenen Augen auf die andere Seite und sein Blick ruhte auf der freien Bettseite. Nachdenklich ließ er die Hand über die kalten Laken gleiten. Es musste schön sein, wenn man jemanden hatte, der die glücklichen, aber auch die schlechten Momente im Leben mit einem teilte. Wenn sich nachts ein warmer Körper an einen schmiegte. Egal, was er auch immer behauptete, auch er war einer von den Vampiren, der sein *Licht* finden wollte.

Er beneidete seinen Bruder, dass es ihm schon passiert war, und hoffte nicht, dass er wie Ryan warten musste, bis er die viertausend Jahre überschritten hatte.

Frustriert schob er diese Gedanken von sich und versuchte, noch etwas Schlaf zu bekommen, bevor die nächste Nacht mit all ihren neuen Problemen über sie hereinbrach. Max drehte sich auf den Rücken, schloss die Augen und versuchte, an nichts mehr zu denken.

14. Kapitel

Max hatte beschissen geschlafen und genauso fühlte er sich auch. Müde saß er am Frühstückstisch und konnte kaum die Augen offen halten. Erst irgendwann am Nachmittag hatte er es endlich ins Reich der Träume geschafft. Ihm waren einfach zu viele Gedanken im Kopf herumgespukt und auch die Sorge um Tyr hatte seinen Teil dazu beigetragen. Er gähnte und schenkte sich noch einen Kaffee nach. Nach zwei Litern sollte er die Augen doch wenigstens offen halten können.

„Mäsch", rief Ashley aufgeregt und hängte sich an seinen Arm. „Pfkuchen."

„Na dann." Max hob sie auf seinen Schoß und Nanna stellte ihr einen Teller mit Pfannkuchen vor die Nase. Er nahm eine Gabel und stutzte.

Ashley schüttete sich Sirup über ihr Frühstück. Max hielt die Flasche schnell mit fest und half ihr, sie sicher beiseitezustellen. Bevor er auch nur reagieren konnte, hatte sie die klebrigen Pfannkuchen in der Hand und biss genüsslich hinein. Lächelnd legte er das Besteck weg, schien wohl überflüssig zu sein, und schaute dem kleinen Sonnenschein dabei zu, wie sie ihr Frühstück verputzte.

„Max, lass sie doch nicht mit den Fingern essen", meinte Nanna, aber auch sie schmunzelte.

„Warum? Scheint ihr doch zu schmecken." Was ihm nur ein Kopfschütteln einbrachte, aber er fand es niedlich und ihre Mutter war weit und breit nicht zu sehen.

„Ashley, du sollst nicht immer mit den Fingern essen." Tami

hatte die Küche betreten.

„Spielverderber", gab Max gelangweilt zurück.

„Spielderber", wiederholte Ashley grinsend seine Worte. Nicht nur ihr Mund, sondern das halbe Gesicht und ihr Hände waren mit Sirup beschmiert, obwohl sie gerade mal einen Bissen genommen hatte.

„Von mir aus." Tami verschränkte die Arme vor der Brust und funkelte ihn an. „Aber du darfst sie nachher waschen und umziehen.

Max blickte von Ashley zu Tami und zuckte mit den Schultern. „Wenn es weiter nichts ist." Konnte ja nicht so schwer sein, ein kleines Mädchen umzuziehen.

Leider kam Ashley in diesem Moment auf die Idee, ihm die Arme um den Hals zu schlingen und ihm ein Küsschen auf die Wange zu geben. „Mäsch lieb."

„Oh ja", meinte Tami zuckersüß. „Herzallerliebst."

„Man könnte glatt meinen, ihr wärt verheiratet", prustete Raven.

Jason, Marie und Shayne, die außer Sam noch mit am Tisch saßen, kicherten ebenfalls in ihren Kaffee. Max schnitt ihnen ganz erwachsen eine Grimasse und kümmerte sich stattdessen um das klebrige Monsterchen auf seinem Schoß. Tami bekam von Myriam eine Tasse gereicht und setzte sich ebenfalls an den Tisch.

„Eier oder Pfannkuchen, Schatz", fragte ihre Mutter.

„Pfkuchen", machte Ashley und hielt Tami ihren angebissenen hin.

Sie lächelte. „Danke, Süße, aber ich glaube, heute ist mir mehr nach Eiern."

„Kommen sofort." Alarith heizte die Pfanne an.

„Danke." Tami nippte an ihrer Tasse und vermied jeden weiteren Blick auf die beiden.

Max konnte nicht umhin festzustellen, dass die Wölfin genauso müde aussah, wie er sich fühlte. Dabei hatte sie doch fest geschlafen, als er sie in ihr Zimmer gebracht hatte. Tami hatte die Wange in der Hand abgestützt und rührte in ihrem Kaffee herum. Sie vermied jeden weiteren Blickkontakt mit ihm und Max konnte es ihr nicht verdenken. Er war kein Idiot und wusste, dass er sich bei ihr entschuldigen sollte, aber das konnte er erst, wenn sie mal fünf Minuten alleine waren.

Shayne stand auf und brachte seinen Teller zur Spüle. „Tami?"

„Ja?", fragte sie aus ihren Gedanken gerissen.

„Fürs Erste wird Stone die Trainingseinheiten von Keir übernehmen." Er seufzte schwer. „Ich glaube nicht, dass wir ihn von Tyrs Bett wegbekommen."

„Wie geht es Tyr?" Mitfühlend blickte sie ihren Alpha an, der wiederum den General anschaute.

„Unverändert", gab Max Antwort. „Cuthwulf kann nicht sagen, wie lange wir warten müssen."

Tami blickte ihn zum ersten Mal direkt an. „Das tut mir leid, ich mag Tyr."

Max' Augen verengten sich zu Schlitzen. „Ihr kennt euch näher?"

„Klar", meinte sie schulterzuckend. „Ich war mit Keir und ihm ein paar Mal aus."

„Mäsch, Mäsch", forderte Ashley seine Aufmerksamkeit, um das zu unterstreichen, schlug sie mit ihren Händchen auf seine Wange.

„Mäsch Hause gehen."

Max verstand, was sie wollte, und ihm kam eine Idee. „Wie wäre es, wenn wir das gleich heute machen? Vorausgesetzt, deine Mama ist einverstanden und Shayne natürlich auch." Er blickte den Alpha an.

„Was habe ich denn damit zu tun?", lachte der Wolf.

„Weil du meinem anderen Schützling freigeben musst", erklärte ihm Max. Tamis fast schon panischer Blick entging ihm natürlich nicht, aber so konnte er zwei Fliegen mit einer Klappe schlagen.

Shayne wiegte den Kopf hin und her. „Warum nicht", sagte er schließlich. „Vielleicht kannst du dann auch ihr Training für heute übernehmen?"

„Ich würde Tami gerne ein paar Lektionen erteilen", meinte Max abwesend. Er versuchte gleichzeitig, Ashley davon abzuhalten, weiter Sirup auf ihm zu verteilen, was gar nicht so einfach war. „Leider habe ich Jala versprochen, Ashley nicht aus den Augen zu lassen."

„Das ist kein Problem." Letizia betrat die Küche. „Ich wollte sowieso mal nach Hause." Lächelnd kam sie zu Max, nahm ihm Ashley ab und hielt sie in der Luft. „Der kleine Schatz kann bei mir bleiben, solange ihr beschäftigt seid."

Ashley quietschte freudig, als die Königin sie in die Luft warf. „Leti, höher."

Letizia tat ihr den Gefallen. „Jetzt machen wir dich aber erst einmal sauber und dann gehen wir Onkel Ethan besuchen." Sie nahm die Kleine so geschickt in die Arme, dass sie keine Chance hatte, sie vollzuschmieren. „Und du, Sohnemann", meinte sie kichernd zu Max, „solltest dich dringend waschen gehen. Eigentlich habe ich geglaubt, dass wir solche Zeiten schon lange hinter uns haben, wo du nach dem Essen eine Dusche brauchtest. Grins nicht so", tadelte sie Raven. „Du warst auch nicht besser. Ich glaube, du warst schon fünf, als du endlich das Essen mit den Fingern aufgegeben hast."

„Mom", maulte Raven peinlich berührt und diesmal war es an Max, ihn auszulachen. „Könntest du es bitte lassen, solche Geschichten zu erzählen."

„Sicher nicht, das ist die elterliche Rache, die jeder Mutter zusteht." Letizia blickte auf den Sirup verschmierten Engel hinab. „So und jetzt ab in die Badewanne." Lachend brachte sie Ashley nach oben.

„Deine Eier." Alarith stellte einen dampfenden Teller vor Tami ab. „Ich mache die besten Spiegeleier diesseits des Ozeans. Jahrhundertelange Erfahrung", setzte er zwinkernd hinzu.

„Danke", lächelte Tami und begann zu essen.

Max stand ebenfalls auf. „Abfahrt in einer halben Stunde." Er wartete Tamis Nicken ab, dann machte er sich auf, um erneut unter die Dusche zu steigen.

Pünktlich war Max in der Garage und wartete natürlich auf die weibliche Fraktion. Mittlerweile war er sich nicht mehr so sicher, ob es eine gute Idee war, die beiden Wölfinnen ins Schloss seiner Eltern zu bringen. Vor allem, da die Harmsworth noch immer im Haus umherspukten, obwohl ihm das eigentlich egal war. Sollte einer von ihnen die beiden auch nur falsch anschauen, würde er denjenigen persönlich zur Rechenschaft ziehen. Allerdings musste man sie den Vampiren ja auch nicht direkt vor die Nase setzen. Aber Max hatte nach einer Gelegenheit gesucht, um sich ungestört bei Tami entschuldigen zu können, und das wäre hier im Schloss nicht möglich.

Max hatte durchaus verstanden, warum sie ihn auf Abstand gehalten hatte, und seine unbedachten Worte taten ihm leid. Für Tami gab es jemanden, den sie wohl liebte, und wahrscheinlich hatte sie nur Trost in seinen Armen gesucht. Er hatte nichts dagegen einzuwenden, schließlich hatte er im Gegenzug phänomenalen Sex bekommen. Obwohl er zugeben musste, ein bisschen nagte es schon an ihm und machte ihn wütend. Nicht mal so auf Tami, sondern auf den Kerl, der nicht merkte, was für ein Glück er hatte, dass so eine tolle Frau auf ihn stand. Man, er beneidete den Mann jetzt schon für die vielen Stunden voller Leidenschaft und Lust. Alleine, wenn er daran dachte, wie sich ihre seidenglatten Schenkel um seine Mitte geschlossen hatten, brodelte alles in ihm.

Sofort zwang Max seine Gedanken in eine andere Richtung. Das Letzte, was er jetzt brauchte, war mit einer ausgebeulten Hose vor seiner Mutter zu stehen. Und wie auf Kommando kamen die drei Damen zur Tür herein. Max eilte um den Wagen herum und hielt die Hintertür auf. Ashley kam mit einem Lächeln auf ihn zugerannt, bei dem er zum ersten Mal wirklich verstand, was es hieß, die Sonne aufgehen zu sehen. Sie trug ein gelbes Rüschenkleid mit passenden Schuhen und ihre Rasterzöpfe baumelten wild um ihren Kopf herum. Seine Mundwinkel zogen sich von ganz alleine nach oben und er hielt dem kleinen Sonnenschein eine Hand hin, um ihr beim Einsteigen zu helfen.

„Rutsch durch", meinte Letizia sanft. Sie wartete, bis Ashley auf der anderen Seite saß, dann stieg sie selbst hinten ein.

Max schloss vorsichtig die Tür und ging zur Beifahrerseite, um Tami beim Einsteigen zu helfen. „Kommst du?", fragte er sanft, als sie sich nicht bewegte.

Tami streckte das Kinn vor. „Sicher." Steif marschierte sie zu ihm und stieg ein. Er versuchte, sich das Lachen zu verkneifen, bevor er ebenfalls in den Wagen stieg und losfuhr.

Die Fahrt war ein Erlebnis für Max. Ashley plapperte die ganze Zeit aufgeregt vor sich hin und gestaltete zusammen mit seiner Mutter die Unterhaltung, die genau wie ihr Sohn der Kleinen sofort verfallen war. Gott sei Dank hatte Drake so schnell einen Kindersitz auftreiben können. Sie war zwar eine Wölfin, der ein Unfall weit weniger anhaben konnte, aber dennoch ein Kind, für das er verantwortlich war. Und er hatte mal irgendwo gelesen, dass Kinder unbedingt während der Autofahrt so einen Sitz brauchten. Außerdem war es praktisch, weil so verschnürt konnte Ashley nicht im Auto herumturnen. Leider hatte sie sehr schnell spitz gekriegt, dass sie sich nur in einen Wolf verwandeln musste, um aus den Gurten schlüpfen zu können. Er blickte in den Rückspiegel. Letizia hatte jetzt einen kleinen Wolf auf dem Schoß, der die Vorderpfoten am Fenster abstützte und nach draußen schaute.

„Könntest du dich mal auf die Straße konzentrieren", fauchte Tami ihn an.

Max hatte die Straße nie aus den Augen gelassen. „Ich tu nichts anderes."

„Von wegen", nuschelte sie in ihren nicht vorhandenen Bart.

Ihm lagen einige Erwiderungen auf der Zunge, aber er beschloss, es dabei zu belassen. Für den Rest der Fahrt herrschte Ruhe im Auto und schneller als gedacht bogen sie in die Einfahrt, die zum Schloss seiner Eltern führte. Er beobachtete seine Beifahrerin aus den Augenwinkeln, als das Gebäude in Sicht kam, und sie enttäuschte ihn nicht. Mit offenem Mund schaute sie durch die Frontscheibe. Max wusste, wie beeindruckend der Bau war, wenn man ihn zum ersten Mal sah. Selbst Dark Castle wirkte dagegen noch klein. Von außen schien das ganze Schloss nur aus etlichen eckigen Türmen zu bestehen, die sich perfekt ans Haupthaus anschlossen und in unterschiedlichen Höhen in den nächtlichen Himmel ragten. Rechts und links davon waren nach und nach weitere Anbauten integriert worden.

„Das ist der Wahnsinn." Tami ließ einen anerkennenden Pfiff hören, der Max zum Lachen brachte.

„Danke, meine Liebe." Man konnte den Stolz förmlich in Letizias Stimme hören. „Ethan und ich haben hier sehr viele schöne Jahre verbracht."

Tami drehte sich zu ihr um. „Sind Ihre Söhne hier groß geworden?"

„Nein, sie waren beide schon erwachsen, als wir in die neue Welt kamen", erklärte die Königin mit einem traurigen Seufzen. „Max ist im damaligen Schloss meines Schwiegervaters aufgewachsen, genau wie Raven. Dieses Schloss ist dem in England nachempfunden, aber ein ganzes Stück kleiner."

„Kleiner", wiederholte Tami ungläubig und schaute wieder auf den riesigen Kasten, vor dem sie nun zum Stehen kamen.

Max sprang aus dem Wagen und half seiner Mutter beim Aussteigen, die noch immer Ashley in Wolfsgestalt auf dem Arm trug. Der Kleinen sah man selbst in dieser Gestalt an, dass auch sie beeindruckt war. Er warf die Autotür zu und wollte Tami helfen, aber die stand schon neben ihm. Den Kopf in den Nacken gelegt, blickte sie an der Fassade hinauf.

„Lasst uns reingehen", meinte Letizia gut gelaunt, hakte sich bei Tami unter und führte sie ins Haus.

„Hat der Kasten auch einen Namen?", fragte die Wölfin überwältigt, als sie die riesige Eingangshalle betraten. Etliche Durchgänge und Türen führten in die umliegenden Trakte und mehrere Treppen in die oberen Stockwerke.

Letizia lachte. „Nein, das ist was für meine Jungs."

Tami wandte sich an Max. „Besitzt du auch ein Schloss?"

Max schüttelte den Kopf. „Nicht hier, aber mir gehören zwei … nein drei Landsitze in Irland und Schottland."

„Wow. Jetzt bin ich beeindruckt." Tami drehte sich einmal um die eigene Achse. „Hier fühlt man sich wie im Märchen."

„Hoheit, willkommen zu Hause." Ein kleiner untersetzter Mann mit grauen Haaren kam auf sie zugerannt.

„Danke, Lester", lächelte Letizia und wandte sich an Max. „Wie wäre es, wenn du unserem Besuch das Haus zeigst, und anschließend gibt es Tee und Gebäck im Wintergarten."

Der kleine Wolf wandelte sich in Ashley zurück. „Limo."

„Natürlich, mein Sonnenschein." Liebevoll strich die Königin ihr über das Haar. „Schau dir alles an und dann bekommst du Kekse. Im Wintergarten gibt es auch herrliche Blumen."

„Kekse", jubelte Ashley und streckte ihre Ärmchen aus. „Mäsch hoch."

Max nahm die Kleine auf den Arm und verabschiedete sich mit einem Wangenkuss bei seiner Mutter. „Wollen wir?", fragte er die beiden Wölfinnen.

Während Ashley „Ja, ja" rief, nickte Tami nur stumm und folgte ihm. Ihre Augen huschten von einer in die andere Ecke. Sie sah aus wie ein Kind im Süßwarenladen.

Max legte Tami die freie Hand zwischen die Schulterblätter und schob sie sachte vor sich her. Er freute sich, den beiden den Ort zu zeigen, wo er die letzten Jahrhunderte gelebt hatte und der dank seiner Eltern immer ein liebevolles Zuhause sein würde. Letizia und Ethan mochten zwar das Königspaar sein, aber abends am Tisch waren sie einfach nur liebende Eltern und daran hatte sich bis heute nichts geändert. Max schätzte, egal wie alt Raven und er auch wurden, für Letizia und Ethan blieben sie immer ihre jungen Söhne.

Max mochte anfangs noch seine Bedenken gehabt haben, aber mittlerweile freute er sich wirklich darauf, den Fremdenführer für seine Mädchen zu spielen. Es war aus irgendeinem Grund ein tolles Gefühl, Tami und Ashley hier zu haben. Die kleine Maus auf seinem Arm machte große Augen, als sie die vielen Ritterstatuen sah, die die langen Korridore säumten. Tami wirkt sogar richtig ehrfürchtig, als sie die Ahnengalerie betraten.

Wehmütig schaute Letizia den dreien hinterher, bis sie aus ihrem Blickfeld verschwunden waren. Wie sehr wünschte sie sich, dass auch Max sein *Licht* fand und glücklich wurde. Noch mehr würde sie sich allerdings freuen, wenn sie ihre Enkelkinder endlich auf dem Arm herumtragen könnte. Wie sehr sie sie verwöhnen würde. Seufzend wendete sie sich ab und ging zu ihrem Mann ins Arbeitszimmer.

Es war etliche Zeitalter her, dass Max und Raven klein gewesen waren. Letizia wollte wieder das Getrappel von Kinderfüßen hören und atemlosen Geschichten lauschen, wenn die Kleinen wieder ein aufreibendes Abenteuer erlebt hatten. Genau wie früher, wenn Max die Umgebung erkundet hatte und schlammbeschmiert nach Hause kam, weil er sich in den dreckigsten Ecken herumgetrieben hatte. Raven war eher der Pferdenarr und hatte jede freie Minuten in den

Stallungen verbracht.

Ethan kam hinter seinem Schreibtisch hervor, als seine Frau eintrat. „Schatz, du hattest gar nicht erwähnt, dass du heute schon nach Hause kommst." Er legte liebevoll seine Arme um sie und gab ihr einen langen Kuss. Die beiden waren noch genauso verliebt wie am Tag ihrer Hochzeit. Bei ihrem allerersten Zusammentreffen allerdings war das genaue Gegenteil der Fall gewesen, aber das war eine andere Geschichte.

Letizia ließ sich von ihrem Mann zu einem der bequemen Sitzgelegenheiten führen. „Ich fahre mit Max auch wieder zurück. Eigentlich wollte ich nur mit unserem Arzt sprechen, ob er vielleicht noch einen guten Rat wegen Tyr hat."

„Das ist eine gute Idee." Ethan legte wieder die Arme um sie und drückte sie fest an sich. „Wie geht es ihm?"

„Nicht so gut, aber er ist stabil. Cuthwulf hat sein Bestes getan, er ist wirklich ein hervorragender Arzt. Leider kann auch er nichts mehr tun, aber er schätzt, bei der Heilungsgeschwindigkeit von uns müssten wir spätestens morgen Nacht wissen, ob er …" Sie brach ab.

„Tyr kommt schon wieder auf die Füße." Ethan küsste ihre Stirn. „Du warst schon immer sehr emotional, wenn einer unserer Soldaten verletzt wurde, aber diesmal scheint es dich noch mehr mitzunehmen."

Letizia rückte etwas von ihm ab und funkelte ihn böse an. „Was soll das denn bitte heißen? Nur weil ich nicht so ein emotionaler Krüppel wie der Rest von euch bin? Ehrlich gesagt finde ich es eher beängstigend, wie ruhig du und deine Söhne bleiben könnt, wenn ein Freund in Lebensgefahr schwebt", fuhr sie ihn weiter an. „Dad ist im Übrigen auch nicht viel besser."

„Tizia, Schatz", versuchte der König, seine Gattin zu beruhigen. „Du musst uns verstehen, Tyr ist ein Soldat."

„Ach und das macht sein Leben wertlos?", fauchte sie dazwischen.

„Nein, natürlich nicht", gab Ethan ebenso aufgebracht zurück. „Aber versetz dich doch mal in Max' Lage." Letizia sah zwar widerwillig drein, ließ ihn aber ausreden. „Unser Sohn ist der Oberbefehlshaber von Tausenden Vampiren, die über das ganze Land verstreut leben. Ich muss dir nicht erklären, welchen Respekt sie ihm zollen, und den hat er sich auch hart erarbeiten müssen. Die familiäre Beziehung zu Shaynes Rudel darf uns allerdings nie vergessen lassen, dass es überall im Land noch Krieg zwischen den Rassen gibt, und täglich sterben Vampire im Kampf mit ihnen."

„Ich weiß und das macht die Sache noch schlimmer", traurig ließ sie sich zurück an seine Brust sinken. „Aber Tyr ist sein Freund", gab sie nicht nach.

„Schatz, du weißt, wie er ist. Max hat sich noch nie in die Karten blicken lassen und alles mit sich selbst ausgemacht." Ethan verstärkte die Umarmung noch ein wenig. „Deswegen wäre er auch ein verdammt guter König geworden. Ich habe lange nicht akzeptieren können, dass er die Krone verweigert, aber mittlerweile verstehe ich seinen Entschluss."

„Wirklich?", fragte Letizia ungläubig.

Ethan lachte. „Ja, nicht zu fassen, was?", scherzte er.

„Das glaub ich tatsächlich nicht." Lächelnd drückte sie kurz ihre Lippen auf seine. „Du warst außer dir. Ich hatte schon die Befürchtung, du kämst auf so eine unsinnige Idee, wie deinen Sohn zu verbannen." Schuldbewusst verzog der König das Gesicht. „Das ist jetzt nicht dein Ernst, Ethan? Du hattest nicht wirklich vor, deinen eigenen Sohn aus dem Haus zu werfen?"

„Kurzzeitig", gestand er kleinlaut ein. „Du musst zugeben, dass er einen schlechten Zeitpunkt gewählt hat", fuhr er entschuldigend fort. „Keinen Monat nachdem mein anderer Sohn sich mir öffentlich widersetzt und einen Werwolf rettet, den er eigentlich töten sollte, eröffnet mir mein Erstgeborener mal so nebenbei beim Essen, dass er keinen Bock auf die Krone hat."

„Ganz so war es ja dann auch nicht", berichtigte Letizia ihn mit einem Augenrollen. „Max hat dir schon seine Gründe darlegen wollen, aber mein geliebter Mann ist ja gleich explodiert und hat überhaupt nicht zugehört."

„Mag sein, aber das spielt jetzt auch keine Rolle mehr."

„Ach und was hat deine Meinung nach so vielen Jahren geändert?" Letizia hatte natürlich keinen Zweifel, dass er Max schon vor einer Ewigkeit verziehen hatte, aber akzeptieren hatte er sie nie können. Na ja, zumindest bis heute nicht.

„Ob du es glaubst oder nicht, aber die viele Zeit, die ich in Ravens Schloss verbracht habe, und die Erzählungen von Dad und dir haben mir einiges klarer gemacht. Ich glaube, dass Max schon sehr früh in seinem Bruder etwas erkannt hat, das ich erst heute sehe." Ethan versuchte, es in Worte zu fassen. „Raven vertraut seinen Instinkten und hat einen unglaublichen Gerechtigkeitssinn, aber er ist auch gütig und einfühlsam. Bis vor Kurzem habe ich geglaubt, dass ein König vor allem mit dem Verstand regieren muss, aber da habe ich mich geirrt. Er muss um seine Schwächen wissen und seine Stärken nutzen, nur dann kann ein Herrscher zu einem guten König werden, und er muss seinen Überzeugungen treu bleiben. Raven hatte schon immer ein Problem mit dem Krieg gegen die Werwölfe und er hat mir gezeigt, wie sehr ich im unrecht war." Ethan seufzte. „So viele Leben, so viel unnötig vergossenes Blut, bis wir endlich erkannt haben, dass nicht alle Werwölfe schlecht sind. Raven hat das Zeug, den Frieden herzustellen, vor allem mit Sam an seiner Seite."

„Die beiden werden das meistern", stimmte Letizia ihm zu. „Allerdings brauchen sie noch eine Weile, um mit sich selbst ins Reine zu kommen. Das mit dem Geisterwolf ist nicht so einfach für die beiden." Ihr Gesicht verdüsterte sich. „Ich verstehe Midnight einfach nicht, was hat sie sich nur dabei gedacht."

„Sie hatte wie immer nur das Beste für unsere Familie im Sinn", sagte Ethan beschwichtigend. „Außerdem was hat sie denn so Schlimmes getan? Sam ist je zur Hälfte Wolf und Vampir, na und, das wussten wir auch schon vorher. Midnight hat nur dafür gesorgt, dass sie sich nun auch mit beiden Seiten verteidigen kann."

„Das sind ja ganz neue Töne", stellte Letizia lächelnd fest.

Ethan schnitt ihr eine Grimasse, küsste sie aber direkt hinterher. „Vielleicht halte ich es nur an der Zeit, die alten Traditionen über Bord zu werfen", meinte er beleidigt.

„Ich hoffe, das gilt auch für Max." Letizia setzte sich auf und blickte ihren Mann eindringlich an. „Wir müssen das mit der Verlobung ein für allemal klarstellen."

„Das habe ich bereits." Ethan war ernst geworden. „Ich habe Christoph vorhin schon gesagt, dass Max seine Tochter nicht heiraten wird."

„Und wie hat er reagiert?"

„Ruhig, allerdings werden wir abwarten müssen, ob er wirklich so gefasst war, wie er aufgetreten ist."

Letizia nickte wissend. Ihr war klar, worauf ihr Mann

hinauswollte. Christoph würde nie offen gegen den König rebellieren, er war eher der Typ für Intrigen und Messer im Rücken. Sie verabscheute diesen Mann und noch mehr hasste sie es, dass sie ihn auch noch unter ihrem Dach beherbergen mussten. Letizia verstand Ethans Beweggründe, aber deswegen musste sie ja noch lange kein Fan davon sein.

Eine ganze Weile saßen die beiden so auf dem Sofa, hielten sich im Arm und hingen ihren Gedanken nach. Sie beide hatten schon früh erkannt, dass man nicht immer reden musste. Hin und wieder reichte es auch völlig aus, wenn der andere einen einfach nur festhielt. Vieles erschien ihr dann nicht mehr so schlimm. Plötzlich drang ein tiefes Grollen bis zu ihnen vor.

„Max", stellte Ethan fest.

„Oh Gott." Alarmiert sprang Letizia auf. „Er hat die Mädchen dabei", klärte sie ihrem Mann, sprang ebenfalls auf und sprintete los. Ethan war direkt hinter ihr.

Letizia schickte Stoßgebete gen Himmel, dass ihr Sohn keine Dummheit machte. Wenn es um die beiden Wölfinnen ging, kannte Max nämlich keinen Spaß. Sie brauchte nur Sekunden in den anderen Flügel und trotzdem klopfte ihr das Herz bis zum Hals. *Bitte, bitte!* Max war kein Hitzkopf, aber Letizia kannte ihre Söhne und hatte sofort gemerkt, dass ihr Ältester Tami gegenüber ziemlich besitzergreifend war. Von der kleinen Ashley mal ganz zu schweigen.

15. Kapitel

„So etwas habe ich noch nie gesehen", staunte Tami über die riesigen Gemälde, auf denen die Urahnen der Darks abgebildet waren.

„Ziemlich protzig, was?", lachte Max und legte ihr einen Arm um die Schulter.

Tami machte unauffällig einen Schritt zur Seite, um seinem Arm zu entfliehen. Warum musste er sich nur benehmen, als wäre nie etwas zwischen ihnen vorgefallen? War es ihm so unwichtig, dass er es nach nicht einmal vierundzwanzig Stunden schon wieder vergessen hatte? Sie jedenfalls nicht. Soweit sie sich erinnern konnte, hatte sie Stunden heulend in Ravens Arbeitszimmer verbracht und war schließlich unter seinem Schreibtisch eingeschlafen. Allerdings konnte sie sich nicht mehr erinnern, wie sie in ihr Bett gekommen war.

Als Tami aufwachte, war es noch stockdunkel im Zimmer gewesen. Was weniger mit der Nacht zu tun hatte als mit den geschlossenen Rollläden. Sie hatte etwas Zeit gebraucht, um herauszufinden, wo sie war, und diesen seltsamen Traum abzuschütteln. Tami hatte geträumt, dass sie sich verlaufen hatte und Max sie fand. Wie eine Prinzessin trug er sie zu ihrem Bett, beugte sich zu ihr herab und küsste sie. Und sie tat etwas, das sie in Wirklichkeit nie machen würde, sie gestand ihm ihre Liebe. So absurd die Vorstellung auch war, Tami saß mit hochrotem Kopf im Bett und war heilfroh, dass Jala tief und fest schlief.

Ungeduldig hatte Tami noch zwei Stunden warten müssen, bevor ihre Freundin die Augen aufschlug. Doch anstatt endlich zu erfahren, wie sie in ihr Bett gekommen war, hatte Jala schlimme

Nachrichten. Nachdem Tami von Tyrs Verletzung erfahren hatte, gab es natürlich kein anderes Thema mehr. Aber gerade jetzt, so nah bei Max, kam ihr der Traum wieder und wieder ins Gedächtnis.

Tami ging zum nächsten Gemälde und versuchte, die Traumbilder abzuschütteln. Sie musste endlich ihre kindische Verliebtheit für diesen Mann ablegen und der Realität ins Auge blicken. Max hatte ihr doch gestern eindeutig klargemacht, dass er kein Interesse mehr an ihr hatte. Für ihn schien das Thema damit auch erledigt zu sein und sie wünschte sich wirklich, dass sie es genauso schnell ad acta legen könnte. Nur leider machte ihr Herz, dieses dumme Ding, ihr einen Strich durch die Rechnung. Himmel, wie oft hatte sie die Frauen heimlich belächelt, die sich wegen eines Mannes zum Affen machten, und jetzt war sie nicht besser.

„Mein Urururgroßvater scheint es dir ja angetan zu haben", scherzte Max, der schon wieder neben ihr stand.

Tami merkte, dass sie das Bild schon viel zu lange anstarrte, und ging wortlos zum nächsten. *Nur nicht beachten!* Was gar nicht so einfach war, da sie ihn nicht abschütteln konnte. Er stellte sich dicht neben sie, dass sie sich sogar leicht berührten. Wie sollte man denn da auf Abstand gehen? Zuerst zwang er sie zu diesem gar nicht lustigen Ausflug und dann kam er ihr auch noch ständig so nahe.

„Al", quiekte Ashley plötzlich und zeigte auf eins der letzten Bilder. „Al, Al, Al, Al …"

„Ja, das ist er", lachte Max und kitzelte die Kleine am Bauch. Lachend wand sie sich auf seinem Arm.

Tami betrachtete das Porträt, das Alarith in längst vergangener Kleidung zeigte. An seiner Seite war eine zierliche Frau mit langen blonden Haaren. Sie wirkte neben dem stattlichen Mann so zerbrechlich, fast wie ein kleines Mädchen.

„Das ist meine Großmutter Amelia", meinte Max leise und mit einer Spur von Traurigkeit in der Stimme. „Ich hab sie nie kennengelernt, aber Dad hat uns viel von ihr erzählt. Sie muss eine wunderbare Frau gewesen sein, voller Güte und Liebe."

„Es tut mir leid." Tami konnte nichts anders, sie drehte sich zu ihm um und legte ihm ihre Hand auf die Brust. „Sie hätte dich sehr gern gehabt."

„Ja?", fragte Max sanft lächelnd. „Wie kommst du darauf? Du magst mich doch auch nicht mehr."

„Weil du ihr sehr ähnlich sein musst." Auf den Rest ging sie nicht ein, sondern lief weiter zum nächsten Bild. Diesmal stand sie Letizia und Ethan gegenüber, haushoch ragten die Gemälde vor ihnen auf.

Tami betrachtete das Paar und fand, dass sie selbst in Öl gut zueinanderpassten. Sie hatte noch nicht oft die Gelegenheit gehabt, die beiden zusammen zu sehen, aber die wenigen Male hatten ausgereicht, um die Liebe zwischen ihnen zu spüren. *Herrgott noch mal!* Wütend auf sich selbst ging sie weiter. Warum war sie heute nur so kitschig? Man konnte ja fast meinen, sie wäre in einem Groschenroman gelandet.

Ich hätte mir eigentlich denken können, wer nach Alarith und Ethan kommt. Max blickte auf sie herab und er sah einfach zum Niederknien aus. Schnell ging Tami weiter, während das Original aus Fleisch und Blut hinter ihr kicherte.

„Magst du mein Bild nicht?"

Tami rollte mit den Augen. „Das Original reicht mir, danke."

Max trat wieder an ihre Seite und schaute ebenfalls zu Raven auf.

„Ein Porträt von ihm und Sam ist schon in Planung", erklärte er ihnen. „Sobald einer aus unserer Familie sein *Licht* gefunden hat, wird eins von dem Paar angefertigt und hier aufgehängt."

„Das ist eine schöne Tradition", gab Tami zu und drehte sich zu ihm um.

„Tami." Ashley wechselte den Arm. „Kekse."

„Tja, das war's wohl mit der Tour", lachte Max. „Zeit für Tee und ..." Er brach ab und blickte zur Tür. „Was gibt es, Lester?

„Ein dringender Anruf für Sie, Hoheit. Mister Phelps ist auf Leitung zwei." Lester beugte kurz den Kopf und verschwand dann genauso unauffällig, wie er erschienen war.

„Ihr bleibt hier, bin gleich wieder da." Max wartete Tamis Nicken ab. „Bewegt euch nicht vom Fleck", forderte er noch, bevor er telefonieren ging.

„Komm, wir schauen uns die Gemälde noch ein bisschen an, bis Max wieder da ist." Tami schlenderte langsam weiter die Bilderreihen ab, bis ihr auffiel, dass Ashley viel zu ruhig war. „Was ist denn, mein Schatz?" Statt einer Antwort verwandelte sich Ashley in einen kleinen schwarzen Wolf und versuchte, sich in ihren Armen unsichtbar zu machen.

Tami wirbelte herum und erstarrte. Sie hatte sich an Max' Seite so sicher gefühlt, dass sie völlig vergessen hatte, wo sie sich befand. Im Türrahmen stand ein Vampir, haselnussbraune Haare, groß, gut aussehend und mit ausgefahrenen Fangzähnen. Tami reagierte instinktiv, sie setzte Ashley hinter sich auf den Boden, ging in Verteidigungshaltung und knurrte warnend. Der Vampir lachte höhnisch, stieß sich vom Rahmen ab und schritt langsam in den Raum. Er blieb immer nah an der Wand und Tami folgte seinen Bewegungen, um möglichst viel Abstand zu wahren.

Ashley folgte ihr auf dem Fuße, immer hinter ihren Beinen in Deckung bleibend. Von Geburt an hatten junge Wölfe den Instinkt, hinter stärkeren Rudelmitgliedern in Deckung zu gehen, wenn Gefahr drohte. Es verlor sich mit wachsender Selbstständigkeit, aber im Augenblick war Tami mehr als dankbar dafür.

„Wer hat eigentlich die Hunde rausgelassen?", höhnte er und blieb stehen. „Ihr stinkt erbärmlich."

Tami hätte ihm am liebsten den Kopf abgerissen, aber sie würde keinen Schritt von Ashley wegmachen. Sollte der Arsch versuchen, sie anzugreifen, würde er sein blaues Wunder erleben. Nur über ihre Leiche würde sie zulassen, dass der Kerl an Ashley herankam. Er machte einen Schritt nach vorne. Tami spannte sämtliche Muskeln an und betete im Kopf herunter, was Stone ihr alles beigebracht hatte.

Wie aus dem Boden gewachsen, hatte sie plötzlich einen breiten Rücken vor sich. Tami zuckte kurz zusammen, erkannte dann aber sofort, wer sich schützend vor ihnen aufgebaut hatte. Max' tiefes Grollen hallte von den Wänden wider und ging Tami durch jede Zelle ihres Körpers. Kleine Hände zupften an ihrem Shirt, Ashley streckte ihr stumm die Arme entgegen. Sofort nahm sie das Mädchen hoch. Max hatte mittlerweile zu knurren begonnen. Tami legte ihm eine Hand an die Hüfte, um ihm zu zeigen, dass er ihnen nichts getan hatte. Ashley ahmte sie nach und patschte mit den Fingern auf seinem Rücken herum. Sie hatte keine Ahnung, ob der Körperkontakt auch bei Vampiren eine Rolle spielte, aber bei Wölfen funktionierte es.

„Was geht hier vor sich?", donnerte Ethan, der gefolgt von Letizia den Raum betrat.

Dem Königspaar folgten noch ein paar Männer, die ziemlich mürrisch die Lage zu überblicken versuchten. Ein großer blonder und Otaktay, den Tami ja bereits kannte, stellten sich fast augenblicklich an Max' Seite. Jetzt waren Ashley und sie hinter einer breiten Mauer aus Muskeln verborgen. Wow, das erlebte man auch nicht alle Tage.

„Ich war nur zufällig hier unterwegs", begann dieser Arsch lässig zu erklären. Einen Moment fixiert er noch Max, dann wandte er seine Aufmerksamkeit dem König zu. „Das ist alles nur ein Missverständnis."

Max wollte das Passende erwidern, aber sein Vater brachte ihn mit einer Handbewegung zum Schweigen. Tami spürte, wie sich seine Muskeln noch mehr anspannten, und fürchtete, dass sie bald zerreißen würden. Sie drückte sich dichter gegen ihn und ermöglichte so auch Ashley, ihre Arme um seinen Hals zu schlingen. Er zitterte und Tami hätte ihn so gerne umarmt, aber das war ein unmöglicher Gedanke hier vor allen Leuten.

„Dann schaffen wir dieses Missverständnis ein für alle Mal aus der Welt, Tristan", teilte ihm der König mit und zeigte deutlich, dass er keine Widerworte duldete. „Diese beiden stehen unter meinem persönlichen Schutz und können sich im Schloss unbehelligt bewegen. Ich hoffe, wir haben uns verstanden."

„Natürlich, Euer Hoheit", meinte der Kerl schleimig mit einer Verbeugung.

„Dann solltest du jetzt gehen und deine Familie ebenfalls darüber informieren." Ethans Blick war kompromisslos.

„Sehr wohl." Mit einem überheblichen Gesichtsausdruck machte der Typ endlich die Biege. Tami atmete tief durch, das war ja gerade noch mal gut gegangen.

Max holte Ashley geschickt von seinem Rücken, drehte sich mit ihr auf dem Arm um. „Alles okay bei euch?", fragte er besorgt und blickte zwischen ihnen hin und her, bis sie beide nickten.

Erleichtert legte er Tami eine Hand in den Nacken und zog sie an seine Brust. Steif blieb sie stehen und hatte keine Ahnung, wie sie darauf reagieren sollte. Aber als sie spürte, dass auch Ashley sie umarmte, hob sie ihre Arme und schlang sie um Max' Taille. Das kurze Zusammentreffen mit diesem Tristan hatte sie ziemlich unter Hochspannung gesetzt und jetzt genoss sie einfach den Trost, den Max ihr bot.

„Geht es allen gut?", fragte Letizia dicht neben ihnen.

Max löste die Umarmung und drehte sich zu seinen Eltern um. „Alle mit dem Schrecken davongekommen."

Den Arm hatte er um ihre Schultern liegen gelassen. Tami war das plötzlich unangenehm und sie versuchte, unauffällig einen Schritt zur Seite zu machen, aber diesmal spielte der Vampir nicht mit. Statt seinen Arm wegzunehmen, grub er seine Finger sachte, aber bestimmt in ihr Fleisch und zog sie näher.

Letizia streckte die Arme nach Ashley aus. „Nach dem Schrecken gibt's jetzt Tee und Kekse."

„Leti Kekse", machte sie freudig und ließ sich von der Königin nehmen.

„Ich warte mit der Kleinen im Wintergarten, dann könnt ihr in Ruhe trainieren", beschloss Letizia und ging davon.

Max gab den Wachen an der Tür ein Zeichen, dass sie ihr folgen sollten, was sie auch sofort taten. „Dad, wir müssen reden."

„Lass uns in den Salon gehen", schlug Ethan vor.

„Otaktay, Lucian", sprach Max ihre Beschützer an. „Ihr solltet das auch hören.

Die fünf setzten sich in Bewegung und Tami fragte sie erneut, was eigentlich sie dabei zu suchen hatte. Sie hätte es viel besser gefunden, mit Letizia und Ashley Kekse zu essen, aber ihr vampirischer Beschützer machte nicht gerade den Eindruck, als wollte er sie jemals wieder loslassen. Sie mussten nicht weit gehen, um in den Salon zu kommen. Der Raum war riesig und die Einrichtung elegant, um nicht zu sagen protzig. Max ließ Tami los, aber nur um sie auf einem Stuhl zu parken, der zusammen mit zwei Sofas eine Sitzgruppe vor dem Kamin bildete. Statt sie allerdings endlich in Ruhe zu lassen, baute er sich hinter ihr auf.

Ethan nahm das Verhalten seines Sohnes mit zusammengekniffenen Augen zur Kenntnis. Man konnte ihm deutlich ansehen, dass er es genauso merkwürdig fand wie sie selbst. Was war nur in diesen Vampir gefahren? Wahrscheinlich fühlte er sich verantwortlich, dass die Wölfinnen in die Klemme geraten waren, obwohl er versprochen hatte, auf sie aufzupassen. Sie selbst fand das nicht weiter tragisch, schließlich war er rechtzeitig zur Stelle gewesen.

„Was gibt es so Wichtiges?", fragte Ethan neugierig, der wohl beschlossen hatte, nicht weiter auf das Verhalten seines Sohnes einzugehen. „Und warum hast du deiner Mutter die Wachen hinterhergeschickt?"

„In der Stadt gab es einen weiteren Angriff." Max legte ihr eine Hand auf die Schulter.

„Verletzte?" Otaktays Frage war sachlich ausgesprochen.

Max schüttelte den Kopf. „Waren wohl glücklicherweise nicht die Hellsten. Damian und Stone haben sie ausgeschaltet, bevor sie größeren Schaden anrichten konnten. Nur leider hat es schon wieder einen Wolf aus dem Rudel getroffen."

„Wen?", fragte Tami panisch und stand auf, um ihn anzublicken.

„Ganz ruhig", meinte Max und zog sie wieder an sich. „Austin hat nur einen Streifschuss am Arm abbekommen. Cuthwulf hat ihn verarztet und nach Hause gebracht."

„Sag das doch gleich", schimpfte Tami erleichtert und machte sich von ihm los. „Ich habe fast einen Herzinfarkt bekommen." Sie verpasste ihm eine auf den Arm, bevor sie sich wieder setzte.

Lucian lehnte sich lachend zu seinem Vorgesetzten. „Die Kleine gefällt mir, können wir sie behalten?"

Max' Antwort war ein kurzes Knurren. „Halt die Klappe."

Noch lauter lachend ging der Blonde ein paar Schritte auf Abstand. „Du bist ja noch reizbarer als sonst."

Ethan hatte das Geplänkel mit hochgezogenen Augenbrauen verfolgt. „Sind noch weitere gesichtet worden?", ging er nicht darauf ein.

„Nein", wandte sich Max wieder ernst an seinen Vater. „Die Jungs konnten weiter nichts Ungewöhnliches in der Stadt feststellen. Shayne ist dafür, den ursprünglichen Plan beizubehalten, aber die Kämpfer werden allmählich ungeduldig."

Seufzend ließ sich Ethan in einen anderen Sessel fallen. „Ich fürchte, dass es meine Schuld ist."

„Deine Schuld?", platzte Tami heraus. „Wieso sollte es deine Schuld sein?"

„Ich habe Christoph vorhin gesagt, dass ich dich zu keiner Heirat zwingen werde." Der König sah plötzlich schrecklich müde aus. „Vielleicht hätte ich damit warten sollen, bis wir dieses Problem aus der Welt geschafft haben. Ich hätte nur nie erwartet, dass er schon wieder seine Söldner losschickt."

Tami schüttelte widerwillig den Kopf. „Erstens ist es nicht deine Schuld, schließlich hast du nicht den Abzug gedrückt und für die Taten eines Irren bist du definitiv nicht verantwortlich."

„Und zweitens?", fragte Lucian interessiert.

„Treten wir dem Kerl jetzt so richtig in den Arsch, damit er lernt, sich nie wieder mit uns anzulegen." Wütend verschränkte sie die Arme vor der Brust. „Wo kommen wir denn da hin, wenn wir uns so etwas gefallen lassen."

„Die will ich haben." Lucian blickte erfreut den General an.

„Nichts da", schnauzte Max ihn an.

„Danke. Tami, richtig?" Ethan lächelte und sie nickte verschämt. „Es freut mich, dass ausgerechnet eine Wölfin so etwas zu mir sagt. Und weißt du was?" Sie schüttelte den Kopf. „Ich finde deine Idee fabelhaft, lass uns den Kerl ein für alle Mal unschädlich machen. Und ich weiß auch endlich, wie wir ihn aus der Reserve locken."

„Tatsächlich?" Max blickte seinen Vater ungläubig an.

Irgendwie mochte Tami den König mit jeder Minute mehr. Anfangs hatte sie ja nicht viel mit diesem hochtrabenden Getue der Vampire anfangen können, aber im Grunde war er nichts anderes als ein Alpha. Wenn sie sich es genau überlegte, hatte er viel mit dem Rudelführer in England gemeinsam, sogar diesen Akzent besaß er. Mit Shayne konnte man ihn allerdings nicht vergleichen, dafür war der Wolf einfach zu speziell als Anführer.

„Wir werden Christoph etwas geben, wobei er unter keinen Umständen ruhig bleiben kann. Ich will, dass er seinen Verrat vor allen Vampirfamilien des Landes zugibt." Ethan machte eine kurze Pause, ließ die Worte wirken. „Lucian, du wirst alle verfügbaren Männer aus dem ganzen Land hierher beordern."

„Schon erledigt", meinte der blonde Vampir dienstbeflissen.

„Otaktay", fuhr der König fort. „Nimm dir so viele Männer, wie du brauchst, und mach diese verdammten Schweine endlich ausfindig." Der Indianer nickte nur kurz, dass er verstanden hatte.

„Was hast du vor?" Max verschränkte die Arme vor der Brust und beäugte seinen Vater misstrauisch.

Ethan lächelte verschlagen. „Wir werden deine Verlobung während Alariths Fest bekannt geben."

Tami blieb das Herz stehen. Max sollte sich verloben, aber mit wem? Es durfte ihr nichts ausmachen und doch fraß es sich wie Säure durch ihre Adern. Alleine die Vorstellung, er könnte eine andere Frau anfassen und sie sogar heiraten, ließ ihr bittere Galle die Kehle hinaufsteigen. Plötzlich war ihr furchtbar übel. Nur gut, dass sie zu dem Fest nicht eingeladen war und deshalb auch nicht mit ansehen musste, wie der Mann, den sie sehr wahrscheinlich liebte, sich mit einer anderen Frau verlobte.

Max schüttelte widerwillig den Kopf. „Vergiss es, da spiel ich nicht mit", blockte er rigoros ab. „Isabelle hat nichts mit den Machenschaften ihres Vaters zu tun, das werde ich ihr nicht antun."

„Ich rede doch nicht von Isabelle", winkte Ethan ab. „Wie sollte ich damit Christoph reizen? Es würde doch nur seinen Wünschen entsprechen. Ich habe da eine ganz andere im Auge." Er blickte die einzige Frau im Raum durchdringend an.

Tami riss die Augen auf. „Auf keinen Fall." Panisch drehte sie sich um. „Sag deinem Vater, dass das überhaupt nicht in die Tüte kommt."

Max musterte sie mit schief gelegtem Kopf und grinste leicht. „Die Idee hat was." Über ihren Kopf hinweg blickte er seinen

Vater an. „Ich denke, Shayne wird mitspielen, wenn wir ihm die Hintergründe erklären."

„Nein." Tami sprang auf und marschierte davon. „Vergesst es. Ich geh nach Hause."

Sie konnte einfach nicht glauben, was diese Idioten da für einen dämlichen Plan austüftelten. Niemals würde sie in aller Öffentlichkeit die Braut dieses eingebildeten Vampirs spielen, niemals. Tami lief den Flur entlang, von dem sie dachte, dass er sie zurück in die Eingangshalle führen würde. Wie sollte sie das denn bitte anstellen? Es war jetzt schon die Hölle, Max so nah zu sein und gleichzeitig zu wissen, dass er meilenweit von ihr entfernt war.

„Ich hole sie", hörte sie Max' Stimme. „Am besten rufst du Shayne an und erklärst ihm deine Idee, ich mach das nämlich bestimmt nicht."

„Vielleicht sollte ich das lieber meinem Vater überlassen", gab Ethan zur Antwort.

Max hatte sie schnell eingeholt und lief neben ihr her. „Wo willst du denn hin?"

„Nach Hause", teilte sie ihm bissig mit und beschleunigte ihre Schritte. „Hier bleib ich keine Sekunde mehr. In diesem Kasten muss etwas in der Luft liegen, das einem die Gehirnzellen zerstört. Wie könnte sonst jemand auf so eine hirnrissige Idee kommen. Sorry, Ethan", setzte sie noch hinzu, als ihr klar wurde, dass er sie hören konnte. Aber zur Antwort bekam sie nur ein leises Lachen aus einiger Entfernung.

„Bleib endlich stehen." Max packte sie an den Schultern und drehte sie zu sich um.

„Fass mich nicht an", fauchte sie und riss sich los, machte kehrt und marschierte weiter. „Ihr könnt euch viel ausdenken, aber da spiele ich nicht mit."

Max schien genug zu haben, er packte sie und warf sie über seine Schulter. „Wir beide werden uns jetzt in Ruhe unterhalten."

„Lass mich sofort runter, du alter Idiot." Tami trommelte wütend auf seinen Rücken ein.

„Sieh mal, Otaktay, muss eine solche Zweisamkeit nicht schön sein." Lucian und der Indianer waren ihnen gefolgt.

„Halt die Klappe!", fuhren Tami und Max ihn gleichzeitig an.

Max wartete keinen weiteren Kommentar ab, sondern trug seine Fracht, die sich weiter tatkräftig wehrte, durch die langen Flure. Tami hingegen wurde nicht müde, auf den Vampir einzuschlagen. Wie konnte er diesem dämlichen Vorschlag nur zustimmen und warum musste er sie immer wie ein kleines Mädchen behandeln? Sie hatte sich in diesen Scheißkerl verliebt und für ihn war sie nur ein lustiger Zeitvertreib, Mittel zum Zweck. Niemals konnte sie sich vor all diese Leute stellen und so tun, als würde sie seine Verlobte sein, wo sie sich doch genau das wünschte.

„Hat es dir die Sprache verschlagen?", fragte er lächelnd, als er sie endlich wieder auf ihre Füße stellte.

Tami blickte zu ihm hoch. Ihr Kampfgeist war inzwischen etwas abgeflaut und machte der Panik den Weg frei. „Zwing mich nicht dazu."

„So schlimm wird das Schießtraining schon nicht werden."

Erst jetzt bemerkte Tami, dass sie sich auf einem Schießstand befanden. Aber sie ließ sich nicht ablenken und schaute ihn nur vorwurfsvoll an.

„Wäre es denn so schlimm, meine Verlobte zu spielen?", seufzte er enttäuscht.

„Es …", sie brach ab und suchte die richtigen Worte. „Ich bin nicht die Richtige. Warum fragt ihr nicht Jala, die könnte das bestimmt viel besser."

Max trat zu ihr, umfasste ihre Oberarme und versuchte, ihr ins Gesicht zu sehen. „Das würde aber keine sehr glaubhafte Vorstellung werden. Ich für meinen Teil bin sehr froh, dass die Wahl auf dich gefallen ist."

Tami schaute stur auf ihre Füße, seinem Blick würde sie niemals standhalten. Wenn er sie nur mit diesen blauen Augen anschaute, konnte er alles von ihr haben. „Mir gefällt es überhaupt nicht", murrte sie.

„Hör mal", begann er, umgriff ihre Hüften und setzte sie schwungvoll auf eine Theke, hinter der man sich zum Schießen aufstellte. „Könntest du mich bitte ansehen."

Fast schon panisch schüttelte sie den Kopf. „Wir sollten trainieren, es spielt sowieso keine Rolle. Shayne und meine Eltern werden das nie erlauben."

Und dabei war sich Tami absolut sicher, zumindest hoffte sie stark darauf. Es gab also keinen Grund mehr, warum sie so vertraut miteinander umgehen sollten. Auch das Training war ihr egal und diente nur der Ablenkung. Sie hatte längst einen ganz anderen Entschluss gefasst. Sobald sie zu Hause waren, würde sie zu Drake gehen und ihn bitten, dass sie einem anderen Vampir unterstellt wurde. Der Wikinger kannte sie gut und würde bestimmt nicht viele Fragen stellen, im Gegensatz zu Shayne. Solange sie ständig in Max' Nähe war, würde sie diese kindische Verliebtheit nicht loswerden und was brachte die ihr schon ein außer Leid und Schmerz? *Nichts!*

Tami hatte auch schon einen Plan B. Würde Drake wider Erwarten doch zu tief bohren oder ihre Bitte abschlagen, würde sie die Anwärterschaft aufgeben. Zumindest für den Augenblick. Sie war jung und konnte in ein paar Jahren noch einmal probieren, aufgenommen zu werden. Ganz aufgeben würde sie ihren Traum für nichts und niemanden, aber aufgeschoben war ja nicht aufgehoben. Im Augenblick fühlte sie sich der Situation nicht gewachsen und konnte in seiner Nähe einfach nicht so sachlich bleiben, wie sie es sollte.

„Wie du willst, dann muss es eben so gehen", sagte Max etwas säuerlich. „Wegen des Trainings habe ich dich nicht mitgenommen. Ich habe nur nach einer Gelegenheit gesucht, um dich einmal unter vier Augen sprechen zu können."

Sie schwieg beharrlich. *Klasse! Wir wissen doch, wie das letzte Vieraugengespräch geendet hat.*

„Na ja", fuhr er fort. „Das, was ich gestern zu dir gesagt habe, war vielleicht nicht sehr nett von mir."

Nicht nett?! Als mein Bruder mich mit fünf angespuckt hat, war das nicht nett. Idiot! Tami presste die Lippen zusammen, sie hatte keine Lust, darüber zu reden, und vielleicht gab er dann auf. Was immer er sagen wollte, kam ihm sowieso nicht über die Lippen.

„Im Grunde war es sogar gemein von mir ..."

Auch schon gemerkt. Sie rollte mit den Augen und versuchte, sich ein Lachen zu verkneifen. Irgendwie hatte die Situation etwas Komisches.

„Was ich eigentlich sagen wollte ... Verdammt noch mal, könntest du mich bitte endlich anschauen", fuhr er auf einmal auf. „Ich kann mich einfach nicht bei deinem Hinterkopf entschuldigen."

Entschuldigen? Tamis Kopf fuhr automatisch nach oben. Hatte er wirklich eben gesagt, er wolle sich bei ihr entschuldigen? Der große Vampirgeneral wollte sich bei dem kleinen Mädchen entschuldigen, dass er so ein Arsch gewesen war?

Lächelnd schaute er ihr in die Augen. „Endlich." Max gab ihr einen kleinen Kuss auf die Nasenspitze. „Es tut mir unendlich leid und ich wünschte, die Worte zurücknehmen zu können. Ich war nur so wütend …" Er dachte kurz nach, dabei wurde sein Blick irgendwie traurig. „Freunde?"

„Waren wir das denn jemals?", fragte sie sanft.

Max brauchte einen Moment. „Ja, irgendwie schon." Er strich ihr die Haare zurück. „Verzeihst du mir?"

Tami hatte ihm schon längst verziehen, was aber nicht hieß, dass sie ihren Entschluss aufgab. Es war schön, dass er die Worte nicht ganz ernst gemeint hatte, aber deswegen taten sie nicht weniger weh. Auch wenn er es nicht hatte sagen wollen, entsprach es doch der Wahrheit. Max sah vielleicht nicht mehr das kleine Mädchen in ihr, aber auch keine gleichwertige Frau, womit sie vielleicht noch umgehen könnte. Was aber noch viel mehr schmerzte, war die Tatsache, dass er sich in naher Zukunft einer anderen zuwenden würde, und dabei konnte sie einfach nicht zusehen.

Tami nickte langsam. „Wie könnte ich meinem Beschützer böse sein", versuchte sie zu scherzen, aber das ging irgendwie nach hinten los.

Max' Blick verdunkelte sich plötzlich und er trat einen Schritt nach vorne. Bevor Tami überhaupt reagieren konnte, hatte er ihr Gesicht umfasst und seinen Mund auf ihren gepresst. Ein überraschter Laut entfuhr ihr und er nutzte es, um seine Zunge in ihren Mund gleiten zu lassen. Gierig erforschte er jeden Millimeter. Sofort flammte die bekannte Lust in ihr auf, Hitze strömte durch ihre Adern und Schmetterlinge tanzten Rumba in ihrem Bauch. Es fühlte sich so gut an, so richtig. Genauso schnell, wie er sie geküsst hatte, ließ er wieder von ihr ab.

„Lass uns mit dem Training anfangen", sagte er steif und ging zu einem Schrank am anderen Ende des Raumes.

Etwas enttäuscht, aber auch verwirrt, blickte sie ihm nach. Tami wartete noch einen kleinen Augenblick, bis sie sicher war, wieder ihr Gleichgewicht halten zu können, bevor sie von der Theke rutschte. Max legte ein paar Waffen auf den Tisch und befahl ihr, sich eine auszusuchen und zu laden. Was war denn plötzlich mit ihm los? Erst küsste er sie, als würde ihr Leben davon abhängen, und im nächsten Moment zog er die Ausbildernummer ab.

Tami verstand gar nichts mehr. Sie griff nach einer SigSauer, hielt sie aber einfach nur in den Händen. Obwohl sie im Grunde dafür dankbar sein musste, dass er den Kuss unterbrochen hatte, bevor sie zu weit gingen, nagte es an ihr. Was war nur schon wieder in diesen Mann gefahren?

16. Kapitel

Max kramte im Waffenschrank, ohne überhaupt etwas herausholen zu wollen. Was hatte er sich nur dabei gedacht, sie schon wieder zu küssen? Er wusste doch, dass sie in einen anderen verliebt war, und sollte die Finger von ihr lassen. Gerade noch entschuldigte er sich bei ihr, nur um ihr dann wieder direkt die Lippen aufzudrücken. Na gut, für den Kuss oder den Sex würde er sich niemals entschuldigen, dafür war er einfach zu gut gewesen und hatte sich viel zu richtig angefühlt. Seine unbedachten Worte hingegen bereute er sehr. Der Kuss eben hatte aber noch einen ganz anderen Grund gehabt als reine Anziehung.

Als er vorhin zurück in die Bibliothek gekommen war und Tristan gesehen hatte, war ihm das Herz stehen geblieben. Dann war sein Blick auf Tami gefallen und unbändiger Zorn war durch seine Adern geflossen. Sein einziger Gedanke war es, sie und die kleine Ashley zu beschützen. Er hatte es nicht ertragen können, wie verängstigt die beiden gewirkt hatten. Tami mochte sich kämpferisch gegeben haben, aber ihn hatte sie nicht täuschen können. Keine Frage, sie hätte die kleine Wölfin mit ihrem Leben verteidigt, aber gleichzeitig hatte sie auch große Angst um sie.

Max war so voller Zorn gewesen. Tristan hatte den Kopf nur noch aus einem Grund auf seinen Schultern behalten dürfen, und zwar, weil ein Kind anwesend war. Erst Tamis sanfte Berührung und das Stupsen der kleinen Hände auf seinem Rücken hatten ihn etwas zur Ruhe bringen können. Als er sich umdrehte und feststellte, dass sie außer einem Schrecken nichts abbekommen hatten, war er erleichtert wie nie zuvor in seinem Leben. Max konnte sich in diesem Moment den ersehnten Kuss verwehren, aber er musste sie berühren, um ganz sicher zu sein, dass es ihr gut ging. Total verrückt, aber er hatte nichts dagegen tun können. Dabei sollte eine noch viel größere Überraschung folgen.

Zuerst hatte er diesen blödsinnigen Vorschlag seines Vaters verworfen, aber dann nach genauerer Überlegung fand er den Einfall gar nicht so doof. Max wunderte sich selbst, dass ihn der Gedanke, Tami zu heiraten, gar nicht abstieß. Je länger er darüber nachdachte, umso besser gefiel ihm die Vorstellung. Im Gegenteil, er fand ihn sogar sehr reizvoll. Und genau das war auch der Moment, in dem Max etwas ganz Entscheidendes klar wurde.

Tami, das kleine quirlige Wolfsmädchen könnte sein *Licht* sein. Eifersucht, den Drang, sie zu beschützen, und vor allem die enorme Anziehung, die zwischen ihnen herrschte, waren zumindest die ersten Anzeichen dafür. Himmel, er war ja so blöd, warum war ihm das nicht schon früher aufgefallen. Vielleicht wollte er es nicht sehen, weil es einfach nicht sein durfte, schließlich hatte er eine Verantwortung seinem Volk gegenüber. Max hatte Ravens Entscheidung, einen Mensch zu heiraten, schon für verrückt gehalten, aber eine Wölfin, das war noch mal eine ganz andere Hausnummer.

Sollte sie allerdings doch sein *Licht* sein, musste er das schnellstmöglich herausfinden. Über achthundert Jahre war er alt geworden und immer hatte er nach der Einen Ausschau gehalten, die er natürlich nicht finden konnte. Kunststück, sie war ja auch erst seit ein paar Jahren auf der Welt. *Und eine Wölfin!*

„Ich wäre dann so weit", riss ihn Tami aus seinen Gedanken.

Max wirbelte herum. „Wirklich? Bist du nicht viel zu jung?", fragte er überrascht.

Sie schaute ihn an, als hätte er die Nerven verloren. „Zu jung? Du weißt, dass ich schon ein bisschen bei Keir gelernt habe, mit einer Waffe umzugehen, scheinbar hält Shayne mich nicht für zu jung."

Dein Wort in Gottes Ohr! Allerdings sprach sie vom Training und ahnte nicht einmal, was in seinem Kopf vorging. Was wahrscheinlich auch gut so war. Bevor er sich nicht selbst im Klaren darüber war, wie er damit umgehen sollte und ob sie tatsächlich sein *Licht* war, wollte er sie nicht in seine Gedanken einweihen. Außerdem war da ja noch immer das Problem, dass sie in einen anderen Mann verliebt war.

„Schon gut, lass uns anfangen." Max schob sie vor sich her. „Stell dich hier auf und entsichere die Waffe."

Skeptisch beäugte sie ihn, tat aber, wie ihr geheißen. Wie Keir es ihr beigebracht hatte, stellte sie sich auf. Die Schießanlage war ein ewig langer Tunnel, an dessen Ende einige Scheiben in der Luft baumelten. Sie entsicherte die Pistole, lud durch und zielte. Max erkannte sofort die kleinen Fehler und Unsicherheiten, die sie noch im Umgang mit der Waffe zeigte.

„Du musst die Beine schulterbreit auseinanderstellen", teilte er ihr mit und stellte sich hinter sie. „Den Ellenbogen musst du so halten." Max korrigierte ihre Haltung. „Keir kann so locker aus dem Handgelenk feuern, aber für den Anfang bleibst du bei der Grundhaltung."

„Das sagt SIG auch immer", gestand sie ein.

Max umfasste ihre Handgelenke, um sie in die richtige Position zu bringen. „Zielen", meinte er leise. „Und Schuss."

Tami drückte im selben Moment ab und verfehlte um einen guten halben Meter. „Also wenn SIG mit mir übt, treffe ich wenigstens die Scheibe."

„Du musst dich besser konzentrieren", maulte er zurück. Ihre Worte kratzten ziemlich an seinem Ego. „Versuchs noch mal. Haltung, zielen, schießen. So schwer ist das doch nicht."

„Wenn sich ein vierhundert Pfund schwerer Vampir an einen presst, schon", schimpfte sie zurück.

„Die vierhundert nehme ich dir übel, ich wiege höchstens dreihundert." Max zog eine Schnute, die sie zum Lachen brachte. „Und jetzt noch mal."

Doch anstatt darauf zu achten, was sie machte, sog er langsam ihren Duft ein. Tami roch irgendwie exotisch, eine Mischung aus Ananas und Kokos. Exotisch ja, aber nicht nur, auch erregend und einfach zum Anbeißen.

„Wie soll ich mich konzentrieren, wenn du ständig an meinem Hals schnüffelst?" Tami sicherte ihre Waffe und machte einen Schritt von ihm weg. „Wir können eine Pause machen, wenn du Hunger hast."

Max lächelte süffisant. „Ist das ein Angebot?"

Tami wiegte den Kopf hin und her und schien ihre Antwort abzuwägen. Max war gespannt, ob sie darauf einging oder ihn zum Teufel jagte.

„Und wenn es eins wäre?", fragte sie stattdessen zurück.

Nun war es an ihm, sie abschätzend anzuschauen. Meinte sie das ernst oder wollte sie ihn nur testen? Und genau deswegen hasste er diese ganze Gefühlsduselei so. Ständig machte man sich Gedanken, was der andere wohl mit seinen Aussagen meinen könnte und wie die richtige Reaktion darauf wäre. Wäre ihm die Vermutung, dass sie sein *Licht* sein könnte, doch nur nie gekommen. Jetzt hatte er den Schlamassel am Hals und keine Ahnung, wie er damit umgehen sollte. Vielleicht sollte er jemanden fragen, der das schon mitgemacht hatte. Aber wen?

Raven? Auf keinen Fall, sein Bruder würde ihn nur auslachen und es seiner Frau weitertratschen, da war es doch nur eine Frage der

Zeit, bis es das ganze Schloss wusste. Seine Eltern kamen auch nicht infrage, genauso wenig wie sein Großvater. Jeder von ihnen würde einen Namen fordern und den konnte er ihnen nun wirklich nicht nennen. Selbst wenn Tami tatsächlich seine Auserwählte wäre, hätte er keinen blassen Schimmer, wie er das seiner Familie verklickern sollte.

Er könnte allerdings mal in der umfangreichen Bibliothek seines Bruders schnüffeln, vielleicht fand er da ja einen Ratgeber, so was wie „Wie erkläre ich meiner blutsaugenden Familie, dass meinem *Licht* ein Fell wächst". Oh, das würde bestimmt ein interessantes Gespräch werden. Aber es bestand ja noch immer die Hoffnung, dass er sich irrte und sie beide nur eine unglaubliche Anziehung verband.

„Vergiss es einfach", fauchte Tami plötzlich. „Ich fasse nicht, dass du erst darüber nachdenken musst." Beleidigt baute sie sich auf und zielte erneut.

Max hätte gerne etwas gesagt, aber er fand es nicht ratsam, ein Gespräch mit ihr anzufangen, solange sie eine Waffe in der Hand hatte, die mit scharfer Munition geladen war. Ein angeschossener Vampir reichte ihm. Abwesend beobachtete er sie bei ihren Schießübungen und gab ihr hier und da einen Ratschlag, wie sie ihre Treffsicherheit verbessern konnte. Allerdings hielt er dabei geflissentlich Abstand zu ihr und den Kugeln. Im Moment spukte ihm eigentlich eher die Frage im Kopf herum, ob er Tami von seinem Verdacht erzählen sollte? Kam aber zu dem Schluss, solange er sich selbst nicht sicher sein konnte, brachte es nichts, die Pferde scheu zu machen.

Zuerst musste Max für sich selbst herausfinden, ob sie sein *Licht* war, und danach hatte er noch genug Zeit, um sich zu überlegen, wie er damit umgehen sollte. Akzeptieren und dazu stehen oder sich seiner Verantwortung beugen und es ignorieren. Leider war ihm kein Fall bekannt, wo ein Vampir die Tatsache ignorieren konnte, seine Auserwählte gefunden zu haben. Auch hier war sein Bruder mal wieder das beste Negativbeispiel. Raven hatte es versucht und am Ende war er Sam hoffnungslos verfallen. *Und sehr glücklich damit.*

Es klopfte an der Tür und Lucian steckte den Kopf herein. „Dein Vater möchte dich sehen und die Königin würde sich freuen, wenn Tami mit ihr und Ashley Tee trinken würde. Engländer eben", setzte er mit einem Zwinkern hinzu.

Tami lächelte ihn an. „Danke, ich komme gerne."

Max hätte ihm viel lieber den Hals umgedreht. Wieso lächelte sie jeden Mann an, nur ihn nicht? „Wir kommen", knurrte er.

Lucian verschwand und schloss die Tür hinter sich, trotzdem konnte man sein Gelächter noch eine ganze Weile hören. Max verengte die Augen zu Schlitzen und schwor sich, dass der Kerl sehr bald eine Abreibung von ihm bekam, die er so schnell nicht vergessen würde.

„Lass uns gehen", meinte er zu Tami und räumte die Waffen wieder weg. „Das Königspaar sollte man nicht warten lassen."

„Selbst ihr Sohn nicht?", fragte sie kokett und lief vor ihm her.

„Der vor allem nicht. In erster Linie bin ich der Oberbefehlshaber ihrer Armee", gab Max stolz zur Antwort. „Und dann erst ihr Sohn."

Tami drehte sich zu ihm um und sah ihn mitfühlend an. „Das tut mir leid."

„Muss es nicht", sagte Max sanft lächelnd, legte ihr eine Hand in den Rücken und schob sie weiter. „Ich hab mir das selbst ausgesucht, wie du bestimmt weißt."

Den Rest der Strecke legten sie schweigend zurück und er war dankbar dafür. Max konnte mit vielem umgehen, aber nicht mit ihrem Mitleid und dem traurigen Ausdruck in ihren Augen. Er würde alles tun, um sie lächeln zu sehen. Seufzend ließ er den Kopf hängen, er steckte in größeren Schwierigkeiten, als er sich eingestehen wollte und doch war er noch immer nicht hundertprozentig überzeugt. Max musste unbedingt herausfinden, woran er bei ihr war und das am besten vorgestern.

Shayne lag auf dem Sofa im Gemeinschaftsraum und versuchte, nach den neusten Ereignissen ein bisschen herunterzukommen. Durch seine Schuld war noch jemand aus dem Rudel zur Zielscheibe geworden. Er war dankbar, dass es so glimpflich ausgegangen war. Nicht auszudenken, wenn auch noch Austin umgekommen wäre. Der Wolf war ein Großmaul mit merkwürdigen Ansichten, aber auch eine Stütze für das Rudel. Shayne mochte der Alpha sein, aber im Moment traute er sich nicht, seinen Kämpfern unter die Augen zu treten. Schließlich war es ganz alleine seine Entscheidung gewesen, den Ausgang zu lockern und damit ihren Feinden erst die Gelegenheit zu geben, sie anzugreifen.

Der Fernseher lief im Hintergrund, Sport wie immer, aber Shayne hatte dafür im Augenblick kein Interesse, viel zu viele andere Dinge beschäftigten ihn. Mit geschlossenen Augen hing er seinen Gedanken nach und so war es auch nicht verwunderlich, dass er seine Männer erst bemerkte, als sie nach und nach in den Raum kamen. Shayne erhob sich und blickte den Kämpfern überrascht entgegen.

„Da sind wir, Boss", meinte Cuthwulf und ließ sich neben ihn fallen.

„Schön", meinte Shayne und beobachtete die anderen dabei, wie sie sich im Raum verteilten und es sich bequem machten. „Und was wollt ihr hier?"

„Du hast uns doch rufen lassen", gab Drake zurück und musterte ihn mit zusammengekniffenen Augen. „Obwohl du eher den Eindruck machst, als hättest du keine Ahnung davon."

Shayne schüttelte den Kopf. „Hab ich auch nicht. Wer hat denn behauptet ..."

„Ich war das", gestand Alarith und schloss als Letzter die Tür hinter sich.

„Und wer hat dir das Recht gegeben, meine Männer zu einem Treffen zu rufen", fuhr Shayne ihn wütend an.

„Niemand, aber wir haben etwas Wichtiges zu besprechen." Der alte König ging zur Bar. „Jemand einen Drink?"

„Bist du jetzt völlig meschugge?" Shayne erhob sich und ging zu ihm rüber. „Erklärst du mir vielleicht mal, was das soll? Du hast bestimmt nicht alle zusammengerufen, um dein Talent als Barkeeper unter Beweis zu stellen."

Alarith zuckte mit den Schultern und mixte nebenbei irgendein Getränk zusammen. „Wir warten noch auf jemanden. Er stellte ein Glas auf den Tresen und schenkte die durchsichtige Flüssigkeit ein. „Martini? Geschüttelt und nicht gerührt." Gut gelaunt gab er noch eine Olive ins Glas.

„Willst du mich eigentlich verarschen?", brauste Shayne auf und war schon drauf und dran, über die Holzbarriere zu springen, als sich die Tür erneut öffnete. Er drehte sich schnell herum, um zu sehen, wen der durchgeknallte Vampir noch eingeladen hatte.

„Was macht ihr denn hier?"

„Alarith hat uns gebeten, hierherzukommen", gestand Myriam kleinlaut. „Er hat gesagt, du wolltest uns sprechen."

Nick stutzte, als er die vielen überraschten Augenpaare sah, die sie musterten. „Sollen wir wieder gehen?"

„Nein, nein", winkte Al sie freundlich herein. „Möchtet ihr vielleicht was trinken?" Er nahm einen neuen Shaker und suchte ein paar Flaschen zusammen.

„Der ist völlig übergeschnappt", stellte Shayne in Drakes Richtung fest.

„Nein, bin ich nicht, aber glaub mir, du wirst einen Drink brauchen, wenn ich dir sage, was mein Sohn mir aufgetragen hat." Er zog ein paar Flaschen aus dem Kühlschrank. „Jemand ein Bier?"

„Setzt euch", meinte Shayne freundlich zu Myriam und Nick, bevor er Al anfunkelte. „Und du kommst jetzt besser mal auf den Punkt, meine Geduld hängt an einem seidenen Faden."

„Mal was Neues", warf Stone ein, hob aber direkt entschuldigend die Hände, als er den wütenden Ausdruck im Gesicht seines Alphas sah. „Ich wollte es nur gesagt haben.

„Setz dich und trink das." Alarith stellte Shayne den Martini und ein Bier vor die Nase. „Es tut mir leid, dass ich über deinen Kopf hinweg deine Leute zusammengerufen habe, aber es musste schnell gehen."

„Ist was passiert?" Drake gesellte sich zur Theke und nahm sich eine Flasche des goldenen Gerstensafts. „Außer den Angriffen und alldem, von dem wir bereits wissen."

„Manchmal wünschte ich, niemals ein Kind in die Welt gesetzt zu haben", seufzte Al, kam hinter der Bar raus und parkte seinen Hintern auf einem der Hocker, die davor standen. „Ethan hat mich angerufen, ihr könnt euch ja denken, dass er wegen der neuerlichen Angriffe ziemlich aus dem Häuschen ist."

„Wie wir alle", warf Drake dazwischen.

Alarith nickte. „Natürlich. Er hat Otaktay losgeschickt, um die Lage auszukundschaften."

„Wissen wir", murrte Shayne. „Blake hat sich angeschlossen, genau wie Dylan."

„Erklärt, warum ich den schwarzen Mann nirgends finden konnte." Al nahm einen Schluck aus der Flasche. „Dann dürfte es aber nur eine Frage der Zeit sein, bis sie unsere Feinde aufgespürt haben. Aber genau da liegt der Hase im Pfeffer begraben."

Genervt rollte Shayne mit den Augen. „Komm bitte mal zum Punkt."

„Ethan ist fest davon überzeugt, dass Christoph hinter dieser ganzen Sache steckt, aber er kann ihm nichts beweisen. Mein Sohn hat ihm heute eröffnet, dass Max niemals seine Tochter heiraten wird, und keine Stunde danach wurde dein Rudel erneut angegriffen."

„Dieser Bastard", knurrte Shayne und stand auf. „Mir ist das Beweis genug, den Kerl bring ich um."

„Warte", bat Alarith und legte ihm eine Hand auf die Schulter. „Du weißt, dass es hier um viel mehr geht. Christoph will die Krone und dafür ist ihm jedes Mittel recht."

Mit einem warnenden Funkeln blickte Shayne auf Als Hand. „Und warum sollte mich das interessieren."

„Er kann sein Ziel nur erreichen, indem er meine komplette Familie ausschaltet", gab Alarith zu bedenken.

Shayne ließ sich widerwillig auf den Barhocker zurücksinken. „Ich bin ganz Ohr."

„Ethan hat sämtliche Reserven mobil gemacht und zu sich beordert, aber es wird ein paar Tage dauern, bis sie eingetroffen sind", erklärte Al weiter. „Sobald sie sich gesammelt haben, will er angreifen und die Stadt von dieser Plage befreien."

„Kein schlechter Plan", gab Drake zu. „Wir könnten ebenfalls die Reserve in Alarmbereitschaft versetzen."

Shayne nickte langsam. „Mal vorausgesetzt, wir finden alle und löschen sie aus, wann genau bekomme ich endlich diesen Christoph in die Finger? Er wird nicht aufhören, nur weil wir seine Söldner ausgeschaltet haben, sondern sich einfach neue suchen. Für mich macht es den Anschein, als könnte er sich das leisten und ich glaube auch nicht, dass er alleine arbeitet."

„Wahrscheinlich nicht", gab Al zu. „Christoph aus dem Verkehr zu ziehen, wird schwer, könnte aber funktionieren. Seinen Mitstreitern das Handwerk zu legen, wird so gut wie unmöglich werden. Allerdings können wir ihnen eine Lektion erteilen, die diese Feiglinge niemals vergessen werden. Wir brauchen nur einen guten Plan."

„Und Ethan hat einen?", fragte Myriam schüchtern.

Alarith blickte sie freundlich an. „Es ist vielleicht nicht der beste Plan, aber er könnte funktionieren und ein besserer fällt mir ehrlich gesagt auch nicht ein." Nach einer kurzen Pause, in der ihn alle gespannt anblickten, fuhr er fort. „Christoph muss vor allen Vampirfamilien zugeben, dass er den König stürzen will. Nur so kann mein Sohn ein Exempel an ihm statuieren und allen anderen zeigen, was sie erwartet, wenn sie sich gegen den König stellen. Ethan ist überzeugt davon, dass es nur eines gewissen Anreizes bedarf, um Christoph zum Ausrasten zubringen."

„Du redest schon wieder um den heißen Brei herum", warf Stone ein.

„Ethan will das Fest zu meinen Ehren nutzen." Alarith verzog das Gesicht und erhob sich. Kurz blickte er aus dem Fenster, bevor er sich seufzend wieder umdrehte. „Er ist der festen Überzeugung, dass er nur Max' Verlobung bekannt geben muss."

Shayne runzelte die Stirn. „Aber ich dachte, genau das wollte der Typ. Will Ethan warten, bis Max seine Tochter geheiratet hat und Christoph ihm an den Kragen will?"

„Nein, er will Max mit einer Wölfin verloben", sagte Alarith schnell, als ob es so weniger schlimm wäre. „So, nun ist es raus."

Die Verwirrung, die Shayne empfand, spiegelte sich in den Gesichtern der anderen wider. Max sollte sich mit einer Wölfin verloben? Oh, er hätte zu gerne Mäuschen gespielt, als Ethan seinem Sohn das unterbreitete. *Zwangsehen, war ja wie im Mittelalter.* Allerdings musste er Al auch recht geben, es war vielleicht ein guter Plan und er konnte funktionieren. Wenn der Typ Wölfe wirklich so sehr hasste und seine Tochter an Max' Seite sehen wollte, würde er bei dieser Ankündigung explodieren. Nur wer sollte die Pseudobraut mimen?

„Auf keinen Fall wird meine Tochter den Köder spielen!", gab Myriam die Antwort. Es war nur Nick zu verdanken, dass sie dem Vampir nicht die Augen auskratzte.

„Ihr wollt Tami als seine Verlobte ausgeben?", fragte Shayne mit hochgezogenen Augenbrauen. „Sie ist noch ein kleines Mädchen."

„Sie ist eine erwachsene Frau, die ihre eigenen Entscheidungen trifft", antwortete Nick.

Myriam drehte sich verwundert zu ihrem Mann um. „Du bist dafür?"

Nick legte seiner Frau die Hände auf die Schultern und lächelte sie an. „Wir haben Tami zur Selbstständigkeit erzogen und du weißt genauso gut wie ich, dass sie einen schlauen Kopf, scharfe Instinkte und ein großes Herz hat. Ich denke, wir sollten es ihr überlassen, ob sie es machen will, falls sich Shayne dazu entscheidet, dem Plan zuzustimmen." Er blickte zu Al. „Ich für meinen Teil werde mich nicht einmischen."

Resigniert senkte Myriam den Kopf. „Du hast recht, unsere Kleine ist kein Mädchen mehr." Sie blickte die Männer streng der Reihe nach an und blieb beim König hängen. „Sollte ihr aber irgendetwas geschehen, dann nehmt ihr euch besser vor mir in Acht."

Alarith nickte verstehend. „Etwas anderes hätte ich niemals erwartet." Er schaute fragend zu Shayne und auch alle anderen blickten nur ihren Alpha an.

Shayne war hin- und hergerissen. Einerseits hielt er diesen Plan für eine absolut dämliche Idee, die niemals funktionieren konnte. Andererseits würde er es sich niemals verzeihen, wenn er schuld daran hätte, dass die Darks ihren Thron verlieren oder schlimmer noch getötet würden. Sie hatten sich den Frieden zwischen ihnen hart erkämpft und mittlerweile stand er auf einem festen Fundament, auf dem man aufbauen konnte. Mal ganz davon abgesehen, dass er niemals zulassen würde, dass Raven oder gar Sam etwas zustieß.

„Meinetwegen", sagte er langsam und etwas widerwillig. „Aber es bleibt Tamis Entscheidung, ob sie bei dieser Schmierenkomödie mitspielen will."

„Ich werde es gleich Ethan sagen", meinte Al, ließ seinen Blick aber weiter auf dem blonden Wolf ruhen. „Danke, du wirst es nicht bereuen."

„Abwarten." Shaynes Miene verfinsterte sich. „Du kannst deinem Sohn allerdings ausrichten, dass der Typ trotzdem mir gehört."

„Ich werde es ihm sagen." Alarith verließ den Raum und überließ die Wölfe sich selbst.

Drake trat an die Seite seines Alphas. „Soll ich die Reserven flottmachen?"

Shayne nickte. „Ich hab kein gutes Gefühl bei der Sache."

„Es mag bescheuert klingen, aber ich finde den Plan gar nicht so verrückt." Cuthwulf zuckte mit den Schultern, als ihn alle verwundert anblickten. „Hey, unsere blutsaugenden Freunde standen schon immer auf Dramatik." Er erhob sich. „Ich muss nach Tyr sehen."

„Wie geht es ihm?", fragte Ryan.

Der Doc wiegte den Kopf hin und her. „Etwas besser, aber endgültig kann ich noch nichts sagen. Seine Lunge hat mehr abbekommen, als ich dachte. Im Moment mache ich mir allerdings mehr Sorgen um Keir. Er weicht dem Vampir keine Sekunde von der Seite, isst nicht, trinkt nicht. Wenn das so weitergeht, muss ich ihn künstlich ernähren."

„Ich werde ihm sein Lieblingsgericht kochen und dafür sorgen, dass er auch aufisst", meinte Myriam streng und machte sich sofort auf den Weg, gefolgt von ihrem Mann.

Stone klopfte seinem Alpha auf die Schulter. „Es ist der richtige Weg."

„Hoffentlich", seufzte Shayne und beobachtete die anderen, wie sie nach und nach den Raum verließen.

Als er endlich alleine war, schnappte er sich eine Bierflasche und nippte daran. Er hielt die Idee immer noch für ziemlich bescheuert und glaubte nicht wirklich, dass der Plan aufgehen würde. Dass seine Kämpfer hinter ihm standen, entsprang wohl mehr ihrer Loyalität als ihrer Überzeugung. Aber sei es drum, er hatte zugestimmt und nun mussten sie es mal wieder auf sich zukommen lassen. Warum waren eigentlich die Guten diejenigen, die ahnungslos abwarten mussten, was ihr Gegner wohl planten?

„Alleine trinken macht aber keinen guten Eindruck." Raven ließ sich neben seinem Freund nieder.

„In diesem Schloss ist man nie alleine, falls dir das noch nicht aufgefallen ist."

„Und ob ich das bemerkt habe", lachte der Vampir bitter.

„Alarith hat dir von dem großartigen Plan deines Vaters erzählt." Es war keine wirkliche Frage, Shayne kannte die Antwort auch so schon. „Und was hältst du davon?"

Raven nahm sich ebenfalls ein Bier. „Ich kenne meinen Vater schon sehr lange und war nicht immer mit seinen Entscheidungen einverstanden."

„Wofür ich dir sehr dankbar bin", warf Shayne ein, der sich nur zu gut an die Nacht erinnerte, in der seine Eltern umgekommen waren.

„Aber mein Vater weiß sehr gut, wie man mit Leuten wie Christoph umgeht", überging er den Einwand einfach. „Er ist nicht der Erste, der nach seiner Krone greift, und wird auch nicht der Letzte sein."

„Wenn ich mit dem Kerl fertig bin, werden die anderen es sich zweimal überlegen, ob sie unsere Familie angreifen", knurrte Shayne.

„Daran habe ich keinen Zweifel." Raven nahm einen Schluck aus der Flasche. „Schon komisch, wie sich die Zeiten ändern."

Shayne drehte sich auf dem Barhocker um und musterte seinen Freund. „Zwischen dir und Sam alles in Ordnung?"

Raven nickte schnell und stellte die Flasche auf den Tresen. „Wir haben uns ausgesprochen, aber es wird noch ein bisschen dauern, bis wir die Sache mit dem Geisterwolf überwunden haben." Er verengte die Augen zu Schlitzen. „Könntest du bitte aufhören, so breit zu grinsen, wenn ich den Wolf auch nur erwähne."

„Sorry", lachte Shayne. „Ich finde es allerdings fantastisch, dass sie nun immer einen Wolf hat, der sie beschützt. Es beruhigt mich irgendwie."

Resigniert stimmte Raven ihm zu. „Vielleicht hast du recht. Nur …"

„Nur?", bohrte Shayne neugierig nach.

„Wir hatten uns schon über ein Kind unterhalten, aber daraus wird ja nun erst mal nichts." Traurig lächelte der Vampir ihn an.

„Und warum nicht?" Shayne verstand das Problem nicht. „Sollte es ein Wolf werden, hast du doch genug Hilfe im Haus. Sogar eine eigene Kindergärtnerin lebt mit dir unter einem Dach. Wo ist dein Problem?"

„Das ist nicht das Problem. Zumindest nicht das einzige", räumte Raven ein. „Ich bin mir ja nicht mal sicher, ob es die richtige Zeit ist, um ein Kind in die Welt zu setzen. Ständig versucht jemand, uns anzugreifen und zu töten."

„Ach Raven", stöhnte Shayne und schüttelte den Kopf. „Es gab für unsereins noch nie eine richtige Zeit, um ein Baby zu bekommen, aber unsere Eltern haben es trotzdem gemacht. Ich für meinen Teil bin sehr dankbar dafür, sonst könnte ich dir heute nicht eine auf den Kopf hauen für diese blöden Gedanken." Gesagt getan. Shayne holte aus und schlug ihm gegen den Hinterkopf.

„Au", fluchte Raven. „Mach das noch mal und ..."

Der Vampir bekam noch eine. „Sieh zu, dass du zu deiner Frau kommst", pflaumte Shayne seinen Freund an. „Ich will endlich Patenonkel werden."

„Wer mit Verstand würde dich zum Paten..." Lachend wich er dem erneuten Schlag aus. „Schon gut, ich denke drüber nach."

„Aber nicht zu lange", befahl der Wolf. „Ihr beiden lasst euch schon viel zu viel Zeit."

„Wie wär's, wenn du dir selbst eine Frau suchst und ein Kind bekommst", schlug Raven vor.

„Die muss erst noch geboren werden." Shaynes Lächeln war traurig geworden. „Außerdem haben wir schon genug Paare im Schloss, die den ganzen Tag nur mit Schmusen beschäftigt sind. Einer hier muss ja einen klaren Kopf behalten." Er schob Raven vom Hocker. „Und nun mach, dass du zu deiner Frau kommst."

„Bin schon weg", lachte Raven und rutschte vom Hocker. „Es war die beste Entscheidung meines Lebens, mich dem Befehl meines Vaters zu widersetzen und dich zu Drake zu bringen."

Shayne musste lächeln. „Nein, die beste war, Sam endlich als dein *Licht* zu akzeptieren, aber die andere kommt gleich danach." Er wurde ernst. „Mach dir keine Sorgen, mein Freund, jeder meiner Männer würde sein Leben für Sam geben und wenn ihr irgendwann ein Kind bekommt, wird es genauso zu uns gehören wie zu euch. Du hast mein Wort darauf."

„Ich weiß", sagte Raven schlicht und umarmte seinen Freund kurz. „Dasselbe gilt auch für deine Frau, solltest du es jemals schaffen, eine zu finden."

„Raus hier!", donnerte Shayne. Lachend verschwand Raven und auch er konnte nicht anders, als zu lächeln.

Shayne stützte die Ellenbogen auf die Theke und vergrub das Gesicht in den Händen. So sehr er sich auch freute, dass Sam und Raven Eltern werden wollten, hatte er im Moment weit dringlichere Probleme. Ricks Familie saß ihm im Nacken, sie verstanden nicht, warum der Schuldige am Tod ihres Sohnes immer noch frei herumlief, anstatt auf dem Friedhof zu liegen. Es brachte ihn in echte Erklärungsnot, da ihm nichts lieber wäre, als ihren Wunsch zu erfüllen. Aber eine Familie war man nun mal immer und nicht nur, wenn es einem in den Kram passte. Es waren nicht mehr nur die Belange seines Rudels, die seine Entscheidungen und sein Handeln beeinflussten, er musste auch die Probleme der Königsfamilie in seine Überlegungen miteinbeziehen und das war gar nicht so einfach. Manchmal, so wie jetzt gerade, widersprach es nämlich völlig seinen Instinkten und den Traditionen des Rudels.

Bei den Vampiren spielte schon immer Politik eine größere Rolle. Machtspiele und das Ringen um die Krone beeinflussten ihre Entscheidung sehr stark und oft wurde sie unter taktischen Aspekten getroffen. Bei Wölfen war das etwas ganz anderes. Er war der Alpha und wer sein Rudel übernehmen wollte, musste ihn herausfordern und besiegen. Danach war es allerdings noch immer eine Sache der Kämpfer, ob sie den neuen Anführer akzeptierten. Sein Konkurrent hatte das Recht, sein Rudel zu beherrschen, aber die Loyalität der Männer sicherte ihm das noch lange nicht. Shayne war jung gewesen und hatte diese Tatsache früh zu spüren bekommen und Lehrgeld bezahlt.

Er hatte die Entscheidung, sich mit den Vampiren zusammenzutun, nie bereut und hielt ihre familiäre Verbindung für richtig, trotzdem gab es Momente, in denen er sich wünschte, nur für sein Rudel verantwortlich zu sein. Viele der Feinde, die ihnen das Leben schwer machten, waren erst genau deswegen auf den Plan getreten. Allerdings waren sie durch ihr Bündnis stark wie nie und konnten jeden Feind besiegen, der sie angriff. Blieb nur die Frage, zu welchem Preis.

17. Kapitel

Isabelle saß vor dem großen Spiegel an ihrem Schminktisch und kämmte sich gedankenverloren die Haare. Die letzten Tage waren für sie eine ständige Achterbahnfahrt gewesen. Sie wusste genau, dass Max nicht der richtige Mann für sie war, aber die Enttäuschung ihrer Familie, dass sie nun doch nicht Prinzessin wurde, nagte an ihr. Die Worte ihrer Mutter hallten noch immer in ihren Ohren wider, als ihr Vater ihnen die endgültige Entscheidung des Königs mitgeteilt hatte. „Was stimmt denn nur nicht mit dir?", hatte ihre Mutter sie angeschrien. „Kannst du nicht einmal einen Mann an dich binden?"

Und sie hatte einfach nur stumm dagesessen und sich die Vorwürfe angehört. Minutenlang hatte die Mutter ihr klargemacht, wie nutzlos sie doch war und dass sie sich ein Beispiel an ihrem Bruder nehmen sollte, der alle Hebel in Bewegung setzte, um seine Eltern mit Stolz zu erfüllen. Es war dann auch tatsächlich Tristan, der sie aus dem Zimmer geschickt hatte, um mit ihren Eltern eine Lösung für ihren Fehler zu finden.

Isabelle hatte noch die Worte „unnütz, naiv und nur eine Bürde" aufgefangen, bevor sie endlich die Tür hinter sich schließen konnte. Sie war in ihr Zimmer gegangen und hatte sich selbst Vorwürfe gemacht, während die Tränen unablässig aus ihren Augen kullerten. Was hätte sie denn noch tun sollen? Sich nackt in Max' Bett legen und hoffen, dass er sie nicht auslachen und hinauswerfen würde? Der General hatte seine Entscheidung nicht geändert und nie in Betracht gezogen, sie zu heiraten. Sie war erst aus ihrem Selbstmitleid hochgeschreckt, als sie die fremden Stimmen im Erdgeschoss wahrgenommen hatte. Neugierig geworden, hatte sie dem Gespräch gelauscht. Letizias Stimme war leicht zu erkennen und auch Max war unverwechselbar, aber die beiden anderen erkannte sie nicht. Es musste sich aber um eine Frau und ein kleines Mädchen handeln, zumindest vermittelten ihre Stimmlagen diesen Eindruck.

Der fremde Besuch erweckte ihre Aufmerksamkeit und der Drang, einen Blick auf sie zu werfen, holte sie aus dem Bett. Schnell hatte sie sich ein Kleid übergeworfen, aber ein Blick in den Spiegel zeigte ihr, dass sie sich vorher unbedingt frisch machen musste. Ein bisschen Wasser ins Gesicht, ein Hauch Make-up, um die roten Flecken auf ihren Wangen und die verquollenen Augen zu kaschieren. Sie legte die Bürste weg, warf ihrem Spiegelbild noch einen prüfenden Blick zu und entschied, dass mehr nicht rauszuholen war, und machte sich auf den Weg ins Erdgeschoss. Auf halbem Weg die Stufen hinab traf sie auf den Butler.

„Die gnädige Frau ist im Wintergarten", teilte Lester ihr mit.

„Danke", sagte sie freundlich und machte sich zur Königin auf.

Isabelle war ein bisschen mulmig zumute, als sie den Glasbau betrat. Sie liebte diesen wunderschönen Garten mit den vielen exotischen Gewächsen, die den Anbau das ganze Jahr in eine bunte Oase verwandelten. Inmitten dieser duftenden Pracht stand ein kleiner Tisch mit vier Stühlen. Wenn man dort saß, hatte man einen wunderschönen Blick über das ganze Gelände. Leider konnten sie ihn nur nachts betreten, tagsüber war er mit einer Sicherung verschlossen, damit kein Vampir versehentlich hineinlief, wenn die Sonne vom Himmel brannte. Isabell hielt in der Bewegung inne, als sie die Kinderstimme vernahm. Plötzlich beschlich sie der Gedanke, aufdringlich oder gar unerwünscht sein zu können. Vielleicht wollte die Königin gar nicht, dass Isabelle sich ihrem Besuch aufdrängte. Unschlüssig biss sie sich auf die Lippe, ob es nicht doch besser war, wieder umzukehren.

„Komm nur zu uns, Isabelle." Letizias Stimme ließ sie zusammenzucken. „Wir beißen nicht."

Ihr blieb nun keine Wahl mehr, da die Königin sie rief. Einfach abzuhauen, wäre ein Fauxpas und so enttäuscht wie ihre Familie im Moment war, würden sie ihr das niemals verzeihen. Mit gestrafften Schultern ging sie tiefer in das Blumenmeer und fand die Königin natürlich an dem kleinen Tisch. Vor ihr auf der Platte, die mit einem Mosaik aus Hunderten von kleinen Steinen verziert war, standen eine Kanne Tee und ein großer Teller mit Keksen, der fast überlief. Zu ihren Füßen saß ein kleines Mädchen mit olivfarbener Haut und schwarzen Rasterzöpfen. Schüchtern, aber auch neugierig blickte ihr die Kleine entgegen.

„Hallo", meinte Isabelle freundlich, um sie nicht zu erschrecken.

„Hallo", antwortete die Kleine schüchtern, aber mit einem süßen Lächeln.

„Das ist Ashley, sie ist eine Freundin meines Sohnes", meinte die Königin freundlich.

Isabelle ging neben dem Mädchen in die Knie. „Ashley ist ein schöner Name, ich bin Isabelle."

„Belle", lächelte der kleine Spatz. „Tassmmo."

„Ähm ..." Fragend blickte sie sich zu Letizia um.

„Das ist eine Figur aus ihrem Lieblingsfilm, genau wie Belle", wurde sie aufgeklärt. „Setz dich zu mir und trink eine Tasse Tee mit mir. Mein Sohn ist beim Training und so lange habe ich das Vergnügen, auf unseren kleinen Sonnenschein aufzupassen."

Isabelle erhob sich und nahm neben der Königin Platz. „Ich möchte aber nicht stören."

„Tust du nicht. Ashley ist mit ihren Bauklötzen beschäftigt. Die haben mal Raven gehört, ich hab alle Spielsachen meiner Söhne noch", gestand sie ihr lächelnd. „Wir brauchen noch eine Tasse." Letizia blickte sich um. „Ah, danke Lester. Sie sind einfach der Beste."

Wortlos brachte er eine weitere Tasse, schenkte Tee ein und stellte sie vor Isabelle hin. „Danke", meinte sie leise. Vorsichtig nahm sie den Unterteller in die Hand, wie es sich gehörte. Während sie an ihrem Tee nippte, der genau die richtige Temperatur zum Trinken hatte, ließ sie ihren Blick über den weitläufigen Rasen gleiten, der sich vor ihnen in die Nacht erstreckte. Der Himmel war ausnahmsweise mal nicht so wolkenverhangen wie in den letzten Wochen und der Mond tauchte alles in einen sanften Schimmer.

„Ich akzeptiere Max' Entscheidung, aber ich bedaure sie auch ein wenig", sagte die Königin plötzlich, ihr Blick ruhte dabei auf dem kleinen Mädchen, wie es versuchte, einen Turm zu bauen. „Mein Sohn hat seine Gründe, aber das hat nichts damit zu tun, dass du nicht gut genug für ihn wärst."

Isabelle zuckte erschrocken zusammen und verschüttete dabei etwas Tee. Vorsichtig stellte sie das Porzellan auf dem Tisch ab. „Ich ...", begann sie, brach aber ab. Was sollte sie denn dazu bitte sagen? Verlegen knetete sie die Hände im Schoß und wagte es nicht, ihren Blick zu heben, obwohl sie den der Älteren überdeutlich auf sich ruhen spürte.

„Zu meiner Zeit wurde man seinem Ehepartner noch versprochen, Gefühle spielten dabei keine Rolle." Letizia beugte sich zu ihr und ergriff ihre Hände. „Ich danke dem Schicksal noch heute, dass Alarith und Amelia mit dieser Tradition gebrochen haben, ansonsten hätte ich nie mein *Licht* gefunden." Ihre Worte brachten Isabelle zum Aufschauen. „Ich habe mir damals geschworen", fuhr sie fort, „meinen Kindern niemals ihren Partner vorzuschreiben und ihre Wahl zu akzeptieren, egal, welche Konsequenzen sich daraus ergeben. Meine Söhne sollen nur aus Liebe heiraten und nicht wegen irgendwelcher Verpflichtungen."

Isabelle blickte der Königin in die Augen und in ihnen stand die Liebe, die sie für ihre Söhne empfand. Es versetzte ihr einen kleinen Eifersuchtsstich, dass ihre Eltern nicht auch so liebevoll sein konnten. Christoph würde ihr nie eine Heirat aus Liebe gestatten, wenn der Mann nicht seinen Anforderungen entsprach.

„Meine Eltern wollen nur das Beste für mich", nahm sie die beiden in Schutz, schließlich waren sie ihre Familie.

„Bestimmt", erwiderte die Königin freundlich. „Ich wollte auch nur, dass du unsere Entscheidung verstehst."

„Ich wünsche Max von Herzen, dass er die Frau findet, die ihn glücklich macht", sagte Isabelle voller Überzeugung.

Letizia lächelte sie an. „Auch du wirst dein Glück finden, meine Liebe."

Isabelle erkannte Max am Klang seiner Schritte, noch bevor er in ihr Sichtfeld kam. „Mum, Dad will mich sprechen, kann ..." Er brach ab, als er die junge Vampirin entdeckte. „Hallo Isabelle, ich hatte dich nicht erwartet."

„Ganz offensichtlich", lachte die blonde Frau an seiner Seite. „Mach den Mund wieder zu." Mit dem Finger tippte sie gegen sein Kinn."

„Mäsch", rief Ashley und rannte mit ausgebreiteten Armen auf ihn zu.

Max nahm sie sofort hoch, schnitt aber der Blonden eine Grimasse. „Du bleibst hier und bewegst dich nicht vom Fleck. Und versuch wenigstens diesmal nicht in Schwierigkeiten zu geraten."

„Als ob das meine Schuld war", fauchte sie zurück und verschränkte beleidigt die Arme vor der Brust.

Isabelle beobachtete das Geplänkel und versuchte, nicht zu lachen, obwohl ihre Mundwinkel verdächtig zuckten. Dem Geruch nach zu urteilen musste die Blonde eine Wölfin sein, genau wie die Kleine und doch ging der Vampir so vertraut mir ihr um, als gehörte sie zu ihm. *Sie ist der Grund,* schoss es ihr durch den Kopf. Max hatte seine Wahl schon längst getroffen.

„Wie dem auch sei." Er wandte sich seiner Mutter zu. „Dad will mich sehen, ich hole die beiden gleich wieder bei dir ab."

Letizia nickte freundlich. „Sag Lester bitte, dass wir noch eine Tasse benötigen und Teenachschub."

„Er hat uns gesehen und wird bestimmt gleich alles bringen, was euer Herz begehrt." Für Max schien das Thema erledigt. „Und du, kleine Maus", sagte er liebevoll und kitzelte Ashley den Bauch. „Pass gut auf Tante Tami auf."

Lachend warf Ashley sich ihm an den Hals und verpasste ihm einen lauten Schmatzer, bevor sie die Arme nach der Frau ausstreckte. „Tami spielen", forderte sie.

„Na dann los." Die Blonde nahm sie auf den Arm und ließ sich mit ihr bei den Bauklötzen nieder.

„Bin bald wieder da", meinte Max und hauchte seiner Mutter einen Kuss auf die Wange.

Letizia tätschelte ihm seine Wange. „Wir kommen schon klar, Spatz."

„Spatz?", murmelte er vor sich hin und ließ sie alleine. „Ich bin über achthundertfünfzig Jahre alt und sie nennt mich immer noch Spatz."

„Isabelle, das ist übrigens Tamara", stellte sie die Königin einander vor.

„Hallo", meinte die Blonde und streckte ihr die Hand hin. „Nenn mich Tami."

„Isabelle", erwiderte sie und ergriff die dargebotene Hand. Die Blonde, Tami, musterte sie auffällig, bevor sie sich wieder der Kleinen zuwandte.

„Belle, Tassmo", quiekte Ashley.

„Wie im Film", lachte Tami und strich ihr liebevoll über das Haar. Zu den Frauen murmelte sie hinter vorgehaltener Hand: „Den ich hoffentlich nie wieder sehen muss, geschätzte dreihundert Mal reichen mir völlig."

„Du hast eine süße Tochter." Isabelle lächelte freundlich. Das Mädchen hatte zwar eine dunklere Hautfarbe, aber das hatte ja nichts zu heißen.

Tamis rote Wangen hingegen schon. „Sie ist nicht meine", stellte sie sofort klar. „Ashley ist die Tochter meiner besten Freundin."

„Oh das tut mir leid", entschuldigte sich Isabelle peinlich berührt. „Ich dachte nur, weil ihr …"

„Schon gut", lachte Tami. „Es gibt Schlimmeres, als für die Mutter dieses Sonnenscheins gehalten zu werden."

„Zu meiner Zeit", begann die Königin. „Himmel, das sage ich in letzter Zeit eindeutig zu häufig. Aber egal." Sie winkte ab. „Jedenfalls war es früher das Schlimmste für eine Wölfin, für die Braut eines Vampirs gehalten zu werden."

Letizia lachte, ihr schien nicht aufzufallen, dass Tami sich kaum merklich versteifte, bevor sie eher halbherzig in das Gelächter mit einstimmte. Isabelle hingegen bemerkte sehr wohl, dass der Wölfin das Thema gar nicht gefiel. Tami tat ihr leid, sollte sie sich wirklich auf Max einlassen, standen ihr sehr harte Zeiten bevor. Auch ihm würde es nicht besser ergehen, wenn ihr Vater und dessen Freunde davon erfuhren, die alle ausgesprochene Werwolfsgegner waren. Da würden die beiden einen schweren Stand haben.

Aber das alles ging sie nichts an und deshalb fand Isabelle es an der Zeit, wieder aufzubrechen und sich den Vorwürfen ihrer Eltern zu stellen. „Wenn ihr mich bitte entschuldigt."

„Sicher", lächelte die Königin.

Isabelle verabschiedete sich und ging zügig zu den Räumlichkeiten, die das Königspaar ihnen freundlicherweise zur Verfügung gestellt hatte. Ihre Familie tat es als Selbstverständlichkeit ab, aber ihr war es mittlerweile schon peinlich, dass sie sich im Schloss festsetzten wie die Zecken. Wenn es nach ihr ginge, würde sie lieber heute als morgen abreisen und das alles hinter sich lassen, aber sie fragte ja nie jemand nach ihrer Meinung. Isabelle beschwerte sich auch nicht, auf gewisse Weise war sie ja selbst schuld daran. All die Jahre hatte sie nie den Mund aufbekommen und immer brav getan, was von ihr erwartet wurde.

Aber seit Isabelle in diesem Schloss war und miterleben durfte, wie herzlich der König und die Königin mit ihren Söhnen umgingen, ertappte sie sich immer häufiger bei dem Wunsch, ihre Eltern wären ein bisschen mehr wie sie. Natürlich hatte das Königspaar nur Jungs und Tristan war ja auch der ganze Stolz ihrer Eltern, aber Isabelle konnte einfach nicht glauben, dass die Darks zu einem Mädchen anders wären.

Isabelle hatte den Salon erreicht, den ihre Familie vorübergehend besetzte. Zu ihrem Glück stand die Tür einen Spalt offen, so konnte sie erst einmal lauschen und abwägen, ob sich ihre Familie beruhigt hatte oder ob es besser war, sich noch ein bisschen dünne zu machen. Sie hörte die aufgebrachte Stimme ihres Bruders und wollte schon kehrtmachen, als sie die Worte Hund und Umsturz aufschnappte. Vorsichtig stellte sie sich seitlich von der Tür, um auch in den Raum schielen zu können, ohne selbst entdeckt zu werden. Es schickte sich zwar nicht zu lauschen, aber sie konnte einfach nicht anders.

„Beruhig dich, Junge", sagte ihr Vater gerade.

„Beruhigen", brauste Tristan erneut auf. „Wie soll ich mich beruhigen, wenn der Prinz unseres Volkes den Beschützer für räudige Köter spielt? Ihr hättet ihn sehen sollen, als wären sie irgendwas wert."

„Ich kann das einfach nicht glauben." Sie sah das Gesicht ihrer Mutter zwar nicht, aber die Miene, die sie jetzt garantiert aufgesetzt hatte, diese Mischung aus angewidert sein und schockiert, war ihr wohl bekannt. „Dieser Abschaum im Schloss unserer Herrscher, das darf einfach nicht sein."

„Mutter, geht es dir nicht gut? Ich bring dir ein Wasser", sagte Tristan ganz der gute Sohn.

„Das werden wir natürlich nicht dulden." Christian straffte die Schultern. „Wir brauchen wieder einen König, der weiß, wo die Hunde ihren Platz haben. Nämlich als Vorleger am Kamin."

Alle lachten, aber Isabelle fand das gar nicht lustig. Tami und Ashley waren zwar die ersten Wölfe, die sie jemals getroffen hatte, aber sie machten einen lieben Eindruck und waren überhaupt nicht die Monster, wie sie ihr immer beschrieben worden waren.

„Ich bin nur froh, dass das es auch andere so sehen", fuhr ihr Vater fort, „ohne ihr Geld hätten wir unser Anliegen niemals in Gang bringen können. Isabelle hat versagt, aber das beeinflusst unsere Vorgehensweise nur minimal."

„Was hast du vor, Vater?" Sein Sohn eilte an seine Seite. „Du hast mir immer noch nicht den ganzen Plan erläutert."

„Alles zu seiner Zeit." Christoph schenkte ihm ein mildes Lächeln. „Nur so viel sei gesagt, dieses Fest wird eine böse Überraschung mit sich bringen."

„Bitte Vater", bettelte Tristan.

Angespannt presste sie sich an die Tür, auch Isabelle wollte wissen, was ihr Vater vorhatte. Sie hoffte nur, dass er keinen Verrat begehen wollte, darauf stand immer noch die Todesstrafe.

„Früher war es einfach, unerkannt Besitz zu erwerben", begann ihr Vater leise zu erklären. „Heutzutage muss man schon etwas geschickter sein. Das Internet bietet viele Möglichkeiten und es ist verblüffend, was man alles in Erfahrung bringen kann. Ein paar gute Männer können so alles über andere herausbekommen, Hobbys, Arbeitsstätte, Freunde und sogar den Wohnort."

Tristans Lächeln bekam etwas Verschlagenes. „Wen hast du ausspioniert?"

Christoph legte seinem Ältesten stolz die Hand auf die Schulter. „Es ist ein Fest zu Alariths Ehren und der Tag, an dem sein größter Wunsch in Erfüllung geht. Er war noch ein König, der wusste, wie man mit Hunden umgeht, und es ist an der Zeit, dass sie aus der Stadt gejagt werden."

„Sie werden nicht freiwillig gehen", wandte ihr Bruder ein.

„Geld regiert die Welt, mein Junge." Er hatte ein gemeines

Grinsen aufgesetzt. „Und mit genug davon, findet man leicht Männer, die bereit sind, den Müll wegzuräumen."

Isabelle hatte sich die Hand vor den Mund geschlagen und wollte nicht glauben, was ihr Vater gerade andeutete. Er sagte zwar nicht direkt, was er vorhatte, aber seine Worte ließen trotzdem keinen Zweifel aufkommen.

„Ich werde mich zurückziehen", sagte ihre Mutter plötzlich.

Erschrocken machte Isabelle einen Satz nach hinten, unter keinen Umständen durften sie sie beim Lauschen erwischen. Lautlos eilte sie in ihr Zimmer und blieb schwer atmend mitten im Raum stehen, unschlüssig, was sie jetzt machen sollte. Ihr Vater wollte die Werwölfe töten und den König stürzen. Aber das ging doch nicht.

Solange Isabelle zurückdenken konnte, hatte man ihr die Wölfe als Bestien beschrieben, die nach Blut lechzten. Selbst die Kleinsten sollten schon Raubtiere sein, aber das stimmte nicht. Ashley war einfach ein liebenswertes Kind und Tami machte auch nicht den Eindruck, als würde sie alle sofort anspringen und töten wollen. Mochte ja sein, dass nur dieses Rudel den Vampiren freundlich gesinnt war, aber warum wollten sie dann gerade dieses vernichten. Das durfte einfach nicht sein.

Isabelle bekam zwar nie den Mund auf, aber diesmal konnte sie auch nicht einfach schweigen. Irgendetwas musste sie tun, nur was? Sie könnte versuchen, ihre Familie umzustimmen, allerdings dürfte sie damit genauso viel Erfolg haben, wie zu versuchen, sich das Bluttrinken abzugewöhnen. Aber was sollte sie sonst tun? Den König oder sonst jemanden zu informieren, kam nicht infrage. Was ihr Vater plante, war Hochverrat und Ethan würde keine Sekunde zögern, ihn hinzurichten.

Was sie tun musste, war erst einmal zur Ruhe kommen und sich das Gespräch noch einmal durch den Kopf gehen zu lassen. Vielleicht hatte sie auch nur etwas falsch verstanden und überreagiert. Ja, das hatte sie ganz bestimmt. Und die falscheste Entscheidung wäre, etwas über das Knie zu brechen. Isabelle musste alles noch einmal überdenken, bevor sie einen endgültigen Entschluss fassen konnte. Genau, sie durfte jetzt nichts übereilen.

„Hör endlich auf damit oder du fliegst die Tür raus!", fauchte Cuthwulf.

Wie ein Tiger im Käfig schlich Keir auf und ab, er konnte einfach nicht still stehen. Am anderen Ende des Raumes lag Tyr in seinem Bett, noch immer ohne Bewusstsein, aber das sollte sich jetzt ändern. Cuthwulf hatte noch ein paar letzte Untersuchungen gemacht und war zu dem Entschluss gekommen, dass sie den Vampir wieder ins Leben zurückholen konnten. Klang dramatischer als es war, man musste nur irgendwas mit den Medikamenten machen. Der Doc hatte es ihm erklärt, aber nach den vielen Stunden des Wartens hatte er nach Aufwachen aufgehört zuzuhören.

Vierundzwanzig Stunden des Bangens und Hoffens. Keir hatte sich kaum einen Augenblick von Tyrs Bett wegbewegt, würde sogar noch dieselben Sachen tragen, wenn Nanna ihn nicht mit einem freundlichen „du stinkst" unter die Dusche gejagt hätte. Aber er fühlte sich verantwortlich dafür, dass der Vampir angeschossen worden war, er hätte niemals seinen Posten verlassen dürfen.

„SIG, bitte", meinte Cuthwulf resigniert. „Es vergehen noch Stunden, bevor er wieder wach wird. Willst du nicht solange was essen? Wir sind die ganze Zeit hier und halten Wache."

Keir schüttelte den Kopf. „Es ist meine Schuld, dass er hier liegt."

„Behalte die Hirnfunktion im Auge", bat er Nanna. Dann zog der Doc sein Handy heraus und schrieb eine SMS."

„Für so einen Scheiß hast du jetzt Zeit?", donnerte Keir, der fand, dass der Doc sich lieber seiner Arbeit widmen sollte.

„Danke", sagte Cuthwulf freundlich zu Nanna und funkelte dann den Wolf an. „Ich wüsste meine Zeit auch besser zu nutzen, allerdings muss ich mich voll und ganz auf Tyr konzentrieren und das kann ich nicht."

Keir lag schon eine Erwiderung auf der Zunge, als die Tür aufging. Ryan, Shayne, Drake und zu seiner Überraschung auch Damian betraten den Raum und umzingelten ihn. „Kommt schon, Jungs, das könnte echt hässlich für euch werden."

„Entweder gehst du freiwillig mit oder wir tragen dich", knurrte Shayne. „Der Doc muss arbeiten und du störst ihn dabei."

„Ich?", fragte Keir ungläubig. „Was mach ich denn? Ich bleibe extra auf Abstand."

„Dein Auf- und Abgerenne treibt mich in den Wahnsinn", meinte der Doc ruhig. „Geh, ich rufe dich, sobald er wirklich wach wird."

Keirs Kiefermuskeln zuckten und sein Nicken fiel recht steif aus. „Ich warte vor der Tür."

Genervt rollte der Doc mit den Augen. „Meinetwegen, aber du kommst erst wieder rein, wenn ich es dir erlaube."

„Versprochen", gab Keir zurück und ging freiwillig zur Tür hinaus.

„Mist und ich hatte mich schon so darauf gefreut, ihn im Keller anzuketten", jammerte Damian.

Keir achtete nicht auf sie, sondern ließ sich auf einen Stuhl vor dem Zimmer fallen. Den Blick stur auf die Tür gerichtet, verschränkte er die Arme vor der Brust und wartete. Die anderen zogen wieder ab, bis auf Shayne, der sich neben ihn setzte. Keir hatte absolut keinen Bock auf ein Gespräch mit seinem Alpha und zeigte ihm das auch, indem er ihn einfach konsequent ignorierte.

Zumindest bis Shayne zu reden anfing. „Muss ich dir wirklich erst sagen, dass dich keine Schuld trifft? Tyr ist ein erfahrener Krieger und kann sehr gut selbst auf sich aufpassen. Bleib hier, bis er aufgewacht ist, aber danach kriegst du dich mal wieder ein."

„Sehr einfühlsam", schnaubte Keir.

Shayne beugte sich knurrend zu ihm. „Du willst was Einfühlsames, dann such dir 'ne Freundin. Tyr ist auf dem Weg der Besserung, aber da oben ..." Er zeigte mit dem Finger zur Decke. „Da haben wir auch eine Menge Probleme. Da machen nämlich noch immer irgendwelche Schweine Jagd auf unsere Freunde."

Auch wenn er die Wahrheit nicht hören wollte, hatte Shayne doch recht damit, sie ihm um die Ohren zu hauen. Er hatte sich wirklich gehen lassen und war in Selbstmitleid ertrunken. Und wenn er noch so lange an Tyrs Bett wachte, würde er nicht schneller aufwachen. Aber Keir konnte dafür sorgen, dass es nicht noch einmal geschah und dass jeder, der damit zu tun hatte, zur Rechenschaft gezogen wurde.

Entschlossen blickte er seinen Alpha an. „Soll ich auf Patrouille gehen?"

Shayne schüttelte den Kopf. „Dazu bist du gar nicht fähig. Iss was, nimm 'ne Mütze voll Schlaf und dann will ich dich morgen Abend topfit bei der Besprechung sehen. Tyr dürfte bis dahin auch aufgewacht sein."

Keir blickte zur Tür, nickte aber zustimmend. „Was gibt's denn schon wieder zu besprechen?"

„Das erzähl ich dir beim Essen", Shayne klopfte ihm auf die Schulter und zusammen standen sie auf. „Geh schon vor, ich sag nur noch Cuthwulf Bescheid, dass er dich anrufen soll, falls sich was ändert."

„Danke", antwortete er leise, aber aufrichtig.

Keir drehte sich weg und marschierte Richtung Küche davon. Er konnte im Moment sowieso nichts für Tyr tun und er brauchte einen klaren Kopf, wenn sie ihren Gegnern gegenübertraten. Seine Rache würde er bekommen, es war nur eine Frage der Zeit und bis dahin würde er dafür sorgen, dass kein Wolf ihnen mehr zum Opfer fiel.

18. Kapitel

Max konnte es noch immer nicht glauben, dass Shayne und die anderen dem Plan seines Vaters zustimmten. Aber sie hatten es getan und jetzt wurde in nicht einmal mehr zwei Wochen seine Verlobung mit einem Wolfsmädchen bekannt gegeben. Auch wenn das alles nur eine Lüge war, fühlte es sich trotzdem gut an. Er bog um die Ecke in den Wintergarten, wo seine Mutter noch immer den Wolfsitter spielte.

„Da bist du ja endlich", tadelte Letizia ihn und stand auf. Sie kam zu ihrem Sohn und gab ihm einen Kuss auf die Wange. „Zeig den beiden doch deine alten Spielsachen." Lächelnd ließ sie sie alleine.

Die beiden Mädchen saßen auf dem Boden. Ashley war konzentriert dabei, einen Bauklotz auf der Spitze eines wackeligen Turms zu platzieren, während Tami zu ihm aufsah. Max lächelte sie an, aber sie streckte ihm die Zunge heraus und drehte den Kopf weg. Lachend ging Max neben ihnen in die Knie, wie von selbst legte er dabei seine Hand auf Tamis Rücken.

„Das ist ein toller Turm", lobte er, während er Tami zu streicheln begann.

Wie von der Tarantel gestochen kam die Wölfin auf die Füße. „Wollen wir jetzt unsere Tour fortsetzen?", fragte sie unschuldig.

Max schmunzelte wissend, ihm war ihr Erschauern nicht entgangen. Er nahm Ashley auf den Arm und erhob sich. „Wollen wir uns die Pferde anschauen?"

„Keine gute Idee", widersprach Tami sofort. „Es sind Fluchttiere und sobald sie Wölfe wittern, machen sie ihrem Namen alle Ehre."

„Daran hatte ich gar nicht gedacht." Max überlegte einen Moment. „Ich weiß, kommt mit." Er schnappte Tamis Hand und zog sie hinter sich her.

Max musste sie bis in den nächsten Flügel förmlich mitschleifen, aber das störte ihn nicht. Es gab ihm Zeit, um sich alles noch einmal durch den Kopf gehen zu lassen. Sein Vater hatte ihn nur noch einmal in sein Büro zitiert, um ihm Shaynes Entscheidung mitzuteilen. Nun war es an Max, Tami zu überzeugen, dem Plan ebenfalls zuzustimmen, denn letztlich blieb es ihre Entscheidung.

Allerdings hatte Max auch seine eigenen Gründe, sie alleine sprechen zu wollen. Nach dem Schießtraining hatte er beschlossen, herauszufinden, ob Tami die Eine für ihn war. Und sollte sie wirklich sein *Licht* sein, würde er alles daransetzen, dass sie den anderen vergaß und ihn wählte. Obwohl er auch nicht tatenlos zuschauen würde, wie sie sich einem anderen an den Hals warf, sollte sie nicht seine Auserwählte sein.

„Da wären wir", meinte er lächelnd und öffnete eine Tür.

Tami betrat den Raum und schaute sich kritisch um. „Wo sind wir?"

„In meinem Reich", teilte er ihr mit und schloss die Tür hinter sich. Er marschierte zu einer weiteren und schnappte sich im Vorbeigehen Tamis Hand, damit sie nicht abhauen konnte.

Als sie den nächsten Raum betraten, leuchteten Ashleys Augen auf. „Spielen, spielen", rief sie und zappelte wild mit den Beinen.

Max ließ sie runter und schaute ihr einen Moment dabei zu, wie sie die alten Spielsachen betrachtete und vorsichtig anfing, sie auszuprobieren. Tami blickte sich mit großen Augen um und er folgte ihrem Blick. Für sie musste es wie ein Spielzeugladen aus längst vergangener Zeit aussehen. Jedes einzelne Stück hier drinnen stammte noch aus seiner eigenen Kindheit und war somit schon als antik zu bezeichnen. Das störte Ashley aber kein Stück und so war die Kleine längst ins Spielen vertieft.

„Komm mit", meinte Max leise und zog die Wölfin wieder ins Nebenzimmer.

„Hör endlich auf, mich wie ein Kind zu behandeln", fauchte Tami ihn an.

„Das würde mir bestimmt nicht mehr in den Sinn kommen", gestand er lächelnd, schloss die Tür zum Nebenzimmer und zog sie in seine Arme. „Nicht nach den letzten Nächten."

„Was soll das denn schon wieder?", schimpfte sie. Sie versuchte, sich aus seiner Umarmung zu lösen, aber als ihr das nicht gelang, machte sie sich ganz steif und ließ die Arme an ihren Seiten herabhängen. „Entscheide dich endlich mal."

„Das habe ich doch", lächelte Max, beugte sich herab und ließ seine Lippen über ihre streifen. Einmal, zweimal, nur ganz leicht, bis sie ihre starre Haltung endlich aufgab.

„Bitte, Max, lass uns das Ganze beenden, bevor jemandem wehgetan wird", sagte sie resigniert.

Auch wenn Max anderer Meinung war, gab er für den Augenblick nach. Um sie vom Gegenteil zu überzeugen, brauchte er Zeit und Ruhe. Da im Nebenzimmer aber ein spielendes Kind saß und sie auch bald zurück mussten, beließ er es für den Moment dabei. Allerdings gab es noch eine andere Sache, von der er sie überzeugen musste und die jetzt Vorrang hatte.

„Alarith hat mit Shayne gesprochen und er stimmt der Idee meines Vaters zu", eröffnete er ihr ohne Umschweife. „Dein Einverständnis natürlich vorausgesetzt."

„Ähm ..." Tami versuchte erneut, sich von ihm zu lösen. Max ließ es zu und sie drehte ihm einfach den Rücken zu. „Wissen die Kämpfer davon?"

„Sicher." Max versuchte herauszufinden, was sie dachte. „Shayne hat es mit ihnen besprochen und sie waren ebenfalls dafür. Sogar deine Eltern haben zugestimmt, haben aber dir die endgültige Entscheidung überlassen."

„Kann ja nicht so schwer sein, für einen Abend deine Verlobte zu spielen." Tami straffte die Schultern und drehte sich wieder zu ihm um. „Und da es für einen guten Zweck ist, bin ich dabei."

Dass sie so schnell nachgab, machte ihn stutzig. Max hatte damit gerechnet, dass er lange Diskussionen mit ihr führen müsste, bevor sie ihr Okay gab. Natürlich redeten sie hier nur über ein paar Minuten. Ethans Plan machte nämlich nur Sinn, wenn Tami erst dann auftauchte, wenn er die Bombe platzen lassen würde. Trotzdem hatte Max mit mehr Gegenwehr gerechnet, nach allem, was zwischen ihnen vorgefallen war, und an fast allem war er schuld. Für den abgebrochenen Kuss würde er garantiert auch noch büßen müssen, aber das war es ihm wert. Jetzt, wo die Möglichkeit bestand, dass sie sein Schicksal sein könnte, war alles auf den Kopf gestellt.

Vor einigen Tagen hätte Max noch gesagt, dass die Freundschaft zu Shaynes Rudel unter allen Umständen gewahrt werden musste. Doch die Dinge hatten sich etwas verschoben und so hatte er nun seine Zweifel. Sollte Tami wirklich sein *Licht* sein, wäre ihm scheißegal, was das Rudel oder seine Familie dagegen hätte. Wenn Tami ihn wirklich haben wollte, würde er auf die Verantwortung scheißen und Himmel und Hölle in Bewegung setzen, um sie zu der Seinen zu machen.

Das alles stand aber noch in den Sternen, fürs Erste musste er herausfinden, was sich hinter ihrer Anziehungskraft verbarg. Doch jedes Mal, wenn sie zusammen waren, hatte er weniger Zweifel und das jagte ihm eine höllische Angst ein. Max konnte sich sooft für sie entscheiden, wie er wollte, es spielte keine Rolle, wenn sie ihn nicht haben wollte. Nur, was sollte er tun, wenn sie sein *Licht* war und ihn trotzdem nicht an ihrer Seite haben wollte.

„Max!"

Er musste unbedingt herausbekommen, in wen sie verliebt und wie ernst die ganze Sache war. Doch egal, wer der Mann war, er tat ihm jetzt schon leid, denn Tami würde er unter gar keinen Umständen einfach so freigeben.

„Max", brüllte Tami ihn an und schlug ihm gleichzeitig auf den Arm.

Er richtete seine Augen auf sie und lächelte. „Was gibt's?", fragte er gelassen.

Tami verdrehte die Augen. „Deine Mutter hat dich schon ein paar Mal gerufen, scheinbar will sie aufbrechen."

Max nickte, holte schnell Ashley und führte die beiden zurück in die Eingangshalle, wo tatsächlich schon seine Mutter auf sie wartete. Die Heimfahrt verlief in absoluter Stille, Ashley hatte sich auf Letizias Schoß zusammengerollt und schlief. Seine Mutter hatte die Augen geschlossen und Tami schien in ihren eigenen Gedanken gefangen zu sein. Sie hatte die Stirn in Falten gelegt und knabberte an ihrer Unterlippe herum. Max konzentrierte sich auf die Straße und schmiedete Pläne, wie er ihr wieder näher kommen konnte, ohne dass es das ganze Schloss mitbekam.

Claire lag zusammengerollt auf ihrem Bett und blies Trübsal. Seit genau fünf Tagen und sieben Stunden war Blake abgetaucht. Ihr Gefährte hatte sich mit seinem Bruder und irgendeinem Indianer zusammengetan, um die Lage auszukundschaften. Der Betonklotz war doch tatsächlich der Meinung, dass er sich besser konzentrieren konnte, wenn Claire nicht in seiner Nähe war. Die Tatsache, dass er sie mindestens dreimal am Tag anrief, bewies allerdings das Gegenteil. Wenn er nur nicht so ein verfluchter Sturkopf wäre, müsste sie jetzt nicht alleine schlafen und alle wären glücklich.

Es klopfte und sofort wurde die Tür geöffnet. „Schwesterchen, können wir uns unterhalten?"

„Klar." Claire setzte sich auf und winkte ihren Besuch herein. „Setz dich zu mir."

Sam kletterte zu ihr aufs Bett und machte es sich neben ihr bequem. „Darf ich dir eine Frage stellen?"

„Schieß los." Claire war neugierig geworden.

„Wie fühlt sich das an, ein Wolf zu sein?", fragte sie langsam.

Claire runzelte kurz die Stirn und dachte nach. Wie fühlte es sich an? „Als könnte ich Bäume ausreißen", beschrieb sie es schließlich begeistert. „Man nimmt alles viel intensiver wahr und die Kraft ist fantastisch."

„Findest du?" Sam war die Skepsis anzuhören. „Hast du keine Angst?"

„Raus mit der Sprache. Worum geht es hier wirklich?" Claire hatte das untrügliche Gefühl, dass ihre Schwester etwas auf dem Herzen hatte.

„Meine Kräfte werden immer stärker", begann sie, die Geschichte erneut zu erzählen. Und nachdem der Anfang gemacht war, kam der Rest von ganz alleine. „Ich weiß einfach nicht, wie ich damit umgehen soll", schloss sie schließlich.

„Ich verstehe immer noch nicht, wo dein Problem liegt." Gut gelaunt schaute Claire ihre Schwester an. „Bei mir ist es ganz genauso. Aber das Gefühl, jeden Tag stärker zu werden, macht mir keine Angst. Irgendwann ist garantiert Schluss und ich für meinen Teil bin eher froh, dass es nicht auf einmal kommt, so kann man sich besser daran gewöhnen und lernen, wie man damit umgeht."

Sam legte die Stirn in Falten. „Von der Seite habe ich das noch gar nicht betrachtet."

„Natürlich nicht", lachte Claire und nahm ihre Schwester in den Arm. „Du hast dir schon immer viel zu viele Gedanken gemacht."

„Aber ich bin ja nicht einfach in einen Werwolf verwandelt worden, sondern in beides", versuchte Sam zu erklären. „Wer weiß, was das aus mir macht."

Claire blickte ihrer Schwester fest in die Augen. „Wer sagt dir denn, dass die Kraft vom Wolf kommt, vielleicht steuert die auch der Vampir bei. Oder beide."

„Siehst du", rief Sam panisch.

„Komm runter", befahl Claire streng. „Wie lange frisst du das denn schon in dich rein? Du hast dich ja richtiggehend in deine Panik hineingesteigert. Es macht dich zu derselben liebenswürdigen Frau, die du auch schon vor der Wandlung warst." Sie grinste plötzlich. „Nur mit Superkräften eben."

„Könntest du bitte ernst bleiben", forderte Sam, wurde aber schon wesentlich ruhiger.

„Du bist gewandelt durch einen Vampir und einen Werwolf, was kann da denn schlimmstenfalls aus dir werden?" Claire wartete keine Antwort ab. „Eine Vampirin mit integriertem Pelz oder eine Wölfin mit seltsamen Gelüsten nach Blut."

„Das ist nicht lustig", kicherte Sam.

„Es ist doch scheißegal, was am Ende dabei herauskommt." Claire gab ihrer Schwester eine kleine Kopfnuss. „Ein Monster wird jedenfalls nicht aus dir werden."

„Du hast ja recht", gab Sam kleinlaut zu.

„Na endlich." Claire umarmte sie kurz.

Schweigend saßen die Schwestern am Kopfende des Bettes, Schulter an Schulter und die Köpfe zusammengelegt. Beide hingen ihren Gedanken nach, Sam hatte bestimmt immer noch ihre Wandlung im Kopf und Claire dachte nur, wie schön es wäre, Blake neben sich zu haben. Gott, wer hätte gedacht, dass ihr der Betonklotz nach so kurzer Zeit so fehlen würde. Sie jedenfalls nicht, musste sie sich lächelnd eingestehen. Wie sehr er ihr anfangs auf die Nerven gegangen war, aber in Blake steckte so viel mehr, als man auf den ersten Blick sehen konnte.

„Ich vermisse den schwarzen Mann", gestand Claire leise ein. „Und dass ich nicht weiß, wo er gerade steckt, macht mir Angst."

„Es geht ihm gut." Sam nahm tröstend ihre Hand. „Ich bleib noch ein bisschen bei dir."

Dann schwiegen sie wieder. Claire lauschte auf die Stimmen und Geräusche im Schloss. Ryan und Emma spielten im Wohnzimmer mit den Kindern, Nick reparierte irgendwas im Haus oder den angrenzenden Gebäuden, was zu seiner Hauptbeschäftigung geworden war, und Myriam leistete Nanna in der Küche Gesellschaft. Der Rest war im Haus oder auf dem Gelände verstreut. Plötzlich konnte sie einen bekannten Motor hören und sprang aus dem Bett. Ein Blick aus dem Fenster bestätigte ihren Verdacht.

„Blake", jubelte sie und rannte zum Kleiderschrank.

In Windeseile hatte sie das Schlabberoutfit gegen enge Jeans und Top getauscht. Ohne auf ihre Schwester zu achten, rannte sie raus und nach unten in die Eingangshalle. Auf halber Treppenhöhe ins Erdgeschoss sah sie den schwarzen Mann, der sie ebenfalls schon längst bemerkt hatte, und sprang einfach ab. Blake breitete seine Arme aus und fing sie geschickt auf. Sofort umschlang sie ihn mit Armen und Beinen und drückte ihn fest an sich.

„Cor meum", sagte er leise und drückte sie ebenfalls an sich.

„Lass mich nie wieder so lange alleine", flüsterte sie an seinem Hals.

Blake drehte den Kopf und Claire schaute ihn an. „Mein Herz", flüsterte er an ihren Lippen und küsste sie. Zärtlich und langsam, als hätte er alle Zeit der Welt.

„Ach sieh mal einer an, die schwarze Fledermaus ist zurück", kicherte Jason hinter ihnen.

„Immer noch kein Sonnenbad genommen", knurrte Blake zurück.

„Und den verschollen geglaubten Bruder hat er auch gleich mitgebracht." Ryan kam lächelnd zu ihnen und schloss den völlig verdutzten Dylan in eine Umarmung. „Ich hatte noch keine Gelegenheit, mich für alles zu bedanken, was du für mich ..." Emma schob sich unter seinen Arm und knuffte ihm in die Seite. Liebevoll lächelnd korrigierte er sich. „Für uns", er gab ihr einen Kuss, „getan hast. Danke", schloss er schlicht und schaute den anderen Wolf abwartend an.

Dylan überlegte nicht lange, sondern zog Emma zu sich und

umarmte sie herzlich. „Ich bin froh, dass du den Trotzkopf noch zur Vernunft gebracht hast."

„Es war nicht leicht", kicherte Emma leise.

„Du warst ein solcher Arsch", stellte Dylan an Ryan gewandt klar und ließ die Wölfin los. „Aber da du sie gut behandelst, verzeihe ich dir noch mal."

Ryan lächelte. „Glück gehabt, in vielerlei Hinsicht."

„Ihr könnt später ein Wiedersehensfest veranstalten", unterbrach Max das Ganze. „Zuerst will ich wissen, was ihr herausbekommen habt."

„Als ob du uns ein Fest gestatten würdest", schimpfte Nanna. „Sogar die Geburtstagsfeier deiner Mutter hast du abgesagt."

Max verdrehte die Augen. „Du weißt sehr gut, warum wir sie verschoben haben. Bis zum Fest wird hier alles drunter und drüber gehen, wir haben keine Zeit und Reserven für so was. Außerdem möchte ich den Geburtstag meiner Mutter feiern, ohne einen Angriff befürchten zu müssen."

Claire lauschte dem Gespräch aufmerksam, während sie noch immer an Blakes Hals hing, der schützend seine Arme um sie gelegt hatte. Die Diskussion führten die beiden nicht zum ersten Mal. Nanna wollte einfach nicht einsehen, warum sie die Feier verschieben mussten, obwohl Max und auch Shayne ihr die Sache mehrfach erklärt hatten. Sogar Alarith und die Königin selbst hatten ihr Glück versucht, aber irgendwie schaltete ihre Grandma in diesem Punkt völlig auf Durchzug und war immun gegen logische Argumente. Claire hingegen stand auf Max' Seite, sie war auch dafür, dass sie nachfeierten, wenn die Lage sich wieder etwas entspannt hatte und nicht ständig ein neuer Angriff zu befürchten war.

Seit dem Schuss auf Austin war es ruhig geblieben und auch Tyr erholte sich zur Freude aller sehr schnell. Cuthwulf meinte, er wäre in ein paar Tagen wieder voll einsatzfähig. Das hinderte Keir nicht daran, sich verbissen in die Jagd auf ihre Feinde zu stürzen. Jede Nacht war er draußen und suchte jemanden, aber wen, wollte er nicht sagen. Shayne schien das auch mit Sorge zu betrachten, sah allerdings wohl noch keinen Grund einzugreifen.

„Macht doch, was ihr wollt", schnaubte Nanna und verschwand in die Küche.

„Lasst uns ins Arbeitszimmer gehen", schlug Max vor. „Die Kleinen spielen im Wohnzimmer und das ist nicht für ihre Ohren bestimmt." Er stutzte kurz. „Claire kannst du natürlich mitbringen."

„Ich hätte ihn auch nicht losgelassen", stellte sie klar.

Blake trug sie in den ersten Stock und es war ihr scheißegal, dass sie von den anderen belächelt wurde. Jetzt gerade hatte sie das dringende Bedürfnis, in diesen Wolf hineinzukriechen und ihn nie wieder loszulassen. Claire ließ auch nicht los, als er sich mit ihr im Arbeitszimmer an einer Wand aufstellte.

„Willst du dich mit deiner Fracht nicht hinsetzen?", fragte Max belustigt.

„Sieh lieber zu, dass wir fertig werden", gab Blake ungerührt zurück. Er schob seine Hände unter ihren Po, um ihr Halt zu geben.

Shayne ließ sich lachend auf sein Lieblingssofa fallen. „Dann legt mal los, bevor wir von den beiden Dinge zu sehen bekommen, die ich niemals sehen will."

„Otaktay", meinte Max und stimmte dem Alpha insgeheim zu.

„Wir haben keine Spur", teilte der Indianer ihnen mit.

Claire wollte Blake zwar nicht loslassen, aber das hieß ja noch lange nicht, dass sie nicht zuhörte. Nach dieser sehr kurzen Ankündigung schwieg Otaktay, für ihn schien alles Wichtige gesagt worden zu sein. Sie blickte auf, alle starrten den Häuptling erwartungsvoll an, aber der machte nicht den Anschein, als wollte er noch etwas hinzufügen.

„Vielleicht sollte ich die Berichterstattung übernehmen", sagte Dylan und rollte mit den Augen. „Da ist einer maulfauler als der andere."

„Du hast bestimmt interessante Gespräche geführt in den letzten Tagen", witzelte Shayne.

Dylan schnitt ihm eine Grimasse. „Sicher, die beiden Quasselstrippen haben mich kaum zu Wort kommen lassen. Scherz beiseite", meinte er ernster. „In der Stadt brodelt es unterschwellig und die Angst unter unseresgleichen ist mehr als nur greifbar. Leider haben wir nichts Auffälliges finden können, was auf ein Versteck, eine Kommandozentrale oder Ähnliches schließen lässt. Es ist zum aus der Haut fahren. Chicago blutet, aber wir können den Finger nicht auf die Wunde legen."

Ethan und Letizia betraten das Büro und lächelten in die Runde. „Haben wir was verpasst?", fragte die Königin und küsste ihren Sohn auf die Wange.

„Mum, Dad, was macht ihr denn hier?" Max stand die Überraschung ins Gesicht geschrieben.

„Wir mussten mal aus dem Schloss raus", teilte ihnen der König mit und setzte sich neben Shayne aufs Sofa. „Christoph schleicht ständig herum, als würde er nur darauf warten, dass ich einen Fehler mache, und Isabelle hat seit Tagen eine Leidensmiene aufgesetzt, als würde die Welt untergehen."

Shayne erhob sich und schloss die Königin in die Arme. „Alle Gute zum Geburtstag", wünschte er ihr und drückte ihr einen fetten Schmatzer auf die Wange.

Das veranlasste auch Claire, endlich den Klammergriff um ihren Gefährten zu lösen und Letizia ebenfalls zu gratulieren. Danach ging sie allerdings sofort wieder zu ihrem Wolf zurück und kuschelte sich in seine Arme. Sie würde ihn erst wieder loslassen, wenn sie sich mindestens eine Nacht lang davon überzeugt hatte, dass es ihm gut ging. Bei den Gedanken daran, was sie alles mit ihm anstellen würde, lächelte sie. Blake schien zu erahnen, was ihr durch den Kopf ging, denn er legte ihr mit einem leisen Knurren die Hand in den Nacken und küsste sie.

Max hatte seine Eltern mittlerweile auf den neusten Stand gebracht, was sie allerdings auch kein Stück weiterbrachte. Selbst die drei besten Spürnasen hatten keine Details in Erfahrung bringen können. Sie wussten zwar, dass viele Fremde in der Stadt unterwegs waren, konnten aber nicht sagen, wo sie sich trafen oder ob sie überhaupt etwas mit der Sache zu tun hatten.

„Das war ein Schuss in den Ofen", brachte Shayne die Sache auf den Punkt.

„Verdammt", fluchte der König und wurde dafür von allen überrascht angeschaut. „Stimmt doch", verteidigte er sich beleidigt. „Wie läuft es mit der Reserve?", wechselte er das Thema.

„Jede Nacht treffen weitere Männer ein, in etwa zwei Tagen müssten wir vollzählig sein", brachte Max alle auf den neusten Stand. „Aiden hat die Einteilung von Unterkunft und Verpflegung übernommen. Ich lasse die Neuankömmlinge mit unseren Soldaten Übungskämpfe machen, um zu sehen, wie gut sie sind und wo ich sie am besten einsetzen kann."

Ethan hatte seinem Sohn aufmerksam zugehört. „Ich fände es trotzdem besser, du würdest in dieser Zeit ganz bei uns wohnen und nicht jeden Tag vor dem Morgengrauen wieder hierherfahren."

„Ich habe dir meine Gründe ausreichend dargelegt", blockte Max ab.

„Die ich trotzdem noch immer nicht verstehe." Ethan stand auf. „Heutzutage ist es auch über große Entfernungen hinweg kein Problem zu kommunizieren. Du kannst einfach im Schloss anrufen."

Max schwieg mit eiserner Miene. Claire musste gestehen, dass sie sich diese Frage auch schon gestellt hatte. Keinem im Schloss war entgangen, dass der General sprichwörtlich mit den ersten Sonnenstrahlen ins Haus geschneit kam und mit Öffnen der Rollläden wieder verschwand. Egal, wie sehr Max es auch zu verstecken versuchte, der Stress stand ihm ins Gesicht geschrieben. Seine Augenringe hatten beängstigende Ausmaße angenommen und auch seine Appetitlosigkeit war niemandem im Schloss entgangen. Ganz zu schweigen davon, strahlte Max momentan ständig eine unterschwellige Gereiztheit aus, die ihn launisch und mürrisch wie ein altes Weib machten. *Wäre er eine Comicfigur, würde er mit schwarzen Gewitterwolken um ihn herum gezeichnet werden*, schoss es Claire durch den Kopf. Das aufsteigende Kichern konnte sie nur mit Mühe unterdrücken.

„Ach, mach doch, was du willst", schnaubte Ethan frustriert bei der beharrlichen Weigerung seines Sohnes, den wahren Grund zu nennen. „Aber lass dir einen guten Rat geben, machst du weiter so, wirst du in ein paar Tagen zu erschöpft zum Kämpfen sein."

„Da stimmen wir alle deinem Vater zu", mischte sich Shayne ein. „Und wenn ich alle sage, dann meine ich alle im Schloss."

„Kümmert euch um euren eigenen Scheiß", fauchte Max sie an. „Ich bin alt genug, um zu wissen, was ich tue."

„Dein Sohn ist an Starrsinn nicht zu überbieten", teilte der König seiner Frau mit.

Letizia rollte mit den Augen. „Ach, jetzt ist er wieder nur mein Sohn."

Claire verfolgte das ganze Geplänkel eher mit Belustigung. Max würden sie sowieso nicht umstimmen können und sie persönlich vertraute auf seinen gesunden Verstand, dass er wusste, wann er eine Grenze überschritt. Lange würden die Frauen des Schlosses sich das auch nicht mehr mit anschauen und eingreifen. Nanna, Sam, Emma, Marie, Jala und sie selbst, sogar Myriam war dabei, zusammen hatten sie schon überlegt, wie sie den Vampir am besten ins Gewissen reden konnten. Nur Tami hielt sich erstaunlich zurück, aber Claire schätzte, dass die junge Frau in einem Zwiespalt steckte, da Max auch ihr Ausbilder war.

„Lasst sie los!", hörten sie genau in diesem Moment Tamis Stimme durch das Schloss hallen. „Sie ist eine Freundin, ihr Idioten."

Max und Shayne blickten sich verwirrt an, sprangen gleichzeitig auf und schafften es doch tatsächlich zusammen durch die Tür, ohne stecken zu bleiben. Claire war ebenfalls neugierig geworden und zog ihren Gefährten, der ihr nur widerwillig folgte, hinter den beiden her. Max nahm schon die Stufen nach unten, während sie zum Geländer eilte, um von hier oben in die Eingangshalle zu spähen.

Tami hatte die Hände in die Hüften gestemmt und stand Fußspitze an Fußspitze mit Keir, der sich wiederum mit einem wütenden Gesichtsausdruck zwischen ihr und Stone, der eine Frau am Arm gepackt hielt, aufgebaut hatte.

„Halt dich aus den erwachsenen Angelegenheiten raus, Tami", fauchte Keir.

Max war mittlerweile bei ihnen angekommen, zog Tami hinter seinen Rücken und spielte so den fleischgewordenen Schutzschild. „Pass auf, was du sagst, SIG", zischte er leise.

Claire fielen bald die Augen aus dem Kopf und als sie hochblickte, konnte sie noch den wissenden Blickaustausch zwischen Blake und Dylan mitbekommen. Die beiden Brüder schienen zu ahnen, was in den Vampir gefahren war. Neugierig blickte Claire ihren Gefährten an, der allerdings mit dem Kopf schüttelte.

„Später", hauchte er ihr mit einem Kuss zusammen aufs Ohr.

Claire stellte ihre Neugierde zurück und konzentrierte sich lieber auf das Geschehen in der Eingangshalle. Shayne hatte seinem Kämpfer mittlerweile die Hand auf die Brust gelegt, um ihn ein bisschen zu beruhigen. Keir war zurzeit auch nicht mehr der lockere Typ, der ständig einen blöden Spruch auf den Lippen hatte.

„Wir haben sie gefunden, als sie versucht hat, durchs Tor zu kommen", erläuterte Stone kurz die Lage. „Sie behauptet, unsere Blaublütigen zu kennen."

„Isabelle", meinte die Königin überrascht und eilte auf die junge Frau zu. „Was machst du denn hier?" Auch Ethan stand nun hinter seiner Frau und betrachtete den Eindringling.

Stone hatte die Vampirin mittlerweile losgelassen, die einen ziemlich verschüchterten Eindruck machte. Sie traute sich nicht mal, den Kopf zu heben, und starrte stattdessen ihre Füße an. Claire wunderte es nicht wirklich, da sich wie immer das ganze Schloss in der Eingangshalle tummelte, sehr wahrscheinlich durch die lauten Schreie angelockt. Was waren sie doch für ein Volk von neugierigen Nasen und Tratschweibern.

Isabelle, so hieß die junge Frau wohl, hob langsam den Kopf und straffte die Schultern. „Ich begehe Verrat an meiner Familie", teilte sie ihnen mit erstickter Stimme mit. Tränen schwammen in ihren Augen und als sie blinzelte, löste sich die erste aus ihren Wimpern.

Tami eilte um ihren großen Beschützer herum und legte der Frau tröstend einen Arm um die Schulter. „Komm, setz dich erst mal ins Wohnzimmer und beruhige dich, danach", sie warf den Männern einen strengen Blick zu, bevor sie Isabelle weiter ins Wohnzimmer führte, „kannst du uns alles in Ruhe erzählen."

„Wir machen Tee und bringen ihn dann ins Wohnzimmer", sagte Isaac dienstbeflissen und verschwand gefolgt von Lyle in der Küche.

„Wir bringen die Kinder ins Hauptquartier, da bekommen sie nichts mit", bot Myriam an und setzte es auch gleich zusammen mit Nick in die Tat um.

„Komm, Engyl", meinte Blake und wollte sie in ihr Schlafzimmer ziehen.

„Was?", meinte Claire entsetzt und zog ihn in die entgegengesetzte Richtung. „Ich will das hören."

Dylans leises Kichern begleitete sie bis ins Wohnzimmer, wo sich die Versammlung hin verlagert hatte. Claire und Blake blieben an der Tür stehen. Sie schaute sich kurz um, aber auf den ersten Blick schien außer Tyr niemand zu fehlen. Ob diese Ansammlung von gespannter Erwartung der jungen Vampirin guttat, wagte sie mal zu bezweifeln, aber wer mit Neuigkeiten ins Schloss kam, sah sich nun mal immer allen gegenüber. Tami bugsierte Isabelle in die Mitte eines Dreiersofas und nahm sie in die Arme, damit sie sich ausweinen konnte. Max reichte ihr ein Taschentuch und setzte sich

dann auf die Lehne hinter ihr. Claire suchte den Blick ihrer
Schwester und führte kurz eine stumme Diskussion mit ihr. Sie
kannte Sam und wusste, dass sie genau dasselbe dachte wie Claire.
Wenn das mal nicht interessant werden würde. Mit einem
erwartungsvollen Lächeln kuschelte sie sich an Blake und wartete
gespannt ab, wie es jetzt weiterging.

19. Kapitel

Tami nahm das Taschentuch von Max entgegen und gab es an Isabelle weiter. Sie hatte die Vampirin zwar erst einmal gesehen, aber sie war ihr gleich sympathisch gewesen. Sie spürte, dass sich Max hinter ihr auf der Lehne niederließ, und musste sich beherrschen, ihn nicht mit dem Ellenbogen wieder runterzustoßen. Schon sein Verhalten in der Eingangshalle war mehr als nur grenzwertig gewesen und ihr waren die überraschten Blicke der anderen auch nicht entgangen. Warum machte er so was nur?

Nachdem sie von seinen Eltern wiedergekommen waren, hatte sie ihn keine Sekunde alleine zu Gesicht bekommen. Eigentlich waren sie sich nur beim Abendessen und Frühstück begegnet. Tami hatte natürlich mitbekommen, wo er die ganze Zeit war und dass er eine Menge Arbeit erledigte. Tag für Tag konnte man zusehen, wie er müder und abgespannter wurde, und das war für sie kaum zu ertragen. Man musste ja Angst haben, dass er einschlief, wenn es tatsächlich zu einem Kampf kam.

Das alles sollte eigentlich nicht ihr Problem sein, aber es hielt sie nicht davon ab, sich Sorgen um ihn zu machen. Überhaupt waren die letzten Tage kaum zum Aushalten gewesen, sie war diesem Mann längst verfallen und hatte seine Berührungen vermisst. Tami hatte immer wieder versucht, es zu verdrängen und sich zu sagen, dass es vorbei war. Leider wollte ihr dämliches Herz nicht auf sie hören und ihr Körper machte auch, was er wollte, sobald der Vampir nur in der Nähe war.

„Ich habe Ihnen einen Kamillentee gemacht, Miss Isabelle", meinte Isaac und hielt ihr eine Porzellantasse hin.

„Danke", schluchzte die Vampirin, die sich langsam zu beruhigen schien, und nahm den Tee entgegen.

Tami konnte hinter Isaac auf dem Tisch ein Tablett mit vielen Tassen und Kannen ausmachen, was allerdings nur halbherzigen Anklang fand. Lyles Erscheinen allerdings wurde mit lautem Jubel begrüßt, er trug nämlich zwei riesige Servierplatten mit Gebäck. Lachend stellte er sie auf dem Tisch ab. Tami reckte den Hals, sie konnte viele Leckereien ausmachen, aber vor allem ihre Lieblingssüßigkeit karamellgefüllte Brownies. Sie leckte sich die Lippen und war hin und hergerissen. Zum einen wollte sich draufstürzen, andererseits konnte sie auch Isabelle nicht einfach so sitzen lassen, nur um sich ums Essen zu streiten.

Wortlos drückte ihr Max die Schulter und warf sich ins Getümmel. Keine Minute später staunte Tami nicht schlecht, als er mit seiner Beute zu ihr zurückkehrte. Er drückte ihr einen Teller und eine Gabel in die Hand und setzte sich wieder an seinen Platz zurück. Mit glänzenden Augen blickte sie auf das riesige Stück schwarz-goldene Versuchung. Tami nahm ein Stück auf die Gabel und steckte es sich in den Mund. Genüsslich langsam ließ sie es auf der Zunge zergehen, es schmeckte einfach göttlich.

Glücklich lächelnd schaute sie zu Max auf, aber der Vampir hatte die Zähne zusammengebissen und die Augen geschlossen. Er machte den Eindruck, als würde er Schmerzen haben. Mitfühlend legte ihm Tami eine Hand aufs Knie, was ihn zusammenzucken ließ.

„Alles in Ordnung?", fragte Tami leise.

Max' Augen funkelten, als er sie anblickte. „Sicher", zischte er und zog sein Bein unter ihrer Hand weg.

Tami versuchte, sich ihre Enttäuschung, dass er sie schon wieder zurückwies, nicht anmerken zu lassen. Sie hatte gehofft … Ja, was hatte sie eigentlich gehofft? Dass er plötzlich sein Herz für sie entdeckt hatte und sie nun ein Paar waren? *Wunschdenken!* Selbst wenn Max mehr in ihr sehen würde, wäre eine Beziehung zwischen ihnen aussichtslos, ihre Familien würden es nie dulden. Statt sich weiter über utopische Dinge Gedanken zu machen, wendete sie ihre Aufmerksamkeit lieber der Vampirin zu. Isabelle hingegen beobachtete mit schreckgeweiteten Augen den Überfall aufs Gebäck.

„Keine Panik", lachte Tami und tätschelte ihr die Hand. „Das ist der normale Wahnsinn, wenn es ums Essen geht."

Isabelle drehte den Kopf in ihre Richtung, konnte aber kaum den Blick abwenden. „Es ist faszinierend", gestand sie leise.

„Keiner wird dir hier etwas tun", sagte Tami ebenso leise, die spürte, dass die Vampirin sich unter so vielen Wölfen nicht wohlfühlte.

„Du bist hier unter Freunden", bestätigte Letizia einfühlsam und ergriff die Hand der Jüngeren. „Was hast du auf dem Herzen?"

Isabelle blickte kurz zu Keir, der mit verschränkten Armen am Kamin lehnte und sie wütend anstarrte. „Um den musst du dir auch keine Sorgen machen", versicherte ihr Shayne freundlich und schob sich Marmorkuchen in den Mund. „Alleine hierfür lohnt es sich, den steifen Pinguin im Haus zu haben", schmatzte er zufrieden.

„Vielen Dank", gab Isaac zurück. „Denke ich zumindest."

Isabelle senkte den Blick und suchte offensichtlich nach Worten. „Vor ein paar Tagen habe ich meine Familie belauscht", gestand sie schließlich beschämt.

„Kein Grund sich zu schämen", meinte Nanna freundlich. „Die Jungs stecken ihre Nasen ständig ungefragt in fremde Angelegenheiten."

Tami konnte ihre Neugier kaum noch zügeln, vielleicht hielt Isabelle den Schlüssel für ihr weiteres Vorgehen in der Hand. Die Wölfin zweifelte nicht daran, dass die Vampirin nur aus einem Grund ins Schloss gekommen war. Sie musste irgendwas belauscht haben, das ihr Bild von ihrer Familie völlig über den Haufen geworfen hatte. Etwas anderes konnte sich Tami nicht vorstellen, sonst wäre sie wohl kaum so aufgelöst hier ins Schloss zu den Feinden ihrer Familie gekommen.

„Mein Vater hat Dinge gesagt …" Sie brach ab, schluckte hart. Im Zimmer war es mucksmäuschenstill geworden.

„Isabelle." Letizias Stimme war sanft. „Wir zwingen dich zu nichts, aber du wärst nicht hier, wenn du dich nicht schon längst entschieden hättest."

Die junge Vampirin hob ihren Kopf. „Ich glaube, er hat vor, die Wölfe umzubringen", platzte es aus ihr heraus. Shaynes plötzliche Bewegung ließ sie zusammenzucken.

„Ich tu dir nichts", meinte der Alpha und ging vor Isabelle in die Knie. „Es war eine mutige Entscheidung, hierherzukommen. Kannst du dich vielleicht an Details erinnern?", fragte er vorsichtig. „Namen, Orte?"

Isabelle erwiderte seinen Blick. „Ich weiß noch jedes Wort, sooft sind sie mir wieder und wieder durch den Kopf gegangen."

Tami lauschte Isabelles Worten mit angehaltenem Atem und aufsteigender Panik. Die Vampirin gab das Gespräch zwischen ihrem Vater und Bruder so detailliert wieder, dass man fast das Gefühl hatte, dabei gewesen zu sein. Ihr Herz pochte heftig und versuchte, dem engen Käfig, den ihre Rippen bildeten, zu entfliehen. Christoph hatte tatsächlich den Plan gefasst, das Rudel zu jagen und zu töten. Tami sah Shayne an, dass er um Fassung kämpfte und hoffte, dass er seine Wut nicht an der Vampirin ausließ. Nachdem Isabelle geendet hatte, brauchte er einen Moment.

„Danke, du hast heute viele unschuldige Leben gerettet", sagte er so freundlich, wie es ihm möglich war. Als er sich erhob, gab er Isabelle einen Kuss auf die Stirn, die ihn mit offenem Mund anstarrte.

Shayne wechselte einen Blick mit Max, den Tami nur zu gut deuten konnte. Endlich hatten sie den erhofften Ansatzpunkt gefunden. Christophs Worte waren zwar nicht klar, aber die Anspielungen reichten, um mit der Suche beginnen zu können.

„Taylor, Hope!" Er drehte sich zu den beiden um. „Ab in den Keller, ihr habt eine Suche vor euch."

„Alles klar, Boss", schmatzte der Wolf mit vollem Mund.

Hope schnitt ihm eine Grimasse. „Typisch, immer wenn's was zu essen gibt, werden wir in den Keller geschickt." Sie marschierte auf den Tisch zu, schnappte sich eine halb volle Servierplatte und trug sie mit vorgestrecktem Kinn davon. „Die ist uns", teilten sie ihnen noch aus der Eingangshalle mit.

„Ich liebe diese Frau für ihre tollen Ideen", himmelte Taylor und folgte ihr.

Shayne schüttelte kurz den Kopf. „Arbeitszimmer", meinte er zu Max mit einem kurzen Seitenblick auf Isabelle.

Max nickte zustimmend und beim Aufstehen drückte er kurz Tamis Schulter. „Kümmerst du dich bitte um Isabelle?"

„Sicher", gab Tami zurück. Das hatte sie sowieso vorgehabt.

Letizia drückte noch einmal Isabelles Hände. „Du bleibst hier", beschloss sie. „Ethan wird deinen Eltern mitteilen, dass du mich kurzfristig auf einen Besuch bei Verwandten begleitest. Ich denke nicht, dass sie etwas dagegen haben. Mach dir keine Sorgen, es wird alles wieder gut."

„Danke." Isabelles Stimme war tränenerstickt und dicke Tropfen quollen wieder aus ihren Augen. Auch die Königin gab ihr einen Kuss auf die Stirn, bevor sie ging.

„Was hältst du davon, wenn wir dir ein ruhiges Zimmer suchen und du dich erst mal hinlegst?", meinte Tami freundlich, während der Großteil den Raum verließ und sich ins Arbeitszimmer zurückzog.

„Ich werde eins der freien Zimmer im Ostflügel zurechtmachen", bot Isaac an und verschwand.

Lyle folgte ihm. „Das neben der Königin ist glaub ich noch frei", rief er seinem Schatten hinterher.

„Da schlafe ich, ihr Volltrottel", knurrte Damian und ging den beiden nach.

„Leg dich doch einfach in unser Bett", bot Marie lächelnd an. „Jason wird sowieso eine ganze Weile beschäftigt sein", fügte sie mit einem Zwinkern hinzu.

Tami lächelte sie dankbar an und führte die weinende Isabelle aus dem Zimmer und in den Ostflügel. „Ruhe dich einfach ein bisschen aus und bis dahin ist auch dein Zimmer fertig."

„Ihr seid alle viel zu freundlich zu mir", schluchzte Isabelle, als sie das Zimmer des Paares betraten.

Marie eilte voraus und schlug die Decke zurück. „Warum auch nicht?", fragte sie abwesend, als wäre es doch die normalste Sache der Welt.

„Weil meine Familie ..."

„Du bist nicht für ihre Taten verantwortlich", schnitt Tami ihr das Wort ab. Sie schubste die Vampirin aufs Bett, ging in die Knie und zog ihre Schuhe aus. „Du bleibst bei uns, bis die Sache ausgestanden ist, und überlegst dir in Ruhe, wie deine Zukunft aussehen soll. Und wenn du irgendwann so weit bist, nimmst du sie in Angriff." Tami stutzte und blickte zu der Vampirin auf. „Natürlich ist das nicht meine Entscheidung."

„Aber meine", warf Sam ein und kam ins Zimmer. Sie reichte Isabelle ein Bündel Kleidung. „Bequemere Sachen", teilte die Prinzessin ihr mit einem Blick auf ihr doch recht berüschtes Kleid mit. Isabelle wurde ein bisschen rot, als sie das Bündel dankend entgegennahm. „Das muss dir nicht peinlich sein."

„Da ist das Badezimmer." Marie zeigte auf eine Tür.

„Sie kann so lange hierbleiben, wie sie möchte." Sam verabschiedete sich mit einem Lächeln.

Tami und Marie warteten geduldig, bis Isabelle sich umgezogen hatte. Barfuß kam sie ins Schlafzimmer zurück, ihr Kleid über dem einen Arm und ihre Schuhe in der anderen Hand. Etwas unschlüssig blieb sie in der Tür stehen.

Marie ging zu ihr und nahm ihr das Kleid ab. „Sam hat bestimmt auch noch ein paar Jeans übrig." Gedankenverloren ging sie aus dem Zimmer.

Isabelle stellte ihre Schuhe ab und setzte sich zu Tami auf die Bettkante. „Ich wollte zuerst nicht hierherkommen, um meine Familie zu schützen", gestand sie leise. „Die Schuldgefühle haben mich aber aufgefressen, bis ich mich heute Nacht rausgeschlichen habe. Manchmal braucht man länger, um die richtige Entscheidung zu treffen."

Wie wahr!, dachte Tami. „Wichtig ist nur, dass man sie überhaupt trifft."

„Max war sehr oft im Schloss seiner Eltern und wir haben viel Zeit miteinander verbracht", wechselte Isabelle plötzlich das Thema.

Tami war wie vom Blitz getroffen erstarrt. Eifersucht fraß sich durch ihren Körper und schlug ihre Krallen in ihr Herz. Am liebsten wäre sie diesem Miststück an den Hals gegangen. Nur mit Mühe konnte sie die plötzlich aufkeimende Wut im Zaum halten. Warum erzählte sie ihr das? Wollte die Vampirin frühzeitig das Zeitliche segnen?

„Er war nie bei der Sache und schien mit seinen Gedanken sehr weit weg zu sein", fuhr sie fort.

Die Eifersucht und der Drang, sie zu schlagen, waren zwar nicht verschwunden, aber sie konnte sie wieder unter Kontrolle bringen. „Warum erzählst du mir das?", fragte Tami durch zusammengebissene Zähne hindurch.

Isabelle zuckte mit den Schultern. „Ich hatte nur das Gefühl, du solltest es wissen." Sie krabbelte unter die Decke. „Vielen Dank für deinen Beistand heute."

„Kein Ding", winkte Tami ab. „Schlaf jetzt."

Isabelle rollte sich in die Decke ein und Tami verließ das Zimmer. Der Flur war ausgestorben und sie lehnte sich mit dem Rücken gegen die Tür. Den Hinterkopf ans Holz gelegt und mit geschlossenen Augen atmete sie einen Moment tief durch, um sich wieder zu beruhigen. Tami hatte die Gefühle für Max gründlich unterschätzt. Dieser Eifersuchtsanfall zeigte ihr deutlich, dass sie nicht bereit war, den Vampir einer anderen Frau zu überlassen. Wenn er sie nicht wollte, musste sie das akzeptieren. Um abgelehnt zu werden, musste man sein Glück allerdings erst einmal versuchen.

Tami hatte solchen Schiss davor, dass Max sie zurückweisen würde, da sie sich nicht gerade anschmiegsam verhalten hatte. Im Grunde hatte sie immer versucht, ihm auszuweichen und sich in Streitereien zu flüchten. Vielleicht sollte sie einfach den Schritt über die Klippe wagen und sehen, wo sie das hinführte. Natürlich stünde sie dann vor einem weit größeren Problem mit ihrer Familie, über das sie sich allerdings später noch Gedanken machen konnte. Fürs Erste musste sie wissen, ob Max sie wenigstens ein bisschen mochte und sie mehr verband als nur Sex.

Erschöpft lag Max auf dem unbequemen Sofa und hatte die Augen geschlossen. Nachdem die Besprechung beendet war und alle den Raum verlassen hatten, hatte er sich hier so gut es ging lang gemacht. Die letzten Nächte war er ununterbrochen auf den Beinen gewesen und am Tag hatte er wach im Bett gelegen und an eine ganz bestimmte Wölfin gedacht. Es hatte ihn verrückt gemacht, dass sie nur ein paar Meter unter ihm war und trotzdem unerreichbar. Seit sie von ihrem Besuch bei seinen Eltern zurückgekommen waren, hatte er sie keine Sekunde alleine erwischen können, ständig war jemand um sie herum. Max hatte nicht mal eine Chance, wenn alle im Schloss schliefen, weil sie ihr Bett mit Jala teilte. Und es sah nicht so aus, als würde sich in naher Zukunft daran etwas ändern.

Isabelles Erscheinen hatte endlich den ersehnten Ansatzpunkt gebracht. Aus ihrer Schilderung von Christophs Worten hatten sie so einiges ableiten können. Er hatte den Erwerb von Besitz angedeutet und viele Söldner. Taylor und Hope hatte sich schon auf die Suche nach den Immobilien gemacht, sie vermuteten, dass sich in einem der Gebäude die Zentrale befand. Außerdem war zu befürchten, dass er die Wohnsitze der Wölfe ausspioniert hatte. Shayne hatte die Idee einer Evakuierung verworfen, da sie damit nur Schlimmeres in Gang setzen würden. Im Moment hatten sie einen Vorteil und den durften sie nicht verlieren, indem sie zu viel Staub aufwirbelten. Allerdings versetzte er sein Rudel in Alarmbereitschaft und mobilisierte sogar die Reserve. Max war besorgt, da sich darunter auch Väter und Mütter befanden wie zum Beispiel Jala. Er hätte den Alpha gerne gebeten, sie auszuschließen, aber da würde die stolze Wölfin niemals mitspielen.

Max war so unaussprechlich müde und konnte doch einfach nicht einschlafen. Dabei wäre jetzt die beste Gelegenheit, im Moment konnten sie nur warten, bis Taylor und Hope etwas herausfanden. Jason hatte seinen Dienst für heute übernommen, damit er sich mal so richtig ausschlafen konnte, weil er beschissen aussah, wie sein Stellvertreter ihm freundlicherweise an den Kopf warf. Max erhob sich schwerfällig und schlurfte gähnend in den Ostflügel. Er musste wirklich dringend schlafen, ansonsten wäre er nicht mehr zu gebrauchen. Wenn er seine Probleme doch nur mal fünf Minuten beiseiteschieben und Ruhe finden könnte.

Shayne und die anderen hatten sich darauf geeinigt, dass sie in der Nacht vor dem Fest zuschlugen, also sehr bald schon. Damian hatte es übernommen, ein fingiertes Manöver vorzubereiten, damit Christoph keinen Verdacht schöpfte, wenn alle Mann abrückten. Max hätte diesem Verräter viel lieber eine Kugel in den Kopf gejagt, aber ihn fragte ja keiner. Shayne war überraschenderweise auch keine große Hilfe, der stellte sich nämlich auf die Seite seines Vaters. Der Alpha wollte Christoph nicht nur töten, er wollte ihn auch demütigen und das vor allen Augen.

Max huschte noch schnell unter die Dusche, verzichtete auf

Kleidung, er schlief sowieso am liebsten nackt und machte es sich unter einem dünnen Laken bequem. Seine Augen fielen augenblicklich zu, als sein Kopf das Kissen berührte und selbst seine Gedanken waren zu müde, um den ersehnten Schlaf aufhalten zu können.

Sein Schlaf war unruhig und wirre Träume ließen ihn immer wieder hochschrecken. Max konnte sich im Nachhinein an keinen mehr erinnern, aber sie ließen ihn nicht zur Ruhe kommen. Ein zarter Lufthauch streifte ihn und Sekunden später senkte sich die Matratze ein bisschen. Er hielt die Augen geschlossen und wartete ab, was passierte. Er wusste längst, wer in sein Zimmer gekommen war. Zuerst geschah gar nichts und es kostete ihn viel Anstrengung, einfach ruhig liegen zu bleiben. Dann spürte er, wie sie federleicht über seine Wange strich und sich die Matratze wieder hob.

Max öffnete die Augen und schnappte nach ihrem Handgelenk. „Wo willst du hin?" Seine Stimme war rau vom Schlaf.

Tami blickte ihn etwas erschrocken an, scheinbar hatte sie geglaubt, dass er schlief. Schließlich ließ sie sich wieder auf der Bettkante nieder. „Ich wollte nur sehen, wie es dir geht", sagte sie leise und hielt den Blick gesenkt.

Er setzte sich auf und stützte sich auf einer Hand ab, mit der anderen griff er nach einer ihrer Haarsträhnen und ließ sie sich durch die Finger gleiten. „Besser als vor fünf Minuten noch." Langsam lehnte er sich vor und hauchte ihr einen Kuss auf die Lippen. „Viel besser."

Lächelnd schaute ihn Tami an. „Ich sollte nicht hier sein."

„Ich bin froh, dass du es doch bist", gestand er ihr und küsste sie diesmal etwas länger.

Zu seiner Überraschung rutschte sie etwas näher und gab ihm wohl zum ersten Mal von sich aus einen Kuss. Das brachte für Max das Fass zum Überlaufen, er packte sie im Nacken und drückte ihre Münder aufeinander. Tami schlang ihm die Arme um den Hals und presste sich an ihn.

Max war so erregt, er wollte sie spüren und sich mit ihr vereinigen. Mit einer geschickten Drehung zog er sie ins Bett und brachte sie unter sich zum Liegen. Erneut presste er seine Lippen auf ihre, erforschte ihren Mund und konnte nicht genug von ihrem Geschmack bekommen. Tami rieb sich an ihm und kraulte mit ihren Fingern seinen Nacken, fachte seine Leidenschaft nur noch mehr an. So viele Tage hatte er wach gelegen und davon geträumt. Jetzt konnte und wollte er keine Zeit mehr verschwenden.

Tamis Kleidung bot seinen Händen keinen Widerstand und lag in Nullkommanichts in Fetzen am Boden. Max küsste sich ihren Hals hinab, fuhr mit der Zunge ihr Brustbein entlang. Atemlos bäumte sie sich auf und ihm entgegen. Er spielte mit ihren harten Knospen und erntete ein leises Wimmern. Max' Beherrschung war dahin, in seinen Lenden tobte ein Feuer und sein ganzer Körper sehnte sich nach ihrer Vereinigung, für die auch sie mehr als bereit war.

Max erstickte ihr Stöhnen mit seinen Lippen, als er langsam in sie eindrang. Sein Körper zitterte und vibrierte unter seiner Zurückhaltung. Es dauerte unendlich lange, bis sie gänzlich miteinander verbunden und zu einem Ganzen geworden waren. Er stützte sich auf den Ellenbogen ab, umrahmte ihr Gesicht mit den Händen und blickte ihr tief in die Augen. Lust blitzte ihm entgegen, aber da war noch was anderes, etwas, das noch viel tiefer ging. Langsam begann er sich zu bewegen. Er konnte den Blick nicht von ihr abwenden, saugte jede Einzelheit in sich auf. Ihre lustverhangenen Augen, das leise Stöhnen und die Leidenschaft, die sie jedem seiner Stöße entgegensetzte. Tami war sein und er würde sie nie wieder hergeben. *Sie ist mein Licht!*

„Ich liebe dich", flüsterte er an ihren Lippen und küsste sie mit allem Gefühl, das tief aus seinem Herzen kam.

Tami schlang ihm die Arme um den Hals und erwiderte seinen Kuss mit gleicher Intensität. „Ich liebe dich auch", gestand sie, als sich ihre Lippen kurz voneinander lösten.

„Mein", knurrte Max und schlug seine Reißzähne in ihren Hals.

Tausend Sterne explodierten in Max und setzten ein Feuerwerk in Gang, das es ihm unmöglich machte, sich weiterzurückzuhalten. Immer schneller wurden seine Bewegungen und er saugte im gleichen Rhythmus an ihrem Hals. Sie war sein, sein *Licht*, seine Zukunft. Sein Biss wurde fester, als die Erregung überkochte und er mit einem Funkenregen seine Erfüllung fand.

Erschöpft lag er mit seinem ganzen Gewicht auf ihr und war nicht in der Lage, auch nur einen Finger zu rühren. Es kostete ihn schon alle Kraft, über die zwei kleinen Löcher in ihrem Hals zu lecken, um die Blutung zu stoppen. Max genoss das Gefühl ihrer Finger, die gleichmäßig über seinen Rücken streichelten, und ihren Atem, der bei jedem Ausatmen über seinen Hals strich.

„Du bist schwer", jammerte sie irgendwann.

Max rollte sich mit ihr herum und jetzt lag sie auf ihm und kuschelte sich zufrieden zusammen. Sie hatte den Kopf auf seiner Brust liegen, gedankenverloren streichelte er über ihren Nacken. Tami war wirklich sein *Licht*, das änderte sein ganzes bisheriges Leben und doch wollte er es gar nicht anders. Sie brachte ihm Ruhe, erweckte sein Verlangen und war seine Auserwählte.

„Ich habe das ernst gemeint, Frechdachs", sagte er vorsichtig. Er wollte die friedliche Stimmung nicht unterbrechen, aber er musste Gewissheit haben und ihr die Wahrheit sagen.

Tami hob den Kopf und blickte ihn an. „Stell dir vor, ich auch."

Ihre Ohren wurden leicht rot.

Max beugte sich vor und gab ihr einen langen, zärtlichen Kuss. „Du bist mein *Licht*", gestand er ihr und wartete auf ihre Reaktion.

Sie schaute ihn mit großen Augen an und brachte kein Wort heraus. „Wirklich?", quietschte sie irgendwann.

„Wirklich", beteuerte er.

„Das ist gut", meinte sie schließlich und legte ihren Kopf wieder auf seiner Brust ab. „Unsere Familien werden das nicht gut aufnehmen", setzte sie kaum hörbar hinzu.

Max hätte ihr gerne das Gegenteil versprochen, aber er glaubte selbst nicht daran. „Es wird nicht einfach, aber wir machen das schon." Er zog sie zu sich hoch. „Jedenfalls gebe ich dich nicht mehr her."

„Wann sagen wir es ihnen?" Tami sah aus, als könnte dieses Datum noch in ferner Zukunft liegen.

Max hätte es am liebsten sofort getan, aber sie mussten etwas warten. „Nach dem Fest für Alarith, ich will nicht, dass es jemanden vom Kämpfen ablenkt."

„Das wird das Beste sein." Tami gab ihm einen Kuss. „Und du bist dir sicher?", fragte sie zweifelnd nach. „Ich bin wirklich dein ... *Licht*?"

„Ich war mir in meinem Leben noch nie über etwas sicherer. Du bist mein Herz, meine Seele und meine Liebe." Max küsste sie und zog sie dann eng an seine Brust. „Lass uns schlafen, die nächsten Nächte werden anstrengend. Und ich brauche einen klaren Kopf, um mir zu überlegen, wie ich dich unauffällig in mein Bett bekomme. Ich werde keinen weiteren Tag auf dich verzichten."

Tami kuschelte sich an ihn. „Jala gibt mir Rückendeckung."

„Du hast es ihr erzählt?", fragte er leicht amüsiert, sollte es doch das ganze Schloss wissen.

„Erzählt oder genötigt worden, kommt doch auf dasselbe heraus", kicherte sie an seiner Haut.

„Jala weiß, wie sie dich durchschauen kann", lachte Max.

„Eigentlich war es dein machohaftes Verhalten, das sie zum Nachdenken gebracht hat." Beleidigt knuffte sie ihm in die Seite.

Max war es egal, zufrieden zog er sie dichter an sich. Ihre Wärme, ihre leisen Atemgeräusche und ihr Herzschlag schenkten ihm ein wohliges Gefühl und die erhoffte Ruhe, nach der er sich so gesehnt hatte. Tami brachte ihn in ein Gleichgewicht, das er bis heute nicht gekannt hatte. Zum ersten Mal gab es etwas, für das er sich auch gegen seine Familie stellen würde. Die Verantwortung interessierte ihn im Augenblick herzlich wenig, wenn sie bedeutete, dass er seine Frau aufgeben sollte. Es würde ein harter Kampf werden, aber er würde jeden aus dem Weg räumen, der sich ihnen in denselbigen stellte und sei es mit Gewalt. Er liebte Tami und sie war genau da, wo sie hingehörte, an seiner Seite.

Mit diesem Gedanken schlief Max ein und seit Langem glitt er in einen erholsamen und tiefen Schlaf.

20. Kapitel

Tami traute sich nicht, die Augen zu öffnen, nur um wieder festzustellen, dass es doch ein Traum und sie gar nicht in Max' Zimmer gegangen war. Im Grunde war sie auch nur hier, weil Jala ihr wortwörtlich in den Hintern getreten hatte. Nachdem Tami Isabelle verlassen hatte, war sie in ihr Zimmer gegangen, wo die Freundin schon auf sie wartete. Sie hatte Tami ohne Vorwarnung gepackt, auf den Boden geworfen und sie mit einem fiesen Griff dort festgenagelt. So verschnürt hatte Jala ihr das ganze Geheimnis entlockt, inklusive einem Liebesgeständnis.

Ängstlich hatte Tami eine wütende Reaktion erwartet, aber Jala ließ von ihr ab und lächelte sie einfach nur an. Sie hatte es schon eine Zeit lang vermutet und gewartet, dass sie endlich ihren Mund aufbekam und die Wahrheit sagte. Tami war so erleichtert gewesen und war der Freundin glücklich um den Hals gefallen. Danach hatte Jala ihr einen seidenen Pyjama übergestreift und sie zu Max' Zimmer gezogen. Tami hatte noch fast zehn Minuten gebraucht, um den Mut aufzubringen und durch die Tür zu gehen. Letztlich hatten näher kommende Schritte den Ausschlag gegeben und sie war hineingegangen.

Zumindest glaubte Tami, dass es nicht nur ein Traum war, denn ihre Augen hatte sie immer noch nicht geöffnet. Vorsichtig ließ sie die Hand über die Laken neben sich gleiten, aber dort lag niemand mehr, auch wenn der Stoff noch warm war, änderte es nichts daran, dass sie alleine war. *Doch nur ein Traum!* Enttäuscht hob sie ihre Lider und lächelte. Das war definitiv nicht ihr Zimmer. Ihr Blick fiel auf die gegenüberliegende Wand, an der ein Breitschwert lehnte. Auf einem Schrank daneben lagen mehr Waffen, als im Schießstand aufbewahrt wurden.

„Du bist wach", Max' Stimme ließ sie wohlig erzittern. Er legte sich wieder zu ihr ins Bett und kuschelte sich an ihren Rücken. „Guten Morgen", hauchte er und verteilte Küsse auf ihrer Schulter.

„Morgen", lächelte Tami, drehte sich zu ihm um und legte ihre Hand auf seine Hüfte, um ihn zu küssen.

Max unterbrach den Kuss allerdings. „Ich würde gerne weitermachen", gestand er und presste bei jedem Wort seine Lippen auf ihre. „Aber wir müssen dich in dein Zimmer zurückbringen, bevor alle aufwachen."

Schmollend ließ Tami von ihm ab, krabbelte zum Bettrand und suchte den Boden ab. Mehr als ein paar Fetzen fand sie nur leider nicht. „Du hast meine Kleider zerrissen", beschwerte sie sich. „Wie soll ich denn nackt in mein Zimmer kommen, ohne gesehen zu werden wohlgemerkt."

Max packte ihre Oberschenkel und zog sie zu sich zurück. „Wenn du dich weiter so aufreizend herumschlängelst, gehst du nirgendwo hin." Er drückte ihr seine Lippen auf und ließ seine Hände an ihrem Körper entlanggleiten.

Ein leises Klopfen unterbrach sie. Erschrocken zog sie sich das Laken über den Kopf. Tami konnte nicht fassen, dass sie schon beim ersten Mal erwischt wurden. Lachend zog Max den Stoff wieder runter.

„Man würde dich sowieso finden", teilte er ihr mit und stand auf.

Für einen Moment war Tami von dieser unglaublichen Kehrseite abgelenkt. Der Mann hatte aber auch einen knackigen Hintern, den könnte sie den ganzen Tag ansehen. Max verdeckte ihn allerdings, indem er in eine Hose schlüpfte und zur Tür ging. Tami wusste sehr wohl, dass der dünne Stoff ihr keinen Schutz vor neugierigen Augen bot, und trotzdem zog sie sich das Laken wieder über den

Kopf.

Tamis Herz pochte laut in ihren eigenen Ohren und sie bekam nicht mit, wer draußen vor der Tür stand. Max schloss sie wieder und warf etwas aufs Bett. Sie zog die Decke weg und schaute auf eine Papiertüte.

„Du hast da eine wirklich gute Freundin", teilte er ihr mit, während sie in die Tüte blickte.

Jala hatte ihr frische Kleidung gebracht. Dankbar kletterte Tami aus dem Bett und eilte zu ihm. „Hab ich noch Zeit zum Duschen?"

Max küsste sie und schob sie ins Badezimmer. „Beeil dich."

Als Tami unter die Dusche hüpfte, konnte sie hören, dass Max Jala hereingelassen hatte. Etwas peinlich war es ihr schon, dass der Freundin nicht entgehen konnte, was sie beide heute Nacht getan hatten. Schnell wusch sie sich, trocknete sich nur oberflächlich ab und schlüpfte in die Jeans, die sich nur sehr widerwillig über ihre Beine rollen ließ. Beim hautengen T-Shirt scheiterte sie dann ganz, es hatte sich so auf ihrem Rücken so zusammengerollt, dass sie es nicht runtergezogen bekam.

„Verdammter Mist", fluchte sie leise und versuchte, den Stoff auf ihrem Rücken zu entknoten.

Max kam ins Bad, erfasste die Situation und kam milde lächelnd auf sie zu. Er packte den Saum und zog ihn langsam nach unten. „Ausziehen macht mehr Spaß", scherzte er an ihren Lippen und ging voran.

Jala erwartete sie mit einem wissenden Lächeln, das Tami etwas peinlich war. Zusammen machten sie sich so leise wie möglich auf den Weg in ihr Zimmer. Sobald sie den Ostflügel verlassen hatten, konnten sie es etwas gelassener angehen, schließlich hatte sie frische Klamotten an und konnten genauso gut nur schon früh auf den Beinen sein. Doch sie kamen an ihrem Ziel an, ohne von jemandem entdeckt zu werden. Jala schaute schnell ins Nebenzimmer, wo Ashley noch tief und fest schlief.

Als sie zurückkam, blickte sie mit einem wissenden Lächeln zu ihr rüber. „Hast du gut geschlafen?"

Tami konnte spüren, wie ihr die Hitze in die Wangen stieg. „Sehr gut, auf seiner Matratze fühlst du dich wie auf Wolken."

„Vor allem wenn er dich in selbige mit seinem Gewicht presst", kicherte Jala und setzte sich zu Tami aufs Bett. „Du hast dir also tatsächlich den bösen Vampirgeneral geschnappt."

„Ja." Das Wort kam ihr kaum über die Lippen. Sie hatte sich den Vampir geangelt, aber wie sollte es weitergehen? Ihre Beziehung war jung und auch wenn Max sie für sein *Licht* hielt, könnte sie der Grund sein, dass sich ihre Familien gegen sie wandten. Jalas Reaktion gab ihr ein klein wenig Hoffnung, aber sie ließ sich davon nicht täuschen, denn der Rest würde sich nicht so aufgeschlossen zeigen.

„Ich habe Angst", gestand sie ihrer Freundin leise.

Jalas Lächeln verschwand, mitfühlend legte sie ihr einen Arm um die Schulter. „Was immer auch passieren mag, ich werde zu dir stehen."

Tami umarmte sie ebenfalls. „Ich hab so ein Glück, dass du meine Freundin bist." Schuldbewusst blickte sie auf. „Es tut mir so leid, ich weiß, dass du Max auch ..."

„Sch ...", machte Jala und lächelte wieder. „Ich hätte ihn nicht von der Bettkante geworfen, aber was ihr habt, ist so viel tiefer. Entschuldige dich nie dafür, dass du ihn liebst. Bei niemandem", befahl sie eindringlich. „Das Schicksal hat euch zusammengeführt und damit ist es eure Bestimmung. Ende der Durchsage."

Auch Tami grinste. „Hoffentlich bist du in meiner Nähe, wenn die Bombe platzt."

„Wann wollt ihr es den anderen erzählen?", fragte Jala neugierig, stand auf und begann in ihrer Tasche zu kramen.

„Wir wollen nicht, dass es ihren gemeinsamen Kampf beeinflusst, und warten deshalb bis nach dem Fest." Tami ließ den Kopf etwas hängen. „Das wird verdammt anstrengend, es geheim zu halten."

„Voilà", triumphierte Jala und zog zwei Piccolos aus ihrer Tasche. „Ich wusste, ich hab sie eingesteckt. Der war eigentlich für einen Mädchenabend gedacht, aber wir sollten Anstoßen." Sie kam zurück zum Bett und reichte ihr eins der beiden Fläschchen, die sie geöffnet hatte. „Auf dich und Max, möge eure Liebe alle Vorurteile überwinden." Sie stießen an und nahmen einen Schluck. „Ich will dir nichts vormachen", fuhr Jala ernst fort. „Ihr werdet mit einer Menge Vorurteilen und Gegenwind rechnen müssen. Max sagte mir, dass du sein *Licht* wärst?"

Tami nickte und biss sich gleichzeitig auf die Lippe. „Das hat er mir auch gesagt."

„Das will ich doch hoffen", lachte Jala. „Er liebt dich und du liebst ihn, mehr braucht es manchmal einfach nicht, um glücklich zu sein. Selbst wenn euch alle; die ihr liebt; den Rücken zudrehen, habt ihr noch euch und könnt zusammen eine wundervolle Zukunft beginnen." Eine Träne lief ihr über die Wange. „Du wirst eine tolle Ehefrau und Mutter abgeben", schluchzend fiel sie ihr um den Hals.

„Holla, so weit sind wir noch nicht." Etwas unbeholfen tätschelte Tami ihrer Freundin den Rücken. „Erst mal müssen wir es ihnen sagen und dann sehen wir weiter. Vielleicht versucht Shayne nicht gleich, Max zu töten und mich aus dem Rudel zu werfen. Im Grunde macht mir die Reaktion meiner Mutter sowieso am meisten

Angst."

„Myriam ist eine tolle Frau", beruhigte sie Jala. „Sie wird zuerst schockiert sein und eventuell an die Decke gehen."

„Ich hoffe, dein Argument ist hieb- und stichfest." Tami blickte sie finster an.

„Was ich sagen wollte, ist, wenn sie sich erst mal wieder beruhigt hat, wird sie merken, dass es nur darauf ankommt, dass du glücklich bist." Jala drückte sie. „Das wird schon. Und jetzt trink deinen Sekt aus und setz das Ich-könnte-die-ganze-Welt-umarmen-Lächeln wieder auf, das du an den Tag legst, wenn du Max ansiehst."

„Oh Gott, mir werden es alle ansehen können", fürchtete Tami.

Kopfschüttelnd streichelte Jala ihr über die Wange. „Es fällt nur auf, wenn man weiß, wer es verursacht", beruhigte sie sie.

„Ach was soll's." Tami trank einen Schluck aus der Flasche. „Ich kann es sowieso nicht ändern. Ihm fällt das bestimmt leicht."

„Das glaube ich nicht." Jala lächelte wissend. „Sein Verhalten in der Eingangshalle dürfte nur ein kleiner Vorgeschmack gewesen sein. Max ist ein Vampir, der sein *Licht* gefunden hat, und bei vielem reagiert er rein instinktiv."

„Hä?", machte Tami verständnislos.

„Er hat keine wirkliche Kontrolle. Sieh dir Ryan oder Blake an, wenn es um ihre Gefährtinnen geht. Den Drang zu beschützen und jedem zu zeigen, wer seine Frau ist, können sie nicht unterdrücken und äußert sich auch in noch so kleinen Gesten."

Tami dachte einen Moment darüber nach und musste Jala zustimmen. Bestimmtes Verhalten lag den Männern in den Genen und war nur schwer zu unterdrücken. Max liebte sie und es würde nicht einfach für den Vampir werden. Für sie allerdings auch nicht, denn sie sehnte sich schon jetzt nach seinen Berührungen und Küssen.

Die beiden Freundinnen quatschten noch eine ganze Weile belangloses Zeug, bis Ashley auftauchte und sie zum Spielen zwang. Es vertrieb Tami die Zeit, bis sich endlich die Rollläden hoben und das Frühstück ankündigten. Die Tür zu ihrem Schlafzimmer öffnete sich.

„Ich hole nur Ashley zum Frühstück ab", hörten sie Max.

„Beeilt euch", erwiderte Shayne, bevor sich die Tür schloss.

Jala lächelte sie wissend an und wies mit dem Kinn zur Zwischentür. „Geh schon, ich zieh nur die Kleine an, dann können wir los."

Tami gab ihrer Freundin einen dankbaren Schmatzer auf die Wange und rannte ins Nebenzimmer, wo Max mit ausgebreiteten Armen auf sie wartete. Mit einem sündigen Lächeln nahm er ihr Gesicht in die Hände und küsste sie leidenschaftlich, bis ihre Knie weich wurden.

„Du hast mir gefehlt, Frechdachs." Er drückte seine Lippen noch mal auf ihre.

„Du mir auch, Honigbär", säuselte sie zurück.

„Auf keinen Fall wirst du mich Honigbär nennen", drohte er ihr scherzhaft.

„Mal sehen." Tami lächelte vage.

„Mäsch, Mäsch", rief Ashley und ließ sich von ihm hochnehmen. „Pfkuchen."

„Wie die Dame wünscht." Max hielt den beiden Frauen die Tür auf und ließ ihnen den Vortritt.

Jala hakte Tami unter und zog sie die Treppen nach unten in die Küche. Nur widerwillig betrat sie den Raum, der mit viel zu vielen Leuten gefüllt war, die ihr die Gefühle bestimmt ansehen würden, wenn sie Max die ganze Zeit gegenübersitzen musste. Erst als sie den schweren Körper in ihrem Rücken und seine Hand zwischen ihren Schultern fühlte, setzte sie sich an den Tisch. Jala nahm wie üblich neben ihr Platz, ließ aber den Stuhl zwischen ihnen für Ashley frei. Der General wollte sich allerdings neben seinem Bruder niederlassen.

„Max, meine Tochter sitzt beim Frühstück neben mir", maulte Jala ihn an, als er sich hinsetzen wollte. „Lass sie runter oder setz dich mit ihr zusammen hier hin."

Keinen in der Runde schien es zu interessieren, denn es stimmte ja. Jala war es unglaublich wichtig, dass sie und ihre Tochter das Frühstück wie eine Familie zu sich nahmen. Max gab sich geschlagen, stand auf und setzte sich zwischen die beiden Frauen. Ashley platzierte er auf seinem Schoß.

„Pfkuchen", rief die Kleine fröhlich.

„Heute kann ich leider nur mit Waffeln dienen", sagte Lyle sanft und benahm sich wie ein Oberkellner. „Die hat Alarith gemacht." Er stellte den Teller vor ihr ab.

Ashley wollte schon wieder die Hände nehmen, aber ihre Mutter hielt sie zurück. Mit bewundernswerter Gelassenheit schnitt sie die Waffel in mundgerechte Stücke und machte etwas Sirup darüber. Erst dann reichte sie ihrer ungeduldig zappelnden Tochter eine Gabel.

„Guten Appetit, mein Spatz", sagte Jala sanft, während Ashley schon sehr umständlich versuchte, den Happen in den Mund zu bekommen. Am Ende half sie doch wieder ein kleines bisschen mit den Fingern nach, was ihre Mutter allerdings gutmütig übersah.

Tami war nervös wie ein Schulkind an ihrem ersten Tag und wagte es nicht, von ihrem Teller aufzublicken, aus Angst, dass sie sich verraten könnte. Sie verstand nicht, wie manche Leute so ein Versteckspiel mochten, für sie war es jedenfalls die Hölle. Und jetzt saß Max auch noch genau neben ihr. Am liebsten würde sie Jala anschreien, dass der Vampir ihr jetzt so nahe war und sie ihn doch nicht berühren durfte. Wenn sie vorher schon dachte, es wäre schlimm, ihm gegenübersitzen zu müssen, war die Realität jetzt um einiges furchtbarer. Nervös rutschte sie auf ihrem Stuhl hin und her, versuchte, sich zu entspannen, und scheiterte kläglich.

Max presste seinen Oberschenkel gegen ihren und die kleine Berührung reichte schon aus, um sie ruhiger werden zu lassen. Tami nahm ihre Gabel und schob sich ein Stück Waffel in den Mund, erst dann hob sie den Blick und schaute sich um.

„Wo ist Isabelle?", fragte sie kauend.

„Ab zwanzig Gramm wird's undeutlich", tadelte Jala sie automatisch.

Tami schnitt ihr eine Grimasse, kaute aber brav zu Ende und schluckte runter. Erst dann stellte sie ihre Frage erneut. „Zufrieden." Sie streckte ihrer Freundin die Zunge raus.

„Macht man nicht", beschwerte sich Ashley.

„Entschuldige, mein Schatz", meinte Tami sofort und tat, als würde sie es bereuen. „Ich werd's dich nie wieder sehen lassen."

„Also wirklich", lachte Jala. Aber Ashley reichte das und sie mampfte fröhlich weiter. „Wie überaus erwachsen." Sie vergewisserte sich, dass ihre Tochter beschäftigt war, bevor sie ihrer Freundin ebenfalls die Zunge rausstreckte.

Tami prustete los. „Von wem ich das wohl hab." Die beiden Freundinnen kicherten zusammen.

„Um deine Frage zu beantworten", unterbrach Raven ihre Albernheiten. „Meine Mutter bringt Isabelle in eins unserer Häuser, dort ist sie in Sicherheit bis zum Ball."

Verständnislos blickte sie in die Runde. „Wieso konnte sie nicht hierbleiben, wo sie auch in Sicherheit wäre und Freunde um sich herum hat?"

„Wir können es ihnen auch ebenso gut gleich erklären." Schuldbewusst zuckte Tami bei Max' Worten zusammen, aber der Vampir hatte seinen Blick auf Shayne gerichtet.

Der Alpha musterte ihn einen Moment. „Familienkonferenz in der Küche", donnerte er unverhofft los, womit sichergestellt war, dass ihn jeder im Schloss gehört hatte.

„Familienkonferenz?", fragte Max mit hochgezogener Augenbraue.

„Was ist es denn sonst?" Schulterzuckend lehnte Shayne sich zurück und wartete.

Nach und nach trudelten alle in der Küche ein und der riesige Raum schien mit jeder weiteren Person in sich zu schrumpfen. Am Ende waren tatsächlich alle Bewohner des Schlosses versammelt. Die Pärchen teilten sich alle einen Stuhl, Drake hatte Rafael auf seinen Schoß genommen. Schließlich waren alle Stühle belegt, aber Alarith und Nanna noch übrig.

Jala schnappte sich ihre Tochter. „Komm her, Schatz, dann kann Max Tami auf den Schoß nehmen. Macht schon", fuhr sie die beiden an, die sie nur stumm angestarrt hatten. „So haben auch Al und Nanna einen Sitzplatz."

„Ich glaube wirklich, Mum hat recht, es ist Zeit für einen Umbau", überlegte Raven laut.

„Wir machen immer noch die Nacharbeiten am Hauptquartier und ihr plant noch mehr Bauarbeiten", stöhnte Nick. „Ich komme kaum noch aus dem Schloss raus."

„Dann zieht doch hier ein", meinte Shayne lässig.

„Wie bitte?" Myriam blickte ihn ungläubig an.

„Wieso nicht?" Shayne richtete sich auf. „Dieser alte Kasten kann ein paar geschickte Hände vertragen und ich weiß, wie sehr Nick seine aktuelle Arbeitsstelle hasst. Nanna könnte auch dringend Hilfe bei den vielen zu stopfenden Mäulern gebrauchen. Überlegt es euch einfach."

„Aber gleich hier wohnen?" Unschlüssig schaute Myriam ihren Mann an. „Außerdem haben wir auch noch die Kinder im Haus."

„Die beiden sind schon lange keine Kinder mehr", meinte Nick ein wenig traurig. „Unser Sohn sucht doch schon eine Wohnung und Tami wird auch bald ihren eigenen Weg gehen."

„Das Haus ist auch viel zu groß", knickte Myriam ein.

„Das Jobangebot ist nicht an euren Umzug gebunden, aber wir würden uns freuen." Sam lächelte die beiden an. „Tami kann natürlich ebenfalls hier wohnen, solange es ihr gefällt. Von mir aus auch für immer."

Tami zuckte etwas zusammen, aber Max legte beruhigend seine Hand auf ihr Knie und drückte leicht zu. Sie musste unbedingt aufhören, hinter allem eine Anspielung zu vermuten. Woher sollte die anderen denn wissen, was zwischen ihr und dem Vampir lief?

Das konnten sie nicht, also musste sie sich nur entspannen und den Dingen ihren Lauf lassen.

Myriam und Nick tauschten Blicke, dann lächelten sie gleichzeitig. Er küsste seine Frau mit einem lauten Schmatzen. „Shayne", wandte er sich an seinen Alpha, der schon wissend grinste. „Wir nehmen euer Angebot gerne an. Ich liebe diesen alten Kasten mit seinen vielen Eigenheiten."

„Ich hoffe für dich, du meinst das Schloss", tadelte ihn seine Frau scherzhaft.

„Nein dich." Nick erstickte ihren Protest mit einem weiteren Kuss und einer zärtlichen Umarmung.

Tami wurde es warm ums Herz, als sie die Liebe spürte, die ihre Eltern selbst nach all den Jahren noch verband. Schon als sie noch ganz klein war, hatte sie es geliebt, wenn ihr Vater ihre Mutter in den Armen hielt. Es gab ihr schon immer ein Gefühl von Sicherheit und Geborgenheit, das nichts sonst in der Welt in ihr hervorrufen konnte, außer die Nähe zu ihrem Vampir vielleicht.

„Dein Typ ist gefragt", machte Max sie mit einem Schubs aufmerksam.

Tami schreckte hoch. „Entschuldigung."

„Ich fragte, ob du auch einverstanden bist?", wiederholte Raven lächelnd.

Max' Finger bohrten sich in ihren Oberschenkel, als ob sie diesen Hinweis wirklich gebraucht hätte. „Sicher. Kann ich das Zimmer behalten?" Wieder drückte er ihren Schenkel etwas zu fest. Natürlich wollte er, dass sie hier wohnte, und zwar in seinem Zimmer.

„Im Moment stellt das kein Problem dar", gab Shayne die

Antwort. „Und da wir jetzt alle versammelt sind und auch endlich sitzen, kann Max euch ein paar Dinge erklären", schloss er schnell und deutete auf den Vampir.

„Feigling", knurrte Max mürrisch. „Wie ihr ja alle mitbekommen habt, ist für kommenden Samstag ein Angriff auf das Rudel geplant. Bei Sonnenuntergang am Freitag werden wir ihnen zuvorkommen. Taylor und Hope folgen schon ein paar heißen Spuren und es dürfte nur eine Frage der Zeit sein, bis sie die Standorte unserer Ziele herausgefunden haben." Max rutschte einen bisschen auf seinem Stuhl herum. „Unsere Männer sind fast vollzählig eingetroffen und die Nachzügler dürften auch nicht mehr lange auf sich warten lassen. Wir werden sie aufspüren und sie mit aller Kraft vernichten. Diesmal werden wir ihnen zuvorkommen."

Tami versuchte, sich nicht die kleinste Regung anmerken zu lassen, aber hatte Max gerade wirklich erklärt, dass er in wenigen Nächten in einen Kampf ziehen wollte? Sie schluckte den Zorn herunter und versuchte, ruhig zu atmen. Am Tisch herrschte bedrücktes Schweigen, die Frauen schienen nur mit Mühe, ihre Proteste für sich behalten zu können.

„Ich schätze, das wird wieder eine lange Nacht", seufzte Nanna schließlich traurig.

„Die genauen Details können wir erst besprechen, wenn wir nähere Informationen haben", versuchte Shayne, die Umstände ruhig zu erläutern. „Alle Planung wird sich hier im Schloss abspielen und das ist auch der Grund, warum Isabelle uns verlassen musste", schloss er und blickte Tami an. „Im Moment haben hier nur Leute zutritt, denen wir absolut vertrauen können. Isabelle macht auch auf mich einen netten Eindruck, aber sie bleibt ein Sicherheitsrisiko, solange wir planen, ihrem Vater das Handwerk zu legen. Sie könnte ihre Meinung jederzeit wieder ändern."

„Ich habe ihr ein paar Soldaten zum Schutz abgestellt, auch Frauen", fügte Max ergänzend hinzu. „Sie werden sich gut um sie kümmern."

Tami nickte verstehend. Natürlich hatten sie recht, aber es tat ihr leid für Isabelle, dass sie jetzt auch noch von hier abgeschoben wurde, obwohl sie für die Sicherheit des Rudels ihre Familie verraten hatte. Ihr Blick fiel auf ihre Eltern und sie wollte sich gar nicht ausmalen, wie schlimm das sein musste.

„Na dann, genießen wir die Zeit", meinte Jason und schubste Marie sanft von seinem Schoß, nahm ihre Hand und wollte sie nach oben ziehen.

„Du bleibst schön hier", machte ihm Max einen Strich durch die Rechnung. „Wir haben noch genug Arbeit vor uns."

Jason schnitt ihm eine Grimasse. „Das sagst du nur, weil du keine Frau hast."

Max kicherte. „Ganz bestimmt, das ist der Grund."

Tami zog sich ihren Teller heran und begann, weiter ihre mittlerweile kalten Waffeln zu essen, während sich das Gespräch am Tisch verlagerte. Raven versuchte, Nick seine Umbauwünsche zu erläutern, und natürlich hatte jeder am Tisch seine eigene Meinung und Änderungswünsche dazu. Tami bezweifelte, dass sie sich jemals so weit einigen konnten, dass sie mit den Arbeiten anfingen. Sie schob sich noch einen Bissen in den Mund, eigentlich hatte sie gar keinen Hunger mehr, sondern versuchte nur, den Angstkloß in ihrem Hals herunterzuschlucken. Es würden noch härtere Tage werden, als sie befürchtet hatte, und am Ende könnte sie sich nicht einmal richtig von Max verabschieden.

Plötzlich hatte Tami das dringende Bedürfnis nach frischer Luft.

Sie schob den Teller von sich, kletterte von Max' Schoß und ging in den Garten. Tief einatmend sog sie die frische Nachtluft in die Lungen. Nur fünf Minuten, dann würde sie wieder reingehen und sich den wahrscheinlich schlimmsten Tagen ihres bisherigen Lebens stellen.

21. Kapitel

Die letzten Tage waren der Himmel gewesen und die Nächte eine Katastrophe. Die Tage hatten Max und Tami in seinem Zimmer verbracht und jede freie Minute genutzt, um sich zu lieben. Sie hatte ihm alles von sich gegeben und nicht weniger zurückbekommen. Es hätte ewig so weitergehen können, wenn der Donnerstag nicht viel zu schnell gekommen wäre.

Im Schloss hatte man in all der Zeit keinen Schritt machen können, ohne von dem bevorstehenden Kampf eingeholt zu werden. In jeder Ecke wurde darüber geredet und Vorbereitungen getroffen. Alle hatten mit angepackt und auf diese verfluchte Nacht hingearbeitet. Taylor und Hope hatten drei neu erworbene Gebäude von Christoph ausgemacht und der Plan lautete, sie gleichzeitig anzugreifen. Max, Shayne und Drake würden je die Leitung über die einzelnen Teams übernehmen. Die anderen waren auf alle Gruppen verteilt worden und würden morgen Nacht noch durch Vampirsoldaten verstärkt werden. Otaktay, Blake und Stone hatten die Gegenden ausgekundschaftet, konnte aber keine konkreten Angaben über die Zahl ihrer Gegner machen.

Tami würde mit Nanna und den anderen Frauen im Schloss bleiben und zusammen mit den älteren Kämpfern des Rudels und einigen Vampiren dort die Stellung halten. Eine ganze Nacht voll Hoffen und Bangen wäre sie in diesem Kasten eingesperrt, während Max dort draußen kämpfte. Sie nahm sich fest vor, in nächster Zeit alle Energie in ihr Training zu stecken, um beim nächsten Mal an seiner Seite zu sein. Für sie eher überraschend hatte Raven sich entschlossen, diesmal bei ihnen zu bleiben. Alarith hatte sich sofort bereit erklärt, für ihn einzuspringen, woraufhin Nanna den Raum fluchtartig verlassen hatte. Zwischen den beiden schien auch irgendetwas vor sich zu gehen, aber Tami war die Letzte, die ihre Nase in fremde Angelegenheiten stecken sollte.

Sie blickte sich unauffällig zu Max um, der es irgendwie gedeichselt hatte, dass sie sich ein Sofa mit Jala teilten. Ashley lag in Wolfsgestalt zwischen den beiden Frauen und machte sich im Schlaf ziemlich breit. Tami störte das nicht, so konnte sie sich näher an Max drängen und dessen Wärme genießen. Alle Schlossbewohner hatte sich im Wohnzimmer versammelt, saßen in Gruppen zusammen, unterhielten sich leise oder hingen einfach nur ihren Gedanken nach. Im Moment brauchte jeder von ihnen nur die Gewissheit, die Familie um sich zu haben, alle, die man liebte eben.

Sogar Ethan und Letizia waren vorbeigekommen und hatten sich ihrem ruhigen Beisammensein angeschlossen. Für Tami war es eine neue Erfahrung, zu so einer großen Gruppe zu gehören. Natürlich hatte sie ihre Eltern und ihren Bruder, aber das hier war noch mal eine ganz andere Dimension. Sie hatte auch noch nie die Angst verspürt, die es mit sich brachte, einen geliebten Menschen verlieren zu können. Alleine der Gedanke, Max könnte etwas zustoßen, brachte sie fast um den Verstand.

Hinzukam die Sorge um Jala. Tami hatte Stunden auf die Freundin eingeredet, bei ihnen im Schloss zu bleiben, aber sie winkte nur ab und erzählte ihr irgendwas von Verantwortung. Um ehrlich zu sein, konnte Tami dieses Wort nicht mehr hören. Verantwortung hier, Verantwortung da, alles bekam sie mit diesem Wort erklärt. Max musste auch seine Verantwortung übernehmen und in den Kampf ziehen. Tief drinnen wusste Tami, dass sie ungerecht war, aber im Moment zählte für sie nur, dass die beiden in Sicherheit blieben.

Tami hielt die Anspannung nicht mehr aus, sie entschuldigte sich und ging in ihr Zimmer. Sie suchte sich ein paar frische Sachen zusammen und schlich leise zu Max weiter, solange die anderen noch im Wohnzimmer saßen. Es klappte auch reibungslos, bis sie zu Max' Tür kam und sich die gegenüberliegende öffnete. Tyr blickte erstaunt von ihrem Gesicht zum Knauf in ihrer Hand und zur Zimmertür. Ein wissendes Lächeln zeichnete sich auf seinen Lippen ab. Er kam zu ihr, gab ihr einen Kuss auf die Wange und legte sich den Zeigefinger auf den Mund, zum Zeichen, dass er schweigen würde. Sie wartete, bis sich seine Schritte ein Stück entfernt hatten, dann öffnete sie hastig die Tür und schlüpfte hinein.

Fast augenblicklich wurde sie ein Stück nach vorne geschoben und Max drängte sich ins Zimmer. Er nahm sie sofort in die Arme. „Kann es sein, dass Tyr dich erwischt hat?", fragte er belustigt.

Tami verzog das Gesicht. „Mir ist fast das Herz stehen geblieben", gestand sie ihm und musste selbst lachen.

Max küsste sie und zog sie zum Bett. In Windeseile hatte er sie ihrer Kleider entledigt und sich mit ihr unter die Decke gekuschelt. Ihr Kuss hatte etwas Verzweifeltes und Tami klammerte sich regelrecht an ihm fest. Jede Berührung, jeden Kuss wollte sie auskosten und mit allen Sinnen erspüren. Tami ließ sich fallen und gab sich Max vorbehaltlos hin. Sie verdrängte alle Gedanken und Ängste und fühlte nur noch.

Max erwachte mit einem unguten Gefühl. Er schloss Tami fester in seine Arme und erlaubte sich noch einen Augenblick, ihre Wärme zu genießen und ihren Duft in sich aufzunehmen. Er hasste es, dass sie nicht offen zueinanderstehen konnten, aber das würde sich ändern, sobald sie ihre Feinde besiegt hatten und wieder Ruhe einkehrte. Max war sich allen möglichen Konsequenzen wohl bewusst und für ihn stand eines ganz sicher fest, egal, was auch kommen mochte, Tami würde er niemals wieder hergeben.

„Hör auf, so viel zu grübeln, Honigbär", gähnte Tami und schmiegte sich enger an seine Seite.

„Du sollst mich nicht so nennen", schmollte er und küsste ihr das Grinsen vom Gesicht.

„Kommt dir das bekannt vor?" Sie bog sich vor Lachen, als er sie kitzelte.

Der Wecker an Max' Handy piepte und erinnerte sie daran, dass es Zeit wurde für Tami, in ihr Zimmer zurückzukehren. „Das ist das letzte Mal", knurrte Max und machte diesem nervtötenden Ton ein Ende.

Tami war unterdessen aus dem Bett gekrabbelt und im Bad verschwunden. Max ließ sich zurück in die Kissen fallen und blickte zur Decke. Morgen Abend, wenn sie diesen Kampf hoffentlich endgültig hinter sich hatten, würde er reinen Tisch machen und allen verkünden, dass Tami zu ihm gehörte. Und wem das nicht passte, der konnte ihn mal kreuzweise am Arsch lecken. Er würde sich mit der ganzen Welt anlegen, wenn es sein musste. Die Badezimmertür öffnete sich und Tami ging schnurstracks zur Tür.

„Hast du nicht was vergessen, Frechdachs?", fragte Max beleidigt.

„Keine Chance, Honigbär", wiegelte sie ab. „Wenn ich dich jetzt küsse, landen wir nur wieder zusammen im Bett. Heute dürfen wir aber kein Risiko eingehen und erwischt werden." Sie gab ihm einen Luftkuss und ließ ihn alleine.

Na prima! Jetzt hatte er ja nur noch eine Stunde zu überbrücken, bis es endlich losging. Max wurde wie immer von einer kribbelnden Vorfreude erfasst, verstand aber gleichzeitig den Entschluss seines Bruders, im Schloss zu bleiben und seine Frau zu beschützen. Raven hatte in seinen Augen die einzig richtige Entscheidung getroffen. Er wäre beim Kampf immer in Gedanken bei Sam und diese Unaufmerksamkeit könnte ihm das Leben kosten oder anderen. Im Kopf ging Max ihren Plan noch einmal durch und prägte sich die wichtigsten Punkte genau ein.

Ein Hämmern an der Tür riss ihn aus seinen Überlegungen. „Noch eine halbe Stunde", brüllte Aiden durch das Holz und ging zur nächsten Tür.

Lächelnd stand Max auf und stellte sich unter die Dusche. Eine kurze Katzenwäsche musste reichen, den Zopf flocht er routiniert und auch für die Wahl seiner Klamotten brauchte er nicht lange. Hauptsache Schwarz und aus Leder. Max schlüpfte in Hose, Shirt und schnürte die Boots zu, bevor er sich eine Weste anzog. Seine Waffen legte er mit absoluter Genauigkeit an, prüfen, sichern und verstauen. Zwei im Halfter an den Seiten und sein Schwert auf dem Rücken. Zwei Pumpguns steckte er rechts und links in die Halterungen an seinen Oberschenkeln. Max legte sich noch die Munitionsgürtel um und warf einen prüfenden Blick in den Spiegel.

Krieg und Tod waren viel zu häufig Teil seines Lebens gewesen, aber er hatte seine Befehle befolgt, ohne auch nur einmal zu murren, obwohl ihm nicht immer ganz klar war, warum er kämpfte. Diesmal wusste er es allerdings ganz genau. Es hatte nur am Rande mit der Verantwortung seiner Familie gegenüber zu tun, viel mehr wollte er die Frau, die er mehr liebte als alles andere, beschützen und die Welt ein Stück sicherer für sie machen. Es war ein schöner Gedanke, dass nachher, wenn er erschöpft nach Hause kam, jemand auf ihn wartete.

Max schnappte sich noch sein Sturmgewehr und begab sich dann in die Eingangshalle, wo sich alle anderen bereits versammelt hatten. Nicht nur Nanna und Sam weinten, auch Claire, Marie und Emma verabschiedeten sich tränenreich von ihren Gefährten. Er schaute über das Geländer im ersten Stock und sofort fiel sein Blick auf Tami. Sie stand etwas abseits und beobachtete die Verabschiedungen. Sie schaute zu ihm auf, als hätte sie seine Augen auf sich gespürt. Er bedeutete ihr unauffällig, dass sie ihm folgen sollte. Tami nickte kaum merklich und Max wartete im Arbeitszimmer auf sie. Es dauerte nicht lange, bis sie zu ihm kam. Sie schlang ihre Arme um seinen Nacken und presste ihre Lippen auf seine.

Max umschlang sie, vergrub seine Hände in ihren Haaren und kostete gierig von ihren Lippen. Er hätte niemals gehen können, ohne sie noch einmal geschmeckt zu haben und die Hitze ihres Körper zu spüren.

Er schreckte auf, als die Tür aufgerissen wurde. Sam starrte sie mit weit aufgerissenen Augen an. Max und Tami waren in der Bewegung erstarrt und er wusste, dass sie ein eindeutiges Bild abgaben. Ihn persönlich störte es nicht, dass sie erwischt wurden, aber es war der denkbar ungünstigste Augenblick. Doch Sam lächelte nur und schloss die Tür von außen.

„Max telefoniert, er kommt gleich", teilte sie den anderen lautstark mit.

Max war seiner Schwägerin unendlich dankbar, dass sie es nicht an die große Glocke hängte. Er drückte Tami noch einen harten Kuss auf. „In ein paar Stunden sehen wir uns wieder."

„Wehe, wenn nicht", meinte sie gespielt wütend, aber ihre Unterlippe zitterte verdächtig. „Ich finde dich und bring dich noch mal um." Sie versuchte zu scherzen, aber ihre Stimme klang erstickt und er konnte spüren, dass sie versuchte, die Tränen zu unterdrücken.

„So schnell trennt mich keiner von meinem *Licht*." Max legte seine Hand in ihren Nacken und drückte seine Stirn an ihre. „Und ab morgen werden wir uns vor niemandem mehr verstecken." Er drückte seine Lippen auf ihre Stirn. „Ich liebe dich, Frechdachs."

Max drehte ihr den Rücken zu und marschierte in die Eingangshalle. Er blickte sich nicht um, suchte seine Männer zusammen und brach gemeinsam mit den anderen in die Nacht auf. Er konnte Tamis Blick auf sich zu spüren, als sie über das Gelände rannten und im nahe gelegenen Wald verschwanden. Max war Realist und sich durchaus bewusst, dass sie vielleicht nicht alle zurückkehrten.

Seite an Seite mit Shayne rannten sie ein Stück durch die Nacht, bis sie auf Aiden und die Vampirarmee stießen, die etwas abseits der Stadt auf sie wartete. Max und Aiden hatten die Gruppen schon zugeteilt und so dauerte es nicht lange, bis sie sich dem jeweiligen Befehlshaber angeschlossen hatten.

„Alles bereit?", fragte Max seinen Stellvertreter, der die Soldaten ein letztes Mal inspiziert hatte.

Jason nickte ernst. „Sie sind zwar den Wölfen gegenüber misstrauisch, aber das geht schon. Ich werde bei Drake und Aiden bei Shayne bleiben, das wird dann schon funktionieren."

„Zeit zum Aufbruch. Pass auf dich auf, mein Freund", meinte er zu Shayne und streckte ihm die Hand entgegen.

„Du auch, Blutsauger", grinste der Alpha und packte seinen Unterarm. „Lass dich nicht umbringen." Er schaute in die Runde. „Das gilt für euch alle."

Shayne nickte ihm noch ein letztes Mal zu, dann setzte er sich in

Bewegung. Aiden, Stone, Jala und Otaktay folgten ihm, außerdem hatten sich noch eine Handvoll Werwolfkrieger und Vampire seiner Truppe angeschlossen.

Drake drehte sich zu ihm um. „Wir sehen uns." Auch er verschwand mit Jason, Keir, Blake und weiterer Verstärkung in eine andere Richtung.

„Tja, dann sind wohl nur noch wir übrig", brachte Ryan die Sache auf den Punkt.

Max nickte. „Dann wollen wir mal, damit wir schnell wieder zu Hause sind."

„Ich mag seinen Optimismus." Dylan stand mit verschränkten Armen etwas abseits.

„Lasst uns endlich abhauen, ich will ein paar von denen in die ewigen Jagdgründe schicken." Keir verhielt sich in letzter Zeit wirklich etwas merkwürdig.

„Man, SIG, mach dich mal locker, ja", bat Cuthwulf genervt. „Tyr ist wieder auf den Beinen und wird es überleben."

„Still", zischte Max, der sich nähernde Schritte gehört hatte. Er gab den anderen ein Zeichen, dass sie hinter den Bäumen in Deckung gingen. Langsam zog er sein Schwert aus der Scheide.

„Halleluja, wir sind noch rechtzeitig", schnaufte Matt und stemmt die Hände auf den Knien ab.

„Wenn wir zu spät sind, ist das alleine deine Schuld", pflaumte Dante ihn an und grüßte in die Runde. „Können wir?"

Max grinste kopfschüttelnd und machte das Zeichen, dass sie sich in Bewegung setzten. In der Nähe ihres Zielobjektes würden sie sich trennen und das Haus umzingeln, bevor sie zum vernichtenden

Schlag ausholten. Fast lautlos, obwohl sie mehr als zweihundert Männer waren, legten sie die Strecke zurück. Es war wie jedes Mal eine Herausforderung, nicht zufällig von den Menschen entdeckt zu werden, aber darin hatten sie im wahrsten Sinne des Wortes jahrelange Übung.

Viele Dinge gingen Max durch den Kopf, unwichtig und wichtige gleichermaßen, vor allem aber die Sorge um Tami ließ ihn nicht los. Er hatte endlich sein *Licht* gefunden und hatte es nicht einmal richtig genießen können. Max wollte sie in den Arm nehmen und küssen, wann immer ihm danach war, und er schwor sich bei allem, was ihm heilig war, dass es nach seiner Rückkehr keine Versteckspielchen mehr geben würde.

Max brachte seine Männer in Stellung, als sie am Zielort ankamen. In Deckung bleibend warteten sie, bis sie das Zeichen zum Losschlagen bekamen, das Alarith geben würde, sobald alle anderen ebenfalls ihre Plätze eingenommen hatten. Er hoffte nur, dass ihre Familie diesmal im Schloss sicher war, schließlich hatte er Vorkehrungen getroffen.

„Noch zwei Minuten, Jungs", hörte er Taylors Stimme über Ohrstecker, den er allen aus dem Schloss verpasst hatte, um während des Kampfes in Verbindung bleiben zu können.

Tami hatte sich in einem der Badezimmer eingeschlossen und wusch sich die Tränen vom Gesicht, bevor sie zu den anderen nach unten ging. Langsam und eine Stufe nach der anderen nehmend stieg sie in die Eingangshalle herab. Aber dort war nur Sam, die ihr freundlich entgegenblickte. Tami war die Situation etwas peinlich, schließlich hatte sie Max und sie beim Knutschen erwischt. Hoffentlich beließ Sam es dabei, sie hatte nämlich jetzt keine Lust, über ihr Liebesleben Auskunft zu geben.

„Die anderen sind im Computerraum", teilte ihr Sam lächelnd mit.

„Da sind ja meine beiden Schönen." Mit weit ausgebreiteten Armen kam Tyr auf sie zu. Der Vampir hatte sich fast vollständig von seiner Verletzung erholt und wenn es nach ihm gegangen wäre, hätte er die anderen sogar begleitet, aber der Doc hatte ihm einen Strich durch die Rechnung gemacht. Er drückte die beiden kurz. „Sobald Drake in Stellung ist, geht's los. Ich lass nur noch schnell den Besuch rein."

„Besuch?", fragte Sam ungläubig. „Jetzt?"

„Der Besuch wird euch gefallen", gab er zwinkernd zurück und ging zur Eingangstür, an die gerade gehämmert wurde.

Neugierig beobachtete sie Tyr, wie er die Tür öffnete. Ihr Besuch zauberte Tami ein Lächeln auf die Lippen, scheinbar war die kleine Armee im Schloss dem General noch nicht genug gewesen und er hatte Verstärkung geschickt. Lucian zwinkerte ihr kurz zu und teilte seiner Handvoll Männer ihre Posten zu, bevor er zu ihnen kam.

„So schnell sieht man sich wieder", lachte er und gab der völlig verblüfften Tami einen Kuss auf die Wange. „Hab ich was verpasst?", fragte er Tyr.

Der angesprochene Vampir schüttelte den Kopf und zusammen gingen sie in den Computerraum zu den anderen. Außer ihren Eltern waren noch die üblichen Verdächtigen anwesend. Alle Augenpaare richteten sich auf Lucian und Tyr erklärte ihnen schnell, dass er und seine Männer zur Verstärkung hier waren.

„Nach den letzten Erfahrungen eine reine Vorsichtsmaßnahme. Da fällt mir ein …" Tyr nahm eine Schachtel vom Tisch, die in

Geschenkpapier eingeschlagen war, und reichte sie der völlig verdutzten Tami. „Für dich."

„Für mich?", fragte sie ungläubig.

Er nickte lächelnd. „Mach auf."

Tami löste das Papier und drehte die längliche Schachtel hin und her, bevor sie den Deckel aufschnappen ließ. In Samtpapier eingeschlagen lagen dort zwei wundervolle Dolche. Ehrfurchtsvoll strich sie mit den Fingerspitzen über die goldverzierten Griffe, in denen jeweils ein Rubin eingelassen, und über die Klinge, die mehr als nur scharf geschliffen war.

Mit Freudentränen in den Augen fiel sie Tyr um den Hals. „Danke."

„Dank nicht mir, ich bin nur der Überbringer."

„Aber wer?"

„Das erfährst du früh genug", blieb er vage und zwinkerte ihr zu.

Tami wandte lächelnd den Blick ab. Sie hatte eine Ahnung, wer ihr diese Kostbarkeiten geschenkt hatte. Max wusste, dass sie am liebsten mit Dolchen kämpfte und darin auch recht gut war, dank Ryans hartem Training. Sobald ihr Vampir wieder hier war, würde sie sich ausführlich für das Geschenk bei ihm bedanken.

„Sie sind in Stellung", teilte Taylor ihnen mit.

Alarith rückte sein Headset zurecht. Er hatte zusammen mit Raven die Koordination der Männer übernommen „Okay Jungs, alle startklar?" Er lauschte der Rückmeldung. „Viel Glück." Der alte König schloss die Augen. „Angriff!"

Unwillkürlich begann Tami zu zittern und drückte die Schachtel mit den Dolchen fest an ihre Brust. Die Frauen des Schlosses, genau wie ihre Mutter, hatten es sich in einer Ecke des Raums auf Decken bequem gemacht. Geflüsterte Befehle drangen über die Lautsprecher zu ihnen. Taylor ließ den Ton an, damit Alarith alle Vorgänge mitbekam und notfalls eingreifen konnte. Es war wichtig für ihr Vorhaben, dass sie schnell und ohne Vorwarnung zugriffen.

Tamis Brust fühlte sich an, als würde sie immer mehr zusammengequetscht und sie bekam kaum noch Luft zum Atmen. Alleine der Gedanke, Max verlieren zu können, fraß sie förmlich auf. Sie hatte einen Mann gefunden, der sie liebte, und das Schicksal durfte einfach nicht so grausam sein und ihn ihr direkt wieder wegnehmen.

„Tami", rief Ashley leise nach ihr. Sie hatte sich zwischen Emma und Nanna an Rafael festgekrallt. Ihr ängstliches Gesicht machte deutlich, dass auch die Kleinsten schon spürten, dass etwas Schlimmes vor sich ging.

Nanna rutschte ein Stück zur Seite. „Komm her, setz dich zu uns."

Tami ließ sich auf der Decke nieder und nahm das Mädchen in die Arme, die sich auch sofort an sie schmiegte. „Mama, Mäsch?", fragte sie leise.

„Es geht ihnen gut", beruhigte Tami sie und strich ihr über die Haare. *Hoffe ich jedenfalls,* setzte sie im Kopf hinzu.

„Sie werden alle gesund nach Hause kommen", gab Nanna der Hoffnung eine Stimme. Sie legte ihre Arme um die Frauen, die sie erreichen konnte, und auch die anderen kuschelten sich eng zu ihnen. Sechs Frauen und zwei Kinder hockten auf nicht einmal zwei Quadratmetern Decke zusammen.

Tami versuchte, positiv zu denken und die Hoffnung nicht zu verlieren, aber ein ungutes Gefühl machte ihr es noch schwerer und verstärkte die negativen Empfindungen um ein Vielfaches. Die Angst hatte sich wie ein großer kalter Klumpen in ihrem Magen breit gemacht und fraß sich durch ihre Eingeweide. Ihr Herz zog sich schmerzhaft zusammen. Sie drückte die kleine Ashley an sich, die ängstlich zitterte.

„Sie sind jetzt auf dem Gelände." Alarith schaute sie mit starrer Miene an.

Tami glaubte nicht an Gott, sondern an das Schicksal, aber in diesem Augenblick schickte sie ein Stoßgebet zum Himmel, dass ihre Lieben unversehrt nach Hause zurückkehrten.

22. Kapitel

Max und seine Männer schlichen leise über das Gelände, die Waffen im Anschlag und die Augen offen, um Feinde sofort auszumachen, wenn sie auf welche trafen. Bis jetzt waren sie auf drei Wachen gestoßen, die sie allerdings schnell, und ohne Aufmerksamkeit zu erregen, ausschalten konnten. Vorsichtig näherte er sich der Vordertür, Ryan hatte die Rückseite übernommen. Im Haus brannte Licht und Stimmen waren zu vernehmen, die auf eine ausgelassene Runde schließen ließen. Wahrscheinlich waren sie am Feiern und hatten die Umgebung aus den Augen gelassen, was auch die wenigen Wachen erklären würde. Er gab den anderen ein Zeichen und gleichzeitig stürmten sie das Gebäude.

Damian spielte den Türöffner und trat so stark mit dem Fuß gegen das Holz, dass die Tür sich aus den Angeln hob und ein paar Meter durch den Flur flog. Ein Feind, der sich wohl dahinter aufgehalten hatte, lag nun darunter begraben und versuchte, aufzustehen. Damian sprang mit beiden Füßen auf die Tür und feuerte drei Kugeln durch das Holz, wo sich der Kopf des Typen befand.

„Bleib ruhig liegen, wir finden uns schon zurecht", meinte Damian lässig und marschierte ins erstbeste Zimmer.

Kopfschüttelnd ging Max ins Obergeschoss, um es zu sichern. Eine Kugel sauste nur knapp an seinem Ohr vorbei, aber er hatte schon seine Pumpgun gezogen und den Schützen ausgeschaltet. Am Treppenabsatz ging er nach links und Dylan nach rechts, doch alle weiteren Zimmer im Obergeschoss waren leer.

„Das ging viel zu einfach", stellte Dylan fest und steckte seine

Waffe in das Halfter.

Max nickte zustimmend. „Irgendwas stimmt nicht."

„Hier unten ist alles gesichert", rief ihnen Ryan von dort zu.

„Das war alles?", maulte Damian. „Das waren ja nicht mehr als dreißig Mann. Und dafür der ganze Aufriss."

Max ging nach unten zu den anderen. „Drake, Shayne, hört ihr mich?", sprach er in sein Headset.

„Ich hör dich", antwortete der Wikinger sofort. „Hier ist alles klar, aber es waren bei Weitem nicht so viele, wie ich gedacht habe."

„Hier dasselbe", gab Max zu.

„Die sind alle hier", kam Shaynes Stimme verzerrt aus dem Ohrhörer. „Wir brauchen Unterstützung ... Pass auf, Jala." Die Verbindung brach ab.

„Drake, wir sind auf dem Weg." Max hatte seinen Männern schon das Zeichen zum Aufbruch gegeben. „Taylor, die Verbindung ist abgerissen."

„Bin schon dran", meinte der Kleine.

„Max, beeilt euch, Shayne scheint ganz schön in der Klemme zu stecken", gab sein Großvater überflüssigerweise zum Besten. „Raven hat noch eine Verbindung zu ihm, aber mehr als Kampfgeräusche kann er auch nicht verstehen. Max, außer den Schüssen sind auch Explosionen zu hören."

„Sind gleich da." Max beschleunigte seine Schritte.

Wie hatte ihnen nur entgehen können, dass ein Großteil der Männer in dieses eine Gebäude verlagert worden war. Sie hätten sich nie trennen dürfen, genau wie beim letzten Mal wurde ihnen das zum Verhängnis. Aber diesmal würden sie nicht zu spät kommen, sondern die Arschlöcher stellen und einen nach dem anderen auslöschen. Sie brauchten keine fünf Minuten, bis sie das Gelände erreicht hatten.

Shayne lag mit dem Gesicht im Dreck und um ihn herum rissen Granaten tiefe Löcher in die Umgebung und verliehen ihr das Aussehen einer Mondlandschaft. Langsam robbten sie sich zu den ersten Stellungen vor und versuchten, die schweren Geschütze auszuschalten. Max und Drake waren unterwegs, aber er konnte nicht warten, bis sie endlich eintrafen, sie mussten sofort handeln, ansonsten wäre von ihnen nicht mehr viel übrig, das sich noch zu retten lohnte.

„Aiden, du übernimmst die rechte Seite und Stone, du geht links rum. Der Rest folgt mir", befahl er, verwandelte sich in einen Wolf und rannte los.

Geschickt wich Shayne den umherfliegenden Kugeln aus und war schon fast am Haus, als Otaktay neben ihm in die Knie ging. Der Alpha bremste scharf ab und warf sich neben den Indianer in den Dreck und wandelte sich in einen Menschen zurück.

„Alles okay?", schrie er über den Lärm hinweg.

„Nur ein Streifschuss", meinte Otaktay knapp und verband sich selbst. „Geh."

Shayne nickte und lief weiter, er vertraute darauf, dass der Vampir erfahren genug war, um zu wissen, wann er Hilfe brauchte. Neben ihm gab es eine weitere Explosion und die Druckwelle drückte ihn zu Boden. Er wartete kurz, checkte die Lage und rannte erneut los. Es war ein Spießrutenlauf, bis er endlich am Gebäude ankam und sich an die Mauer drückte. Endlich konnte er kurz durchatmen und die Umgebung sondieren. Nur noch der Granatenwerfer auf dem Dach machte ihnen das Leben schwer und verhinderte ihr Eindringen.

Er ließ seinen Blick an der Fassade hochwandern und fand einen Weg, den er nutzen konnte. Wölfe waren ja nicht gerade bekannt dafür, dass sie hervorragende Kletterer waren, aber das würde schon gehen. Schnell erklomm er die Mauer und lugte vorsichtig aufs Dach, bevor er sich über die Regenrinne noch oben zog. Lautlos kamen seine Füße auf dem Boden auf, er blieb in der Hocke, bis er sicher war, dass ihn niemand bemerkt hatte.

Shayne konnte sieben Mann ausmachen, zwei davon bedienten den Granatenwerfer und die anderen fünf stand drumherum und beobachteten das Geschehen auf dem Gelände. Der Alpha folgte ihrem Blick und sah gerade noch, dass die nächste Granate genau dort einschlug, wo Stone eben noch gestanden hatte. Als der Rauch sich verzog, war von dem Kämpfer keine Spur mehr zu sehen. Er hoffte, dass er frühzeitig abhauen konnte und nicht getroffen worden war.

Vorsichtig näherte sich Shayne den Wachen, je später sie ihn entdeckten, umso größer war sein Vorteil. Leider war einer von ihnen doch aufmerksamer als erhofft und drehte sich genau in dem Moment um, als Shayne sie schon fast erreicht hatte. Es war nur seiner schnellen Reaktion geschuldet, dass er der Kugelsalve ausweichen konnte. Er rollte sich herum, bis er wieder auf seinen Füßen stand, sprang auf und ging zum Angriff über.

Während er auf die Kerle zulief und den Schüssen auswich, feuerte er selbst ein paar Mal und war froh, dass er die Typen am Granatenwerfer schnell außer Gefecht setzen konnte. Shayne warf seine leer gefeuerten Pistolen weg und ging in den Nahkampf über.

Jetzt zeig ich euch mal, was ein Wolf so alles draufhat. Er sprang und noch in der Luft verwandelte er sich, beim Aufkommen schaffte er es, gleichzeitig zwei der Männer aus dem Gleichgewicht zu bringen. Sie fielen auf den Boden und sofort war Shayne über ihnen und biss einem davon die Kehle durch. Der andere jammerte und flehte, aber das interessierte ihn herzlich wenig, sie waren bereit gewesen, seine Familie anzugreifen, und jetzt sollten sie dafür auch sterben. Shayne fletschte die Zähne, Speichel tropfte aus seinen Lefzen und knurrend schnappte er sich das Gesicht des Gegners und biss zu, bis er den Schädelknochen knacken hörte und Blut seine Mundhöhle flutete.

„Pass auf!", schrie Jala hinter ihm.

Shayne wirbelte herum und konnte nur noch zusehen, wie die Klinge eines Schwertes auf ihn zurauschte. *Das war's*, dachte er und hatte schon mit seinem Leben abgeschlossen, als sich Jala zwischen ihn und die Klinge warf. Mit Entsetzen musste Shayne dabei zusehen, wie Jala von der Klinge … knapp verfehlt wurde und sie unter ihrer Achsel hindurchstieß.

Unendliche Erleichterung machte sich in Shayne breit und als sie dem Kerl ihrerseits ihr Schwert in den Bauch bohrte, hätte er stolzer nicht sein können. Aber sie hatten keine Zeit, sich lange auszuruhen, denn immer mehr von ihren Feinden stürmten auf das Dach. Shayne wehrte einen nach dem anderen ab, sein weißes Fell war schon rot vom Blut seiner Feinde, aber es nahm einfach kein Ende. Er biss, brachte seine Krallen zum Einsatz und auch Jala gab alles, was sie hatte, aber es reichte einfach nicht aus. Für jeden, den sie erledigten, tauchten zwei weitere auf und Hilfe war noch nicht in Sicht. Shayne war sich nicht sicher, ob sie noch lange durchhalten würden. Den Rufen unter ihnen zufolge hatten seine Männer genau dasselbe Problem. Shayne schwor sich, dass egal, was auch kam, sie niemals mehr ihre Kräfte aufteilen würden. Vorausgesetzt sie überlebten diese Nacht.

Max erschrak, als er den Gefechtslärm und die Explosionen hörte. Das zweistöckige Herrenhaus lag am Stadtrand, seine Mauern waren hoch und mit Natodraht umrandet, der allerdings höchstens die Menschen abschrecken konnte. Geschickt erklommen sie die Steinmauer und der Anblick, der sich ihnen bot, brachte sein Herz ins Stocken. Das Haus war abgesichert wie Fort Knox, in das Gelände davor waren tiefe Krater gesprengt worden. Schüsse und Schreie hallten durch die Nacht. Teile des Hauses standen in Flammen und auf dem Dach konnte man einen weißen Wolf erkennen, der sich verbissen gegen mehrere Angreifer zur Wehr setzte.

„Worauf warten wir noch?", fragte Drake, der soeben ebenfalls aufgetaucht war.

„Auf nichts", knurrte Max und sprang nach unten. „Damian, Jason, gebt mir Feuerschutz."

Max rannte so schnell ihn seine Füße trugen auf das Gebäude zu, während er mit den Pumpguns seine Gegner aus dem Weg schoss. Die, die er nicht erwischte, wurden von seiner Rückendeckung ausgeschaltet. Er brauchte nicht lange, um das Haus zu erreichen und an der Fassade hinaufzuklettern. Als er auf dem Dach landete, wurde er gleich von zwei Männern angegriffen. Max verpasste dem ersten einen Kopfschuss und dem anderen bohrte er sein Schwert in die Brust.

Shayne biss einem anderen in den Hals, der kurz von der Ankunft der Verstärkung abgelenkt worden war. Max warf ein Messer und traf einen Feind im Rücken, der sich dem Alpha von hinten genähert hatte. Shayne wirbelte herum und als er die Situation erfasst hatte, bedankte er sich stumm mit einem kurzen Nicken bei dem Vampir. Max war allerdings schon mit dem nächsten Feind beschäftigt, die unablässig aus irgendwelchen Löchern gekrochen kamen.

Max tötete einen Feind nach dem anderen, die es ihnen aber auch zu leicht machten, und auch Jala schlug sich wirklich hervorragend. Wie eine Amazone wirbelte sie durch die Luft, sie gehörte wohl wie Ryan zu den Wölfen, die lieber in Menschengestalt kämpften. Shayne hingegen pflügte in Wolfsgestalt durch ihre Feinde, als hätte er die Tollwut.

Alles in allem ging es schneller als gedacht, die Kontrolle wiederzubekommen. Es war zwar eine hohe Anzahl an Feinden, aber alles nur Söldner, Strauchdiebe und anderes Pack, keine wirklichen Soldaten. Max hatte nicht mal einen Kratzer abbekommen und ein Blick auf das Gelände zeigte ihm, dass ihre Männer schon ganze Arbeit geleistet hatten und den Kampf langsam kontrollierten.

„Hey Jungs, ich glaub, wir haben es geschafft", lächelte Jala und kam auf sie zu.

„Sieht so aus", stimmte Shayne zu und spuckte ständig aus, um das Blut aus dem Mund zu bekommen.

Die Schüsse fielen unverhofft. Jala erstarrte in der Bewegung, ging auf die Knie und fiel dann nach vorne über und blieb reglos liegen. Shayne knurrte bösartig und stürzte sich auf den Schützen, der hinter ihr gestanden hatte. Max ließ sich neben Jala fallen, drehte sie vorsichtig herum und hielt sie in seinen Armen. Shayne demonstrierte derweilen eindrucksvoll, was es hieß, jemanden in seine Bestandteile zu zerlegen. Er war außer sich und schlug blind vor Wut immer wieder zu.

Shayne ließ endlich von der blutigen Masse am Boden ab und eilte an ihre andere Seite. Max streichelte ihr Haar und sprach ruhig auf Jala ein, die nur mit Mühe Luft bekam. Ihr Alpha öffnete ihre Jacke und was zum Vorschein kam, sah nicht gut aus. Ihr T-Shirt war blutgetränkt und noch immer sickerte der Lebenssaft aus ihr heraus. Shayne sprang sofort auf und rannte zum Rand des Daches.

„Cuthwulf", schrie er in die Nacht. Immer und immer wieder und seine Stimme bekam etwas Verzweifeltes.

„Ganz ruhig", redete Max auf sie ein.

Jala schluckte schwer. „Es ist zu spät", röchelte sie kaum hörbar.

„Nein, nein", widersprach Max. „Bleib bei mir."

Noch nie in seinem Leben war er sich so hilflos vorgekommen. Sie durfte einfach nicht sterben. Sie war noch viel zu jung und was sollte aus Ashley werden. Shayne kam zu ihnen zurück und presste verzweifelt seine Hände auf ihren Brustkorb.

„Max", flüsterte sie erstickt. „Tami und du …" Sie holte flach Luft und hustete.

„Nicht reden", bat er. „Cuthwulf ist gleich da."

„Gib nicht auf, Jala, das wird schon wieder." Doch Shaynes besorgter Blick sprach eine andere Sprache.

Endlich hörte er Cuthwulfs Schritte näher kommen. Jala hob schwerfällig ihre Hand und legte sie auf seine Wange. „Kümmer dich um mein Baby."

„Das verspreche ich dir, aber du wirst sie schon sehr bald selbst wieder in die Arme schließen können." Max blickte sich um.

Der Doc kam auf sie zugerannt, schob Shayne zur Seite und nahm Max Jala ab. Die beiden Männer gingen etwas auf Abstand und ließen Cuthwulf seine Arbeit machen. Die nächsten Minuten waren die schlimmsten, die er seit Langem durchstehen musste. Wie Tiger im Käfig schlichen sie um den Doc herum, hilflos und überflüssig. Max blickte zu Shayne, dessen Hände blutverschmiert waren und dessen Miene großen Schmerz zeigte.

Max konnte leider nur zu gut nachvollziehen, was im Augenblick in dem Alpha vor sich ging. Hoffnung, Schmerz und unendlich viele Selbstvorwürfe. Mehr als einmal hatte Max Soldaten sterben sehen, auch Frauen und manchen von ihnen hatte er sehr nahegestanden. Aber noch nie war es ihm so zu Herzen gegangen. Hier ging es auch um ein zauberhaftes kleines Mädchen, dessen Mutter gerade um ihr Leben kämpfte. Max hätte am liebsten irgendjemanden in den Würgegriff genommen und gezwungen, es rückgängig zu machen.

Endlose Minuten gingen ins Land, mittlerweile hatten sich alle Schlossbewohner auf dem Dach versammelt und bangten mit ihnen. Shayne rannte mit geballten Fäusten von einer Seite zur anderen und niemand wagte es, sich ihm in den Weg zu stellen. Erst als Cuthwulf auf seine Fersen zurücksank und die Schultern hängen ließ, stoppte er. Der Doc hob den Kopf und Tränen schimmerten in den Augen des Kämpfers. Es war Antwort genug. Jala war tot.

Shayne riss die Arme zum Himmel, legte den Kopf in den Nacken und ließ einen Schmerzensschrei los, der noch meilenweit zu hören war. Er schrie und schrie, bis alle Luft aus seinen Lungen gequetscht war. Ohne Vorwarnung fiel er auf die Knie und sackte in sich zusammen. Max wollte zu ihm gehen, ihn wissen lassen, dass er auf ihn zählen konnte.

Drakes Hand landete unsanft auf seiner Schulter. „Nicht", hielt der Wikinger ihn zurück und deutete mit dem Kinn zu seinem Alpha.

Max blickte sich um und erkannte den sanften Schimmer sofort. Der Geisterwolf beschützte Shayne, der völlig in seinem Leid gefangen war. Sein ganzer Körper bebte und zuckte, als würde der

Schmerz ihn von innen heraus auffressen.

„Er ist der Alpha, verbunden durch ein Band mit jedem im Rudel", erklärte Drake den Vampiren sehr leise. „Und wenn dieses Band zerrissen wird, bleiben ihm nur die Gefühle, die die Person zuvor gespürt hat. Ein schwacher Widerhall, aber in solchen Momenten eine unvorstellbare Qual."

Max nickte verstehend und konnte sich doch nicht einmal im Ansatz vorstellen, was dieses Band genau bedeutete. Er hatte es nur so am Rande mitbekommen und nie näher danach gefragt. Er nahm sich vor, Tami einmal danach zu fragen, und der Gedanke an sein *Licht* ließ ihn tief durchatmen. Auf seinen Frechdachs würde heute noch eine Menge Leid zukommen.

„Was wird nun aus der kleinen Ashley?", fragte Jason neugierig und bewies damit mal wieder seine unglaubliche Taktlosigkeit.

„Das ganze Rudel wird sie aufziehen", gab Ryan ruhig Antwort und machte mit seinem Blick deutlich, dass die Gespräche damit beendet waren.

Max wandte den Kopf, um zu sehen, wie es dem Wolf ging. Shaynes Gesicht war direkt vor seinem, ihre Nasenspitzen berührten sich fast. Die silbergrauen Augen leuchteten und funkelten gefährlich und über allem schimmerte der Geisterwolf. Max machte keinen Schritt zurück, sondern hielt dem durchdringenden Blick stand.

„Du hast ein Versprechen gegeben", erinnerte ihn Shayne überflüssigerweise. Seine Stimme war ein einziges Knurren.

„Und daran werde ich mich auch halten", fauchte Max zurück. „Selbst du wirst mich nicht daran hindern."

Shayne verengte die Augen zu Schlitzen. „Mit allen Konsequenzen!"

„Du wirst mich nicht davon abhalten, du Idiot, geht das endlich in deinen Dickschädel." So langsam platzte Max der Kragen. Diskutieren konnten sie auch später, jetzt war weder der Ort noch die Zeit. Ruhiger fuhr er fort. „Ich breche niemals ein Versprechen, egal, was es kostet, und jetzt lass uns Jala endlich nach Hause bringen."

Shayne wurde sichtlich ruhiger und die Geistererscheinung verschwand. Er legte Max eine Hand auf die Schulter. „Da gebe ich dir recht, mein Freund." Langsam drehte er sich um und seine Züge zeigten wieder den Schmerz. Shayne ging neben Jala in die Hocke, schob seine Hände vorsichtig unter ihren Körper und hob sie hoch. Er drückte sie an seine Brust.

„Aiden, sichere mit Damian das Gelände und kommt dann ins Schloss", gab Max noch schnell Befehle. Die beiden nickten und verschwanden.

Max nickte Shayne zu und ging zur Dachkante, Jala durch das Haus und über all die Toten tragen zu müssen, kam nicht infrage. Shayne stellte sich neben ihn und zusammen machten sie den Schritt über den Abgrund. Sie mussten beide bei der Landung in die Knie gehen, aber aus der Bewegung heraus rannten sie schon los. Die anderen folgten ihnen auf dem Fuße. Um das zu wissen, musste er sich nicht erst umdrehen. Gemeinsam legten sie den Weg zurück, an der Stadt entlang, bis sie wieder im heimischen Wald gelandet waren. Das Schloss kam in Sicht und in den Fenstern brannte Licht, scheinbar hatte jemand sie bereits über ihr Kommen in Kenntnis gesetzt.

Kurz vor dem Haus stoppte Shayne. „Ich werde sie durch einen der unterirdischen Gänge ins Schloss bringen, die Frauen sollten sie so nicht sehen." Er schaute auf den blutigen Körper herab, der noch vor Kurzem eine fantastische Frau beherbergt hatte.

Cuthwulf trat zu ihnen. „Ich werde das machen, du solltest bei deinem Rudel sein." Er nahm dem verdutzten Shayne Jala einfach aus den Händen. „Sie brauchen Trost." Er verschwand in der Dunkelheit.

Max drückte kurz dem Alpha die Schulter. „Der Doc wird sich gut um sie kümmern."

Shayne schaute ihn an, nickte und lief weiter auf das Schloss zu. Max hatte sich selten vor etwas fürchten müssen, aber den anderen diese Nachricht zu überbringen, war keine leichte Aufgabe. Er wollte zumindest nicht in Shaynes Haut stecken. Und wie immer, wenn einem etwas Schlimmes bevorstand, waren sie ruckzuck im Schloss. Sie hatten kaum die Eingangshalle betreten, da kamen auch schon alle auf sie zugerannt.

Max fing Tamis strahlendes Lächeln auf, das sie ihm so verschämt zuwarf, konnte es aber leider nur mit einem kurzen Heben seiner Mundwinkel beantworten. Mehr bekam er einfach nicht hin, vor allem nicht, weil sie Ashley auf dem Arm hatte.

„Mäsch", rief die Kleine auch schon. „Wo Mami?", fragte sie freudig und streckte die Ärmchen nach ihm aus.

Tami kam zu ihm, damit Ashley den Arm wechseln konnte, die sich sofort an seinen Hals klammerte. Die Wölfin blickte ihm fragend ins Gesicht, doch er konnte ihr nicht in die Augen sehen. Für sie schien es Antwort genug zu sein. Kopfschüttelnd schlug sie die Hände vor den Mund und ging einen Schritt zurück, dann noch einen. Max konnte und wollte nicht zulassen, dass sie sich vor ihm zurückzog. Scheiß auf die anderen, sie war sein *Licht*, seine Liebe. Sollten sie doch denken, was sie wollten. Er trat an sie heran, schlang seinen Arm um ihren Nacken und zog sie an seine Brust. Schluchzend erwiderte sie seine Umarmung.

„Tami traurig", flüsterte Ashley leise.

„Ja, mein Schatz", gab er sanft Antwort und küsste sie auf die Wange.

„Spatz, komm mit mir", meinte Nanna und nahm sie Max ab. „Ich mach dir und Rafael noch eine heiße Milch und dann ist es Zeit fürs Bettchen." Sie nahm noch den kleinen Mann von Ryan ab und brachte die beiden Kinder in die Küche.

Max hatte Tami nun mit beiden Armen umfangen und sie weinte in sein Shirt. Jalas Tod war ein Schlag für sie alle, aber Tami hatte ihre beste Freundin verloren, ihr engste Vertraute. Er konnte gut nachvollziehen, was das für Qualen für sie bedeuten musste. Sie weinte bitterlich und er spürte, wie der Stoff auf seiner Haut schon nass war. Es zerriss ihm das Herz und er fühlte sich so hilflos. Zärtlich streichelte er ihr über die Haare und ihren Rücken, versuchte, ihr wenigstens ein bisschen Trost zu spenden. Max blickte über ihren Kopf hinweg und sah, dass Emma und Myriam auf sie zukamen. Er machte sich auf blöde Fragen gefasst, aber das war ihm egal, seine Mädchen würde er jetzt auf keinen Fall alleine lassen.

„Nanna hat Ashley ins Bett gebracht", sagte Emma mitfühlend. Sie schaute Max an, auch wenn sie mit ihnen beiden sprach. „Lasst sie schlafen, sie ist schon fast am Tisch eingenickt. Morgen muss sie erklärt bekommen …" Sie brach ab und blickte auf Tami, die herzerweichend aufschluchzte. Emma gab ihm einen Kuss auf die Wange. „Sagt Bescheid, wenn ich euch helfen kann."

„Danke, Emma." Freundschaftlich streichelte er ihr über die Wange.

Myriam hingegen streichelte ihrer Tochter über den Rücken. „Ich nehme an, dass du auf die beiden aufpasst." Max nickte. „Danke, dann ist mir wohler, wenn ich sie in guten Händen weiß. Ruf mich bitte, wenn ihr was braucht." Sie stützte sich auf seiner Schulter ab, stellte sich auf die Zehenspitzen und gab ihm einen Kuss auf die Wange. „Wir sind alle noch ein bisschen im Wohnzimmer." Auch sie hatte Tränen in den Augen und ließ sich von ihrem Mann anschließend tröstend umarmen.

Ryan klopfte ihm plötzlich auf die Schulter, legte Emma einen Arm um ihre Schulter und begleitete sie ins Wohnzimmer. Zu Max' Verwunderung taten es ihnen alle anderen gleich, umarmten sie oder streichelte sanft Tamis Rücken. Etwas sehr Merkwürdiges ging heute Nacht in diesem Haus vor und er hatte keinen blassen Schimmer, aber es interessierte ihn nicht. Als alle im Wohnzimmer saßen, hob er Tami hoch wie eine Prinzessin und trug sie in ihr Schlafzimmer. Max setzte sie aufs Bett und zog ihr Schuhe und Hose aus, bevor er sie unter die Decke steckte. Leise schlich er sich ins Nebenzimmer, er musste sich überzeugen, dass Ashley wohlbehalten im Bett lag, danach legte er sich an Tamis Seite.

„Bleibst du hier?", fragte sie leise schniefend.

„Mich würden keine zehn Elefanten von hier wegbekommen. Ich liebe dich, kleiner Frechdachs, und bleibe für den Rest unseres Lebens an deiner Seite." Max zog sie dicht an sich und küsste ihr Haar.

Tami hatte schon wieder den Kopf an seine Brust vergraben und weinte hemmungslos. Sie zitterte und krümmte sich. Max wollte ihr so gerne helfen, aber er wusste einfach nicht wie. Außer sie weinen zu lassen und ihr so viel Trost zu spenden, wie er nur konnte.

Die Rettung kam in Form eines kleinen Engels. Ashley öffnete leise die Zwischentür, kam zum Bett gelaufen und versuchte, draufzukrabbeln, leider rutschte sie immer wieder ab. Max schnappte sie mit einer Hand und half ihr auf die Matratze. Das Mädchen machte es sich auf ihm bequem und vergrub ihr

Händchen in Tamis blonden Strähnen.

„Tami nicht mehr traurig", flüsterte sie, legte sich hin und schloss die Augen.

Ein seltsam warmes Gefühl breitete sich in seinem Herzen aus und nahm von ihm Besitz. Er legte seine Arme um seine Mädchen und drückte sie an sich. Von nun an würde sich sein Leben von Grund auf ändern und er freute sich schon darauf, allerdings hätte er sich andere Voraussetzungen für eine Familie gewünscht. Jalas Tod riss eine tiefe Wunde in ihre Herzen und die beiden würden lange daran knabbern müssen. Ob Ashley wirklich schon verstehen konnte, was mit ihrer Mutter passiert war, wagte er zu bezweifeln, aber Tami war ein Teil ihres Lebens geraubt worden und dafür würde jemand büßen.

Tamis Weinen war leiser geworden und schließlich zeigte ihr gleichmäßiger Atem ihm, dass sie eingeschlafen war. Ashley hatte den Daumen in den Mund gesteckt, seinen Haarschopf hatte sie in ihren Arm genommen und ihre andere Hand war noch immer in Tamis Haar vergraben. Vorsichtig hauchte er ihnen beiden einen Kuss auf und schloss ebenfalls die Augen. Morgen stand ihnen eine ebenso anstrengende Nacht bevor und sie brauchten alle ein bisschen Ruhe, bevor sie sich ihren Problemen stellen konnten.

Die leisen Gespräche aus dem Wohnzimmer bekam er nur am Rande mit und es interessierte ihn im Moment auch nicht, was sie zu sagen hatten, aber ihre Stimmen zu hören, beruhigte ihn. Wenigstens konnte er sich so sicher sein, dass es ihnen allen gut ging. Seine Mutter hatte ihm vorhin eine Nachricht geschickt, dass bei ihnen alles in Ordnung war, obwohl Christoph in den späten Nachtstunden das Schloss Hals über Kopf verlassen hatte. Isabelle war ebenfalls in Sicherheit und so konnte er auch ein paar Stunden Schlaf finden.

23. Kapitel

Tami hatte keine Lust, die Augen aufzumachen und sich der Welt zu stellen. Wenn sie noch immer schlief, dann war das vielleicht doch nur ein Albtraum gewesen. Sie wollte einfach nicht glauben, dass ihre Freundin nicht mehr unter ihnen war. Jeden Moment würde Jala die Tür öffnen, sie lachend als Langschläfer bezeichnen und sie aus den Federn werfen. Schon wieder stiegen in ihr Tränen auf und drängten sich durch die geschlossenen Lider.

Jala war so eine liebevolle Mutter gewesen, eine Kämpferin, die sich gegen jeden Widerstand durchgesetzt und das Leben in den Griff bekommen hatte. Was sollte die kleine Ashley nur ohne sie machen? *Was soll ich ohne sie machen?* Tami saß ein Kloß im Hals, der immer höher stieg. Max zog sie dichter und drückte ihr Gesicht an seine Brust, zumindest an den kleinen Teil davon, der noch nicht belegt war. Mit feuchten Augen blickte sie hoch und direkt in Max' Augen, die sie ausgiebig musterten. Er legte seine Hand an ihre Wange und sie schmiegte sich hinein.

Ein kleiner Schmatz lenkte ihre Aufmerksamkeit auf das schlafende Kind. Ashley hatte es sich auf ihrer muskulösen Matratze richtig bequem gemacht. Sie lag ausgebreitet auf seiner Brust, Hände und Füße hingen an den Seiten herab und sie schlummerte friedlich. Tami ging das Herz auf, aber ihre Kehle blieb wie zugeschnürt und ein eiskalter Knoten hatte sich in ihrem Bauch gebildet. Max zog sie zurück an seinen Körper.

Es klopfte kurz, bevor die Tür langsam aufging. Instinktiv wollte Tami von ihm abrücken, aber er ließ es nicht zu und sie gab nach. Ihr war sowieso nicht nach kämpfen zumute und seine tröstende Nähe wollte sie ungern aufgeben. Trotzdem erschrak sie, als ausgerechnet Letizia den Kopf ins Zimmer streckte. Ihr Blick fiel auf die drei im Bett, aber statt einen Anfall zu bekommen, legte sie einen Finger auf die Lippen und zeigte nach hinten, dass, wer auch immer da stand, leise sein sollte.

Letizia kam herein und ihr folgte ein Strom von Leuten, der kein Ende zu nehmen schien. Zuerst kam Ethan, ging zu seiner Frau und umarmte sie. Ihm folgten Alarith und Nanna, die sich zu dem königlichen Paar gesellten. Sam zog Raven an der Hand in den Raum, Claire hingegen schob ihren Betonklotz vor sich her. Jason hatte es mit Marie leichter, die sich verträumt umschauend einfach von ihm führen ließ. Emma folgte Ryan ins Zimmer, sie beide hielten Rafael an der Hand. Aber wenn Tami dachte, das wäre es gewesen, hatte sie sich getäuscht. Sam krabbelte einfach zu ihnen ins Bett und schmiegte sich tröstend an sie. Tami war so gerührt über diese Geste, dass sie sich umdrehte und die Vampirprinzessin umarmte. Jetzt konnte sie auch das Weinen nicht mehr zurückhalten. Max hatte seinen Arm unter beide Frauen geschoben und hielt sie zusammen fest.

Eine weitere Hand legte sich über Sam und streichelte mitfühlend ihre Schulter. Tami blickte auf, konnte aber vor lauter Tränen nur verschwommen sehen. Es reichte allerdings aus, um Claire zu erkennen, die sich hinter ihre Schwester gelegt hatte. Marie, Emma und Rafael kletterten ebenfalls aufs Bett. Währenddessen kamen immer mehr Personen in ihr Schlafzimmer. Zuerst die Vampire Aiden, Damian und Tyr, ihnen folgten die restlichen Wölfe Keir, Stone, Cuthwulf und Drake. Sogar Otaktay, Dylan und Lucian drängten sich in das mittlerweile heillos überfüllte Zimmer. *Fehlte nur noch ...*

Shayne hatte seine Arme um die Schultern ihrer Eltern gelegt und lächelte sie an, auch wenn es etwas traurig und er sehr mitgenommen aussah. Myriam wischte sich ebenfalls Tränen aus den Augen. Tami setzte sich auf und breitete die Arme aus, ihre Mutter schluchzte, kam aber auf sie zu und ließ sich diesmal von ihrer Tochter trösten. Ashley war inzwischen aufgewacht und blickte sich neugierig um. Als sie Mutter und Tochter sah, warf sie sich dazwischen und verteilte Küsse auf die tränenfeuchten Gesichter.

„Tami nicht mehr traurig", sagte sie freudig und strahlte sie mit einem breiten Lächeln an.

„Nein", lachte die Wölfin unter Tränen. „Alles wird gut werden, wenn man eine solche Familie besitzt", sagte sie sanft und streichelte der Kleinen über die Haare.

„Wo ist Mama?", fragte der Sonnenschein.

Tami gefroren die Gesichtszüge und mit dem dicken Kloß in ihrem Hals bekam sie keinen Ton heraus. Was sollte sie der Kleinen denn nur sagen? Ashley würde noch nicht verstehen, was es hieß, dass Jala tot war.

„Ich hab euch doch von den Engeln erzählt", begann Emma sanft zu erzählen. „Die im Himmel wohnen und auf die Menschen aufpassen."

Rafael nickte wissend. „Wie meine Eltern. Die sind jetzt da oben und passen auf mich auf."

„Ganz genau." Emma lächelte die beiden Kinder an. „Ashleys Mami ist jetzt auch da oben", fuhr sie vorsichtig fort.

Ashleys Gesicht verdunkelte sich und ihre Unterlippe zitterte verdächtig. „Nein", schrie sie. „Mami soll kommen."

Das Trösten übernahm diesmal Rafael, der übers Bett robbte, ebenfalls auf Max kletterte und Ashley umarmte. „Deine Mami kann nicht wiederkommen. Sie ist jetzt ein Engel und passt auf alle Kinder auf."

„Kein Engel, mir", beharrte Ashley, die jetzt weinte und sich an dem kleinen, großen Mann festhielt.

„Maus", ging Max sanft dazwischen, hielt die Kinder fest und setzte sich mit ihnen auf. „Kommt her." Er breitete die Arme aus und sofort fiel ihm das weinende Mädchen um den Hals. Rafael genierte sich noch ein bisschen, aber als Max erneut mit der Hand nach ihm winkte, tat er es Ashley gleich und der Vampir schloss sanft seine Arme um die Kinder.

Tami liefen schon wieder die Tränen, aber diesmal aus Rührung. Ashley schluchzte herzerweichend und hatte bestimmt noch eine ganze Weile damit zu kämpfen, aber Max würde sie niemals alleine lassen. Und Tami schon mal gar nicht. Rafael löste sich von ihnen, krabbelte zu Emma zurück, die ihn auf ihren Schoß nahm und festhielt. Das hatte bei dem Kleinen wohl auch wieder schmerzhafte Erinnerungen geweckt. Ryan ging zum Bett und legte seine Hände tröstend auf ihre Schultern.

„Ich könnte jetzt ein paar Pfannkuchen vertragen", meinte Claire plötzlich und erntete dafür fassungslose Blicke. „Was denn?", maulte sie beleidigt. „Ich hab Hunger."

„Waffel", piepste Ashley und hob den Kopf. Sie schniefte noch ein paar mal. „Hunger."

„Dann sollten wir schleunigst in die Küche gehen", lächelte Nanna und wollte direkt losmarschieren.

Shayne legte ihr aber den Arm um die Schulter und zog sie an sich. „Hiergeblieben, wir haben erst noch was zu klären."

„Ach ja", meinte Nanna schnell und setzte eine ernste Miene auf. „Fang an."

„Ähm ja." Shayne runzelte irritiert die Stirn, machte dann allerdings einen genauso ernsten Eindruck und blickte zum Bett.

„Ihr beide habt uns was zu erklären, denke ich. Ufff ... Denken wir", verbesserte er sich schnell, als Nanna ihm in die Seite knuffte.

Tami hielt den Atem an und war wie erstarrt, keinen Finger konnte sie mehr bewegen. *Sie wissen es!*, war der einzige Gedanke, zu dem sie noch fähig war. Was sollten sie denn jetzt nur machen? Darauf war sie einfach nicht vorbereitet. Wenn sie sie nun aus dem Haus warfen oder Schlimmeres? Früher waren schon Paare getötet worden, weil sie aus verschiedenen Rassen stammten. *Stopp!* Tami musste sich beruhigen, jetzt ging eindeutig ihre Fantasie mit ihr durch. Das war ihre Familie und das Schlimmste, was sie tun würden, war, sie aus dem Haus zu werfen.

Max' Miene hatte sich verdunkelt. Er schaute einen nach dem anderen an und sah dabei so finster aus, dass nur noch die schwarze Gewitterwolke über seinem Kopf fehlte. Seine Hände ballten sich zu Fäusten und seine Muskeln begannen zu arbeiten. Man musste nur eins und eins zusammenzählen und kam auf das Ergebnis, dass Max jeden Moment explodieren würde.

„Nicht", rief Tami, als er aufspringen wollte, und warf sich an seine Brust. Ihre Arme schlang sie um seinen Hals. Das Letzte, was sie brauchen konnten, war testosterongesteuertes Verhalten.

Max schloss direkt seine Arme um sie, knurrte aber tief und gab ihr demonstrativ einen harten Kuss auf den Mund. „Ist dir das Erklärung genug", fauchte er Shayne provozierend an.

„Zumindest hat sie leckere Rundungen", murmelte Tyr.

Zähnefletschend fuhr ihr Vampir herum und zog gleichzeitig das Laken wieder über ihren Hintern. Toll, jetzt hatten alle ihre Kehrseite gesehen, zum Glück hatte sie sich für schlichte Panty entschieden und keinen durchsichtigen Tanga an.

Der Alpha legte den Kopf schief und sah sie nachdenklich an. „Überzeugt mich nicht, könnte auch 'ne lockere Bettgeschichte sein."

Max knurrte ihn warnend an. „Halt dein Schandmaul."

Shayne grinste plötzlich, aber es war diabolisch und bedeutete nichts Gutes. „Sie ist dein *Licht*, richtig?" Max nickte nur, drückte Tami aber näher an sich. „Klasse", lachte der Alpha. „Stone, du schuldest mir hundert Mäuse."

„Ihr habt Wetten abgeschlossen?", fragte Tami empört.

„Nur Stone war so pessimistisch, dagegen zu setzen", mischte sich Claire ein.

Marie wachte scheinbar aus ihrem Tagtraum auf und blickte ihren Mann an. „Jetzt bist du froh, dass du nicht gewettet hast, was?" Jason knirschte mit den Zähnen, aber der Rest schmunzelte.

„Jetzt ist mal Schluss damit", unterbrach Ethan die Zankerei. Streng schaute er seinen ältesten Sohn an. „Ich glaube, du bist deiner Mutter und mir eine Erklärung schuldig."

„Zieh die an." Sam war aufgestanden und reichte ihr eine Jogginghose.

Dankbar nahm Tami die Hose an und schlüpfte etwas umständlich unter der Decke hinein. Max, der Gott sei Dank seine Sachen anbehalten hatte, stand auf und straffte die Schultern. Kaum hatte sie den widerspenstigen Stoff über ihre Hüften gezogen, hüpfte sie ebenfalls aus dem Bett und stellte sich neben ihren Vampir. Das war der Moment der Wahrheit und egal, was auch geschehen mochte, sie würden es gemeinsam durchstehen. Tami hatte dieses Gespräch gerne noch ein paar Jahre hinausgeschoben und garantiert wäre nicht das ganze Schloss anwesend, aber nun gab es kein Zurück mehr.

Max legte seinen Arm um sie und ließ seine Hand besitzergreifend auf ihrer Hüfte ruhen. „Als ich vor zwei Jahren in dieses Schloss gezogen bin, waren wir nur ein bunt zusammengewürfelter Haufen, der sich nicht mal riechen konnte. Ich bin ehrlich, für mich waren sie nur Hunde und ich hoffte immer noch, dass mein Bruder diese Phase überwinden würde. Ein gemeinsamer Feind hat uns in ein Bündnis gezwungen, von dem ich dachte, dass es nur eine kurze Zeit halten würde. Wer wollte schon auf Dauer mit Tieren zusammenarbeiten, also ich bestimmt nicht. Aber wie so oft im Leben kommt es häufig anders, als man denkt." Er machte eine Pause, schien über seine Worte nachzudenken.

Tami hielt gespannt den Atem an und wartete, was er als Nächstes sagen würde, bis jetzt hatte sie nur Beschimpfungen gegen ihre Familie gehört. Sie war sich allerdings sicher, dass es nicht alles sein konnte, sondern nur zur Erklärung diente. Alle anderen im Raum schwiegen ebenfalls und das zeigte ihr, wie sehr sogar die Kämpfer den Vampirgeneral schätzten und ihm vertrauten.

„Ich war dabei, als ihr Hauptquartier angegriffen wurde", fuhr Max fort. „Habe den Schmerz und das Leid gesehen. An der Seite dieser Wölfe habe ich gekämpft und jedem von ihnen verdanke ich mindestens einmal mein Leben. Mir ist mit der Zeit etwas klar geworden, das mein schlauer Bruder schon vor Jahrhunderten erkannt hat. Werwölfe sind keine Tiere, vor allem dieses Rudel nicht. Es wird immer den einen oder anderen geben, der aus der Reihe fällt, aber das ist unter uns Vampiren auch nicht anders. Doch egal, wie du das sehen magst, für mich sind sie alle genauso Familie wie du und Mum. Sie sind Freunde, Brüder, Schwester und Kinder." Max zog Tami näher an sich und küsste sie zärtlich auf die Nasenspitze. „Tami ist mein *Licht* und zusammen mit Ashley werden wir eine Familie sein."

Tami hatte Tränen in den Augen, als sie ihren Vampir anschaute. Max stand zu ihr und gemeinsam würden sie dafür sorgen, dass Ashley ein warmes und liebevolles Zuhause hatte. Jala hätte das sicher gefallen und es schmerzte Tami, dass sie nicht bei ihnen war. Sie war ihre beste Freundin und Tami hätte sie so gerne zu ihrer Trauzeugin gemacht. Eine Träne lief über ihre Wange und Max küsste sie weg.

„Eigentlich wollte ich nur eine Erklärung, warum ihr uns das so lange verheimlicht habt", schmunzelte Ethan.

Max klappte die Kinnlade nach unten und auch Tami blickte den König verständnislos an. Genau wie die anderen schaute er das Pärchen lächelnd an. Sie verstand überhaupt nichts mehr, aber ihr Herz pochte wie wild in ihrer Brust und Hoffnung keimte in ihr auf, aber Tami hielt sie im Zaum, um nicht doch noch enttäuscht zu werden.

„Was?", fragte Max, schien aber nicht genau zu wissen, was er eigentlich wissen wollte.

„Hach Bruder", trat Shayne auf die beiden zu und umarmte sie zusammen. „Das war ja herzzerreißend, aber du hättest es nicht sagen brauchen. Wir lieben dich doch auch."

„Spinner", fauchte der Vampirgeneral und schob den lachenden Alpha von sich.

„Habt ihr wirklich geglaubt, dass wir ein Problem damit haben?" Letizia sah vorwurfsvoll von einem zum anderen.

Peinlich berührt senkte Tami den Kopf. „Es tut mir leid", murmelte sie schuldbewusst.

Max hatte begonnen, beruhigend ihren Rücken zu streicheln. „Das dachte ich wirklich, aber es wäre mir auch egal, Tami gebe ich für nichts und niemanden wieder auf", meinte er sehr ernst.

„Woher wisst ihr eigentlich davon", schloss er ärgerlich.

„Ach bitte", winkte Shayne ab. „Als ob es ein Geheimnis bliebe, wenn Tyr und Sam mitbekommen haben, was zwischen euch läuft."

„Dein beschützerisches Verhalten", gab Raven zu bedenken.

„Ich hatte damit nichts zu tun, obwohl ich es wohl als Erstes wusste", brachte sich Dylan überflüssigerweise ins Gespräch ein.

Max warf ihm einen Du-kannst-mich-mal-Blick zu. „Was bin ich dir dankbar."

Dylan grinste nur, aber Blake hatte noch etwas zu sagen. „Händchenhalten."

„Im Grunde reicht es schon, wie ihr euch anseht", lachte Letizia, ging auf die beiden zu und umarmte sie. „Willkommen in dieser liebenswert chaotischen Familie." Sie küsste Tami auf die Stirn und ihren Sohn auf die Wange.

„Ich fand es immer sehr schade, dass wir keine Tochter haben", sagte Ethan und ging erst zu Sam und dann zu Tami, um beide auf die Stirn zu küssen. „Und jetzt habe ich gleich zwei." Er trat wieder neben seine Frau und nahm ihre Hand.

„Wie rührend", warf Shayne ein. „Mir kommen gleich die Tränen."

Ethan rollte genervt mit den Augen. „Ich bin nur froh, dass du ins selbe Rudel einheiratest wie dein Bruder. Noch mehr von Shaynes Sorte würden meine Nerven nicht verkraften."

„Das verkraftet niemand", korrigierte Drake.

„Hey, fall mir nicht in den Rücken", jammerte sein Alpha.

Der Wikinger zuckte mit den Schultern. „Wieso? Ist doch nur die Wahrheit."

„Grandpa?", unterbrach Max.

Alarith stand hinter seinem Sohn und hatte sich bis eben ganz aus dem Gespräch herausgehalten, doch jetzt trat er vor seinen Enkel und musterte ihn mit schief gelegtem Kopf. „Willst du wissen, was ich über so eine Paarung denke?"

Max' Kiefermuskeln spannten sich an und auch die anderen wirkten nicht mehr so locker. „Als ich meinen Thron damals an Ethan weitergab, hatte ich gehofft, dass er meinen Weg weitergehen und die Wölfe in unserem Land vernichten würde. Wie sich herausstellte, hat er es versucht, aber ist gescheitert. Dein Vater hat sich als ein weit besserer Herrscher herausgestellt, als ich gehofft habe." Seine Mundwinkel zuckten, als er etwas aus seiner Hosentasche zog.

Tami platzte fast vor Neugierde und schaute gespannt auf die geschlossene Hand, die der alte König ihnen entgegenstreckte. Irgendetwas schien er in seiner Faust zu haben, aber was könnte es nur sein? Nach einer kleinen Pause, um die Spannung hochzutreiben, öffnete er die Finger.

„Ach du heilige ..." hauchte Tami. Unterbrach sich aber selbst, weil ihr einfiel, dass Kinder und ihre Eltern anwesend waren.

Auf Alariths Handfläche lag ein weißgoldener Ring, auf dessen Kopf ein protziger roter Stein in Form eines Herzens prangte. Umrandet wurde es von vielen kleinen Diamanten, die seitlich in verschnörkelte Verzierungen übergingen.

„Dieser Ring", begann Al lächelnd zu erklären und hielt ihn zwischen Daumen und Zeigefinger fest, „gehörte Amelia. Mein Vater gab ihn ihr einst zu unserer Verlobung und seine Mutter bekam ihn von meiner Urgroßmutter. Er geht immer an den Erstgeborenen und ich möchte mit dieser Tradition nicht brechen. Max hat auf den Thron verzichtet, aber das lass ich mir nicht nehmen." Al schnappte sich Tamis linke Hand und steckte ihr den Ring an. „Möge eure Liebe nie enden."

Tami war so gerührt, dass sie Alarith einfach um den Hals fiel. „Danke, der ist wunderschön", flüsterte sie ihm ins Ohr.

Al drückte sie an sich. „Amelia hätte dich sehr gemocht." Dann löste er sich von ihr und trat wieder in den Hintergrund.

Myriam trat an die Seite ihrer Tochter. „Bist du dir wirklich sicher, dass du diesen mürrischen Blutsauger haben willst?"

Tami blickte Max an und tat so, als müsste sie noch einmal überlegen. „Ich denke schon, schließlich habe ich jetzt so einen tollen Rubin." Lachend wedelte sie mit der Hand herum.

„Frechdachs", meinte Max gutmütig und drückte ihr einen Kuss auf.

„Das ist kein Rubin", eröffnete Ethan ihnen.

„Was dann?", fragte Tyr neugierig und beäugte den Stein, indem er sich über Myriams Schulter beugte.

Die Antwort gab Alarith. „Ein roter Diamant."

Tami riss die Augen auf. „Den kann ich nicht annehmen." Sofort versuchte sie, den Ring wieder von ihrem Finger zu bekommen, aber er saß fest. Max nahm beruhigend ihre Hand in seine Hände und presste sie an seine Brust, damit sie aufhörte.

„Er passt dir, als wäre er für dich gemacht worden." Alarith trat noch einmal zu ihr und küsste sie auf die Stirn. „Willkommen in unserer Familie, mit all ihren Rechten und Pflichten." Lachend drehte er sich weg, nahm Nanna an die Hand und marschierte zur Tür hinaus. „Frühstück in zwanzig Minuten, wer zu spät kommt, geht leer aus."

„Ich helfe ihnen lieber mal." Myriam drückte Max' Hand. „Wehe, du passt nicht auf mein kleines Mädchen auf."

„Das werde ich", versprach Max und ihre Mutter schien sich damit zufriedenzugeben. „Kommt ihr zwei", winkte sie die Kinder zu sich. „Jetzt gibt's Waffeln." Ashley und Rafael waren schnell bei ihr und zusammen folgten sie Nanna und Al in die Küche.

„Wir haben allerdings noch eine Kleinigkeit zu klären", meinte Shayne lässig.

Tami kam heute aus ihrem Wechselbad der Gefühle einfach nicht raus. Eben noch Himmelhochjauchzend und jetzt befürchtete sie schon wieder das Schlimmste. Warum nur musste ihre Familie so kompliziert sein? So hinterhältig, wie ihr Alpha sie musterte, kam das dicke Ende noch.

Shayne fixierte den General. „Du hast ein Versprechen gegeben."

„Wollen wir das wirklich noch mal durchkauen?" Max hielt dem prüfenden Blick ohne Weiteres stand. „Ich habe mein Wort gegeben und selbst wenn nicht, würde ich mich um die Kleine kümmern."

Neugierig schaute Tami zwischen den beiden hin und her. So wirklich verstand sie nicht, um was es hier gerade ging. Nur so viel, dass es wohl etwas mit Ashley zu tun haben musste. Was hatte ihr Vampir versprochen und vor allem wem? Für Tami stand im Moment nur eins felsenfest, egal, was es war, Max würde alles tun, um es einzuhalten. Schon wieder stieg die Spannung in ihr zum Siedepunkt.

„Oh, daran habe ich nie gezweifelt. Nur einen kurzen Moment

vielleicht", korrigierte Shaynes sich grinsend, als er Max' skeptische Miene sah. „Ich kann allerdings niemanden, der nicht zu meinem Rudel gehört, einfach den Vormund eines der Jungen spielen lassen."

Max kniff die Augen zu Schlitzen zusammen. „Was willst du?", fragte er lauernd.

Tami hatte eine Ahnung, was der Alpha fordern würde, und fand, dass es zu weit ging. „Das lässt du schön bleiben", fauchte sie den Wolf an. „Das kannst du nicht von ihm verlangen."

„Und ob ich das kann", knurrte Shayne zurück.

Max wollte dazwischengehen, aber Tami schob ihn zur Seite. „Er ist ein Vampirprinz und was du verlangst, ist einfach unmöglich."

„Blickt noch irgendjemand durch?", hörte sie Tyr tuscheln.

Marie drehte sich lächelnd zu ihm um. „Shayne will Max im Rudel haben und Tami ist dagegen", klärte sie ihn auf.

„Wow ..." Tyr ließ einen Pfiff hören. „Das ist aber ziemlich problematisch, findet ihr nicht? Ich meine, Tami hat recht, er ist unser General."

„Aber Ashley gehört zu unserem Rudel", hielt Stone dagegen. „Das muss bedacht werden."

Raven zuckte nur mit den Schultern. „Wir sind doch eine Familie, was spielt es für eine Rolle?"

„Wo er recht hat", stimmte Drake ihm zu.

Tami blickte mit hochgezogenen Augenbrauen zu der tuschelnden Gruppe, die so leise redeten, dass sogar Nanna in der Küche verzweifelt aufstöhnte. Sie konnte einfach nicht glauben, dass die Kerle eine Diskussion starteten, während sie hier eine wichtige Sache klärten. Ihr war egal, was Shayne sagte, sie würde sich auf alle Fälle um Ashley kümmern und sie war auch ein Teil des Rudels.

„Sind wir durch die beiden Königsbrüder nicht sowieso schon genug miteinander verbandelt?" Jason schien wenig begeistert von der neuen Situation.

„Sie bleibt doch so oder so im Schloss wohnen", gab jetzt auch noch Blake seinen Senf dazu.

„Von diesem komischen Brandzeichen mal ganz zu schweigen." Damian blickte finster drein.

„Seid ihr endlich fertig?", ging Max dazwischen. Wütend drehte er sich zu Shayne um. „Und was soll das heißen, du willst mich ins Rudel aufnehmen?"

Schulterzuckend, aber nicht minder wütend funkelte der Alpha zurück. „Wenn ihr Ashley zu euch nehmen wollt, müsst ihr beide im Rudel sein. Ende der Diskussion!" Mit verschränkten Armen und verschlossener Miene blickte er in die Runde.

„Das ist Erpressung!", schrie Tami aufgebracht. „Du willst ihn nur durch sein Versprechen dazu bringen, ins Rudel einzutreten, aber warum ist dir das so wichtig? Und sagt ihr gar nichts dazu?", fauchte sie das Königspaar an.

Ethan blickte sie mit hochgezogenen Augenbrauen an, aber Tami war viel zu sauer, um darauf einzugehen. Max war schließlich ihr Sohn und sie sollten auf seiner Seite stehen und ihn vor den dämlichen Ideen dieses Größenwahnsinnigen verteidigen. Gerade sie müssten doch ausflippen bei der Vorstellung, ihr Vampirsohn würde in ein Werwolfrudel eintreten.

Doch der König lächelte nur. „Du solltest dich mal umdrehen, meine Liebe."

Tami war so überrascht, dass sie herumwirbelte. Max stand in ihrem Rücken und hatte ein breites Grinsen auf dem Gesicht. Ihre Wut verpuffte bei seinem Anblick. Während sie sich fürchterlich aufgeregt hatte, lachte er sich eins in Fäustchen.

Max schlang seine Arme um ihre Oberschenkel und hob sie hoch. „Was spielt es denn für eine Rolle? Verlassen werde ich dich sowieso nie wieder und somit wird auch das Rudel mich nie wieder los."

Tami stützte sich mit den Händen auf seinen Schultern ab und verzog das Gesicht. „Mach doch, was du willst", schmollte sie.

Langsam ließ er sie ab, bis er ihre Lippen erreichen konnte. „Aber nur mit dir zusammen." Zärtlich hauchte er ihr Küsse auf den Mund.

„Wie eklig." Damian schüttelte sich.

„Nein, romantisch", hauchte Sam.

„Komm wieder von der rosa Wolke runter, Schwesterchen." Claire stand vom Bett auf. „Nachdem das nun geklärt wäre, findet ihr mich beim Frühstück." Sie rannte los. „Wer zu spät kommt, der hat Pech gehabt."

Das war das Startsignal für alle hungrigen Mäuler. Max brachte Tami in Sicherheit, als die Männer und Frauen hinter Claire her stürmten. Es wunderte sie wirklich, dass sie die Küche erreichten, ohne in einem der Türrahmen stecken zu bleiben. Sie konnte die Schlacht am Frühstückstisch förmlich vor sich sehen. Als Tami ins Schloss zog, hatte sie gedacht, dass sie diesem chaotischen Wahnsinn nur kurz ausgesetzt war, aber so wie es nun aussah, würde sie noch eine ganze Weile dazugehören. Sogar seine Eltern entschuldigten sich schnell und eilten dem Rest hinterher, wenigsten hatten sie so viel Anstand besessen und die Tür hinter sich geschlossen.

„Endlich alleine", flüsterte er an ihrem Hals und trug sie ins Badezimmer. Schnell zog er sie beide aus und drehte das heiße Wasser der Dusche an. Während er unablässig kleine Küsse auf ihr Gesicht regnen ließ, stellte er die Temperatur der Dusche ein.

Max hob sie in die Wanne und kam direkt hinter ihr her. Das warme Wasser lief über ihre Haut und der aufsteigende Dampf hüllte sie in einen Kokon, der die Welt um sie herum für einen Augenblick aussperrte. Tami ließ ihre Finger in seine Haare fahren und zog ihre Münder zu einem Kuss zusammen. Diesmal war sie es, die ihre Zunge in seinen Mund gleiten ließ und zu einem leidenschaftlichen Duell herausforderte.

Tami presste sich an seinen Körper, spürte, wie seine Hände an ihren Seiten nach unten glitten und kurz ihre Brustwarzen streiften. Max löste sich von ihr und nur widerwillig schlug sie die Lider auf. Seine Augen funkelten wie Diamanten und seine Reißzähne waren ausgefahren. Ihr war klar, was in ihm vorging, sie verspürte denselben Drang, sich mit ihm zu vereinigen. Er packte ihre Hüften, hob sie an, als würde sie nicht mehr wiegen als eine Feder und sie schlang willig ihre Beine um seine Taille.

Keine Sekunde wendete Max den Blick von ihr ab, als er sich mit ihr vereinigte, ließ sie sehen, was er fühlte, und sie spürte genau dasselbe. Liebe, Erregung, Leidenschaft, Besitzanspruch und grenzenlose Hingabe waren für sie untrennbar miteinander verbunden, wenn es um ihren Vampir ging. Unerträgliche Lust pulsierte durch ihre Adern, als er sich zu bewegen begann. Endlich gehörte er ihr und niemand würde sie je wieder voneinander trennen. Die Erregung, die sich mit jedem seiner Stöße in ihr aufbaute, wurde unerträglich. Sie krallte ihre Nägel in seine Schultern und legte stöhnend den Kopf in den Nacken.

Max beschwerte sich nicht über die tiefen Kerben in seiner Haut, die ihre Krallen hinterlassen hatten, sondern beschleunigte sein Tempo. Tami zitterte vor Lust, instinktiv nutzte sie das naheliegende Ventil und biss ihm in die Schulter. Seine Arme zogen sich um ihren Körper zusammen und pressten sie so fest an ihn, dass sie kaum noch Luft bekam. Glühend heiße Lava brannte durch jede Zelle ihres Leibes und setzte ihn in Flammen.

„Du bist mein", knurrte Max mit so tiefer und rauer Stimme, dass sie kaum wiederzuerkennen war. Und dann versenkte er seinerseits die Zähne in ihrem Hals.

Explosionen, Feuerregen, verglühende Sterne, nicht einmal die Parade am vierten Juli war vergleichbar mit dem, was sie in diesem Augenblick erlebte. Die Erlösung war so unglaublich, dass sie als zitterndes Bündel in seinen Armen hängen blieb. Max schienen seine Beine allerdings auch nicht mehr tragen zu wollen, denn er setzte sich mit ihr zusammen hin. Schwer atmend und debil grinsend blieben sie unter dem immer noch angenehm warmen Wasserstrahl liegen.

Schwerfällig hob Max den Arm, strich ihr eine Haarsträhne aus dem Gesicht und legte anschließend seine Hand auf ihre Wange. „Wir werden kein einfaches Leben haben", sagte er leise. „Außerhalb dieser Mauern wird unsere Vereinigung keine Freunde finden. Heute Abend wirst du einen Vorgeschmack darauf bekommen, aber egal, was auch passiert, ich werde dich nicht mehr gehen lassen. Diesen Punkt hast du verpasst." Er zog sie zu einem zärtlichen Kuss heran.

„Lass sie reden", lächelte sie. „Wir haben uns, ein kleines Mädchen, für das wir verantwortlich sind, und unsere Familie, die uns den Rücken stärkt." Sie legte ihr Ohr an sein Herz. „Ich für meinen Teil denke, dass wir sehr glücklich sein können."

Max gab keine Antwort darauf und im Grunde war sie auch gar nicht nötig. Ein paar Minuten gönnten sie es sich noch, die traute Zweisamkeit auszukosten, genossen die Nähe des anderen und hielten sich einfach nur in den Armen.

Tami wusste nur zu genau, dass sie es nicht einfach haben würden. Selbst innerhalb des Rudels würden sie keinesfalls von den Vorurteilen verschont bleiben, auch unter den Wölfen gab es noch einige skeptische Idioten. Heute Abend war allerdings noch einmal eine ganz andere Sache, denn es ging nicht nur um sie beide, sondern auch um die Rache für Rick und Jala.

Irgendwann ging auch der schönste Moment zu Ende und man musste sich wieder der Realität stellen. Max und sie machten sich fertig und gesellten sich zu den anderen in die Küche. Nanna hatte ihnen liebenswerterweise einige von den Waffeln gerettet und so musste Tami nicht wie gefürchtet hungern. Da schon wieder mal Platzmangel herrschte, saß sie auf Max' Schoß. Etwas peinlich war es anfangs schon, weil alle sie lächelnd beobachteten. Sam konnte sich sogar einen Seufzer nicht verkneifen, was Claire nur mit einem Augenrollen quittierte. Nach kurzer Zeit stellte sich aber das übliche Geplänkel wieder ein und Tami konnte sich ungestört ihrem Essen widmen.

Mit der Zeit verlagerten sich die belanglosen Gespräche am Tisch zum heutigen Fest. Noch einmal gingen sie den Plan bis ins kleinste Detail durch. Tami hatte ihn schon oft genug gehört und so groß war ihr Part ja nun auch nicht. Sie würde erst auftauchen, wenn der Moment gekommen war, Christoph aus der Reserve zu locken.

Tami wollte die Nacht nur hinter sich bringen und endlich in ihr neues Leben mit Max starten. Ebendieser hatte die Hand auf ihrem Oberschenkel liegen und unterhielt sich mit den anderen. Wie gerne würde sie ihn jetzt wieder ins Schlafzimmer schleppen und die nächsten zwei Wochen nicht rauskommen. Aber das ging aus vielerlei Hinsicht nicht.

Ashley kam zu ihnen. „Tami Schoß."

Max schnappte sie, ohne sein Gespräch zu unterbrechen, und setzte die Kleine auf ihre Knie. Tami hielt sie fest, damit sie nicht runterpurzelte und Max strich dem Mädchen über den Kopf. Tami ging das Herz auf, seine Handlung war so nebensächlich und doch zeigte sie ganz deutlich, wie sehr er Ashley in sein Herz geschlossen hatte. Doch die sah so traurig aus und schmiegte ihr Gesicht an Tamis Brust.

Tami tat es weh, Ashley so traurig zu sehen, und sie würde nie aufhören, ihre Mutter zu vermissen, aber mit der Zeit würde es hoffentlich einfacher für das Mädchen werden. Doch im Moment konnten Max und sie ihr nur tröstend zur Seite stehen. Für den Rest brauchte es Zeit, denn die heilte ja bekanntlich alle Wunden.

24. Kapitel

Max war tierisch nervös und konnte keine Sekunde still sitzen. Nicht mehr lange und auf dieser steifen Party würde endlich die Post abgehen. Alles, was Rang, Namen oder auch nur genug Geld hatte unter den Vampirfamilien des Landes war heute Nacht gekommen, um ihrem einstigen König Respekt zu zollen. Ihm war klar, dass einige von ihnen seinen Grandpa für den besseren König hielten, weil er die Werwölfe hatte ausrotten wollen. Allerdings wussten sie noch nicht, dass Alarith seine Meinung grundlegend geändert hatte und sogar das Zeichen ihrer Gemeinschaft trug. Reflexartig rieb er sich die Stelle, an der das V und W auf seiner Haut prangte und die den ganzen Abend schon so unangenehm kribbelte. Wie ein schlechtes Omen.

Die Tische, an denen sie saßen, waren in einem großen Kreis aufgestellt und ließen so in der Mitte eine Tanzfläche frei. Max hatte den Blick starr auf die Tür gerichtet, nur noch ein paar Minuten und Tami würde dort hineinkommen. Es hatte ihn nach der gestrigen Nacht viel Überwindung gekostet, seine beiden Mädchen aus den Augen zu lassen. Die beiden Kinder hatten sie im Schloss zurückgelassen, natürlich waren ebenso viele Rudelmitglieder wie Vampire zu ihrem Schutz dort. Eine halbe Armee patrouillierte auf dem Gelände und Matt, Dante, Dylan und Otaktay hatten den Personenschutz persönlich übernommen. An Ashley und Rafael würde so schnell niemand herankommen.

Natürlich galt dasselbe für Tami, die sich in den Räumen seiner Mutter auf ihren großen Auftritt vorbereitete. Lucian, Damian und Aiden waren im Moment bei ihr und würden niemanden an sie heranlassen.

„Könntest du mal damit aufhören", zischte Shayne und schlug

ihm auf den Oberschenkel. „Diese Hibbeln treibt mich in den Wahnsinn."

Max hatte die ganze Zeit mit dem Bein gewackelt und setzte sich jetzt anders hin, um damit aufzuhören. Die Minuten zogen sich wie Kaugummi und er wollte den ganzen Quatsch endlich hinter sich lassen und mit Tami alleine sein. Seit dem Überfall in ihrem Schlafzimmer hatten sie kaum Zeit füreinander gehabt, dabei hätte er sie am liebsten nicht mehr losgelassen. Erst jetzt verstand er Raven zum ersten Mal wirklich, wie es war, wenn man sein *Licht* gefunden hatte. Es fühlte sich einfach fantastisch an und man hatte das Gefühl, die ganze Welt umarmen zu können.

Endlich trat Ethan vor die Menge und forderte Ruhe. Letizia hatte sich bei Alarith untergehakt und schlenderte mit ihm an die Seite ihres Mannes. Max setzte sich gerade hin, jetzt konnte die Show beginnen.

„Meine lieben Gäste", begann der König mit weit weniger freundlicher Miene als gewöhnlich. „Da wir heute zusammengekommen sind, um meinen Vater zu ehren, werde ich auch das Wort an ihn geben."

Alarith reichte seinem Sohn Letizias Hand und gab ihr einen Kuss auf die Wange, bevor er sich lächelnd zu den Anwesenden umdrehte. „Ich danke euch, dass ihr so zahlreich erschienen seid, nur um einen alten Mann zu ehren, aber sei es drum. „Es …"

Die Tür wurde aufgestoßen. Alle Augen richteten sich auf die neuen Gäste. Midnight setzte ein schiefes Lächeln auf und durchquerte den Ballsaal, bis sie vor Alarith stand, D natürlich immer dicht hinter ihr. Heute steckte sie in einem sehr aufreizenden kleinen Schwarzen. Wie sie es schaffte, in dem engen Kleid einen Knicks vor Alarith hinzulegen, war ihm ein Rätsel.

„Verzeiht die Verspätung, Eure Hoheiten", entschuldigte sie sich, warf den tuschelnden Vampiren einen hochnäsigen Blick zu und setzte sich schließlich wie selbstverständlich an ihren Tisch.

„Ich wusste nicht mal, dass wir eine Einladung haben", zog D sie auf.

Midnight zwinkerte ihm zu. „Jetzt sind wir drin, oder?" Die beiden machten sich einen Spaß daraus, dass ihre Unterhaltung garantiert mitgehört wurde.

Max widmete seine Aufmerksamkeit lieber wieder Alarith, der sich räusperte. „Da wir nun vollzählig sind, können wir ja fortfahren", überging er die kleine Unterbrechung mit einem gutmütigen Lächeln. „Die heutige Nacht hat mir Gelegenheit gegeben, alte Freunde wiederzusehen und neue Bekanntschaften zu machen. Viele von euch haben mir mehr oder weniger offen zu verstehen gegeben, wie wenig sie von unseren anderen Gästen halten", er deutete beiläufig auf die Wölfe. Seine Gesichtszüge verhärteten sich. „Ihr habt da nur eine Kleinigkeit übersehen, ich für meinen Teil stehe nämlich voll und ganz zu den Entscheidungen unseres Königs." Er drehte sich um, beugte leicht den Kopf vor seinem Sohn.

„Seit wann bist du ein Hundeliebhaber?", fragte Christoph mit einem abfälligen Blick zu ihrem Tisch.

Shayne knurrte leise vor sich hin und Max packte ihn am Unterarm. Diese Vorsichtsmaßnahme war allerdings gar nicht nötig gewesen, denn der Alpha hatte sich erstaunlich gut unter Kontrolle. Wahrscheinlich war es die Vorfreude auf das Kommende.

Alarith lächelte kalt in die Richtung der Harmsworth. „Ich ziehe sie Ratten jederzeit vor." Christophs Gesicht wurde richtiggehend rot vor Zorn, aber er schwieg und so konnte sein Großvater fortfahren. „Auf eurer Einladung stand, dass es ein Fest zu meinen

Ehren werden soll. Allerdings haben sich in den letzten Tagen einige sehr interessante Dinge ergeben und eines davon möchte ich euch gerne vorstellen." Er gab Isaac und Lyle ein Zeichen, die gegenüber an der Tür standen.

Mit stolzgeschwellter Brust und einem etwas zu versnobten Blick öffneten Isaac und Lyle die beiden Flügeltüren zum Ballsaal. Max hatte für nichts anderes mehr ein Auge als den Eingang. Am liebsten wäre er aufgesprungen und hingeeilt, aber genau wie Shayne musste er sich auch noch einen Augenblick gedulden. Aber das war leichter gesagt, als getan.

Tami war schlecht, sie hatte die ganze Zeit das Gefühl, sich übergeben zu müssen, und das lag nicht nur an dem hautengen Fummel, in den Letizia sie reingezwängt hatte. Vielmehr an der Tatsache, dass sie gleich vor Hunderten Augen den Köder für einen durchgedrehten Vampir spielen sollte. Sie hatte keine Angst, sie konnte sich wehren und außerdem würde Max das niemals zulassen, aber sie war so schrecklich aufgeregt. Es durfte einfach nichts schiefgehen, so viel hing davon ab, dass sie ihre Rolle glaubhaft spielte. Max liebevoll anzuhimmeln, stellte das geringste Problem für sie dar. Mit diesem Kleid nicht auf die Nase zu fallen, war die weit größere Herausforderung. Was hatte die Königin sich nur dabei gedacht? Das Kleid war rot und lag an ihrem Körper an wie eine zweite Haut, seitlich war ein Schlitz, der gewagt weit oben endete. Es war schulterfrei und nur an den Oberarmen waren nutzlose Ärmel, die allerdings keinerlei Halt boten.

Lyle pfiff leise, als er den Raum betrat. „Du siehst wundervoll aus", meinte er anerkennend. „Bist du bereit?"

„Du weißt schon noch, dass wir uns heute nicht wirklich

verloben." Lachend drehte sich Tami im Kreis. „Aber es ist schön, für einen Abend die Prinzessin zu spielen."

Milde lächelnd ging Lyle zu ihr, küsste ihre Hand und legte sie in seine Ellenbogenbeuge. „Meine Liebe, du bist schon längst verlobt und von nun an jeden Tag eine Prinzessin."

„Stimmt ja." Sie dachte nach, während er sie vor den Ballsaal führte. „Und weißt du was, es fühlt sich fantastisch an."

Lyle lachte und reichte ihr ein paar Handschuhe. „Und nicht vergessen, sobald es brenzlich wird, gehst du hinter Lucian in Deckung", schärfte er ihr noch einmal ein.

Tami zog einen Schmollmund, beschränkte sich aber darauf, stumm den Stoff über ihre Finger zu ziehen. Die Diskussion hatte sie schon mit Max geführt und dank des Eingreifens ihres Alphas auch haushoch verloren. Tami fühlte sich durchaus in der Lage, sich im Notfall selbst verteidigen zu können, aber Max wollte davon nichts wissen, alleine die Vorstellung würde ihn viel zu sehr ablenken. Irgendwann hatte Shayne genug von den Streitereien gehabt und ihr befohlen, hinter dem Vampir in Deckung zu gehen. Max war zufrieden und sie schmollte.

„Oh gut, wir sind noch nicht zu spät." Midnight reichte ihren Umhang an einen der Bediensteten weiter und kam lächelnd auf sie zu. Sie packte Tami an den Oberarmen und hauchte ihr links und rechts einen Kuss auf die Wange. „Du siehst einfach umwerfend aus."

„Danke." Völlig perplex schaute Tami sie an. „Ich wusste gar nicht, dass ihr auch kommt. Hey D."

„Hey Kleine." D nickte ihr zu. „Das wussten wir bis vor zwei Stunden auch noch nicht."

„Nicht so mürrisch, alter Freund." Midnight schlug ihm

spielerisch auf den Bauch. „Wir sind genau da, wo wir heute Nacht sein sollten."

„Sie müssen reingehen", scheuchte Isaac die beiden Neuankömmlinge in den Ballsaal. „Der König hat bereits angefangen."

Midnight winkte ihr im Weggehen noch einmal zu, dann waren sie und D mit einem dramatischen Auftritt verschwunden. Als die Türen sich geöffnet hatten, schirmten Isaac und Lyle sie mit ihren Körpern vor vorzeitigen Blicken ab.

„Das ist ja fast wie bei Sam damals." Lyle drehte sich zu ihr um. „Wenn die Türen aufgehen, einfach losmarschieren und auf Alarith zugehen, sieh nicht nach links oder rechts, ignorier, was du hörst, und konzentriere dich nur aufs Atmen."

„Alles klar." Tami gab ihm ein Daumenhoch und die beiden verschwanden durch einen Spalt in den Ballsaal.

Tami atmete langsam und gleichmäßig, um sich zu beruhigen. Jeden Augenblick kam ihr großer Auftritt, Prinzessin für eine Nacht. Doch am wichtigsten war, dass sie den Prinzen danach behalten durfte. Wenn sie von etwas überzeugt war, dann, dass es ein großes Glück war, ihren Gefährten schon sehr jung gefunden zu haben. Ihr stand eine lange Zukunft mit dem Mann, den sie liebte, bevor und die würde sie voll auskosten.

Die Türen öffneten sich und Tami straffte die Schultern. *Nur nicht hinfallen*, beschwor sie sich selbst. Geschmeidigen Schrittes, schließlich war sie auch ein Raubtier, durchquerte sie den Ballsaal. Sie spürte die vielen Blicke in ihrem Rücken, aber alle verblassten neben dem brennendsten von allen. Max ließ sie keine Sekunde aus den Augen. Alarith blickte ihr abwartend entgegen. Als sie in Reichweite kam, hielt er ihr die Hand hin und Tami ließ ihre Finger hineingleiten.

„Das, meine Freunde", sagte Alarith und drehte sie nach vorne, jetzt stand sie allen Auge in Auge gegenüber, „ist Tamara Luisa Bennett, von ihren Freunden liebevoll Tami genannt. Wie euch sicher nicht entgangen sein dürfte, ist sie eine Wölfin und aus Shaynes geschätztem Rudel." Abfälliges Schnauben war von einigen Stellen zu hören. „Max, komm her."

Max stand auf und ging auf die andere Seite seines Großvaters. Alarith ergriff auch seine Hand und hielt nun beide fest. Den Blick fest auf Christoph gerichtet, ließ er die Bombe platzen. „Es erfüllt mich mit Stolz, euch die Nachricht überbringen zu dürfen, dass mein Enkel Maximilian Ethan Alarith Gregorius Dark sein *Licht* in der bezaubernden Wölfin gefunden hat."

„Das kann doch nicht dein Ernst sein", platzte Christoph zornig los. Man sah ihm an, dass er kurz vorm Explodieren stand. Es fehlte nur noch der letzte Tropfen, um das Fass zum Überlaufen zu bringen.

„Glaubst du?" Alarith wendete sich an Tami, ohne den anderen Vampir aus den Augen zu lassen. „Zieh bitte deine Handschuhe aus." Kaum war sie seiner Bitte nachgekommen, schnappte er sich wieder ihre Hand und hielt sie so, dass der Ring im Lichte deutlich für jeden funkelte. Alarith vereinte ihre Hände miteinander. „Feiert mit mir die Vereinigung der beiden."

„Seid ihr denn alle übergeschnappt", schrie Christoph außer sich. „Ihr seid es nicht wert, auf dem Thron zu sitzen, und wenn ich nicht nur von nichtsnutzigen und feigen Idioten umgeben wäre, hätten die Toten in der Stadt gereicht, um euch endgültig loszuwerden. Ihr seid wie Kakerlaken, egal, wie oft man drauftritt, ihr kriecht immer wieder aus den Ritzen."

Tami zog sich unauffällig hinter Lucian zurück und beobachtete die Szene aus sicherer Entfernung. Einige der Vampire hatten die

Finger vor den Mund geschlagen oder blickten sich mit leichter Panik um und wieder andere tuschelten hinter vorgehaltener Hand. Jedem war klar, was dieser Schweinepriester gerade zugegeben hatte. Ethan hatte sich von seiner Frau gelöst und schritt mit finsterer Miene auf Christoph zu. Er hatte etwas sehr Autoritäres, wie er sich vor seinem Widersacher aufbaute. Aber auch Harmsworth stand mit stolzgeschwellter Brust vor ihm.

„Du weißt, was auf Hochverrat steht." Ethan musste seine Stimme nicht erheben, im Saal hätte man eine Stecknadel fallen hören.

„Diese Hunde haben in unserer Stadt nichts zu suchen", verteidigte Christoph sich.

„Bist du für die Schüsse auf die Wölfe und meinen Sohn verantwortlich?" Ethan schnaubte. „Sei wenigstens jetzt ein Mann und steh zu deinen Taten."

Schwer atmend schaute er den König an. „Ja", spuckte er schließlich heraus. „Ich hab die verdammten Köter abknallen lassen und wenn du nicht ein solcher Verräter an deiner Rasse wärst, würde morgen früh keiner von ihnen mehr am Leben sein."

Tami war so wütend, wie er von ihren toten Freunden sprach, dass sie ihn am liebsten selbst an den Hals gegangen wäre. Doch das war nicht ihre Aufgabe, sondern stand ganz alleine ihrem Alpha zu, der nur allzu gewillt war, sein Recht einzufordern. Wie ein Tiger im Käfig schlich er auf und ab.

„Ich habe Shayne mein Wort gegeben, dass er die Rechnung für seine toten Freunde selbst begleichen darf." Ethan winkte Isaac zu, der mit einem Schwert zu ihnen eilte. „Auch wenn du es nicht verdient hast, kämpfe um dein wertloses Leben."

Der König wandte sich ab und ging an die Seite seiner Familie zurück, während Shayne sein Schwert zückte und es in einer Acht rechts und links von seinem Körper kreisen ließ. Langsam und mit einem überheblichen Grinsen ging er auf Christoph zu, der sich seiner Anzugjacke entledigte. Tami hielt den Atem an, konnte aber den Blick nicht abwenden.

Max gab seinen Männern ein Zeichen, dass sie sich zwischen den Vampiren verteilten, um sie daran zu hindern, in den Kampf einzugreifen. Zugegebenermaßen war Max ein wenig angespannt, Christoph mochte vieles sein, aber er war eben auch ein guter Kämpfer. Belauernd schlichen sie umeinander herum, keiner von beiden machte Anstalten, angreifen zu wollen. Shayne ließ den Kopf kreisen und in diesem Augenblick schlug Christoph los.

Shayne war allerdings kein Idiot und hatte den Angriff vorausgesehen. Christoph stieß erneut zu, aber der Wolf parierte den Angriff geschickt aus. Er kämpfte zwar lieber als Wolf, aber der Alpha kannte sich selbstverständlich auch mit dem Schwert und einem Schießeisen aus. Mit geschmeidigen Bewegungen ging er auf den Schwertkampf ein, ließ seine Klinge wieder und wieder auf sein Gegenüber niedersausen. Christoph vollzog eine Drehung und beschrieb mit dem Stahl einen tödlichen Kreis. Shayne sprang zurück, aber obwohl er sogar noch den Bauch eingezogen hatte, ging ein oberflächlicher Schnitt über seine Bauchdecke.

Shayne schenkte dem allerdings keine Beachtung, sondern ging direkt wieder in den Angriff über und es dauerte nicht lange, bis es ihm gelang, Christoph das Schwert aus der Hand zu schlagen. In der nächsten Sekunde sah der Vampir sich Auge in Auge einem wütenden Werwolf gegenüber, der nur noch Rache für seine Liebsten im Sinn hatte. Selbst Max würde jetzt nicht in Christophs

Schuhen stecken wollen. Der Wolf sprang zähnefletschend nach vorne und brachte den Vampir zu Fall. Mit seinen Vorderpfoten drückte er ihn zu Boden. Der Kampf war vorbei, jetzt folgte die gerechte Strafe. Knurrend riss Shayne das Maul auf, um seine Zähne in Christophs Hals zu schlagen.

„Vater", rief Tristan und ließ einen Dolch über das Parkett schliddern, den Christoph zu fassen bekam und Shayne in den Brustkorb rammte, genau dort, wo sein Herz saß.

Im Bruchteil dieses Augenblickes, als die Klinge auf den Alpha zusauste, passierten so viele Dinge gleichzeitig, dass Max in Nachhinein nicht sagen konnte, was zuerst geschah. Sam hatte schreiend ein paar Schritte nach vorne gemacht, der Geisterwolf schmiegte sich beschützend um ihren Körper. Das Mal an seinem Arm, das ihn als VampireWolfe ausmachte, brannte plötzlich, als würde ein glühendes Eisen draufgedrückt. Shayne bäumte sich auf, doch die Klinge drang nicht durch seine Haut, sondern zersprang beim Aufprall. Er machte einen Satz zurück und verwandelte sich wieder in seine menschliche Gestalt.

„Scheiße", fluchte Shayne und tastete seine Brust nach Verletzungen ab.

Max hatte keinen blassen Schimmer, was hier gerade passiert war, und es war auch noch nicht vorbei. Mit steinerner Miene ging Sam auf Christoph zu, der Schimmer um sie herum knurrte und fletschte die Zähne. Keiner von den anderen Männern konnte in diesem Moment eingreifen, wie gebannt beobachteten sie ihre Prinzessin dabei, wie sie furchtlos auf ihren Feind zuging. Als sie bei ihm war, packte sie ihn am Hals und hob ihn hoch.

„Du wolltest meine Familie töten und das werde ich absolut niemandem gestatten." Sie fletschte die Zähne und brach ihm das Genick. Sam drehte sich zu den anderen Vampiren um. „Hat noch jemand vor, unserer Familie Schaden zuzufügen, oder können wir die alten Feindschaften endlich begraben?"

Max bekam den Mund kaum noch zu, diese Kaltschnäuzigkeit hatte er seiner Schwägerin überhaupt nicht zugetraut. Allerdings schien die Wölfin in ihr die Oberhand gewonnen zu haben und die setzte nun mal alles daran, ihre Familie zu beschützen, und wer sich ihr dabei in den Weg stellte, hatte Pech gehabt. So ganz wusste er noch nicht, was er von der neuen Sam halten sollte. Zumindest bewies sie neben ihrer Sanftheit nun auch ihren Kampfgeist und der war in diesen Zeiten dringender gefragt, denn je. Nachdem sich keiner der Vampire auch nur traute, den Mund aufzumachen, verschwand der Geisterwolf und Sam ging zurück zu ihrem Mann.

„Das ist meine Frau", stellte Raven überflüssigerweise mit stolzgeschwellter Brust klar und küsste sie leidenschaftlich.

Kopfschüttelnd drehte sich Max weg, während er Midnight murmeln hörte. „Jetzt verstehe ich."

Max wirbelte zu ihr herum, aber sie lächelte ihn nur unschuldig an. Plötzlich stand sie auf und verabschiedete sich, bevor sie jemand aufhalten konnte. D blieb nur ein ratloses Schulterzucken, schon eilte er ihr hinterher. Seine Männer hatten derweilen Christoph aus dem Saal gebracht und seine Familie in Gewahrsam genommen. Fürs Erste würden sie sicher untergebracht bleiben und bekamen bald eine Verhandlung, bei der geklärt würde, was mit ihnen geschah.

Als endlich wieder etwas Ruhe einkehrte und nur noch leise geflüstert wurde, sah sich Max nach Tami um. Sie stand immer noch hinter Lucian, der sie nicht vom Fleck lassen wollte, obwohl sie sich tatkräftig wehrte. Auf Max' Gesicht breitete sich ein zufriedenes Lächeln aus, mit ihr hätte er eine Menge Spaß und langweilig würde es auch nie werden.

Max ging auf Tami zu, nahm sie in die Arme und drückte ihr einen Kuss auf, in den er seine ganze Liebe für sie hineinlegte. Sie schlang ihm die Arme um den Hals und zusammen versanken sie im Strudel ihrer Leidenschaft. Die Beifallsrufe und anerkennenden Pfiffe blendete er aus. Das Einzige, was in diesem Augenblick noch zählte, hielt er in seinen Armen und da würde er sie auch nie mehr herauslassen.

Epilog

Tami stand zusammen mit Max auf dem Dach des Schlosses, aber nicht nur sie, sondern das ganze Rudel und die Schlossbewohner leisteten ihnen Gesellschaft. Einen Arm hatte er um ihren Hals gelegt und auf seinen Schultern thronte Ashley, die er mit der anderen Hand am Bein festhielt. Vier Tage war der schreckliche Tag her, an dem ihre beste Freundin aus ihren Armen gerissen worden war. Heute hatten sie Jala und Rick beerdigt, auf dem Schlossgelände war extra ein Friedhof angelegt worden.

Letizia hatte die Feier für ihren Geburtstag abgesagt und stattdessen lieber ein Fest zu Ehren der Toten veranstaltet. Es war eine wundervolle Feier gewesen, währenddessen sich der ein oder andere etwas näher gekommen war. Sogar Tamis Bruder hatte vorbeigeschaut. Natürlich war er von einem Vampir als Schwager nicht sehr begeistert gewesen, aber letztendlich hatte er es akzeptiert und ihnen Glück gewünscht.

Leise Musik setzte ein und als sie das Lied erkannte, schnürte es ihr die Kehle zu. *Amazing Grace!* „Sieh hin", flüsterte Max leise. „Ich kann dir kein Feuerwerk im Garten bieten, aber ich kann Chicago für dich brennen lassen.

Tränen schossen in Tamis Augen, als sie die glühenden Lichter und Funkenregen sah, die auf die Stadt hinabregneten. Ashley betrachtete das Feuerwerk auf den Hochhausdächern mit glänzenden Augen. Im Takt zur Musik gingen die Raketen in die Luft und hinterließen einen Funkenregen, der Chicago wirklich in ein Meer aus flackerndem Licht tauchte. Tami schmiegte sich dichter an ihren Gefährten.

„Wie hast du das angestellt?", fragte sie verträumt dem

Schauspiel folgend.

„Jason und Aiden wissen, wie man mit Sprengstoff umgeht", flüsterte er an ihrem Ohr und hauchte einen Kuss darauf. „Ich liebe dich, Frechdachs."

Tami hob den Kopf und lächelte ihn an. „Ich dich auch, Honigbär."

Max drückte ihr einen so zärtlichen Kuss auf die Lippen, dass ihr ganz warm ums Herz wurde, und sie wusste, dass sie mit diesem Mann zusammen jeden Berg versetzen konnte. Was interessierten sie da ein paar Steine auf ihrem Weg? Wichtig war doch nur, dass sie zueinanderstanden und ihrer Verantwortung nachkamen, Ashley das liebevolle Heim zu bieten, das die Kleine verdient hatte. Tami richtete ihren Blick wieder auf den leuchtenden Himmel. Jala hatte Feuerwerk geliebt und das hätte ihr ganz besonders gefallen. In ihrem Herzen würde die Freundin immer ihren Platz behalten.

Ende

Printed in Poland
by Amazon Fulfillment
Poland Sp. z o.o., Wrocław